꿈으로 갈게

꿈으로
갈게

임태운 + 장편소설

차례

1 · 꿈 도둑 ● 7

2 · 파도에 잠기는 선율 ● 59

3 · 탈선 ● 143

4 · 용 없는 용꿈 ● 185

5 · 도화지와 붓 ● 243

6 · 엘 쿠쿠이 ● 285

7 · 악몽 전파자 ● 351

8 · 꿈의 개울가 ● 397

9 · 아들에게로 ● 469

10 · 꿈으로 갈게 ● 511

작가의 말 ● 544

1

꿈도둑

1

"저기 어딘가에 꿈 도둑이 있다."

별빛 대신 땅 위에 빛무리를 피워 올린 도시 네오 서울.

광화문광장의 고층빌딩 옥상에 있는 검고 흰 두 개의 점. 그 정체는 옥상 난간 위에 위태롭게 서 있는 검은 양복의 여자와 그녀의 어깨에 얌전히 앉아 있는 흰색 비둘기였다. 한 발짝만 잘못 내디디면 그대로 추락할 위치였지만 여자의 얼굴엔 한 치의 두려움도 없었다.

놀랍게도 비둘기에게서 사람의 목소리가 흘러나왔다.

"꿈 도둑. 낭만적인 별명이네요."

"이제부터 녀석이 저지를 일을 보면 낭만적이란 말을 쓰긴 어려울 거야."

"그런데 황 팀장님, 꿈이라는 게 훔칠 수 있는 거였나요?"

"은행털이범을 생각해 보렴. 걔들이 은행을 훔치는 건 아니잖아?"

황 팀장이 어깨를 으쓱하자 하얀 비둘기의 날개가 그에 맞춰 살짝 오르내렸다.

"꿈 도둑이라는 자는 꿈속에 있는 무언가를 훔친다는 뜻이겠군요."

둥둥둥. 장대한 북소리가 대도시를 가득 메웠다. 태산을 허리 아래로 내려다볼 만큼 큼지막한 거인이 집채만 한 북채를 지면에 난타하는 것만 같은 압도적인 소리였다. 거리를 걷던 사람들의 발걸음이 일제히 우뚝 멈췄다. 황 팀장의 눈빛이 날카롭게 바뀌었다.

"몽주(夢主)가 움직인다. 예니, 내려가."

예니라고 불린 비둘기가 우아하게 날개를 펼치며 빌딩 아래로 떨어졌다. 예니는 걸음을 멈춘 사람들 사이를 경쾌하게 비행했다. 날개가 땅에 스칠 만큼 가까워지자 예니의 다리가 네 개로 늘어나면서 풍성한 꼬리가 생겨났다.

순식간에 하얀색 페르시안 고양이가 된 예니는 땅을 박차고 내달렸다. 뒤쫓는 대상은 인파 가운데 유일하게 움직임을 보이는 중년 남자였다.

"몽주를 찾았어요."

"거리를 두고 따라가."

육성이 전달될 수 없는 거리였음에도 예니와 황 팀장의 대화는 바로 옆에서 이뤄지는 것처럼 자연스러웠다. 예니는 폴짝 소화전 위로 뛰어올랐다.

"꿈 도둑은 어디에 있을까요?"

"녀석은 몽주 근처가 아닌 곳에 숨어 있곤 해. 훔칠 물건이 드러나기 전까지는."

이번엔 다를 수도 있는 것 아닐까 싶었지만 예니는 군말 없이 몽주의 뒤를 따라붙었다. 황 팀장이 오랫동안 치밀하게 꿈 도둑을 관찰하고 내린 결론일 테니까.

쿠르르르릉. 땅이 무너지는 소리와 함께 거대한 지진이 일어나더니 전국시대의 갑옷을 입은 사무라이들이 갈라진 땅에서 솟아올랐다. 유황불을 몸에 붙인 사무라이들의 허리춤에서 서슬 퍼런 일본도가 뽑혀 나왔다. 난데없이 투귀(鬪鬼)를 맞닥뜨린 행인들은 혼비백산하며 흩어졌다.

무참한 살육이 시작됐다.

한 사무라이가 양복 입은 남자를 추격했다. 도로에 멈춰선 자동차 위에 올라가 칼을 역수로 잡고 등을 내리찍었다. 다시 칼을 꺼냈을 땐 도신의 절반에 붉은 피가 묻어 있었다. 예니의 눈앞에서 도망치던 한 여고생은 길을 막아선 사무라이에게 습

격당했다. 그녀가 들고 있던 텀블러가 공중에서 반으로 쪼개지
며 안에 담겨 있던 커피가 왈칵 쏟아졌다. 예니는 날렵하게 옆
으로 뛰어 그것을 피해냈다.

"먹히지 마, 예니."

"얘네가 굳이 절 건드릴까요?"

대답이 돌아오기도 전에 사무라이 하나가 예니를 향해 덤벼
들었다. 그가 밑에서부터 휘두른 일본도가 아스팔트에 스파크
를 일으키며 쇄도했다.

고양이의 말랑한 허리에 칼날이 닿기 직전, 예니는 안개처럼
흩어졌다. 그리고 안개는 순식간에 커다란 백호의 형상으로 다
시 합쳐졌다. 사무라이의 등 뒤에 나타난 백호는 앞발을 들어
사무라이의 옆구리를 후려쳤다. 충격에 못 이겨 투구가 날아갔
고 사무라이는 길가 현금 인출기에 머리를 처박은 채 꿈틀거
렸다.

백호가 된 예니는 어느새 걸음을 멈춘 채 위를 올려다보고
있는 몽주에게 집중했다. 몽주가 바라보고 있는 것은 북한산
봉우리를 등에 진 채 위풍당당한 자세로 빚어져 있는 청회색
동상이었다.

피 맛을 본 수백의 사무라이들이 일제히 몽주를 향해 괴성
을 내질렀다. 칼의 파도가 휩쓸고 지나가는 것 같은 함성이었
다. 사무라이들은 백호는 신경 쓰지 않고 오직 몽주를 향해 달

렸다. 가로등 위로는 표창을 든 닌자들이 폴짝폴짝 뛰어다니고 있었다. 예니는 혀를 찼다.

"사무라이에 닌자까지…… 왜색이 짙은 꿈이네요?"

"왜색? 아니, 그 반대라고 봐야지."

다음 순간, 몽주는 이순신 동상 앞에 서서 『난중일기』의 유명한 구절을 읊었다.

"한 사람이 좁은 길을 지키면 천 명을 두렵게 할 수 있도다."

명량해전 전날, 고국의 운명이 풍전등화와 같은 순간에 고독한 남자는 모든 장수를 향해 이 말로 용기를 북돋웠을 것이다.

몽주의 형체가 사라지면서 동상의 두 눈이 번쩍하고 광휘를 발했다. 동상은 광화문 앞 대로를 가득 메운 사무라이들을 노려보기 시작했다. 곧 그가 오른쪽 허리춤에 차고 있던 '구국의 칼' 쌍룡검을 검집에서 뽑아 들어 일검을 휘둘렀다. 그러자 사무라이들이 갑옷째 베어지며 추풍낙엽처럼 떨어져 나갔다. 동상이 왼손으로 닌자의 머리를 붙잡아 패대기를 치는 것을 멀찍이서 구경하던 예니는 하품을 한 번 하고는 다시 고양이로 변했다.

"지루해? 이거 한국에서 꽤나 인기 있는 꿈인데."

"몽땅 때려 부수기만 하는 꿈은 흥미 없어요. 딱 봐도 배 나온 아저씨들 판타지구만."

"조금만 기다려봐. 하이라이트는 아직 시작도 안 했어."

순간 빌딩숲 위로 거대한 그림자가 드리워졌다. 예니는 눈을 의심했다. 대형 파충류의 앞발이 남산타워 꼭대기 부분을 움켜잡고 있었다. 두 발로 선 초대형 괴물이었다.

"……공룡?"

"아니, 너 고질라도 몰라? 요즘 애들 큰일이네."

"이 꿈이 이상한 거죠. 뭣보다 감각이 엉망이잖아요. 광화문에서 남산타워가 왜 저렇게 가까워요."

고질라는 부러뜨린 남산타워 구조물을 동상을 향해 내던졌다. 그러자 동상이 쌍룡검을 수직으로 세워 그것을 두 동강 내었다.

이미 격전의 흔적으로 엉망인 광화문을 향해 지축을 흔들며 고질라가 달려왔다. 고질라가 휘두른 꼬리를 정통으로 얻어맞은 동상이 건물에 처박혔다. 하지만 먼지를 툭툭 털며 나온 동상은 품위 있게 다시 쌍룡검을 들었다.

전설이 된 장군과 영화 속 괴수가 혈전을 벌이기 시작했다. 고질라의 등줄기 골판이 붉게 빛나더니 브레스를 뿜어냈다. 동상은 옆으로 구르며 공격을 피해냈지만 아스팔트 도로는 끔찍한 열기에 자글자글 녹아내렸다. 어느덧 북소리는 멈췄고, 동상과 괴수가 서로 노려보며 대치하고 있었다.

그때, 널브러진 사무라이와 행인들의 시체 사이에서 한 남자가 걸어 나왔다. 옥상 난간에서 상황을 관찰하고 있던 황 팀장의 눈은 그것을 놓치지 않았다.

"저 녀석이야. 꿈 도둑이 나타났어."

꿈 도둑은 부츠에 청바지, 검은색 후드점퍼를 뒤집어쓴 평범한 차림이었다. 다만 가슴 앞으로 멘 낡은 크로스백이 예니의 눈에는 이질적으로 보였다. 꿈 도둑은 망설임 없이 동상과 고질라 사이에 떡하니 섰다. 코끼리 두 마리 사이를 가로막은 쇠똥구리 같은 꼴이었다.

예니의 눈이 가늘어졌다.

'뭘 하려는 거지?'

먼저 움직인 쪽은 동상이었다. 싸움을 방해한 남자에게 분노를 느꼈는지 쌍룡검을 거세게 휘둘렀다. 남자의 목에 칼이 닿는 순간, 충격파가 주변으로 퍼져나가더니 칼날이 산산이 부서졌다. 남자는 고개만 왼쪽으로 조금 꺾였을 뿐 피 한 방울 흘리지 않았다. 그 모습에 예니의 갈라진 동공이 커졌다.

"피하지 않았어?"

타인이 만들어낸 꿈의 물리법칙은 절대적이다. 그래서 예니는 사무라이들의 공격을 맞지 않으려 묘기를 부렸던 것이다. 하지만 꿈 도둑은 귀찮다는 듯이 동상에 맨손으로 덤벼들었다. 동상을 타고 뛰어올라 꿀밤을 먹이듯 동상의 투구를 내려치자 상체가 순식간에 아스팔트 도로에 처박혔다.

손을 툭툭 부딪치며 먼지를 털어낸 꿈 도둑의 등 뒤로 고질라가 몸을 부풀렸다. 지형을 바꿔버릴 정도로 강력한 브레스를 준비하는 자세였다. 하지만 꿈 도둑은 고질라를 향해 뚜벅뚜벅 걸어갈 뿐이었다.

결국 고질라의 브레스가 남자를 정면으로 덮쳤지만 꿈 도둑은 녹아내리지 않았다. 오히려 멀쩡히 브레스를 밀어냈다. 예니는 경악했지만 더 충격적인 장면이 이어졌다. 브레스를 뚫고 거리가 좁혀지자 꿈 도둑은 고질라의 입속으로 뛰어들었다.

고질라의 흉부가 꿀렁꿀렁 요동치더니 주먹이 고질라의 뱃가죽을 뚫고 나왔다. 손아귀엔 이글대는 구슬이 들려 있었다. 멈추지 않고 불을 내뿜는 그것은 고질라의 핵이었다. 핵을 잃어버리고 껍데기만 남은 고질라가 영문도 모른 채 바스러졌다.

전투에서 승리한 꿈 도둑은 익숙한 듯 핵을 가슴 앞으로 가져다 댔다. 그러자 앞으로 메고 있던 크로스백의 지퍼가 허기진 짐승의 이빨처럼 투두둑 벌어지더니 핵을 꿀꺽 삼켰다. 예니는 순간 주변이 어두워졌다고 느꼈다. 강렬한 빛을 뿜던 핵이 사라졌기 때문이었다.

"지금이야! 실행해."

몸을 낮추고 있던 예니는 빠르게 꿈 도둑의 뒤로 접근했다. 말랑한 발바닥 덕분에 소리는 나지 않았다. 예니가 고양이 목걸이에 있던 추적기를 날렸다. 추적기는 절묘하게 꿈 도둑의 왼쪽 부츠 뒤꿈치에 가서 달라붙었다.

"잘했어. 돌아와, 예니."

고양이는 다시 하얀 비둘기로 변해 빌딩 위로 날아올랐다. 꿈 도둑은 파드득 날아가던 비둘기에 잠깐 시선을 빼앗겼으나 이내 관심을 잃고 돌아섰다. 그가 눈앞으로 손바닥을 펼쳤다가 다시 꽉 움켜쥔 순간 점멸되듯 형체가 사라졌다. 그 모습을 지켜보며 황 팀장은 날아오는 예니를 어깨에 착지시켰다.

"잘 붙이고 왔어?"

"네. 멀쩡히 추적기가 작동할지는 이제 수키한테 달린 거죠."

"수키는 대단한 AI지. 실수를 모르는. 하지만 오늘 작전에 굳이 수키가 아닌 너와 동행한 이유가 있지 않겠어?"

뛰어난 인공지능은 어긋난 판단을 하는 일이 없다. 하지만 이번 임무에는 오직 인간만이 가지는 감각, 낯선 존재를 처음 맞닥뜨렸을 때 품게 되는 '느낌'이 필요했다.

"소감이 어때?"

"이런 식으로 도둑맞은 것들은 돌아오지 않는다고요?"

"그래. 꿈의 알고리즘 자체가 망가져. 알맹이가 없어진 꿈은 곧 사람들에게서 잊히지. 이후에 이 꿈에 접속해 다운로드해도 고질라는 브레스를 쏘지 못할 테니까."

"대단하네요. 인공지능 복원으로도 돌려놓을 수 없다면…… 정말로 이 꿈속에서 훔쳐 간 거잖아요? 인상적이에요. 지금까지 없었던 유형이기도 하고."

"추적기를 붙였으니 이제 꿈 도둑이 드림넷에 접속하면 우리가 바로 알 수 있어. 마주치면 붙잡을 수 있겠니?"

"물론이죠. 맷집 때문에 조금 애먹을 순 있겠지만."

세계의 가장자리에서부터 존재하는 모든 것들이 검은 모래가 되어 날아오르기 시작했다. 두 사람이 서 있는 빌딩도 물리 법칙을 무시한 채 건물의 하부에서부터 사라지고 있었다.

"팀장님은 재가 몽재진압반에 들어올 수 있다고 생각하는 거예요?"

"그래. 잘만 다듬으면 대단한 물건이 될 것 같아. 너도 방금 봤잖아. 판을 깔아줘 보자고. 그 위에서 놀 수 있는 녀석인지 아닌지."

2

[모두가 모두의 꿈을 공유하는 시대. 여기 280억 개의 꿈이 드림넷에서 여러분을 기다리고 있습니다. 생생하고 짜릿한 꿈의 무대가 당신의 취향을 저격할 거예요. 오늘 밤, 드림캐스터가 당신을 기다리고 있답니다.]

홀로그램 전광판에서 흘러나오는 낭랑한 목소리가 지후의 귓가를 파고들었다. 네오 서울 시민이라면 귀에 못이 박히도록 들었을 광고 멘트가 새삼스레 관심을 끈 건 아니었다. 그저 저녁 6시가 되었구나 싶어서 잠깐 작업을 멈췄을 뿐이었다.

지후가 서 있는 곳은 네오 서울 외곽에 있는 공장의 옥상이었다. 태양광 패널과 굴뚝의 먼지를 닦아내는 것이 그의 일과였다. 36개의 패널 중에 이제 남은 것은 단 두 개. 평소보다 훨씬 빠른 속도였다.

지후는 조급함을 느끼고 있었다. 어젯밤 꿈속에서 훔쳐 온 물건을 한시라도 빨리 시험해 보고 싶었기 때문이다.

[초원을 달리는 백마 위에서 용사의 칼을 휘두르고, 해저도시에서 인어와 속삭이거나, 상상 속 동물 친구들과 공중정원을 산책해 보세요.]

수십 개의 홀로그램 전광판이 매캐한 서울 하늘에서 전쟁을 벌이는 와중에 가장 우세한 점령군을 꼽으라면 저 '드림캐스터'의 광고일 것이다. 소개 멘트에 따라 달라지는 풍경 속을 드림캐스터의 마스코트인 귀여운 아기 판다 수키가 껑충껑충 뛰어다니고 있었다.

[사무치게 그리운 사람을 다시 만나보고 싶으신가요? 드림캐스터 S21 시리즈라면 가능합니다. 무거운 VR머신은 팔아버리세요. 자기 전 침대에 누워 이마에 드림캐스터를 장착하기만 하면 끝! 하룻밤 사이에 펼쳐지는 천일야화! 조만간 대규모 업데이트도 예정돼 있다는군요!]

지후가 밀대로 마지막 패널을 닦아내는 동안 전광판에선 수키의 내레이션과 함께 다양한 꿈들이 펼쳐지고 있었다. 빠르게 작업을 끝내고 마스크를 벗은 지후는 엘리베이터에 탑승했다. 용역업체에 근무 완료 메시지를 보내는데, 열화된 엘리베이터의 패널에서 수키의 목소리가 흘러나왔다.

[이 사이즈를 보세요. 얼마나 작아졌는지. 머리띠보다 아주 살짝 크죠? 하지만 배터리 효율은 더 늘어났다는 거! 드림캐스터 S21과 함께라면 꾸벅꾸벅 졸면서 완충을 기다릴 일이 없어진답니다. 출시 첫 달 한정으로 월정액 요금이 단돈 3만 코인!]

건물을 나서는 지후의 핸드폰에서 진동이 울렸다. 일당 2천 코인 입금을 알리는 메시지였다. 지후는 길바닥에 침을 내뱉고 싶은 심정이었다.

'단돈 3만 코인이라니. 대체 누구 입장에서 '단돈'인 걸까.'

지후는 고개를 들었다. 홀로그램 전광판에는 몇 년 동안 바뀌지 않는 드림캐스터 광고의 엔딩 장면이 연출되고 있었다.

파도 한 점 치지 않는 고요한 밤바다 위에 나무 한 그루가 있다. 밑동에 앉아 있던 소녀가 천천히 다리를 펴고 일어선다. 소녀는 전설 속 존재처럼 바다 위를 걸으며 카메라를 향해 다가온다. 그 입가에 환한 미소가 머금어졌을 때 지후는 소리 없이 입을 움직였다.

너의 꿈으로

[너의 꿈으로]

내가 갈게

[내가 갈게]

다음 순간 아름다운 소녀의 몸을 뚫고 피자를 배달하는 드론이 튀어나왔다. 지후는 무심하게 발걸음을 옮겼다.

지하철을 두 번 갈아타고 지후가 도착한 곳은 지하 슬럼가였다. 마천루마다 빛나는 홀로그램이 이곳에는 없었다. 철벅거리는 빗물이 주점 간판의 불빛을 아스라이 반사할 뿐이었다.

몸 하나 간신히 누일 수 있는 작은 단칸방으로 돌아온 지후는 서둘러 샤워실로 들어갔다. 머리카락과 피부에 달라붙은 먼지만 씻어내고 나온 지후는 침대에 앉아 심호흡했다.

"후우우……."

그의 시선이 닿은 협탁 위에는 오래전 중고로 구입한 드림캐스터 S15 모델이 충전 독 위에 놓여 있었다. 좁은 방 안이 드림캐스터의 푸르스름한 액정 불빛으로 가득 찼다.

충전 독 옆엔 보육원에서 원장님과 함께 찍은 단체사진이 있었다. 그때나 지금이나 지후는 시무룩한 얼굴을 하고 있었다. 창문 너머로는 와자지껄하게 웃는 소리와 격렬한 맥박을 지닌 앰프의 진동, 시끄러운 음악 소리가 넘실대고 있었다.

협탁의 서랍 손잡이를 잡은 지후가 아주 잠깐 망설였다.

"이번에는 꼭."

서랍 안에서 지후가 꺼낸 것은 두툼하고 낡은 장착형 머신이었다. '드림캐스터 S07'이라는 모델명의 머신은 S15 모델과는 확연히 다른 디자인에 오래된 액정에는 실금이 가 있었다. 지후는 그것을 머리에 쓴 뒤 바르게 누웠다. 몇 분 후 금이 간 액정에 표시된 'Awake'라는 글자가 'Rem Sleep'으로 바뀌었다.

어두운 허공 속을 맨몸으로 떠돌며 지후는 시야를 채울 붉은 글자들을 기다렸다.

[경고: 기기가 드림넷에 연결되어 있지 않습니다. 최신 버전의 운영체제를 업데이트하시려면…….]

지후가 손을 휘두르자 글자가 휙 하고 사라졌다. 곧바로 다른 메시지가 출력됐다.

[오프라인 모드로 시작합니다. 2038년 2월 7일에 저장된 꿈이 1개 감지되었습니다.]

낡은 드림캐스터는 15년 동안 오직 한 개의 꿈을 저장하고 있었다.

[캐스트할까요?]

지후는 고개를 끄덕였다. 정면에서 한 점의 빛줄기가 새어 나오더니 지후의 앞까지 순식간에 당도했다. 다시 한번 꿈으로 건너갈 시간이 왔다.

빛줄기가 사라지자 오래된 나무 천장이 보였다. 따스한 손길이 지후의 얼굴로 다가와 볼을 어루만졌다. 오래된 꿈의 감촉이지만 여전히 생생했다.

침대에 누워 있는 상태의 지후는 '지금 순간에는' 꿈이 보여주는 것을 그대로 지켜보고만 있어야 했다. 자리에서 일어나는 여자를 붙잡고 싶지만 그럴 수가 없었다. 곧 방문 앞에서 멈춰 선 채 여자는 지후를 내려다보며 마지막 말을 남길 것이다.

"--- -."

하지만 마치 음 소거된 영상처럼 그녀의 음성은 지후에게 전달되지 않았다.

문이 완전히 닫히는 소리가 나고서야 비로소 지후는 움직일 수 있었다. 엉금엉금 침대의 귀퉁이를 향해 기어가기 시작했다. 시야에 잡힌 양손이 포동포동했다. 돌이 지나지 않은 아기의 모습이었다.

그 아기가 조금의 망설임도 없이 침대 아래로 굴러 떨어졌다. 바닥에 착지했을 때 지후는 다섯 살 정도의 남자아이가 되어 있었다. 문을 열고 복도로 나갔을 때는 조금 더 성장해 열 살. 계단을 타고 내려가 1층 거실에 당도했을 때는 사춘기 소년의 모습이었다.

현관문의 손잡이를 붙잡은 지후는 벽에 걸린 있던 크로스백을 들어 어깨에 멨다. 그리고 깊은숨을 뱉으며 현관문을 연 다음 곧바로 양팔을 엑스 자로 교차해 몸을 보호했다.

미칠 듯한 눈보라가 지후의 온몸을 후려갈겼다. 양팔로 바람을 막아봐도 거의 소용이 없었다. 시야의 절반 이상을 희생하고도 지후가 걸음을 옮길 수 있었던 건 이미 수천 번 이상 반복해 온 일이기 때문이었다.

"크윽."

광막한 설원. 시야에 닿는 모든 곳이 눈 덮인 설산이었다. 지후는 이곳이 어디인지 알 수 없고, 알고 싶지도 않았다. 눈보라가 잦아들 때까지 우두커니 견딜 뿐이었다.

바람이 멎음과 동시에 등 뒤의 문이 쿵 하고 닫혔다. 지후가 빠져나온 집은 사라지고 하얀 눈밭에 오직 현관문만 덩그러니 남았다.

저 멀리 능성이 너머로 여자가 걸어가고 있었다. 지후와 그녀 사이에 남은 발자국이 마치 이정표처럼 또렷했다.

지후는 성큼성큼 발을 앞으로 내디뎠다. 눈밭을 헤치는 동안 소년이었던 지후는 현재 나이인 스물셋의 청년이 되었고, 옷도 평상복으로 돌아왔다. 반면 눈밭은 점점 더 깊은 늪으로 빠지는 것처럼 깊어졌다. 거꾸로 자라는 고드름처럼 얼음이 지후의 부츠를 휘감기 시작했다. 다시 불어오기 시작한 눈보라 또한 한층 거세게 그를 뒤로 밀어냈다. 마치 이 설산이 살아 있는 생물처럼 지후를 막아서는 느낌이었다.

"오늘은 다를 거야."

지후가 크로스백의 지퍼를 열어 구슬을 꺼냈다. 광화문을 침공하던 거대 괴수의 체내에서 강탈해 온 핵. 그것은 밖으로 나오자마자 이때만을 기다렸다는 듯이 강렬한 불길을 내뿜었다.

다행히도 구슬은 지후의 기대에 보답했다. 다리를 붙잡고 있던 얼음 넝쿨이 스르륵 녹기 시작한 것이다.

"할 수 있어, 이번에는."

구슬을 품에 안고 달리기 시작했다. 상반신 전체가 불길에 휩싸인 지후는 마치 성화 봉송을 하다가 화마에 뒤덮인 주자 같았다. 지후의 육체는 조금도 불타지 않았지만 성화대는 점점 더 멀어져만 갔다.

여자의 등을 바라보는 지후의 시야가 점점 흐릿해졌다. 구슬이 내뿜는 불길이 조금씩 약해진 탓이었다. 치이이익, 냉기와 눈송이들이 가차 없이 구슬의 표면에 달라붙어 열기를 식히고 있었다.

"젠장, 안 돼!"

온기를 잃어버린 구슬은 무가치한 쇳덩어리나 다름없었다. 구슬을 내던진 지후는 가슴팍까지 올라온 눈길을 허우적대며 헤쳐 나갔다. 하지만 여자는 결코 뒤를 돌아보는 법이 없었다. 지후가 비수에 찔린 것처럼 절박한 외침을 내뱉었다.

"가지 마. 엄마…… 제발!"

거센 눈보라가 한 번 더 몰아치더니 이내 여자는 완전히 사라져버렸다. 어깨까지 차오른 눈밭 속에서 팔다리를 움직이는 것은 가혹한 일이다. 흥분이 가라앉자마자 뼛속까지 침투한 지독한 냉기가 지후를 괴롭혔다.

지후는 결국 지쳐서 그대로 드러누웠다.

"이번엔…… 될 줄 알았는데."

그녀의 뒤를 따라잡기 위해 대체 얼마나 많은 방법을 시도했었나. 오늘 또 한 번의 야속한 실패가 추가되었다.

저벅저벅. 네 발 달린 생물이 눈밭을 헤치고 걸어오는 소리가 들렸다. 지후가 이를 악물고 가까스로 몸을 일으켜 뒤를 돌아보았다. 얼룩말 하나가 지후를 내려다보고 있었다.

푸르륵. 새하얀 설원 속에서 투레질하는 얼룩말은 그 존재 자체로 이 공간의 부조리를 온몸으로 표현하고 있었다. 여자가 사라지고 나면 등장하는 존재. 지후는 놈이 증오스러웠다. 얼룩말은 그의 '실패'를 상징하는 표지판이었다. 녀석의 숨결이 느껴진다는 건 지후의 도전이 다시 한번 물거품으로 돌아갔다는 것을 뜻했다.

"꺼져, 제발."

독을 토해내듯 괴롭게 내뱉은 지후의 말에도 얼룩말은 그의 뒷덜미를 물고는 성큼성큼 언덕을 내려가기 시작했다.

"놔, 이 자식아! 놓으라고!"

온몸으로 버둥댔지만 변하는 건 아무것도 없었다. 평소에 지후는 별다른 저항 없이 끌려가는 편이었다. 이번 시도에 건 기대가 컸기 때문에 오늘은 그럴 수 없었다. 실로 오랜만에 지후는 마음껏 화를 터뜨렸다. 출발했던 문 앞으로 돌아와 꿈에서 완전히 깰 때까지.

ㅌ

꿈은 휘발성이다.

꿈속에서 수천 수레의 금괴를 얻게 된 자의 희열도, 절벽에서 어린 딸을 놓쳐버린 자의 절규도 꿈에서 깨고 나면 공평하게 휘발된다. 금괴의 꿈을 꾼 자는 빈 손바닥을 보며 허탈해하고, 피붙이를 잃은 꿈을 꾼 자는 새근새근 잠든 딸을 보며 안도감에 가슴을 쓸어내린다. 그리곤 중얼거릴 것이다.

한낱 꿈일 뿐이라고.

하지만 휘발된다는 말속에는 불씨가 내재되어 있다. 휘발되어 사라지기 전까지의 고통과 아픔은 때로 천년을 벼린 비수만큼 날카로울 수도 있다.

드림캐스터를 벗은 지후가 그것을 내동댕이치지 않은 것은 인내심 덕분이 아니었다. 혹여나 그 안에 담긴 꿈을 잃어버릴지 모른다는 공포가 분노를 내리눌렀기 때문이다.

"휘발될 거야. 날아가 버릴 거니까, 기다리면 돼."

지후는 눈을 감은 채 중얼거렸다. 한낱 꿈일 뿐이라는 위로
는 떠올리지도 못했다. 설원의 꿈은 지후에게 있어 평생에 걸친
주박인 동시에 유일한 위안이었으니까.

10여 분의 시간이 지나고 지후는 가라앉은 마음으로 낡은 드
림캐스터 S07을 집어 들었다. 그리고 10년의 터울이 있는 후속
모델 S15와 교체했다.

지후는 매일 밤 두 번의 꿈을 꾸었다. 설원에서 엄마의 뒤를
따라잡으려 발버둥 치는 첫 번째 꿈. 그리고 '꿈 도둑'으로 활약
하는 두 번째 꿈.

두 번째 꿈엔 네트워크 접속이 필요했다.

"침착하자, 더 효과적인 게 있을 거야. 있어야 돼."

잠시 후 지후는 원반 위에 서 있었다. 아무것도 없는 암흑의
공간에서 시작되는 초기 모델과는 달랐다. 여러 버전을 거치는
동안 인간은 발 디딜 것이 있어야 심리적 안정을 느낀다는 피드
백을 반영한 결과였다.

달라진 건 그뿐만이 아니다.

[어서 오세요, 고객님! 수키입니다.]

드림캐스터의 마스코트인 아기 판다가 깡충 뛰어올라 눈앞
에 나타났다. 수키의 등 뒤로 드림넷에 업로드된 수백억 개의
꿈들이 끝없이 펼쳐진 메뉴판처럼 고객을 유혹하고 있었다. 꿈

들은 정육면체 모양이었고, 크기는 선호도에 따라 조금씩 달랐다. 여섯 개의 표면에서는 그 꿈의 하이라이트 장면이 재생되는 중이었다.

[편안히 고르세요. 저는 신경 쓰지 말고요.]

고민이 길어질 것을 직감했는지 수키는 바닥에 철퍼덕 주저앉아 어디선가 나타난 대나무를 뜯어 먹기 시작했다.

'이번에는 무엇을 써봐야 할까.'

눈을 녹이는 건 실패했다. 역시 하늘을 나는 쪽으로 갔어야 했나. 비행이라는 수단을 너무 일찍 포기한 건지도 모른다. 하지만 거기엔 합당한 이유가 있었다.

'그 지독한 눈바람부터 어떻게든 처리해야 하는데.'

마침내 지후의 고민이 끝났을 때 수키는 세 번째 대나무를 입에 물고 있었다.

[오, 드디어 고르셨나요?]

지후가 손가락을 뻗어 꿈 하나를 가리켰다. 날개 달린 신발을 신고 창공을 질주하는 천사들이 있는 꿈이었다.

[꿈을 지정하셨습니다. 현재 고객님께서는 스탠더드 버전을 사용하고 계십니다. 프리미엄 버전으로 약정을 업그레이드하실 경우 1일당 꿈 다운로드 횟수가 3개로 늘어납……]

지후가 손을 내저어 수키의 말을 스킵했다. 프리미엄 구독이라니 언감생심이다. 건물 먼지를 닦아내는 노동으로 지후가 버는 돈으로는 가장 저렴한 구독을 유지하는 것만 해도 등골이 휘어질 지경이었다.

[지정하신 꿈을 캐스트할까요?]

지후가 고개를 끄덕이자 원반이 빠른 속도로 빛을 향해 나아갔다. 조금씩 가속하는 원반이 빛줄기 속으로 뛰어들면 지후는 자신이 고른 꿈에 떨어질 것이다. 하지만 그 순간 전혀 예상치 못한 일이 벌어졌다. 전파를 잘못 수신한 방송화면처럼 시야가 일그러진 것이다.

[경고: 고객님께서는 현재 허용된 권한 외의 꿈을 캐스팅하셨습니다. 관리자 모드로 변경됩니다.]

'관리자 모드?'

지금껏 이런 상황은 단 한 번도 없었다. 당혹스러운 기분으로 지후는 어떤 공간에 착지했다. 널찍한 순백의 방이었다. 창은 물론이고, 출입할 수 있는 문도 없었다.

하지만 아무것도 없는 것은 아니었다. 하얀색 소파에 앉아 있는 검은 양복의 여자가 지후를 향해 손을 흔들고 있었다.

"반가워. 이렇게 가까이서 보는 건 처음이네?"

"뭐야?"

"누구야도 아니고 뭐야라니. 하긴 꿈속에서 캐스터 본인 외에 다른 인격은 만난 적 없었을 테니 무리도 아닌가."

검은 양복의 여자는 지후의 날 선 반응에도 아랑곳없이 생글거렸다. 뒷걸음질 치던 지후는 등에 닿는 벽을 느꼈다. 시선은 여자에게 고정한 채 밋밋한 하얀 벽을 쓰다듬어봤다. 손바닥에 느껴지는 질감은 생생하기 그지없었다.

천천히 소파에서 일어난 여자가 말을 이어나갔다.

"내 소개를 먼저 할게. 나는 너를 오랫동안 지켜본……."

콰아아아아앙!

지후는 여자의 말을 듣지 않고 벽을 뚫고 나가버렸다. 하지만 벽을 빠져나온 그를 반기는 것은 이전과 완전히 똑같이 생긴 방이었다. 맞은편에 놓인 하얀 소파는 물론, 검은 양복의 여자 역시 같은 자리에서 지후에게 시선을 고정 중이었다. 그녀가 내뱉던 대사도 매끄럽게 이어졌다.

"……SOF 코퍼레이션의 황수현 팀장이라고 해. 이렇게 널 찾아온 이유는 한 가지 제안을 하기 위해……. 흐음, 반대편 벽을 뚫어봐도 소용없어. 그렇게 다시 돌아오게 될 뿐이거든."

떠들던 수현은 지후가 오른발을 들어 올린 순간 입을 다물었다. 수현은 그 행동의 결과를 알고 있었지만 상대의 반응이 내심 궁금했다.

우르르릉!

지후가 바닥을 뚫고 내려간 것과 동시에 천장이 박살 났다. 구멍 난 천장에서 떨어진 지후가 아까와 같은 자리에 착지했다. 피어오르는 먼지를 바라보며 수현은 코앞을 부채질했다.

"터프하셔라."

"뭐 이런 엿 같은 꿈이 다 있어."

"입도 험한 친구네. 반항기는 지난 나이 같은데. 너한테도 나쁜 제안은 아닐 거야. 천천히 내 말을 들어보…… 어?"

지후가 자신의 손바닥을 눈앞에 대고 펴보더니 호흡을 길게 들이마셨다. 그 동작을 본 수현의 얼굴에 당혹감이 떠올랐다. 어제 지후가 정확히 똑같은 동작을 취하는 걸 봤기 때문이었다. 꿈에서 깨는 의식을 위한 동작.

"야!"

붙잡아보려 했지만 지후는 이미 사라져버린 뒤였다. 그녀는 뒤통수를 긁으며 자신이 실수한 부분을 되짚어 보았지만 자기 딴에는 이미 최대함의 상냥함과 친절을 발휘하던 중이었다.

"골 때리는 녀석이네. 호기심이라는 게 아예 없나?"

지후는 튕기듯이 몸을 일으켰다.

"으아아악!"

짜증이 치밀어 올랐다. 하룻밤에 단 한 개의 꿈만 꿀 수 있는 지후의 입장에선 방금 천금 같은 기회를 날려버린 셈이었다. 지후가 꿈을 고르는 기준은 보통의 이용자들과는 완전히 달랐다. 오직 그 설원의 꿈에 가져갈 만한 '물건'이 있느냐를 엿본 뒤 그것을 훔쳐 오는 것이었으니까. 이렇게 빈손으로 꿈에서 깨면 설원에 가져갈 것이 없다.

"이거 설마 프리미엄 버전으로 업그레이드하라는 강제 이벤트인가?"

"……그건 싸구려 포르노 파는 애들이나 하는 마케팅이잖니?"

"우악!"

난데없이 들려오는 대꾸에 지후는 물 맞은 고양이처럼 침대위로 나동그라졌다. 고개를 들어 맞은편을 보니 꿈속에서 마주친 황수현이라는 여자가 협탁 위에 걸터앉아 있었다. 소환된 악마처럼 수현은 지후의 방을 신기한 눈으로 둘러봤다.

"흐음, 아담한 데서 사는구나. 의외인걸. 너 정도 재능이면 꿈에서 뭔가를 훔친 다음 돈 받고 파는 방법도 있었을 텐데."

"어떻게……."

"어떻게 내가 여기에 있냐고? '헛깨기'라는 거야. 꿈에서 깬 것처럼 착각하게 만들었지만 실은 여전히 꿈속이라는 거지."

침대를 사이에 둔 채 둘의 눈빛이 묘하게 얽혀 들어갔다.

"내 방에서 꺼져."

서슬 퍼런 지후의 윽박에도 수현은 여전히 평온한 태도였다.

"정확히는 '내 꿈에서' 꺼지라고 해야지. 물론 들어줄 생각은 없지만."

지후는 격분해서 몸을 일으켰다. 그런데 들릴 리 없는 마찰음이 가슴께에서 울려 퍼졌다. 철컹. 무려 10센티미터가 넘는 두께의 수갑이 양 손목에 채워져 있었다. 팔을 움직여보던 지후는 수갑 사슬이 바닥과 결속돼 있다는 걸 깨달았다. 그는 이글거리는 눈동자로 수현을 노려보았다.

"미안, 내가 겁이 좀 많아서."

"풀어."

"그래, 당연히 불쾌하겠지. 믿을지 모르겠지만 나도 이렇게 막무가내로 네 꿈에 침입하고 싶진 않았단다. 하지만 드림넷은 이용자의 개인정보를 철저하게 암호화하고 있어. 너와 대화하려면 꿈에서 만나는 수밖에 없으니 부득이하게 이런 방법을 쓰게 된 거야."

친절하게 설명하던 수현의 눈이 게슴츠레해졌다. 지후의 시선은 수현이 앉아 있는 협탁 서랍에 못 박혀 있었다. 그것을 알아챈 수현이 협탁에서 내려와서 물었다.

"왜, 여기에 중요한 거라도 들었어?"

"죽인다. 건드리면."

극심한 분노로 일렁이는 지후의 목소리에 서랍으로 향하던 수현의 손이 멈췄다. 그녀에겐 두 가지 선택지가 있었다. 순순히 물러선 다음 다시 대화의 물꼬를 트는 것과 상대의 말을 무시하고 이 서랍을 열어보는 것. 고민은 짧았다. 지금은 기세 싸움에서 밀려선 곤란했다.

"그렇게 말하니까 더 건드리고 싶은데?"

지후가 있는 힘껏 양팔을 벌렸다. 그러자 수갑에 연결된 사슬이 팽팽해지면서 불쾌한 비명을 질렀다. 수현은 혀를 찼다.

"포기해. 그거 힘으로는 절대 끊을 수 없게 만들……었는데?"

콰릌! 수갑을 이은 사슬이 무참히 박살 나며 불똥을 튀겼다. 강제로 끊어진 사슬 중 몇 개는 총탄처럼 천장에 박혔다. 수현은 그 광경에 질겁했다. 도대체 어떤 힘이 있어야 이런 말도 안 되는 일을 해낼 수 있을까. 경악은 곧 희열로 이어졌다.

'역시 내가 제대로 골랐어.'

바닥으로 이어진 사슬이 구렁이 허물처럼 바스러졌다. 그 순간에도 수현의 입가엔 미소가 사라지지 않았다. 그녀는 언제나 여러 겹의 준비를 해놓는 편이었다. 서슬 퍼런 기세로 몸을 날린 지후가 수현의 얼굴을 향해 손을 뻗으려던 순간이었다.

콰아앙! 원통형의 쇳덩어리가 벽면을 부수며 나타났다. 지후가 그것이 탱크의 포신이라는 걸 깨달을 찰나 박격포가 불을 뿜었다. 포탄에 옆구리를 직통으로 맞은 지후의 몸이 완전히 접혀 꺾이면서 반대편 벽을 부수고 날아갔다.

탱크의 캐터필러가 뒤로 되감기면서 포신과 함께 물러났다. 수현은 싱긋 웃으며 탱크로 다가갔다. 해치를 열고 양볼이 토실토실한 청년이 낑낑거리며 올라왔다. 민소매 셔츠 밖으로 드러난 양팔에는 온갖 밀리터리 무기들을 새긴 문신이 가득했다.

"팀장, 괜찮아요?"

"한 방에 죽을 뻔했어. 제때 왔네, 동동."

"다급해 보이면 쏘라고 해서 쏘긴 했는데 꿈 도둑이라는 녀석, 죽었으면 어떡해요? 겁먹고 두 번 다시 캐스팅 안 하면 다 물거품이잖아요."

"방금 그거 맞고 죽을 정도면 탐내지도 않았을 거야. 그렇지, 예니?"

탱크의 포신에서 연기가 스르륵 빠져나오더니 이윽고 하얀 고양이로 변했다. 예니는 고양이 꼬리를 바짝 세우면서 기지개를 켰다.

"팀장님이 너무 약 올린 거 아녜요? 다 계획이 있다면서 뭐야, 이게."

"저 정도로 벽창호일 줄은 나도 몰랐지. 소라는 왜 안 보여?"

수현이 고개를 두리번거리자 예니는 고양이 꼬리로 탱크를 가리켰다.

"오늘은 안 나올 거래요. 주먹싸움은 딱 질색이라고."

"싸우긴 누가 싸운다는 거야? 나는 여기에 스카우트하러 온 거라니까?"

한숨을 내쉰 수현이 탱크의 외벽을 탕탕 두드렸지만 내부에서는 응답이 없었다. 박격포가 만들어낸 구멍으로 바깥을 내다본 동동이 혀를 찼다.

"저쪽은 싸우려고 하는 것 같은데요? 와, 근데 어떻게 그걸 맞고 멀쩡하게 일어나지?"

대로변까지 날아가 대형 트럭의 금속 트레일러를 우그러뜨리며 처박혔던 지후가 일어났다. 엉망이 된 자신의 방을 힐끔 쳐다본 그는 양팔을 벌렸다가 있는 힘껏 수갑을 서로 부딪쳐 깨뜨렸다.

지후의 시야에 익숙하기 짝이 없는 슬럼가의 골목이 보였다. 깜빡 속아 넘어갈 만큼 실제 거리를 정확히 재현해 놓았다. 하지만 평소와 분명하게 다른 차이점 하나 있었다.

"사람이 없어."

아무리 자정이 넘었다 하더라도 대로변을 오가는 사람이 단 한 명도 없었다. 지후의 기억 속에 있는 의식에서 지형지물을 빼왔지만 행인들까지 재현할 필요는 없었기 때문이다. 지후는 알겠다는 듯 천천히 고개를 끄덕였다.

"이건…… 아직도 꿈속이라는 거지?"

동동은 순간 육식동물의 우리에 내던져진 듯한 섬찟함에 진저리를 쳤다. 탱크라는 강력한 전쟁 병기에 탑승하고 있는 동동의 입장에서 황당하기 짝이 없는 감각이었다.

차갑게 가라앉은 지후의 시선이 불청객 전원을 향했다.

"그럼 이제부터 너희한테 무슨 짓을 해도 상관없겠네."

지후가 땅을 밟고 도약했다. 착지한 곳은 탱크를 비스듬히 바라볼 수 있는 지점. 포신이 회전하기 전에 사각으로 접근할 생각이라고 수현은 짐작했다. 지상을 달리는 벼락처럼 지후가 내달리기 시작했다.

"동동, 제압해."

"맨날 어려운 건 날 시키셔."

입으론 투덜거리면서도 동동은 머리에 쓰고 있던 고글을 내렸다. 그러자 다음 순간 동동의 왼팔에 있던 수많은 문신 중 가장 얇고 긴 문신이 푸른빛을 내뿜고는 사라졌다. 동시에 포동포동한 오른손에 스나이퍼 라이플이 쥐어졌다. 한 동작으로 이뤄진 소환을 마친 후 동동이 거침없이 사격을 개시했다.

탕! 탕! 탕!

지후는 반사적으로 돌진 방향을 살짝 꺾었다. 첫 발은 가까스로 빗나갔다. 하지만 이후 두 발을 연이어 맞으면서 지후의 고개가 뒤로 확확 꺾였다. 넘어질 뻔한 상체를 바로잡자, 이마와 오른쪽 볼에서 검은 탄흔과 김이 솟아올랐다. 탄환이 관통하지 못한 것이다.

돌진을 멈춰 세우긴 했지만 벌어진 동동의 입은 닫히지 않았다.

"자괴감이 들려고 하네. 대체 어떻게 멀쩡한 거야?"

"감탄이나 하고 있을 때니?"

예니는 고개를 설레설레 내저었다. 이미 격발의 동작을 읽고 피해내는 것이 가능한 거리까지 상대의 접근을 허용하고 말았다. 예니는 탱크의 포신을 밟고 날아오르며 정신을 집중했다.

다시 바닥에 착지할 때 예니는 하얗고 거대한 영장류의 다리를 갖고 있었다. 알비노 고릴라로 변신한 예니가 포효하는 동안 지후는 잠깐 주춤했다. 고양이가 고릴라로 변하는 광경은 그만큼 마술적이었다. 그 틈을 놓치지 않은 예니가 지후를 향해 있는 힘껏 주먹을 내질렀다.

이를 악문 지후는 양팔을 교차시켜 그것을 막아냈다. 방어에 성공했지만 상대의 압도적인 체중이 문제였다. 지후의 두 다리가 발목까지 땅을 파고들었다. 이번엔 반대쪽 주먹이 날아왔다. 지후는 잽싸게 방어를 풀고 다가오는 고릴라의 손목을 힘껏 붙잡아 업어치기를 했다. 두개골을 박살 낼 힘으로 덤볐기 때문에 이대로 지면에 처박힌다면 아무리 고릴라라고 해도 멀쩡할 수 없었다.

그 순간 지후는 단단히 붙잡고 있던 고릴라의 체모가 연기처럼 빠져나간다는 걸 깨달았다. 충돌 직전 비둘기로 변한 예니는 유유히 몸을 빼내었다.

비둘기는 조류보단 곤충에 가까운 궤적을 그리며 비행했다. 상대가 얼마나 뛰어난 자각몽자인지 눈치챈 지후는 자세를 바로잡았다. 꿈속에서 자신이 꿈을 꾸고 있다는 걸 깨닫는 것이 자각몽의 기본이다. 자유자재로 육체를 움직일 수 있다면 제법 숙련된 자각몽자이고, 지후가 바로 그런 수준이었다. 하지만 예니는 그보다 한 단계 높은 차원을 보여주었다. 원하는 타이밍에 자신의 형태를 바꾸는 것도 놀라운데 그 형태에 움직임을 제한당하지도 않고 있었다.

지후에겐 꿈속에서 날아오르는 재주가 없었다. 만약 가능했더라면 날개 달린 신발을 훔치겠다는 생각을 할 필요가 없었을 것이다. 눈앞의 침입자들 때문에 잃어버린 기회가 떠오르자 다시금 맹렬한 분노가 차올랐다. 지후는 그 감정에 집중했다.

동동과 예니가 지후를 몰아붙이고 있던 순간, 수현은 싸움이 벌어지는 곳에서 꽤 멀어져 있었다. 확인하고 싶은 게 있기 때문이었다. 그녀는 다시 지후의 방 안으로 되돌아갔다. 지후의 서랍장이 계속 신경 쓰였다.

"여기에 뭐가 있길래?"

수현이 서랍을 여는 동시에 바깥에서 땅이 뒤집히는 굉음이 들렸다.

자각몽자인 예니는 지금껏 살아오면서 숱하게 많은 꿈을 전전했다. 꿈속에서 인간이 얼마나 자유로워질 수 있는지 누구보다 잘 알고 있었다. 상식을 비웃고 물리를 비트는 꿈들을 얼마나 많이 봐왔던가. 하지만 자신이 맞서고 있는 상대는 달랐다.

발 딛고 서 있는 공간이 꿈이라는 걸 깨달은 지 얼마 되지도 않았거니와 그 배경이 당사자의 생활공간이다. 익숙한 공간일수록 변형을 가하는 것에 정신력을 크게 소모해야 한다. 본인의 몸을 변형시키는 능력에 특화된 예니는 누구보다 그것을 잘 알고 있었다. 즉, 이 빈민가를 구성하는 물질에 변화를 주는 일이 가장 힘들 사람은 지후여야만 했다.

그런 지후가 전신주를 수수깡처럼 뽑아 올리고 있었다.

'말도 안 돼.'

그 찰나의 경악이 곧 치명적인 실착이 되어 돌아왔다. 3미터나 되는 쇠기둥을 휘두르는 상대의 목표물이 예니 자신이었기 때문이다.

"꺄악!"

막무가내로 날아온 전신주가 예니의 한쪽 날개를 박살 냈다. 엄습하는 통증 때문에 연기로 변할 타이밍을 놓친 예니는 변신이 풀린 채 속수무책으로 지면에 추락하고 말았다.

"아야…… 아파."

기회를 놓치지 않고 덤벼들려던 지후가 바닥을 구르는 예니의 아파하는 얼굴을 보고는 멈칫했다. 지금까지 온갖 동물로 변신해 자신을 농락했던 이의 정체가 깡마른 또래 여자였다는 것에 당황한 것이다.

그때, 바닥의 타일을 뒤엎으며 거센 포화가 지후를 덮쳤다.

어느새 동동이 20밀리 구경의 개틀링 건을 쏘아대고 있었다. 초당 120발의 화력이 지후를 거칠게 몰아붙였다. 뒤로 훌쩍 물러난 지후가 주차된 자동차에 달라붙었다. 한 호흡에 문짝을 뜯어낸 후 방패로 삼아 포화를 튕겨내기 시작했다.

동동은 방금 지후가 괴력으로 전신주를 뽑아내는 장면을 목격했다. 한 차례라도 접근을 허용한다면 자신이 어떤 꼴이 될지 뻔해 개틀링 건을 멈출 수 없었다. 지후는 느리지만 착실하게 거리를 좁혀오고 있었다. 벨트형 탄띠가 짧아지는 속도는 무시무시했다. 동동은 모험수를 두기로 했다. 아직 치명적인 근접거리가 아닐 때 무기를 바꿔 들기로 한 것이다.

포격이 중단되자 지후는 관성에 의해 잠시 비틀거렸다. 걸레짝이 되어버린 문짝을 살짝 내리자 오른팔에서 빛을 뿜는 동동의 모습이 들어왔다. 지후는 상대가 몸에 새긴 문신을 무기로 바꿔 소환한다는 걸 기억하고 있었다.

동동의 허리가 낮아졌다. 이번에 어깨에 걸친 것은 네 발을 장전해 둔 로켓 런처였다. 지후는 찌그러진 차 문을 집어 던지고 엎드렸다. 허공을 불사르며 날아온 로켓은 다행히 지후의 머리 위를 스치고 날아갔다. 하지만 빗나간 폭발의 여파도 어마어마했다.

콰아아아앙!

네 번의 폭격이 순차적으로 지후에게 쏟아지는 동안 주변 일대가 새카맣게 발화되었다. 상식적으로는 그 어떤 유기체도 살아날 수 없는 잔인한 포격이었음에도 지후는 비틀거리며 다시 몸을 일으켰다.

동동은 예니를 바라보며 울상을 지었다.

"미안해, 예니. 탄약이 바닥나 버렸어."

"벌써?"

"로켓 런처가 힘을 엄청 잡아먹거든. 알잖아, 탄약 다 써버리면…… 나 어떻게 되는지."

예니는 한숨을 내쉬었다. 동동이 저렇게 말하는 이상 다그친다 해서 없던 탄약이 생기진 않는다. 이제부터 동동은 사람 모양의 궤짝보다 쓸모가 없었다. 탱크로 다가간 예니는 차체를 거칠게 두들겼다.

"소라! 빨리 나와. 큰일 나게 생겼다니까!"

여전히 대답은 없었다. 지후는 한쪽 어깨를 돌려보면서 다가오고 있었다. 불구덩이에서 걸어 나오는 악마처럼 느껴질 지경이었다. 결국 예니는 최후의 카드를 꺼내기로 했다.

"지금 안 나오면 한 달 동안 딸기 쇼콜라 안 사줄 거야."

그러자 탱크 안쪽에서 우당탕 소리가 들려왔다. 잠시 후 원피스를 입은 어린 소녀가 탱크 위로 모습을 드러냈다. 뿌루퉁한 얼굴로 입술을 내민 채.

"치사해, 언니."

"상황이 다급하니까 그렇지. 힘 좀 써봐."

포신 위를 총총 뛰어다니던 소라가 예니의 옆에 내려섰다. 그러고는 손바닥을 몇 번 마주친 후 지후의 앞을 가로막았다. 지후는 고개를 갸웃했다. 이제 겨우 열 살이나 되었을까 싶은 꼬마. 손에 쥔 무기도 없다.

하지만 소라의 무기는 보이지 않는 것에 있었다.

"오지 마."

소라가 빈손을 내뻗었다. 뭔가가 날아올 것이라 짐작한 지후가 뛰어올랐다. 아니, 그러려고 했다. 온몸을 옴짝달싹하지 못하게 붙잡은 정체불명의 힘만 아니었다면.

지후의 눈썹이 일그러졌다. 짓누르는 힘과는 달랐다. 오히려 보이지 않는 수백 개의 끈이 사방팔방에서 자신을 잡아당기는 느낌이었다. 어디로도 움직일 수가 없었다.

소라는 염력 사용자였다. 손가락을 두 번 까딱거리자 지후를 둘러싼 염력에 변형이 가해졌다. 맨몸으로 해일을 막아서는 기분이었다.

"계속 덤빌 거야? 아파질 텐데."

분한 듯 사자후를 터뜨린 지후는 매일 밤 자신이 헤쳐 나갔던 눈밭을 떠올렸다. 그토록 차가운 악몽도 그를 굴복시키지 못했다. 당연히 지금도 물러설 생각은 없다.

소라의 미간이 일그러졌다. 귀여운 소녀의 이마에 힘줄이 돋았고, 바람도 불지 않는데 원피스가 거세게 펄럭이기 시작했다. 염력으로 상대를 밀어내려는 소라와 의지력만으로 그걸 버티려는 지후의 팽팽한 줄다리기가 이어졌다. 찌적찌적, 지후가 서 있는 곳을 중심으로 반구 모양의 붕괴가 일어났다.

그때, 수현의 목소리가 미풍처럼 싸움터에 도달했다.

"그만, 둘 다 멈춰."

소라는 손바닥을 거두었다. 지후에게는 공격을 멈출 이유가 없었다. 그럼에도 지후가 꼼짝하지 못한 건 수현의 품에 안겨 있는 것 때문이었다. 지후의 손때가 잔뜩 묻은 드림캐스터 S07이 거기 있었다. 꿈이라고는 해도 그게 부서지면 어떤 영향이 있을지 몰랐다.

"꿈 도둑, 이제 조금 대화할 생각이 들어?"

"……."

"다시 한번 내 소개를 할게. SOF 코퍼레이션 몽재진압반 3팀을 맡고 있는 황수현 팀장이야. 널 스카우트하려고 왔어."

지후의 눈빛이 낡은 드림캐스터의 정중앙을 향했다. 살짝 지워지긴 했어도 SOF라고 양각된 글자가 분명하게 보였다.

"드림캐스터를 만든 회사잖아. 나한테 무슨 볼일인데."

꿈 도둑질을 해온 것 때문에 드림넷 활동에 제약이 걸릴지 모른다는 불안감이 지후에게 날 선 반응을 불러일으켰다.

"면접이라니까. 물론 결과는 합격. 네가 지금 버는 돈이 얼마

이든 열 배의 수당을 줄게."

"필요 없어."

수현은 계속 날을 세우는 지후를 향해 한숨을 내쉬었다. 그리곤 지후에게 다가가 낡은 드림캐스터를 내밀었다.

"네가 자꾸 남의 꿈속 물건을 훔쳐 가는 이유. 이것 때문 아니야? 이 안에 무슨 꿈이 들었는지는 모르겠지만 아마도 풀고 싶은 숙제가 있는 거겠지."

"나에 대해서 뭘 안다고 떠들어."

"모르지. 하지만 확실한 건 나에게 널 도울 힘이 있다는 거야. 그럴 이유도 있고. 내가 도와줄게, 꿈 도둑. 내 팀에 들어오는 대신 너의 염원을 이뤄주겠다는 거야."

지후의 눈빛이 흔들렸다. 좌절감에 사무쳐 눈밭에 잠겨 들었던 셀 수 없는 밤이 떠올랐다. 하지만 고개를 내저었다.

"불가능해."

"어째서?"

"하나의 꿈은 한 명만 캐스트할 수 있으니까."

"너, 머리는 별로 좋은 편이 아니구나."

"뭐라고?"

수현이 등 뒤에 있는 팀원들을 가리켰다.

"우리는 모두 넷. 몽주인 너까지 합치면 이 꿈에 들어와 있는 건 다섯이야. 어떻게 그게 가능했을까?"

잠시 생각하던 지후는 그녀의 말이 옳다는 것을 깨달았다. 애당초 자신이 이 괴상한 꿈에 내던져졌을 때 당황한 건 특정 꿈에 여러 명이 존재하는 개념이 낯설었기 때문이다. 그건 현존하는 그 어떤 모델의 드림캐스터도 제공하지 못한 영역이었다.

"진짜인가 보네."

적어도 SOF 코퍼레이션의 팀장이라는 수현의 말만큼은 허언이 아니라는 것을 알았다. 수현은 줄곧 들고 있던 낡은 드림캐스터를 지후의 손바닥 위에 사뿐히 내려놓았다.

"이번 주 안으로 나를 찾아와. 우리 회사 주소는 당연히 알겠지?"

수현이 손가락을 튕기자 팀원들이 하나씩 모습을 감췄다.

"아, 네 집을 망쳐놓은 건 미안해. 보상이라고 하긴 뭣하지만 고쳐줄게."

수현이 양손을 펼쳐 보이지 않는 공을 어루만지듯 움직이자 놀라운 일이 벌어졌다. 박살 났던 건물들의 잔해가 떠오르더니 원래 있던 자리로 돌아갔다. 불에 그슬린 자국이 사라지고 찌그러졌던 문짝이 활짝 펴졌다.

마치 시간을 거꾸로 되돌리는 것 같았다.

지후는 그동안 약한 척 너스레를 떨던 수현의 모습이 모두 위장이었음을 깨달았다. 그녀도 대단한 능력을 갖춘 자각몽자였다. 헛깨기의 무대로 만들어낸 꿈이라 굳이 고칠 필요가 없었음에도 한 번쯤 힘을 보여주고 싶어 하는 의도가 느껴졌다.

지후는 솔직한 감탄을 드러냈다.

"어떻게 그런 게 가능하지?"

"드디어 호기심을 보여주는구나. 하하, 궁금하니?"

수현은 사라지기 전에 한쪽 눈을 찡긋했다.

"대답은 바깥에서 해줄게."

4

SOF 코퍼레이션의 다른 직원들과는 달리 수현은 창가에 서서 한강을 내려다보는 것을 즐기지 않았다. 누군가 그 이유를 물어올 때면 자외선이 피부 건강에 미치는 악영향을 언급하며 둘러대곤 했지만 수현의 진짜 속내는 문자 그대로 사람들의 '꿈'을 먹고 몸집을 불린 회사가 오만함을 전시하는 행태가 싫은 것이었다. 그런 수현이 지금 오랜만에 창가에 서서 이를 부득부득 갈고 있었다.

"이렇게까지 기다리게 한다고? 벌써 금요일 오후라고."

수현의 등 뒤로 몽재진압반 3팀의 팀원들이 원형 탁자에 모여 앉아 있었다. 예니와 동동, 소라는 꿈속에서와 달리 평상복을 입고 있었다. 후드를 깊게 눌러쓴 예니는 양손으로 끈을 잡아당기며 퉁명스럽게 말했다.

"포기해요, 팀장님. 안 올 모양이네."

"분명히 올 거야. 눈빛이 그랬어."

"우리끼리도 충분히 할 수 있다니까요."

"센 척하지 말렴. 걔 하나 두고 다 같이 덤벼들어도 쩔쩔맸잖아. 수키한테 트레이닝을 더 강도 높게 해달라고 해야겠어."

우걱우걱 과자를 집어 먹던 동동의 어깨가 순간 움찔했다. 수키와의 트레이닝은 드림캐스터가 구현하는 꿈속에서 이뤄지지만 엄청난 칼로리를 소모하는 중노동이었다. 동동은 손가락에 묻은 마시멜로를 쪽쪽 빨며 자기변호를 궁리하기 시작했다. 티셔츠 바깥으로 튀어나온 동동의 굵은 팔뚝엔 꿈속에서와 마찬가지로 총기 문신이 가득했다.

"그건 팀장이 안 도와줘서 그런 거잖아요. 뒤에서 구경만 하고."

"실전도 아닌데 나까지 끼면 체면이 안 서잖니. 채점관이 면접 대상자랑 투덕거리면 위신이 깎이기도 하고, 곧 한 팀이 될 너희들끼리 기량을 겨뤄보는 게 더 중요하다고 판단했어."

"어쨌든 사흘이나 지났어요. 아까운 전력이긴 하지만 거절당한 거나 마찬가지죠, 팀장."

"내가 약을 너무 올렸나?"

소라는 동동의 과자 봉지에 슬그머니 손을 넣었다가 얻어맞은 손등을 어루만지며 생글거렸다. 애초에 과자에 흥미 있는 게 아니라 장난치는 거란 걸 동동 역시 잘 알고 있었다. 평소와 다름없이 노닥이는 둘의 모습에 수현의 눈초리가 사나워지자 소라가 어깨를 으쓱했다.

"팀장 언니, 그 오빠 사는 집 어딘지 봤잖아."

"제 발로 와야 의미가 있어. 억지로 이 자리에 앉힐 거면 번거롭게 설득이고 뭐고 할 필요도 없이 납치했지. 끄응."

수현이 머리를 감싸 쥐며 괴로워했다. 소라는 자신의 말을 오해했음을 지적했다.

"아니 아니, 언니도 봤을 거 아냐. 거기 엄청 못 사는 동네였잖아. 내가 그날 탱크 밖으로 나가기 싫었던 건 단순히 귀찮아서가 아니었어. 그렇게 언제 철거될지 모르는 동네를 걷는 게 진짜 싫었거든. 내가 살던 곳이랑 너무 비슷해서."

"그게 어쨌다고?"

"그 오빠…… 차비가 없어서 못 오고 있는 거 아니야?"

수현은 뜨악했다. 그 단순한 걸 놓친 것이다.

"그래도 핸드폰은 있을 거 아냐. 전화를 하면 되지, 전화를!"

삐리릭, 때마침 수현의 책상에 있는 사무용 전화기가 요란스레 울렸다. 예지 능력이라도 있는 듯 수현을 쳐다보는 팀원들 시선 사이로 수현이 수화기를 들었다.

"몽재진압반 3팀장 황수현입니다."

"시큐리티 팀입니다. 로비에 출입 등록이 되지 않은 청년 하나가 와서 이상한 말을 하네요. 초대를 받고 왔는데 정작 초대한 사람의 이름은 잊어버렸다고 합니다."

"뭐라던가요?"

"그게 그러니까…… 검은 양복 차림에 허우대는 멀쩡한데 안색은 표독스럽고 얄미운 협박을 즐기는 것 같은 여자 팀장님을 찾는다고 하더군요. 곰곰이 생각해 보니 아무래도 팀장님 같아서요."

수현의 얼굴이 벌게졌다. 팀원들은 저마다 못 들은 척 딴청을 부리기 시작했다.

"저 맞습니다. 거기서 기다리라고 하세요."

으리으리한 규모의 설비를 자랑하는 SOF 코퍼레이션 로비 안으로 한 남자가 들어섰다. 층계 앞에서 그를 맞이한 수현이 팔짱을 낀 채 상대를 내려다보았다.

"왔구나, 꿈 도둑. 이름은?"

"성지후."

"환영해, 지후 군. 가방은 안 메고 왔네? 꿈 도둑이 애지중지하는 그 가방을 실제로도 들고 다니는지 무척 궁금했는데."

"그렇게 허튼소리만 계속할 거면 돌아갈 거야."

수현은 말로 기를 눌러보려는 시도를 그만두기로 했다. 일단 지켜보는 눈이 너무 많았다.

"좋아. 이제부터 반말은 안 돼. 꿈속에서야 별로 상관없지만 회사에서는 내 지위와 체면이 있거든. 알겠니?"

"……알겠습니다."

"따라와. 우리 일터로 안내해 줄게."

지후는 그녀의 뒤를 따르면서 초국가적 거대기업의 내부에서 분주하게 움직이는 직원들을 보고 경이로움을 느꼈다. 이 정도로 거대한 빌딩의 태양광 패널을 다 닦아내려면 며칠이나 걸릴까 하는 생각도 들었다. SOF 코퍼레이션 정도의 기업이라면 수작업이 아닌 자동화된 공정이 있을 테지만 말이다.

그러는 사이 둘을 태운 엘리베이터는 45층에 도달했고, 넓은 복도를 지나 '몽재진압반'이라는 안내판이 있는 구역으로 들어섰다.

"몽재진압반은 정확히 무슨 일을 하는 거……죠?"

"쉽게 생각하면 소방관이랑 비슷해. 소방관들은 재난 현장에 뛰어들어서 불을 끄잖아? 우리는 꿈속에서 사고가 일어났을 때 그런 일을 하는 거지."

"제가 사는 동네에는 화재나 폭발 사고가 일어나는 건 일상이에요. 하지만 한 번도 사람이 출동하는 걸 보지 못했어요. 화재 진압은 원래 인공지능 로봇의 일이 아닙니까?"

수현이 뒤돌아 관자놀이를 톡톡 두드리며 지후에게 말했다.

"인공지능은 꿈을 꾸지 못하거든."

복도를 걷던 연구원들이 수현을 알아보고 묵례했다. 그들은 추레한 옷차림의 지후를 보고 쑥덕거리기 시작했다. 수군거림 사이에 간간이 '꿈 도둑'이라는 말이 섞여 들려왔다.

"저보고 꿈 도둑이라고 하셨죠. 그래서 붙잡으려고 했던 겁니까?"

"그건 그냥 감탄의 의미로 붙인 별명이야. 이용자들이 익명으로 활동하는 드림캐스터 계정으로는 널 잡을 수 없으니까. 아, 내가 찾아간 게 함정 수사 비슷한 거라고 생각한 거니?"

지후는 뜨끔한 표정을 드러내고야 말았다. 수현은 지후의 속내를 읽고는 실소를 머금었다.

"걱정 말렴. 꿈속에서 벌어지는 일은 엄밀히 말하면 개인의 무의식 속에서 벌어지는 것들이야. 현실의 판사봉은 꿈속에서 벌어지는 일에 휘둘러지지 않아. 배우자의 드림캐스터에서 첫사랑과 밀회하는 꿈을 발견하면 그 꿈을 불륜의 증거로 내세울 수 있다고 여기는 사람들의 믿음과는 달리 말이야."

지후는 고개를 갸웃했다. 수현은 분명 몽재진압반이 꿈속에서 벌어지는 '사고'를 해결하는 자들이라고 말했다. 사고라는 건 드림캐스터 안에서 벌어지는 일들이 그렇게 단순하지는 않다는 방증이 아닐까.

수현과 지후는 이윽고 커다란 원형 벽면이 기묘한 기기들로 빼곡히 채워진 방에 입장했다. 몽재진압반 3팀의 트레이닝룸이었다. 낯익은 인물 셋이 수현과 지후를 기다리고 있었다.

수현이 차례로 팀원들을 소개했다.

"이쪽은 예니야. 포지션은 '트랜스포머(Transformer).'"

예니는 벽면에 등을 기댄 채 자신의 발끝만 쳐다보고 있었다. 무례한 태도라고 할 수 있었지만 수현은 신경 쓰지 않고 설명을 이어나갔다.

"트랜스포머는 꿈속에서 그 어떤 동물로든 변신할 수 있고 그 상태를 유지하는 능력도 탁월한 자각몽자를 가리켜. 예니는 다람쥐 정도의 작은 동물로도, 기린처럼 커다란 동물로도 변신할 수 있어. 물론 인체와 비례가 너무 다르면 정신력 소모도 그만큼 빨라. 모래나 벽돌 같은 사물로도 변신할 수 있지만 그 경우에는 지속 시간이 무척 짧고."

설명이 끝나자 지후는 예니의 얼굴을 물끄러미 보다가 입을 열었다.

"그 고릴라구나."

시비를 건다고 생각했는지 예니의 미간이 찌푸려졌다. 적의를 숨길 생각이 별로 없는 도전적인 눈빛으로 그녀는 지후를 노려봤다.

"입 조심해. 그리고 착각하지 마. 며칠 전엔 팀장님이 살살 다루라고 해서 봐준 거니까."

꿈 도둑 포획 작전 당시 수현은 살살 다루라는 말 따윈 하지 않았지만 그 사실을 지적할 정도로 눈치가 없진 않았다. 3팀의 행동대장인 예니가 굴러들어온 돌인 지후에게 경계심을 느끼는 건 당연했다. 그것을 적당한 호승심으로 바꾸는 것이 리더인 수현의 일이었다. 수현은 별다른 제지 없이 다음 차례로 넘어갔다.

"반가워, 나는 동동이야. 포지션은 '아머리(Armory)'. 그때는 다짜고짜 총질해서 미안해."

지후는 인사하는 남자가 몸에 그려진 각종 병기와 전투 차량을 소환했던 것을 기억하고 있었다. 아머리는 병기를 만드는 곳이라는 뜻이기도 했다.

"동동의 상상력은 대단하지만 무적은 아니야. 모든 무기는 탄약 용량에 한계가 있어."

"어째서 그렇죠? 꿈속에선 어지간해선 그런 일이 없을 텐데."

"더 강한 힘을 위해 스스로에게 제약을 걸었기 때문이야."

수현의 설명에 따르면 '제약'은 자기암시의 일종으로서 자각몽자가 꿈속에서 능력을 통제하는 여러 방법 중 하나였다. 본인의 상상에 명확한 한계를 지정함으로써 꿈에 대한 통제력을 높이는 방법으로, 물줄기를 더 날카롭고 파괴적으로 바꾸기 위해 호스 입구를 손으로 누르는 행위와 비슷하다고 했다. 꿈속에서 무기를 소환하기 쉽도록 현실의 육체에 문신을 하는 것 역시 그런 의식의 일종이었다.

"탄약이 바닥날 수 있다는 위기감 덕분에 방아쇠를 당기는 행위가 꿈속에서 확실한 효과를 발휘하는 거야. 동동의 능력은 범용성이 무척 높아. 구석기 시대나 서부의 황야가 배경이어도 로켓 런처를 소환할 수 있으니까. 뭐, 탄약이 바닥나면 아주 골치 아파진다는 것을 제외하면."

"헤헷, 나는 예니처럼 천재가 아니어서 꿈속에 제약이 많아. 그래도 내 포격을 그렇게 아무렇지 않게 튕겨내는 건 처음 봤어. 1팀이나 2팀의 유명한 자각몽자들도 맨몸으로 버틸 순 없거든. 혹시 네가 건 제약이 뭔지 물어봐도 될까?"

"나는 제약 같은 거 몰라. 애초에 그런 거 한 번도 생각해 본 적 없거든."

지후의 대답에 수현의 눈빛이 날카로워졌다. 어느 정도 짐작하고는 있었지만 확실히 눈앞의 청년은 다듬어지지 않은 원석이었다. 어려서부터 꿈을 다루는 법을 훈련받은 자각몽자들과는 전적으로 달랐다. 바로 그 점이 수현의 기대감을 더 고무시켰다. 뛰어난 늑대 사육사가 길들여지지 않은 초원의 호랑이를 만난 것이다.

"마지막으로 3팀의 마스코트 소라를 소개할게. 포지션은 '사이코키네시스트(Psychokinesist)'. 우리 소라는 꿈속에서 벽을 통과할 수 있고 꿈속의 물건들을 척력과 인력으로 끌어당기거나 내쏠 수 있어. 염동력은 가장 흔하고 널리 개발되는 힘이지만 이 아이만큼 그 힘을 자유자재로 구사하는 능력자는 드물지."

소라의 키는 지후의 허리춤 정도로 아담했다. 하지만 눈높이를 낮춰 소라를 바라보는 지후의 표정은 사뭇 진지했다. 꿈속의 대치 상황에서 자신을 마지막까지 억누른 것이 바로 이 땅콩만 한 아이의 염동력이었다. 그건 생전 처음 느껴보는 이질적인 위협이었다.

반면 소라는 지후를 향해 싱글벙글 웃을 뿐이었다.

"오빠는 그럼 나랑 비슷하구나. 나도 꿈에서 그냥 하고 싶은 대로 하는 거거든."

팀원들의 포지션 설명을 모두 들은 지후가 수현을 쳐다보았다.

"팀장님의 포지션은 뭡니까. 보통 능력자가 아니란 걸 그날 보여주셨잖아요."

"'카펜터(Carpenter)'. 목수라는 뜻이야."

수현은 자신의 오른손을 톱날인 것처럼 펼쳐 보인 뒤 왼팔을 슥슥 자르는 시늉을 하며 말했다.

"나는 꿈속 건축물들의 배치를 바꾸거나 사라지게 만들 수 있어. 파괴된 잔해를 원상태로 복원할 수도 있지. 뛰어난 기억력과 분석력이 없으면 엄두를 내지 못할 능력이야."

다만 살아 있는 생명체에겐 사용할 수 없다는 제약이 있고, 전투엔 그다지 적합한 능력이 아니므로 주로 후방에서 오퍼레이터 역할을 한다는 것이 수현의 설명이었다.

"우리 몽재진압반 3팀은 대부분 이곳에서 훈련해 능력을 키운 거야. 사연은 저마다 다르지만 모두 내가 스카우트한 친구들이지. 나는 언제나 다섯을 꿈꾸었어. 가장 안정적인 숫자라고나 할까."

"제가 마지막으로 합류한 겁니까?"

"그래. 훈련받은 자각몽자 넷을 혼자서 감당했잖니."

수현은 말을 이었다.

"알다시피 드림넷 안의 꿈에서, 꿈의 업로드한 주체인 몽주의 사고방식은 신의 율법이나 마찬가지로 절대적이야. 보통 사람이라면 그런 꿈에 들어가면 무대를 구경하는 관람객이 되지. 하지만 너도 알다시피 자각몽자의 재능을 타고나면 타인의 꿈에서도 아주 자유롭게 움직일 수 있어. 그리고 우리 SOF 코퍼레이션은……."

수현은 씩 웃으며 팀원들을 바라봤다.

"신의 율법에도 대항할 수 있는, 발군의 능력을 가진 자각몽자를 키우고 있지. 그게 바로 몽재진압반이야. 꿈 도둑, 이곳에 들어온 걸 환영해."

그렇게 성지후는 몽재진압반 3팀의 다섯 번째 팀원이 되었다.

2

파도에 잠기는 선율

1

'이거 취업 사기 아냐?'

엄격한 합숙 훈련이 시작되었다. 정식 팀원이 되어 바로 실전에 투입될 줄 알았건만 오산이었던 것이다. 지후는 당혹스러웠다. 훈련을 받는 동안에는 SOF 코퍼레이션 본사 밖으로 나갈일이 없는 것 같았다. 다른 팀원들과 마찬가지로 지후의 방도 팀 사무실이 있는 45층에 배정되었다. 마치 기숙사처럼 숙식 관련 모든 것이 안에서 해결되는 시스템이었다.

자신이야 기다리는 사람이 없으니 집에 안 돌아가도 그만이었지만 3팀 전원이 이곳에서 지낸다는 것은 의아한 일이었다.

"왜 다들 집에서 다니지 않아?"

"우린 전부 이곳이 집이거든. 나도, 예니도, 소라도. 진작부터 여기 살면서 지냈어."

동동은 한 손에는 새우초밥을, 다른 손에는 콜라를 든 채로 대답했다. 벌써 세 번째 식판이었다. 지후는 동동의 총기 소환 능력보다 이런 무자비한 식탐이 훨씬 경이로웠다.

"어떻게 계속 들어가는 거야?"

"난 배고프면 잠을 못 자거든. 이곳에서 숙면은 휴식이 아니라 의무야. 당연히 갖춰야 할 능력이지. 그러니까 잘 먹어둬야해. 먹다 죽은 귀신이 때깔 곱듯, 먹다 잠든 자각몽자도 마찬가지라고."

아침 식사를 마친 뒤엔 바로 체력 단련실로 향했다. 동동은 배가 부르다며 하는 둥 마는 둥이었고, 소라도 마찬가지였다. 염력 숙련도는 근력과 상관이 없다는 게 태업의 근거였다.

반면 예니는 달랐다. 한순간도 쉬지 않고 러닝머신과 덤벨을 오가며 체력을 단련했다. 마치 자신을 학대하는 것처럼 몰아붙이는 모습이었다. 철이 들고 나서부터 몸을 움직이는 노동을 해온 지후 역시 체력에는 자신이 있었으나 예니의 운동량을 따라잡을 수는 없었다.

"이 정도의 운동을…… 매일 한다고?"

"가끔은 새벽에도 해."

"강한 체력에서 강한 정신력이 나온다고 믿어서?"

"아니. 몸을 혹사시켜야 잠이 오는 스타일이라서. 하루라도 운동을 쉬면 잡아먹히는 기분 때문에."

"뭐에 잡아먹히는데?"

지후의 연이은 질문을 받아주던 예니가 달리기를 멈췄다. 그러고는 지후가 달리고 있는 러닝머신에 손을 뻗어 최대 속도 버튼을 눌러버렸다. 덕분에 중심을 잃고 비틀대던 지후는 가까스로 팔걸이에 매달려 러닝머신에서 나자빠지는 추한 꼴을 면했다. 정신을 차렸을 때 예니는 이미 다른 운동기구로 떠나 있었다. 오기가 생겨 최대 속도 그대로 달리기를 하는 지후를 향해 소라가 상냥하게 조언했다.

"운동하는 예니 언니는 건드리지 마."

"헉헉…… 운동할 때만?"

"혼자 책 볼 때랑 누워 있을 때랑 생각하면서 걸을 때도."

"허억, 그럼 언제 건드리는 게 좋은데?"

"그러고 보니 딱히 괜찮을 때가 없네. 생각나면 알려줄게."

오후가 되자 황수현 팀장이 모든 팀원을 트레이닝룸에 불러들였다. 지금까지 느슨하게 풀어져 있던 동동과 소라마저 진지해진 모습은 지후를 살짝 긴장시켰다.

"잘 들어, 성지후. 이곳은 내 허락 없인 대통령도 들어올 수 없는 곳이야. 이곳에서 보고 들은 것을 바깥에서 떠들고 다닌다면 몹시 난감해질 거야. 우리 회사 법무팀이 얼마나 피도 눈물도 없는지 깨닫게 될 테니까. 무슨 말인지 이해했지?"

"이해했습니다."

몽재진압반에 소속된 자각몽자인 드림 플레이어들에게 제공되는 안락한 잠자리와 편의 시설들은 역시 단순 복지가 아니었다. 팀원들의 일거수일투족을 감시하기 위한 선택일 뿐이었다.

수현이 캡슐 하나를 가리키며 말했다.

"누우렴. 오늘은 네 능력을 테스트해 볼 거야."

"또 시험입니까."

"걱정하지 마. 점수를 매겨서 탈락시킨다거나 하는 일은 없어. 렘수면 상태에서 네가 얼마나 꿈을 통제할 수 있는지 정확한 수치를 알아보는 과정일 뿐이니까. 앞으로 함께할 동료가 꿈에서 뭘 할 수 있고, 뭘 할 수 없는지 파악하는 건 무척 중요해."

지후는 신발을 벗고 캡슐에 누워 낯선 패널이 반짝거리는 드림캐스터를 착용했다.

"꿈속으로 들어가면 튜터의 지시에 따르도록."

"튜터요?"

"응. 전혀 생각지 못한 인물은 아닐 거야."

바닥으로 가라앉는 익숙한 감각 끝에 눈을 뜨니 지후가 있는 곳은 수현에게 처음 붙잡혀 왔던 바로 그 방이었다.

'하지만 그때와 다르네.'

수현이 앉아 있었던 소파는 보이지 않았다. 그 자리엔 대신 대나무 한 그루가 솟아올라 있었다. 그 대나무의 밑동을 뜯어 먹던 아기 판다가 고개를 돌렸다.

"반갑습니다! 플레이어 후보 성지후 님."

수현의 말대로 낯익은 얼굴이었다. 드림캐스터의 광고마다 등장하는 SOF의 마스코트가 귀여운 미소를 짓고 있었다.

"저는 플레이어의 훈련을 보조하고 있는 AI 튜터 수키입니다. 비록 사람은 아니지만 험한 말을 하면 상처받으니 주의해 주세요. 감수성이 예민한 편이거든요."

"인공지능에게 감수성이 있어?"

"그럼 바로 시작해 볼까요!"

수키가 박수를 치자 방 전체가 한 바퀴 회전하더니 대나무가 사라졌다. 대신에 지후와 수키 사이에 별다른 무늬가 없는 상자가 하나 올라간 평범한 테이블이 생겼다.

"이리 오세요, 지후 님."

지후는 성큼성큼 다가가 주먹을 들었다.

"이걸 부숴버리면 되나?"

"그럴 리가요. 듣던 대로 좀 과격한 면이 있으시군요. 이건 그냥 종이 상자예요."

수키가 상자의 뚜껑을 들자 텅 빈 내부가 보였다. 다시 상자를 덮은 수키가 한 걸음 물러나며 말했다.

"자, 이제 지후 님이 뚜껑을 열었을 때 이 안엔 사과가 들어 있어야 합니다. 상상으로 해내는 거예요."

"내 상상으로 사과를 만들어? 그런 거 해본 적 없는걸."

"아주 기초적인 과정입니다. 플레이어가 되려면 자각몽자의 무기인 '의지'가 얼마나 강한가를 증명해 주셔야 해요."

일단은 시키는 대로 해봐도 좋을 것 같았다. 기초적인 과정이라고 하니 부담도 크지 않았다. 한 번도 시도한 적 없는 일이라 지후도 호기심이 일었다. 상자에 손을 올린 뒤 주먹만 한 사과를 상상했다. 속으로 세 번 중얼거렸다.

'이 안엔 사과가 있다. 사과가 있다. 사과가!'

그러고 나서 상자의 뚜껑을 열었을 때, 지후와 수키는 동시에 크게 당황했다.

"아니, 이게 어떻게 된 거죠?"

마치 드라이아이스가 담긴 것처럼 상자에선 냉기가 꿀렁대며 흘러나왔다. 수키가 상자 안으로 앞발을 집어넣었다. 다시 빠져나온 판다의 발바닥 위엔 차가운 냉기를 내뿜는 얼음 덩어리가 있었다. 불투명하게 보이는 얼음 속에 붉은 사과가 갇혀 있었다.

수키는 동그란 눈을 끔뻑거렸다.

"분명 사과는 사과인데……."

"뭔가 잘못된 건가, 실패야?"

"애매하군요. 사과 대신 엉뚱한 과일을 만들어내는 경우는 여러 번 보았습니다. 드물지만 썩은 사과가 튀어나온 적도 있고요. 하지만 이렇게 꽁꽁 얼어붙은 사과는 처음 봐요."

수키가 얼음 사과를 허공에 집어 던졌다. 천장에 닿을 듯 올라간 사과는 보이지 않는 무언가가 삼킨 듯 감쪽같이 사라졌다. 그 모습을 보던 수키는 다른 걸 주문했다.

"사과라서 문제였을지도 모르죠. 내용물을 바꿔볼까요?"

이후, 수키는 축구공이나 지팡이 등 상자 안에 들어갈 만한 사이즈의 물건들을 만들어보라고 요구했다. 지후는 수키가 시키는 대로 정신을 집중했다. 하지만 결과는 동일했다. 뚜껑을 여는 순간 폭발하듯 흘러나오는 냉기, 내용물을 꺼내면 형태만 온전할 뿐 모두 단단한 얼음 속에 있었다.

수키는 머리를 긁적이다가 이렇게 말했다.

"실례지만 혹시 눈사람이세요?"

수키는 포기하고 두 번째 시험으로 넘어갔다.

"이것들을 통과하라고?"

지후의 앞엔 나무판자, 벽돌, 강철 등 다양한 재질의 벽들이 도미노처럼 배열되어 있었다. 그 끝에는 목에 스톱워치를 건 수키가 서서 손을 흔들었다. 시간을 잴 모양이다.

지후는 첫 관문인 나무판자를 손으로 만져보았다. 첫 번째 시험보다 훨씬 더 어려운 숙제였다. 지후는 수키가 안내해 준

대로 자신이 벽을 통과할 수 있다고 되뇌며 있는 힘껏 힘을 주었다.

콰직, 나무판자가 무참하게 박살 나버렸다. 다른 재질의 벽들도 모두 마찬가지였다. 지후가 통과할 마음으로 손을 뻗으면 그저 부서질 뿐이었다. 마지막 장벽이었던 강철 벽까지 맨손으로 뚫어버린 지후는 민망한 얼굴로 수키 앞에 섰다.

"15초라니 어, 엄청난 기록이기는 한데요."

"그럼 된 거 아냐?"

"아니죠! 통과한 게 아니라 모두 아작을 냈잖아요!"

"뭐 어때. 모든 벽을 부술 수 있으니까, 굳이 벽을 통과할 능력은 없어도 되지 않을까."

"입은 살았군요. 세 번째 시험으로 넘어가죠."

이어진 시험도 마찬가지였다. 구름 위에 배치된 발판과 발판 사이를 날아서 이동하는 비행 시험도, 오직 생각만으로 물건의 위치를 이동시키는 염력 시험도 모두 실패로 돌아갔다. 그건 자각몽에 대단한 재능이 없는 일반인들도 꿈속에서 종종 해내는 일이라 수키는 당황했다.

"나는 지하나 다름없는 곳에서 살았어. 그 영향이 아닐까?"

"헬리콥터나 비행기도 타본 적 없어요? 빌딩 사이를 달리는 모노레일은?"

"그런 건 비싸잖아. 나는 지하철만 타."

믿고 싶지는 않지만 살아온 환경에 따라 자신의 상상력이 제약되었다고 생각하니 지후도 떨떠름한 기분이었다.

이제는 자존심이 걸린 문제라고 할 수 있었다. 지후는 단 하나의 시험만이라도 멋지게 통과해서 수키가 만족하는 모습을 보고 싶어졌다. 다행히 마지막 시험은 지금까지와 다르게 희망이 보이는 듯했다.

지후는 바닥에 주저앉아 움켜쥔 왼팔을 뚫어져라 노려보았다. 그러자 놀라운 일이 벌어졌다. 손바닥을 제외한 모든 부위에서 갈색 털이 우수수 돋아났다. 지후의 고개가 홱 하고 돌아갔다.

"어때! 성공이지?"

하지만 돌아오는 수키의 시선은 싸늘했다.

"1분은 유지해야 한다니깐요. 3초도 안 돼서 원상태로 돌아오잖아요. 그건 변신이라고 할 수 없지요, 지후 님."

지후는 황망한 얼굴로 자신의 왼팔을 내려다보았다. 무성하던 털은 어느새 온데간데없고 익숙한 맨살이 보였다.

"젠장."

"이상하네요. 원숭이로 변해 보는 건 그렇게 어려운 일이 아니거든요. 유전자 계통상 아주 가까우니까. 아무리 자기애가 투철한 인간이라고 해도 숨겨진 콤플렉스가 있듯, 다른 존재가 되고 싶다는 갈망 역시 인간이라면 다 갖고 있는 법이거든요."

"그럼 난 왜 이렇게 금방 돌아와 버리는 건데?"

"그러니까 그걸 모르겠어요. 아예 실패한 것도 아니고. 재능이 없다고 할 수도 없고. 마치 '변신'이라는 과정에 지후 님의 신체가 알레르기 반응을 일으키듯 저항하는 모양새예요."

"설마 이것도 처음 보는 일이야?"

"안타깝지만 그렇네요."

"난 어떻게 되는 거지? 뭐 하나 제대로 통과한 게 없잖아."

수현의 제안을 받아들이기까지 꼬박 일주일을 고민했다. 반드시 결말을 바꾸고 싶은 단 하나의 꿈. 그것을 타인에게 고백한다는 행위 자체가 지독하게 고통스러웠기 때문이다. 하지만 결국 지후는 실낱같은 희망을 붙잡기 위해 빌딩의 문을 두드렸다. 그런데 이 정도로 낙제에 가까운 결과가 나올 거라곤 상상조차 하지 못했다.

"판단을 내리기 전에 팀장님을 모셔와야겠어요. 잠시만요."

수키가 손가락을 튕기자 바깥에서 대기하던 수현이 방 안에 소환됐다. 지후는 면목이 없어 수현의 눈을 피한 채 애꿎은 천장만 노려봤다.

"괜찮아. 처음에는 다 그래."

"……위로하실 필요는 없습니다."

"위로 아니야. 이런 상황도 어느 정도 예상했어. 시험 성적이 실전 능력으로 이어지는 것도 아니고. 그나저나 얼음 사과가 튀어나왔다고? 한번 보여줄래?"

수키가 다시 상자를 만들어내자 지후는 한층 부끄러운 심정으로 사과를 상상했다. 수현은 얼어붙은 사과를 집어 든 다음 몇 번 매만지다가 바닥에 내던졌다.

"오래 붙잡고 있을 순 없겠네. 지독하게 차가워서."

얼음 사과가 바닥과 부딪히면서 몇 개의 얼음 조각을 떨궜다. 그러고는 천천히 녹아내리기 시작했다. 수현은 지후에게 다가왔다.

"꿈에서는 네가 '일어나리라 믿는 일'만 일어나. 방금 사과가 아래로 떨어진 거 봤지? 왜 그럴까. 사실 따져보면 꿈속에 중력 같은 것은 없을 텐데."

"……"

"바로 네가 사과는 아래로 떨어진다고 믿고 있기 때문이야. 의식도 못 하는 깊은 곳에서부터. 그렇다면 어떻게 자각몽자들은 꿈속에서 하늘을 날 수 있을까. 믿음을 이길 수 있는 건 갈망뿐이야. 강력한 욕망이라면 평생을 믿어온 중력의 당연함마저 이겨낼 수 있는 거지. 일단은 그게 기본 원리야. 누군가의 꿈에 들어가서 법칙을 바꾸려면……"

수현이 손가락을 튕기자 부서졌던 얼음들이 허공에서 조각조각 달라붙기 시작했다. 사과는 이내 본래의 모습으로 돌아와 수현의 손바닥 위에 안착했다.

"꿈을 꾸고 있는 자의 믿음을 깨부수고, 그들의 욕망을 벗어날 수 있을 만큼 의지를 키워야 해. 그게 몽재진압반 플레이어의 자격이야."

"제가 할 수 있을까요?"

"응. 나는 너를 믿어. 너를 고른 내 안목도 믿고."

하지만 수키는 생각이 다른지 단호히 앞발을 내저었다.

"팀장님, 말리고 싶네요. 지금까지 데려온 후보 중에서 자각몽의 기본적인 원리도 깨닫지 못한 후보는 없었잖아요."

"수키, 네 프로그램들은 모두 자각몽자들이 꿈속에서 특별한 힘을 발휘하기 위해 쓰는 스킬을 기반으로 한 거지?"

"그렇죠."

"하지만 이 친구는 그럴 필요가 없어. 변신으로 위장해서 적의 눈을 속이거나, 비행으로 폭발에서 도망치거나, 염력을 써서 방어할 필요가 없는 거야. 이 친구는 꿈속에서 정말 미친 듯이 튼튼하거든. 마치 다이아몬드처럼."

"하지만 불안정한 능력이에요. 훈련을 통해 얻은 힘이 아니니까요."

그렇게 반박한 수키는 대화의 대상을 바꾸었다. 한없이 진지한 판다의 눈망울이 꿰뚫을 듯이 지후의 눈을 마주했다.

"지후 님은 자신이 왜 그런 힘을 갖게 됐는지 설명할 수 있나요?"

잠시 생각하던 지후는 고개를 가로저었다.

"글쎄, 모르겠는데."

"거봐요. 본인도 알 수 없는 원리로 갖게 된 힘이라면…… 역시 알 수 없는 원리로 잃어버릴 수도 있지 않을까요. 저는 그렇게 불안정한 분을 이 드림캐스터의 사용자로 등록시켜 드리고 싶지 않아요."

지후의 안색이 창백해졌다. 수키의 말이 그대로 탈락을 통보하는 듯 보였기 때문이다. 하지만 수현은 여유를 잃지 않고 수키의 복슬복슬한 머리를 쓰다듬었다.

"최종 판단은 아직 일러, 수키. 내가 너에게 보여주고 싶은 이 친구의 진짜 무기는 따로 있거든. 그렇지, 신입?"

수현은 지후가 메고 있는 크로스백을 가리켰다.

"그 화수분 같은 가방 말이야. 그걸로 뭘 훔칠 수 있는지 수키에게 보여줘."

"훔친다고요?"

다행히 수키는 호기심을 보였다. 수현은 수키에게 무겁고 육중한 금괴를 만들어보라고 주문했다. 수키가 금괴를 만들어내자 수현은 지후에게 턱짓했다. 지후가 금괴를 손에 들어 가슴께로 가져가자 크로스백의 지퍼가 저절로 열리더니 금괴를 꿀꺽 삼켰다. 그 광경에 수키의 두 눈이 휘둥그레졌다.

"사라졌어……요. 아니, 어떻게?"

"방금 만든 그 금괴, 다시 가져올 수 있겠어?"

"아뇨. 벌써 다섯 차례나 시도해 봤는데 돌아오지 않아요. 꿈 속에서…… 도난당한 것처럼."

"거봐. 이 친구는 진짜 꿈 도둑이라니까?"

수키가 종종걸음으로 걸어와 지후의 손을 덥석 붙잡았다.

"잠깐 두개골을 좀 열어봐도 될까요?"

"뭐라고?"

지후는 질겁하며 뒤로 물러났다. 수현은 피식 웃으며 말했다.

"쫄지 마. 수키식 농담이야. 네 능력을 인정한다는 뜻이지."

인정을 받은 것은 좋지만 계속 수키와 훈련해야 한다는 사실을 떠올린 지후는 아득한 기분이었다. 인공지능의 말은 농담인지 아닌지 도통 뉘앙스를 구분할 수가 없었기 때문이다.

수현이 웃음기를 지운 채 말했다.

"성지후. 실전이 가장 중요하다곤 하지만 그렇다고 훈련을 게을리하면 곤란해. 작전에 투입되면 팀원들과 함께 호흡을 맞춰야 하니까. 어느 정도는 진도를 따라와야 하지 않겠어?"

"알겠습니다. ……팀장님, 그때 제게 했던 약속은 언제 들어주실 건가요? 제 꿈속 문제를 풀어주겠다는 약속이요."

"물론 잊지 않았어. 내가 이래 봬도 핵심 부서의 팀장이야. 사내에서 제법 영향력이 있는 편이라고. 하지만 맨입으로 들어줄 순 없잖아? 일단 실전 하나를 해결하고 얘기해 보자고. 마침 처치 곤란한 꿈 하나가 우리 팀 앞으로 떨어졌거든. 그 꿈이 네 신고식이 될 거야."

지후는 판다의 귀가 얼마나 쫑긋 솟아오를 수 있는지 처음 으로 알게 되었다. 수키가 지후를 불쌍하다는 듯 쳐다보기 시 작했다.

"팀장님, 설마 그 꿈으로 지후 님을 투입하게요? 그건 1팀과 2팀의 정예 플레이어분들도 포기한 꿈이잖아요."

"그러니까 우리 3팀에게 순서가 돌아왔지. 성지후, 실전에서 보란 듯이 모두에게 증명해. 몽재진압반 3팀에 진짜배기 괴물이 들어왔다는 걸."

2

"'섬망'이란 일반적으로 환각과 이명에 시달려 현실을 분간하 기 어려워지는 증상을 말해. 정신에 균열이 가는 거지."

지후의 첫 실전을 앞두고 팀장인 황수현은 전원을 수면실에 모아놓고 짐짓 분위기를 잡으며 말을 꺼냈다. 지후가 주변을 둘 러보니 예니와 동동, 소라의 표정에는 아무런 동요가 없었다. 즉, 자신보다 먼저 플레이어가 된 팀원들에게는 이미 귀에 익은 이야기란 뜻이다.

"드림넷 속의 어떤 꿈들은 종종 이런 섬망을 유발해."

"처음 듣는 이야긴데요?"

"그거야 SOF 코퍼레이션이 물 샐 틈 없이 정보를 차단하고 있으니까. 또 특정 꿈을 꾼 사람들에게만 발현하는 이상 현상이야. 이런 섬망을 유발하는 원인을 우리는 꿈의 재난, '몽재(夢災)'라고 불러. 평범한 악몽과 구분하기 위해서지."

"그럼 그 꿈들을 그냥 삭제해 버리거나 판매 중지하면 되지 않나요?"

"문제가 그렇게 간단하지 않아. 그리고 놀이공원의 회전목마가 고장 났다고 해서 회전목마를 통째로 버리지는 않잖아? 어떻게든 고장 난 부품을 고쳐서 써먹어야지."

드림넷에는 280억 개의 꿈들이 있고, 그것은 인간의 무의식이 빚어내는 오묘한 원리로 만들어지지만, 발생하는 각종 오류는 모두 인공지능인 수키가 파악하고 처리한다는 설명을 이어가던 수현이 살짝 미간을 찡그렸다.

"하지만 인간의 무의식으로 빚어진 꿈은 일반적인 프로그램 알고리즘과는 달라. 버그가 발생하면 즉시 대응할 백신 같은 게 있으면 편리하겠지만 그렇지 못하단 얘기야."

아직 수키 같은 뛰어난 인공지능도 인간의 무의식이 돌아가는 원리는 완벽히 학습하지 못했고, 앞으로도 그게 가능할지는 의문이라는 점을 말하며 수현은 양팔을 벌렸다.

"그래서 너희들이 필요한 거야. 성지후, 내가 우리를 소방관에 비유했었지? 화재진압반이 불씨를 제압하듯, 우리는 몽재의 불씨를 파악하고 없애는 사람들이야. 그 일련의 과정을 수키가 학습하면 우리는 하나의 '백신'을 얻게 되는 거고."

지후는 고개를 끄덕였다. 수면실은 일반적인 사무실과 달리 여섯 개의 캡슐형 침대가 원형으로 배치되어 있었다. 수현의 지시에 따라 팀원들이 각자에게 배정된 캡슐에 드러누웠다.

수현이 빈 캡슐을 가리키며 말했다.

"2년 전부터 개발팀에서 극비리에 만들고 있는 '다중접속' 드림캐스터 X03이야. 상용화되면 드림넷의 판도가 완전히 달라질걸. 이게 지금까지 우리가 사용해 온 비밀병기야."

"다중접속……."

"그래. 여러 명의 사용자가 하나의 꿈에서 서로 만날 수 있게 되는 거야."

지후는 꿈속에서 늘 혼자였다. 타인들의 꿈을 엿보면서도 그 꿈과 소통할 수는 없었다. 언제나 홀로 떠돌아야 했다. 그런 상황에 대해 특별한 유감 같은 것을 품은 적은 없었다.

지후는 약간의 흠집도 없이 영롱히 빛나는 드림캐스터 X03을 만져보다 머리에 장착하고 눈을 감았다. 수면을 유도하는 저주파 모듈이 내는 소음에 섞여 수현의 마지막 말이 흘러 들어왔다.

"그럼 꿈속에서 만나자고."

눈을 뜨니 수현을 비롯한 3팀의 멤버들이 모두 지후의 등 뒤에 서 있었다. 발을 지탱하고 있는 원반은 무척 넓었다. 혼자서 꿈을 캐스팅할 때와는 비교도 할 수 없는 크기였다. 허공에서 수키의 목소리가 흘러나왔다.

[관리자 모드로 접속하셨습니다. 여러분이 사용 중인 드림캐스터는 프로토타입 버전으로 외부에 유출될 경우 법적인 제재를 받을 수 있습니다.]

원반이 수직으로 천천히 솟구쳤다. 원반의 움직임을 조종하는 것은 팀장인 수현이었다. 드림넷에는 수많은 꿈이 저마다의 '태그'를 붙인 채 떠다니고 있었다. 수현이 손짓하자 그중 하나가 다른 꿈들을 멀리 밀쳐 보내며 확대됐다. 넘실거리는 푸른 바다에 순백의 점 하나가 떠다니고 있는 꿈이었다.

[지정하신 꿈을 캐스트할까요?]

수현이 꿈에 손바닥을 댄 뒤 지후를 향해 설명했다.

"몇 번이든 처음부터 다시 캐스팅할 수 있으니까 일단 튀는 행동은 하지 말고 꿈에 자연스럽게 섞여 들어. 우선은 무슨 일이 일어나는지 지켜보자고."

수현의 말을 끝으로 빛줄기가 모두를 덮치면서 꿈이 캐스팅됐다.

지후가 처음 느낀 것은 청량한 바람과 함께 머리 위를 스치고 지나간 무언가였다. 하늘을 올려다보니 세상에 존재하는 모든 푸른빛을 모아둔 것 같은 공간을 갈매기가 끼룩대며 날고 있었다.

지후는 지금 시끌벅적한 야외 연회장에 서 있었다. 무수한 인파가 저마다 화려한 복장으로 바캉스를 즐기는 모습과 함께 광활한 수평선이 지후의 시야에 들어왔다. 상황을 파악한 지후의 입에서 자연스레 감탄사가 흘러나왔다.

"세상에 이렇게 큰 배가 있어?"

대서양을 오가는 초대형 VIP 크루즈인 '오션하모니'호, 대양 위에 찍혀 있던 하얀 점이 바로 이 크루즈였다. 크루즈의 중심부에는 초대형 고래가 거꾸로 조각돼 있고, 그 고래의 허리춤 부근에 조타실이 있었다.

지후가 넋을 잃고 놀라고 있는데 동동이 가까이 다가왔다.

"엄청나지? 나도 이런 건 처음 봐."

턱시도 차림의 동동은 어울리지 않는 빳빳한 중절모까지 쓰고 있었다.

"이 꿈은 정말 보기 드문 꿈이야. 몽주가 느껴지지 않는 꿈이거든. 이런 경우는 수천 개 중 하나가 있을까 말까 해."

"그러고 보니 몽주의 존재감이 없어. 이런 게 가능해?"

몽주는 자신의 꿈을 녹화한 뒤 드림넷에 업로드한 주체이다. 그런 몽주가 존재하지 않는 꿈이라니, 마치 주인공 캐릭터가 없이 방치된 롤플레잉 게임처럼 느껴졌다.

"대단한 건 몽주가 이 꿈에서 자신의 존재를 지웠다는 것뿐만이 아니야. 주변을 봐. 어지간한 관찰력으로는 이렇게 많은 오디언스를 불러내는 건 말도 안 되는 일이거든."

"오디언스?"

"아, 꿈속에 등장하는 생명체들. 영화로 치면 엑스트라, 게임으로 치면 NPC라고나 할까. 수백 명이 넘는 오디언스를 소환했다는 건 이 꿈의 몽주가 엄청난 능력이 있는 자각몽자란 뜻이기도 해."

풍덩!

그때 다이빙대에서 누군가가 뛰어내리며 둘에게 수영장 물을 잔뜩 튀겼다. 물장구를 치며 모습을 드러낸 건 노란색 수영복을 입은 소라였다. 물안경을 들어 올린 소라가 채근했다.

"신입 오빠, 팀장 언니가 섞여 들라고 한 얘기 못 들었어? 지금 복장은 너무 튀는데."

동동과 소라는 꿈속 분위기를 파악하고는 오디언스들과 위화감 없이 섞이기 위해 옷을 갈아입은 상태였다.

"어떻게 옷을 바꾸는데? 그런 거 해본 적 없거든."

"기초적인 변신도 못 해? 수키가 엄청 답답했겠는데. 동동 오빠, 어떻게 좀 해봐."

지후는 자신의 변신 능력이 영 꽝인 걸 알기에 동동이 안내해 주는 대로 얌전히 따라갔다. 탈의실에 도착한 지후는 동동이 건네주는 옷으로 갈아입었다. 음료수를 서빙하는 웨이터들의 옷이었다.

"그걸 입었으니 일단 웨이터인 척을 해봐."

"너는 뭔데?"

"나는 세상의 모든 미식을 탐구하기 위해 이 배에 올라탄 졸부 청년! 그 콘셉트에 맞춰 돌아다닐 거야."

주로 식당을 살피겠다는 뜻인 걸 지후는 묻지 않아도 알 수 있었다. 동동이 인파 속으로 사라지자 지후는 어쩔 수 없이 다섯 개의 샴페인 잔이 든 쟁반을 손에 들었다. 그리고 연회를 즐기는 사람들을 관찰했다. 누군가가 손짓과 눈짓으로 지후를 부르면 그쪽으로 걸어가 샴페인을 건네주면 되는 일이었다.

그런데 사람들에게 나눠줘도 샴페인이 곧 다시 생겨났다. 처음에는 기분 탓인가 했는데 몇 번 반복되는 것을 보고 지후는 신기함에 중얼거렸다.

"분명 세 잔 남았었는데……."

지후가 중얼거리자 테라스용 벤치에 누워 있는 귀부인이 대꾸했다.

"내가 한 거야. 물론 다음번 꿈부터는 네 뒤치다꺼리 따윈 안 할 거고."

익숙한 목소리였다. 자세히 보니 귀부인이 아니라 그녀가 안고 있는 요크셔테리어가 말을 하는 것이었다. 지후는 곧 돌아가는 상황을 눈치챘다.

"……변신하는 여자애? 너, 사람으로 있는 건 어지간히 싫은 모양이네."

"여기가 어딘지 알면 몸의 부피를 최대한 줄이고 싶은 게 당연하지."

"이 꿈을 꿔본 적 있어?"

"아니. 소문으로만 들었어."

예니가 뒷발로 귀를 긁었다. 아무리 변신에 능하다고 해도 저런 동작까지 자연스러울 수 있다는 건 대단한 능력이었다.

"이 오션하모니, 엄청 유명한 배거든. 너처럼 전혀 모르는 게 이상한 거야. 정말 몰라?"

"……."

지후가 침묵하자 한숨과 함께 예니의 설명이 이어졌다.

"지금 우리가 서 있는 이 갑판은 물론이고 배 위의 모든 물건은 전부 바다 밑바닥에 가라앉아 있어. 원인 불명의 폭발 사고로 대서양 한복판에서 침몰했거든."

"침몰했다고? 언제?"

"작년 7월 11일."

지후는 배의 제일 큰 돛대인 메인마스트를 쳐다보았다. 육중한 돛대의 중앙에 걸려 있는 디지털 시계가 현재의 날짜를 가리키고 있었기 때문이다.

멍한 얼굴을 한 지후를 향해 예니가 무심하게 말했다.

"이 크루즈는 곧 폭발 사고로 가라앉게 될 거야."

3

오션하모니호의 기관실은 거대한 짐승의 심장처럼 맥동하고 있었다. 갑판에서부터 거리가 있어 시끄러운 음악 소리와 인파들의 웅성거림이 파고드는 대신, 대형 선박을 추동해 바다를 가로지르게 하는 강력한 엔진이 움직이는 소리가 모든 공간을 가득 채웠다.

한 손에 손전등을 쥔 수현이 굳게 잠긴 기관실 문을 스르륵 통과했다. 홀로 있는 수현의 표정은 평소와 달리 조금 풀려 있었다. 몽재진압반 3팀의 수장을 맡고 있지만 자각몽자로서의 타고난 재능이 그리 뛰어난 편이 아니라는 걸 누구보다 본인이 잘 알고 있었다. 꿈속에서 압도적인 역량을 발휘하는 다른 팀장들과 비교하면 초라한 수준인데, 플레이어로서 치명적인 약점도 가지고 있었다.

수현은 꿈속에서 사람을 해칠 수 없었다.

어려서부터 아버지에게 쉼 없이 들은 말이 있었다. "명심해라, 황수현. 타인을 가차 없이 짓밟을 수 있어야 해. 그렇지 못하면 넌 아무것도 아니야." 남을 밟고 올라서라는 그 속삭임이 언제나 수현의 주변을 에워싸고 있었다. 현실에서 수현은 아버지의 가르침대로 살았다. 하지만 드림캐스터를 통해 방문하는 꿈속 세계에서 그 강박은 예기치 못한 결과를 낳았다. 아버지에 대한 무의식적인 반감과 증오 때문에 수현은 꿈속 오디언스들에게 해를 끼칠 수 없었다. 자각몽의 힘을 발휘해 총탄을 거리낌 없이 퍼붓는 동동이나 염력으로 타인을 구겨버릴 수 있는 소라와는 달랐다.

'나는 아무것도 아니야.'

하지만 수현은 좌절하지 않았다. 대신 자신만이 할 수 있는 영역을 극한으로 개발시켰다. 그것은 꿈속에 등장하는 모든 무기물에 대한 강력한 지배력이었다. 아무것도 아닌 자신을 인정한 순간, 거꾸로 모든 것을 쥐락펴락할 수 있게 된 것이다.

수현이 오페라의 지휘자처럼 손을 휘젓자 눈앞을 가로막은 복잡한 파이프라인들이 쿠궁, 소리를 내며 줄어들면서 길을 내주었다. 마치 짐승의 체내에서 혈관이 쪼그라드는 것 같은 모습이었다.

수현이 귀에 꽂힌 통신기에 대고 말했다.

"제군들, 난 지금 하층부 기관실에 와 있어. 사실 텅 비어 있을 줄 알았는데 그렇지가 않아. 지금 내 눈에 보이는 파이프라인들을 보면 다들 깜짝 놀랄걸."

수현은 실제 작동하는 배처럼 제 역할을 하고 있는 시설들에 감탄했다. 갑판으로부터 150미터나 내려와 있고, 그 어떤 오디언스의 흔적도 없는데도 배경의 구현이 무척이나 뛰어났다.

"이 정도로 정교한 꿈은 절대 상상만으로 이뤄질 수 없어. 이 배가 가라앉았던 날, 몽주는 분명 배에 타고 있었어. 게다가 배의 구석구석까지 다녀본 적이 있는 사람일 거야."

일반 관광객이 관계자 출입 금지 구역인 내부까지 꿈속에서 충실하게 재현할 수 있을 거라고 생각하기는 힘들었다. 수현의 뛰어난 기억력에 버금가는 대단한 역량을 가진 몽주였다.

'그런데 정작 자신은 꿈속에서 지워져 있다? 무슨 사연이길래.'

수현은 더 깊숙한 곳으로 발걸음을 옮겼다. 방화 설비들이 쌓여 있는 구역에 접어들자 불투명한 막이 그녀를 가로막았다. 하지만 막 너머에 무엇이 있는지는 분명했다. 오션하모니호의 엔진.

"이 앞은 보여주고 싶지 않다?"

수현은 자신이 무엇과 맞닥뜨렸는지 바로 알아챘다.

"아무래도 폭발의 시작점을 발견한 것 같아."

지후는 자신이 매고 있던 보타이가 입을 열어 수현의 목소리를 재생하는 것을 바라보았다.

"섣불리 개입하지 말고 지켜보도록 해. 이 꿈의 몽주가 우리에게 무엇을 보여주고 싶어 하는지를 확실하게 찾아내는 게 먼저다. 알겠지?"

전달하려는 말이 다 끝났는지 보타이는 다시 평범한 모습으로 되돌아왔다. 어떻게 이런 마법이 가능한지 원리조차 짐작하기 어려웠다. 지후가 보타이를 흔들며 슬쩍 에니에게 물었다.

"너도 할 수 있어?"

"아니. 무생물에 대한 이런 정밀한 통제력은 모든 플레이어 중에서 우리 팀장을 따라올 사람 없어."

"놀랍네. 팀장과 같은 꿈속에 들어와 있다면 어디에 있든 나를 지켜볼 수 있다는 거구나."

다시 보타이를 착용하면서 지후는 주변을 둘러보았다.

"이 배가 폭발 사고로 가라앉았다면, 지금 우리가 보고 있는 승객들은 어떻게 됐지?"

"침몰은 아주 천천히 진행됐어. 그래서 실종자 몇 명을 빼면 승객 대부분이 구출됐지. 계절이 여름이었고 하와이에서 멀지 않은 해역을 지나고 있었기 때문에 대규모 참사는 막을 수 있었다고 해."

그때, 동동이 소라를 목마 태운 채 걸어왔다. 둘의 손에 똑같은 종이가 들려 있었다. 분홍색 배경에 노란 글씨가 적혀 있는 팸플릿이었다.

"애들아, 이거 한번 봐봐."

**이 시대 최고의 디바 '캐서린'의 마지막 공연이
오페라 하우스에서 펼쳐집니다!**

7월 11일 저녁 9시

평소보다 한 시간 앞당겨진 선상 축제의 하이라이트를 절대 놓치지 마세요.

눈을 감은 아름다운 여자의 옆모습으로 팸플릿의 절반이 차 있었다. 지후에게도 익숙한 얼굴이었다. 몇 년 전까지 전광판에서 지겹도록 봤던, 세계적으로 유명한 가수였다.

"이 사람이 왜?"

"주위를 계속 살펴보니 VIP 팔찌를 찬 사람들이 다 이걸 갖고 있었어. 무시하려야 무시할 수 없을 만큼 많은 숫자가. 노골적인 힌트처럼."

이 팸플릿을 발견하는 것이 꿈을 꾸는 자인 몽주의 의지에 유도되는 첫걸음 같다는 것이 동동의 생각이었다. 오페라 하우스에서 뭔가가 벌어진다. 예니와 소라가 그 의견에 동의했고 지후는 선배들의 의견에 따르기로 했다.

VIP 팔찌를 손쉽게 구현해낼 수 있는 셋과 달리 지후는 그것이 불가능했기에, 화장실의 벽을 뚫어버리고 오페라 하우스 내부로 숨어들었다. 벽을 뚫는 바람에 잔뜩 덮어쓴 콘크리트 먼지를 털어내는 지후를 보며 동동이 기침을 콜록거렸다.

"정말 기초적인 변신도 못 해? 매번 번거롭겠는데."

"……훈련하다 보면 가능해질지도 모르지. 아무튼 여기 계속 있다간 수상해 보일 거야. 움직이자."

일행은 넓고 호화스러운 오페라 하우스 객석에서 오디언스들과 함께 캐서린이 등장하기를 기다렸다.

"어, 사람이 됐네? 왜?"

지후는 자연스럽게 옆 좌석에서 팔짱을 끼고 앉아 있는 예니를 바라보았다. 그러자 예니는 이보다 더 멍청한 질문은 처음 들어본다는 듯 싸늘한 눈을 하고 대꾸했다.

"공연장엔 동물 입장이 금지야. 바보니?"

지후가 자신은 공연장에 가본 적도 없다고 반박하려 할 때였다. 장막이 걷히고 조명이 일제히 켜졌다. 순식간에 공연장 안의 공기가 일변했다. 관객들이 모두 기립해 장내가 떠나갈 정도의 박수 세례를 퍼부었다.

암전되어 있던 무대 뒤 스크린에 코스모스가 흐드러진 꽃밭이 재생되었다. 바닥을 타고 올라온 꽃줄기는 곧 스탠딩 마이크 주변을 원형으로 감쌌다. 무대 왼쪽에 핀 조명이 꽂히자, 잠시 후 밴드의 음악과 함께 전주가 시작되었다.

꽃밭을 헤치며 캐서린이 걸어 나왔다.

정확한 순간에 마이크 앞에 선 그녀가 노래를 시작했다. 순식간에 객석을 압도하는 그녀의 목소리가 안개처럼 객석 전체를 뒤덮었다. 지후는 축축하게 젖어가는 뺨의 감각에 기겁했다. 스스로도 이해할 수 없었다. 그렇게 구슬픈 노래가 아닌데도 지독한 처연함과 아련한 느낌이 폐부를 찌르고 들어왔다. 주변을 둘러보니 팀원들도 마찬가지였다. 특히 소라는 울음을 참기 위해 앙다문 입술이 파르르 떨릴 정도였다.

"왜 눈물이 나지?"

역시 두 눈이 촉촉하게 젖어 있는 예니가 설명했다. 목소리는 조금 갈라져 있었다.

"우리의 반응이 아니야. 몽주의 감정이 강렬하게 꿈 전체를 지배하고 있는 거야. 어쩌면 이 꿈을 꾸다가 섬망에 빠진 사람들이 모두……."

강렬한 감정이 지나치게 응집되면 꿈에서 깨서도 좀처럼 휘발되지 않는 경우가 있다. 예니는 바로 이 꿈이 그런 경우가 아닐까 추측했다. 꿈이 캔버스라면 몽주가 발산하는 감정이 밑그림을 만들고 이에 동화된 몽객(夢客)들이 그 위에 색채를 덧입혀 캔버스를 두텁게 만드는 것이다. 그게 반복되면 묵직해진 물감이 캔버스 자체를 찢어버릴 수도 있었다.

동동이 소매로 눈가를 훔치며 설명했다.

"그래서 사람들이 잘 방문하지 않는 인기 없는 꿈에는 몽재가 일어나지 않는데. 몽재는 십중팔구 '사람을 매혹하는 힘'이 있는 꿈에서 벌어진다는 거야. 몽주의 감정이 장작이 되고, 몽객들의 반응이 불씨가 되어 벌어지는 재난인 거지."

고개를 끄덕이며 예니가 말을 받았다.

"한국 사람들은 손쉽게 이해하는데, 해외 지부에서는 이런 개념을 잘 이해하지 못하는 것 같았어."

"뭘 말이야?"

"한(恨). 한이 쌓이면 몽재가 되는 거야."

"저 가수의 노래에…… 그런 한이 실려 있다고?"

몽주의 벅찬 감정에 휘말려서일까, 예니는 평소보다 속내를 더 길게 드러내는 듯했다.

"너 정말 아무것도 모르는구나. 캐서린은 전쟁을 멈춘 소녀야. 얼마나 유명한데. 10대 때 내전이 일어난 국가의 최전선에서 목숨을 던져 노래를 불렀고, 그 노래의 힘으로 병사들의 손에서 무기를 놓게 만든 사람이라고."

이 꿈의 몽주는 캐서린의 노래에 대단히 감동한 것이 틀림없었다. 음악에 대한 소양이 전무한 지후의 가슴도 터질 듯이 고양되었다. 캐서린의 노래는 어느새 절정을 향해 달려가고 있었다. 무대 위에서 세상을 향해 소리치고 있는 여자는 마치 신화 속 영웅 서사의 주인공 같았다.

비극적인 운명을 맞게 된 초호화 유람선. 그곳에서 이토록 대단한 무대를 펼치고 있는 여자. 시시각각 다가오는 폭발.

"침몰이 천천히 진행돼서 사망자는 거의 없었다면서. 그러면 캐서린은 이날 어떻게 됐어?"

지후의 질문에 예니는 천천히 고개를 저었다.

"아무도 알지 못해. ……실종됐으니까."

같은 시각, 수현은 엔진실 앞의 불투명한 차폐막과 치열한 영역 다툼을 벌이고 있었다.

"속내를 보여달란 말이다."

제대로 집중하기 위해 수현이 한쪽 무릎을 꿇었다. 서 있는 동작에 할애할 정신마저 능력 발산에 쓰려는 임전 태세였다. 그녀가 양손을 뻗자 흐릿한 벽이 벽돌로 바뀌어나가기 시작했다. 하지만 힘을 튕겨내려는 성질이 발휘되었는지 충돌이 일어났다. 벽돌 부분이 세력을 넓히다가 사그라들기를 반복했다.

"이건 어떨까."

번뜩이는 발상이 떠오른 수현은 손가락을 튕겨 벽돌을 모두 스티로폼으로 바꿨다. 그러고는 굽혔던 무릎을 뻗으며 주먹으로 스티로폼을 꿰뚫어버렸다.

퍼석, 스티로폼 부서지는 소리와 함께 팔꿈치까지 안쪽으로 파고들자 허공이 만져졌다. 기분 탓이겠지만 마치 분노한 것처럼 차폐막의 원래 성질을 회복하는 속도가 가팔라졌다. 침입자의 무엄한 팔을 동강내 버리겠다는 듯 수복되는 차폐막을 피해 수현이 냉큼 팔을 회수했다. 아직 남은 주먹 크기의 구멍은 너머를 살펴보기엔 충분했다.

벽 너머에 쌓여 있는 것은 다른 용도로 의심하기 힘든 막대한 양의 폭탄이었다. 타이머와 액정까지 붙어 있었다.

"이런, 시한폭탄이네."

00:25에서 00:24로 줄어들고 있는 타이머의 붉은 숫자가 보였다. 저 정도의 폭탄이 터진다면 아무리 거대한 크루즈의 엔진이라도 결코 무사할 수 없고, 자칫 기관실 전체가 화마에 휘말리게 될 터였다.

구멍이 완전히 메워지기 전에 수현은 등을 돌렸다. 비행과도 같은 도약을 반복하던 수현의 등 뒤에서 엄청난 충격파가 터져나왔다. 수현은 바닥을 데굴데굴 구른 다음 뒤를 돌아봤다.

좁은 통로의 천장까지 집어삼킨 불길이 파이프를 녹이며 수현에게 덮쳐왔다. 수현은 뒤로 점프하는 동시에 축소해 둔 파이프들을 다시 확대해 거미줄 치듯 다가오는 불길의 앞을 막아세웠다. 하지만 파이프의 벌어진 틈으로 빠져나온 불길이 이내 거칠게 수현의 얼굴을 집어삼켰다.

쿠웅! 둔중한 충격과 함께 오페라 하우스의 샹들리에가 불길하게 좌우로 흔들리기 시작했다. 객석에 있던 일행은 눈빛을 교환했다. 오션하모니호를 침몰시킨 의문의 폭발이 시작된 것이다.

동동이 귓바퀴를 두드리며 속삭였다.

"팀장, 무사해요? 왜 답이 없어요."

몇 번이고 통신을 시도했으나 돌아오는 응답은 없었다. 동동은 어깨를 으쓱였다. 폭발에 휘말리는 바람에 응답할 여유가 없거나, 더 심할 경우 꿈에서 튕겨 나갔을지도 몰랐다.

다음 순간, 객석 전체가 뒤로 기울면서 중력의 방향이 비스듬해졌다. 기울어진 천장에 샹들리에가 충돌하면서 유리 파편이 객석 위로 떨어졌다. 소라가 손바닥을 펴서 위로 향하자 유리 파편들은 허공에 그대로 정지했다.

지후는 몸을 지탱하며 무대를 살펴보았다. 캐서린은 쓰러지듯 주저앉아 있었다. 기다란 드레스가 물결처럼 펼쳐진 채였다. 이내 스탠딩 마이크를 붙잡고 간신히 몸을 일으킨 캐서린을 보고 지후는 아연하게 중얼거렸다.

"이 상황에서 노래를…… 계속하는 거야?"

캐서린은 옷가지를 추스르지도 않은 채 다시 멜로디를 따라잡아 노래를 이어나갔다. 소스라치게 놀란 관객들은 우왕좌왕하며 객석을 빠져나갔다. 계속 요동치는 선체 탓에 좁은 복도에서 엉켜 넘어졌고, 3층 객석에서 추락하는 관객마저 있었다.

일행은 이 배에 불어닥칠 운명을 이미 알고 있기에 잠자코 기다렸다. 몽주가 다운로더인 몽객에게 보여주고 싶었던 어떤

'순간'이 곧 펼쳐질 터였다.

"왜 도망치지 않는 거지?"

무대에서 줄곧 눈을 떼지 않고 있던 지후의 말이었다. 캐서린은 이리저리 비틀대면서도 노래를 이어나가고 있었다. 썰물처럼 관객들이 빠져나가도 개의치 않았다. 연주자들도 악기를 내팽개친 채 달아나, 들리는 건 오직 캐서린의 육성뿐이었다.

한 편의 부조리극 같았다. 무대뿐 아니라 객석까지 아수라장이 된 가운데 음악도, 밴드도, 지휘자도 없이 홀로 무대를 지키고 있는 가냘픈 가수. 이것은 정말로 실제로 일어난 일인지, 아니면 몽주의 소망이 발현된 것인지. 지후는 궁금했다.

무대의 우측이 위로 솟아오를 정도로 배의 경사가 가팔라졌다. 캐서린은 마이크를 뽑아 들고, 마치 언덕을 오르듯 무대의 끝과 끝을 가로지르며 열창을 계속했다.

그 모습을 홀린 듯 지켜보던 예니가 중얼거렸다.

"관객이 남아 있기 때문이 아닐까."

"설마 우리 때문에?"

"아니. 우리는 원래 초대받지 않은 손님이잖아. 2층과 3층 테라스를 봐. 도망치지 않은 관객들이 있어."

제자리를 지킨 채 캐서린의 노래에 귀를 기울이고 있는 사람들이 존재했다. 지후의 눈에는 배가 침몰하고 있는데 노래를 계속하는 가수나, 그런 가수와 끝까지 함께하겠다는 듯 버티고 앉은 20여 명 남짓한 관객들 모두 제정신이 아닌 것 같았다.

어느 순간 노래가 멎었다. 관객 중 그 누구도 박수를 치는 이는 없었다. 캐서린은 마이크를 쥔 양손을 가슴 앞에 그러모은 채 눈을 감고 있었다. 묘한 희열이 숨어 있는 듯한 표정이었다. 그리고 캐서린의 하늘색 드레스가 중앙에서부터 붉게 물들기 시작했다.

"저게 뭐야?"

다른 것으로 오해할 수 없었다. 그것은 분명 피였다. 창백한 얼굴의 캐서린은 이내 실이 끊어진 인형처럼 쓰러졌다. 지후와 팀원들은 무대를 향해 달려 나갔다. 의자를 밟고 날아오른 소라가 가장 먼저 캐서린의 앞에 도달했다.

"주, 죽은 걸까?"

동동은 지금껏 숱한 꿈들에서 인간이 죽는 모습들을 많이 봐왔다. 하지만 지금 눈앞에서 생명의 불씨가 사그라드는 캐서린의 모습은 무언가 달랐다. 피 웅덩이 안에서 잠들어 있는 그녀의 신체는 약간의 몽환적인 모습도 덧입혀 있지 않아서 섬뜩한 느낌을 주고 있었다.

예니가 구멍 뚫린 캐서린의 복부를 보며 읊조렸다.

"살해당했어. 탈출하지 못했던 게 아니라…… 배가 가라앉기 전에 이미 죽은 거야."

"하지만 공연 중이었잖아. 누가, 어떻게?"

문득 서늘한 느낌에 지후가 뒤를 돌아보았다. 관객석은 완전히 텅 비어 있었다. 지금까지 캐서린의 노래를 듣고 있던 관객들마저 신기루처럼 사라진 것이다.

쿠릉, 천장이 무너져 내리고 있었다. 무대 위를 비추던 조명장치가 일제히 꺼지면서 모두를 덮치려는 순간, 무대의 장막이 마치 살아 있는 것처럼 솟구쳐 올라 그것들을 휘감았다.

"곧 크루즈가 완전히 침몰할 거야."

전신에 새카만 재를 묻히고 오페라 하우스로 돌아온 수현이 외쳤다. 그녀는 무대 위를 보자마자 대충 상황을 알겠다는 듯 팀원을 향해 손짓했다.

"시체는 그냥 놔두고 나를 따라와. 이 꿈의 마지막 순간을 하늘에서 지켜보자고."

그들은 곧바로 하늘 위로 이동해 선체의 옆면을 내보이며 가라앉는 오션하모니호를 바라보았다. 멍한 얼굴로 동동에게 매달려 있는 지후를 향해 수현이 물었다.

"신입, 기분이 어때?"

"모르겠어요. 무언가 가슴속이 턱 막힌 것처럼 울화가…… 마음이 터질 것 같아요."

"나도 마찬가지야. 성지후, 잘 기억해 둬. 지금 널 장악하고 있는 감정은 이 꿈을 업로드한 몽주의 마음이 가장 극대화된 형태이니까."

지후는 어지러운 심정으로 수면을 내려다보았다. 수명을 다할 때까지 결코 바깥으로 드러나선 안 되는 선체의 바닥이 프로펠러와 함께 물보라를 만들어내고 있었다.

"꿈이 끝나간다."

수현의 손이 가리킨 것은 수평선이었다. 하늘과 바다의 경계가 어두워지면서 세계가 붕괴되기 시작했다. 이 꿈의 몽주가 다음 순간 깨어났다는 뜻이다. 지후는 첫 번째 방문이 끝났다는 걸 알았다.

오션하모니호는 바다에 삼켜지고 있었다. 엄청나게 많은 구명보트가 크루즈 주변에 흩어져 있었다. 그 보트에 결코 타지 못했을 여자의 이름이 지후의 뇌리에 맴돌았다.

4

"너희에게 소개할 사람이 있다."

다음 날, 수현은 3팀 수면실에 낯선 남자를 데리고 왔다. 구릿빛 피부에 각진 얼굴을 한 남자는 SOF 코퍼레이션 유니폼을 입지도, 가슴에 사원 태그를 붙이지도 않았다. 다만 어깨에 멘 벨트에 권총 한 자루가 꽂혀 있었다.

지후는 움찔했다. 네오 서울에서 합법적으로 총기를 소지하고 다닐 수 있는 부류는 단둘뿐이었다. 형사 또는 민간조사관. 후자 역시 은퇴한 고위직 형사만이 할 수 있는 일이었다.

"이분은 최장순 조사관님. SOF 코퍼레이션이 공식적으로 고용한 민간조사관이지. 꿈속이 아닌 현실에서 우릴 도와줄 거야. 매번 우리와 함께하는 건 아니고, 살인 현장이 현실적으로 연출된 어제의 꿈처럼 사건성이 분명한 꿈의 경우에 우리에게 관련 자료를 제공해 주고 있어."

이제 장순이 자기소개를 이어갈 차례였지만 그의 입은 닫힌 채 요지부동이었다. 멋쩍어진 수현이 팀원들을 안심시키기 위해 설명을 이어나갔다. 장순은 오랫동안 흉악범들을 상대하는 강력계에 몸담았다 퇴직 후 섬망 현상 해결에 계속 매달려왔다는 것이다.

가만히 듣고 있던 동동이 고개를 갸웃거리며 물었다.

"그런데 왜 어제 우리랑 같이 캐스트하지 않았어요? 마침 자리도 하나 남는데."

그제야 처음으로 장순의 굳게 다문 입술이 달싹였다.

"나는 저 빌어먹을 기계를 쓰지 않아."

'빌어먹을 기계'라는 표현에 꾹꾹 눌러 담은 그의 싸늘한 분노를 모두가 감지했다. 수현은 사정을 이미 알고 있는지 뒤통수를 긁적이며 설명했다.

"최 조사관님은 섬망 현상의 피해자들을 돕는 데 많은 시간을 써왔어. 우리 SOF와 드림넷에 대한 감정이 좋지는 않으시지."

"하지만 그건 내 사적인 감정이다. 그걸 일에 개입시키진 않을 거야. 어느 날 미쳐 돌아서 SOF의 회장을 암살하거나 이 건물에 불을 지르거나 하진 않는단 소리다. 안심해라."

침착하게 눌러 담은 감정의 응어리가 장순의 말에 섞여 있었다. 방금 그의 입에서 나온 계획들은 분명 냉정하게 궁리해 본 적이 있을 거라고 지후는 생각했다.

수현은 장순의 적의를 개의치 않는 듯 웃으며 말을 이었다.

"그럼에도 이분이 SOF 코퍼레이션의 의뢰를 받아들이는 이유는 몽재진압반의 존재 때문이야. 섬망 현상을 해결하려면 우리 같은 자각몽자들의 협조가 필요하지. 상부상조랄까."

지후는 꺼림칙한 기분을 떨칠 수 없어 용기를 내 질문했다.

"그토록 미워하는 기계를 만든 회사에서 일하면서, 그 기계를 쓴 채 꿈속에 들어가는 우리를 도와준다고요? 앞뒤가 안 맞잖아요."

"아직 젊어 모르나 보군. 죽이고 싶은 적과 동침하는 건 종종 일어나는 일이다. 이만하면 내 소개는 충분히 한 것 같으니 자네들이 건드린 꿈 이야기로 넘어가지."

현실 세계에서 오션하모니호 사건은 떠들썩한 가십거리였지만 그 화제성은 오래가지 못했다. 승객 대부분이 구조되었기 때문이다. 사고 발생 장소가 육지로부터 멀리 떨어져 있지 않은 해역이었고, 시기 또한 여름이었던 것이 천운이었다. 해운회사는 적지 않은 손실을 입었지만 사람들의 관심에서는 점차 잊혔다.

다만 실종된 가수 캐서린의 존재만큼은 예외였다.

"오션하모니호는 분명 인위적인 내부 충격으로 침몰했다. 황팀장이 꿈에서 목격한 장면처럼 누군가 폭탄을 설치했다는 설이 유력해. 하지만 화력은 치명적인 수준이 아니었고, 범행 예고장이나 범인의 요구사항, 인질극 같은 것도 없었어. 사교계 유명 인사들이 한곳에 모여 있었던 걸 고려하면 희한한 일이지. 대규모 인명 피해를 노린 무차별 테러라고 볼 수도 없어. 테러가 목적이었다면 인파가 몰려 있는 갑판에 폭탄을 설치했을 테니까. 결국 누가, 어떤 목적으로 폭탄을 설치했는지 끝내 밝혀지지 않은 미제 사건이다."

배가 침몰하는 과정에서 하필 세계적인 스타 캐서린이 실종되었고, 기나긴 수색에도 시체조차 발견되지 않았다. 그로부터 1년이 지난 지금, 그녀가 무대에서 노래를 부른 뒤 피습을 당해 쓰러지는 '꿈'이 드림넷에 올라온 것이다. 그녀의 열성 팬들과 호사가들은 '누가 캐서린을 죽였는지' 알고 싶어 하는 갈망에 꿈을 반복적으로 캐스트했고, 얼마 안 있어 섬망 현상을 겪는 사람들이 나타났다.

장순은 건조한 말투로 설명을 이어갔다.

"많은 이들이 오해하는 것과 달리 꿈에서 목격한 범행은 실제 법정에선 아무런 의미가 없다. 꿈은 법률적 증거로 채택될 수 없으니까. 어떤 몽주가 정교하게 상상한 꿈 덕택에 베일에 덮여 있던 살해 현장의 진실이 드러나는 일 같은 건 벌어지지 않아. 그야말로 헛된 꿈 같은 소리지."

장순의 말이 맞을 수도 있었다. 오션하모니호의 모든 것이 캐서린의 실종을 믿지 못하는 한 열성 팬의 무의식이 만들어낸 일종의 가상 시나리오일 가능성 말이다.

하지만 지후는 그 말에 반박했다.

"저는 지금까지 많은 꿈속에 들어가 봤어요. 하지만 이 꿈은 다른 꿈들과는 느낌이 달랐어요. 디테일에 있어서 몹시 편집증적이고 현실감이 넘쳤다고요. 공상을 철저히 배제하고 기억으로만 만든 꿈이 있다면 바로 이 꿈일 거라고 확신할 만큼 말이죠."

"그럼 당장 드림캐스터를 쓴 다음 존재하지도 않는 범인을 잡아 오지그래."

지후가 발끈해 대꾸하려는 순간, 장순이 말을 이었다.

"……라고 말하고 싶지만 나로서도 그냥 무시하고 넘어갈 수 없는 정황이 하나 있다."

장순은 테이블 위의 콘솔을 조작했다. 그가 띄운 브리핑 화면은 웹페이지 게시글의 캡처본이었다. 내용은 충격적이었다. 초호화 크루즈 오션하모니호에서 캐서린을 암살해 줄 킬러를 구한다는 글이었다.

예니는 입을 틀어막았고 동동과 소라의 반응 또한 비슷했다. 지후도 다시금 캐서린의 창백한 시신이 떠올라 떨리는 목소리로 물었다.

"이게 뭐예요?"

"살인 청부업자들이 쓰는 다크웹에서 발견된 글이다. 인터폴에 따르면 조작의 흔적은 없었어. 하지만 시간이 흐른 탓에 당시 누가 그 의뢰를 수락했는지, 작성자가 다른 이용자와 무슨 대화를 나누었는지까지는 알아낼 수 없다고 하더군."

이게 사실이라면 어쨌든 누군가가 캐서린을 죽이고 싶었던 것이다.

"나는 드림캐스터가 싫지만 무고한 이들이 몽재에 휩쓸려 섬망에 빠지는 건 더 용납할 수 없다. 전 세계에 퍼져 있는 25억 개의 드림캐스터를 모두 회수해서 불태울 수 없다면, 그런 일은 최대한 막아야겠지."

"최 조사관님은 어떻게 생각하세요? 전직 형사로서의 직감을 물어보고 싶은데요."

수현의 물음에 장순이 선선히 대꾸했다.

"범인은 분명 그 배 안에 있어."

장순은 이번 몽재를 진압해 섬망 현상을 해결할 경우 어쩌면 미제 사건으로 남은 캐서린의 실종을 다시 수사할 단서를 얻을 수 있을지 모른다는 말을 남기고 자리를 떠났다.

두 번째 캐스팅이 시작되었다. 3팀은 다시 한번 오션하모니호에 올라탔다. 첫 캐스팅 때와는 달리 이번에는 뿔뿔이 흩어지지 않고 한데 모였다.

지후는 휴양을 즐기는 탑승객들에게 시선을 던졌다. 이 배에 예고된 운명을 몰랐던 때와는 달리 안타까운 기분이 들었다.

그런 지후를 수현이 불러 세웠다.

"성지후, 네가 지금 입고 있는 옷을 봐봐."

"엇?"

지후는 지난 캐스팅에서 훔쳐 입었던 웨이터 의상을 입고 있는 자신을 발견했다. 변신을 시도하지도 않았는데, 미처 깨닫지 못한 사이에 벌어진 일이었다.

"한번 경험했기 때문에 이 꿈에서의 복장으로 무의식이 받아들인 거겠지. 다행이야. 네가 뛰어난 자각몽자라는 의미니까."

"신기하군요."

"그런 의미에서 네게 맡길 게 하나 있어."

수현이 자신의 손목에 차고 있던 것을 건넸다.

"뭡니까, 이게? 시계는 아닌 것 같고."

형태는 손목시계와 비슷했지만 위화감이 들었다. 시간을 표시하는 칸 따위는 없었고 오직 한 개의 바늘만이 멈춰 있었다.

"꿈의 시간대를 되돌릴 수 있는 물건이야. 앞으로 건너뛸 수도 있지. 영화의 재생 컨트롤 바를 생각하면 편할 거야. 평소에는 내가 담당하지만 이번에는 너한테 맡겨보겠어."

"으악! 그거 나한테는 안 준다고 했잖아요."

동동이 볼을 부풀렸지만 수현은 단호하게 고개를 저었다.

"응석 부리지 마. 왜 너한테는 못 맡기는지 잘 알 텐데."

시무룩해진 동동이 물러서자 수현이 다시 지후에게 설명을 이어갔다.

"그 위에 손가락을 대고 드래그하면 돼. 어떤 순간을 점프하고 싶다면 시계 방향으로, 과거로 돌아가고 싶다면 시계 반대 방향으로. 이건 드림캐스터 베타 버전의 기능도 아니야. 절대 상용화하지 않을 관리자 모드에만 있는 기능이지."

"굉장히 유용한 기능이네요? 유료화하면 대박 날 것 같은데."

"시간대가 획획 바뀌는 경험은 절대 상품화할 수 없어. 정신이 유연한 자각몽자가 아니라면 부작용이 생기거든. 그러니 이건 네 임기응변 능력을 시험하기 위한 것이기도 해. 훈련할 때 내가 수키에게 했던 말 기억하지?"

벽 통과, 변신, 비행 등 모든 능력 분야에서 낙제점을 받은 지후를 변호하며 수현은 실전에서 가치를 입증하겠다고 했다. 시계의 유리알을 매만지던 지후가 결의에 차 고개를 끄덕였다.

"이해했어요."

"이 꿈이 어떻게 흘러갔는지는 다 기억하고 있지? 어느 순간 부터 볼지 빨리 듣고 싶은걸."

잠시 생각하던 지후는 바늘을 거침없이 움직였다. 가장 먼저 확인해야만 하는 장면이 있었다.

"가죠. 캐서린이 죽던 그 순간으로."

5

타이머 조작이 어렵지 않을 거라던 수현의 말은 사실이었다. 마음속으로 보고 싶은 장면을 떠올린 뒤 바늘을 움직이자 주변 풍경이 한순간에 바뀌었다. 미리 대비하고 있지 않았다면 기 겁했을지도 모를 정도로 극적인 변화였다.

지후와 팀원들은 익숙한 객석에 앉아 있었다. 수현이 주변을 둘러보면서 고개를 끄덕였다.

"오페라 하우스 안이군."

"캐서린이 피습을 당하기 직전을 떠올렸어요. 소라, 이번에도 부탁해."

지후가 말을 마치자마자 샹들리에가 박살 나며 떨어졌다. 염 력으로 그것을 멈춰 세우는 소라의 등 뒤로 기겁한 관객들이 달아났다. 저번에 보았던 풍경이 정확하게 반복됐다. 지후는 객석을 떠나지 않는 관객들을 주시하기 시작했다. 그 모습에 수현이 납득한 듯 말했다.

"킬러가 있다면 분명 현장에서 무기를 사용했겠지. 첫 번째 캐스팅 때와는 다른 각도에서 용의자를 좁혀가는 거네."

지후의 시선이 빠르게 관객석 전체를 훑어냈다. 폭발의 여파로 배가 기울어지고 사방팔방 아수라장이 된 가운데, 동요 없이 오직 무대 위의 캐서린만을 바라보는 관객들이 존재했다. 그들은 무표정한 얼굴로 꼿꼿하게 제자리에 서 있었다.

1층에 다섯. 2층에 일곱. 3층에 여섯.

이 18명의 관객 중에 캐서린을 죽인 킬러가 있다. 그들의 손짓 발짓 하나에 숨죽이며 특이 행동을 보이는 자를 가려내기 위해 정신을 집중했다. 턱시도와 드레스로 치장한 차림새지만 숙련된 암살자라면 의자에 달린 컵홀더나 옷 속에서 암살 도구를 꺼낼지도 모른다.

그렇게 얼마쯤의 시간이 흘렀을까. 잔뜩 긴장한 지후의 팔을 예니가 툭 하고 쳤다. 뭔가 무서운 것을 본 듯한 얼굴이었다.

"왜 그래?"

"무대 위를 봐."

아직 킬러에 대한 단서를 잡지 못했기에 관객들에게서 눈을 돌리는 것이 달갑지 않았지만 예니의 목소리에 담긴 불안이 지후를 움직이게 했다. 그러고 보니 캐서린의 노래도 들리지 않고 있었다.

시선을 돌리자, 무대 위에 붉은 꽃이 피어 있었다. 참상이 재현된 것이다. 수현은 재빨리 다가가 캐서린의 상태를 확인했다. 그러고는 지후를 향해 고개를 가로저었다.

"대체 언제? 무슨 수로 캐서린을 죽인 거지?"

경악한 지후는 다시금 18명의 관객들 위치를 확인했다. 모두 그 자리 그대로였다. 석상처럼 우두커니 자리를 지키던 그들은 캐서린의 죽음을 확신했는지 한두 명씩 오페라 하우스를 빠져나갔다. 지후가 지켜보는 동안 그들은 아무런 위협 행동도 하지 않았다. 그런데도 캐서린은 살해당했다.

"……꿈에 홀린 건가."

지후는 마치 밀실 살인을 직면한 탐정이 된 기분이었다. 대체 무엇을 놓친 걸까.

예니가 분하다는 듯이 지후의 팔을 꽉 붙잡았다.

"처음으로 되돌아가서 머리를 맞대보자. 이렇게 닭 쫓던 개 신세로 멈춰 있을 순 없어."

지후는 예니의 말대로 시계의 바늘을 건드렸다. 그러자 마치 꽃이 피는 장면을 거꾸로 돌린 듯이 캐서린의 주변을 메운 핏자국이 줄어들고, 샹들리에가 하늘 위로 올라가며, 떠났던 관객들이 뒷걸음질 치며 되돌아왔다. 죽은 캐서린이 실에 끌려 올라오는 것처럼 일어나 무대를 휘저었다. 이 모든 과정이 몇 초

만에 일어났다.

캐서린이 무대 뒤로 사라지고 장막이 다시 내려오는 것까지 확인한 지후가 역재생을 멈췄다. 심각한 분위기 속에서 동동이 조심스레 운을 뗐다.

"이건 내 생각인데, 어쩌면 남아 있던 관객 중에 킬러는 없었던 것 아닐까? 캐서린의 노래를 듣기 위해 크루즈에 탄 열성 팬일 수 있잖아. 그래서 배가 흔들리든 말든 자리를 지킨 거지."

반면 소라의 의견은 달랐다.

"팬이라면 우리가 처음 그랬던 것처럼 캐서린이 무대 위에서 쓰러졌을 때 뛰쳐나가는 게 자연스럽지 않아? 구경하듯 가만히 있다가 사라지는 건 이상해."

"음, 어쩌면 이 꿈의 몽주가 킬러였을 수도 있어."

예니는 다른 각도에서 접근했다. 몽주가 킬러라면 그녀를 살해한 과정을 의도적으로 누락시켰을지 모른다. 솜씨 좋은 자각몽자라 존재감을 지운 채 범행을 저질렀다면 쥐도 새도 모르는 사이에 시체가 되어버린 캐서린에 대한 의문도 해결된다.

수현이 곰곰이 생각하더니 예니의 발언에 힘을 실어주었다.

"나는 완벽하게 재현된 기관실 안의 설비와 파이프들을 목격했어. 폭탄의 생김새까지도 정교하기 짝이 없었지. 몽주는 분명 이 크루즈에 대해 속속들이 알고 있어. 베테랑 암살자라면 말이 되지. 범인이 범행 장소에 대해 잘 아는 건 당연하니까."

"그렇다면 이상한 점이 있잖습니까. 몽주가 범인이라면 왜 본인이 꿈을 드림넷에 올린 걸까요?"

지후의 반박에 수현은 예상했다는 듯 대꾸했다.

"일종의 행위예술이라면? '우매한 대중들아, 나는 아무에게도 잡히지 않고 그녀를 죽였다. 그리고 그걸 꿈으로 만들어서 캐서린을 아꼈던 너희 모두를 영원토록 안타깝게 만들 것이다' 그런 마인드로. 사이코패스 살인마들은 전시 욕구가 있는 경우가 많아. 전문 킬러가 사이코패스일 가능성은 낮지 않을걸."

현실의 살인에서 전시 욕구를 발산하면 많은 증거를 남기게 된다. 역사상 그런 욕망을 드러낸 연쇄살인마들은 결국 꼬리가 밟히기 마련이었다. 수현은 혀를 찼다.

"그런데 드림캐스터가 많은 것을 바꿔놓았지. 다소 번거로운 과정과 시행착오를 거쳐야겠지만 드림넷과 드림캐스터가 있다면 살인 현장을 자기 취향대로 연출하면서 붙잡힐 위험은 깔끔하게 없앨 수 있어. 우리가 들어와 있는 꿈은 어쩌면 사이코패스 살인마의 갤러리 같은 건지도 몰라. 꿈을 통해 꿈을 이루는 도착증이 있는 살인마라면 범인의 흔적을 찾아내는 건 무척 어려울 거야."

지후는 잠시 침묵하다 수현의 가설을 반박했다.

"전 몽주가 범인일 수는 없다고 생각해요."

"호오, 어째서?"

"저는 여러분들과 달리 캐서린의 노래를 이 꿈에서 처음 들었어요. 그런데 그 순간 왈칵 눈물이 났죠. 그건…… 절대 저혼자만의 감정이 아닌, 몽주의 마음이었어요. 그가 그렇게나 캐서린의 노래를 사랑했다면 결코 범인일 리 없다고 생각합니다. 그가 이 꿈을 업로드한 건 꿈에 들어온 몽객들 중 누군가가 범인을 찾아주길 바란 거라고 확신해요."

"그렇다면 다시 원점인가……. 이 꿈의 주인조차 모르는 범인을 우리가 무슨 수로 잡아낼 수 있을까. 용의자 몽타주도 없고, 살해 도구도 몰라. 전직 꿈 도둑, 뭔가 묘안이 없어?"

지후는 그 '도둑'이라는 단어에 문득 어떤 영감을 받았다.

때마침 장막이 걷히고 박수 소리가 객석 전체에 울려 퍼졌다. 지후는 주먹을 우두둑 꺾은 다음 조명을 한 몸에 받고 있는 아름다운 디바에게 시선을 고정했다.

"한번 훔쳐보죠. 저 캐서린을."

선상 위를 날던 갈매기가 화들짝 놀라 달아났다. 덩치 큰 독수리가 메인마스트 위에 고고히 앉아 있었기 때문이다. 깃털은 물론 부리까지 순백색인 독수리가 메인마스트 위에서 날카로운 시력으로 갑판을 오가는 인파를 탐색했다.

"찾아냈어."

예니가 포착한 이들은 조금 특별한 오디언스들이었다. 그 정체는 잠시 후 열릴 캐서린의 독무대에 참여하는 밴드의 연주자들. 팀원들은 각자가 담당한 연주자의 뒤를 미행하기 시작했다. 그리고 복도나 화장실에서 그들을 기절시켜 옷을 빼앗았다.

잠시 후 오페라 하우스의 오케스트라석에는 숙련된 음악가들 대신에 다섯 자각몽자가 자리 잡았다. 이토록 번거로운 위장은 오직 단 한 명의 오디언스를 속이기 위해서였다.

"캐서린이 나온다."

지후는 드럼과 심벌즈 앞에 앉아 캐서린의 일거수일투족에 집중했다. 이 정도로 가까이서 캐서린을 관찰하는 것은 처음이었다. 노래를 시작하자 아찔한 슬픔이 지후의 가슴을 무자비하게 찢고 들어왔다. 미리 준비하지 않았더라면 드럼 스틱을 놓쳤을지도 모를 정도였다.

물론 지후는 드럼을 연주할 줄 몰랐지만 대충 까닥이기만 해도 아무런 위화감이 없었다. 지휘봉을 쥔 채 팔을 휘두르는 수현의 뛰어난 재현 능력 덕분이었다.

수현이 지후에게 눈짓했다.

'괜찮아. 캐서린은 이상함을 느끼지 못하고 있어.'

잠시 후, 기다리고 있던 신호가 찾아왔다. 육중한 폭발의 충격. 그리고 나서 떨어지는 샹들리에. 이번엔 소라는 샹들리에를 멈추지 않았다. 그러자 관객들 중 세 명이 샹들리에에 압사당하는 끔찍한 광경이 펼쳐졌다.

동시에 지후는 눈앞의 심벌즈를 붙잡고 힘을 주었다. 종잇장처럼 찢어진 심벌즈 반쪽을 들고 무대 위로 뛰쳐 오르자 마이크를 쥐고 비틀대던 캐서린이 멍한 얼굴로 지후를 주시했다. 캐서린의 등 뒤로 돌아간 지후가 번뜩이는 심벌의 날을 들이댔다.

　"조용히 무대 뒤로 따라 나와."

　흉기가 목에 닿아 있는데도 캐서린의 얼굴에 공포나 당황은 보이지 않았다. 그녀는 겁먹지 않고 대꾸했다.

　"곤란합니다. 저는 무대를 떠나서는 안 돼요."

　"믿기 어렵겠지만 당신을 위해서야. 움직이지 않으면 힘으로 끌고 가는 수밖에."

　지후가 캐서린의 가는 팔목을 꽉 붙잡았다. 그녀의 미간이 살짝 찌푸려졌다. 그 모습에는 어떤 남자라도 당장 무릎을 꿇고 사죄할 만한 신비로운 매력이 있었지만 지후는 보지 못했다. 그의 눈은 여전히 18명의 관객들에게 쏠려 있었다.

　'자, 앞으로 나서봐라.'

　누군가 자신의 암살 대상을 눈앞에서 훔치려고 하면 킬러는 훼방꾼을 저지하기 위해서 반드시 움직일 것이다. 비록 엉성하긴 했으나 이것이 지후의 계획이었다. 그리고 그 기대는 보답받았다.

　"멈춰라!"

　2층 객석에서 한 남자가 난간을 박차고 뛰어올랐다. 낙하하는 와중, 남자는 품에서 권총을 꺼내 정확히 지후를 겨눴다.

타앙! 미간을 강타하는 총알에 뒤통수가 젖혀지면서도 지후는 웃고 있었다. 드디어 용의자를 확정 지을 수 있게 되었다는 기쁨이었다. 그사이 무대 위로 착지한 킬러는 충격을 줄이기 위해 몸을 구른 뒤 일어났다.

"더 쏴봐."

지후의 도발 때문인지, 아니면 원래 그럴 계획이었는지 연이어 세 발의 총격이 지후의 오른쪽 뺨, 가슴, 복부에 명중했다. 하지만 모든 총알은 도로 튕겨 나갈 뿐이었다.

그 괴이한 광경에 킬러가 주춤하는 사이 허공에서 금색 물체가 빠르게 날아왔다. 불의의 기습이었지만 킬러는 정확하게 사격해 그 물체를 바닥에 떨궜다. 물체의 정체는 소라가 염력으로 날린 트럼펫이었다. 소라는 굴하지 않고 곧바로 두 번째 투척물을 날렸다.

콰앙! 그랜드 피아노가 분노한 투우처럼 거칠게 튀어 나갔다. 킬러는 황급히 몸을 피하려 했으나 결국 옆구리를 받힌 채 나뒹굴었다.

"크윽……."

"어딜 덤비려고 해."

소라는 맹수를 덫에 가둔 사냥꾼처럼 웃었다. 그때 예니의 시선이 소라의 등 뒤를 향했다. 1층 객석에서 불온한 움직임이 포착됐다. 허리가 구부러진 노파가 뚜둑 소리를 내며 허리를 펴더니, 핸드백에서 권총을 꺼내 소라를 겨눴다. 예니는 변신에 돌입하며 버럭 외쳤다.

"공범이 있어, 조심해!"

흰 표범으로 변한 예니가 소라의 어깨를 물고 뛰어올랐다. 소라가 있던 자리에는 총알이 박혔다. 예니가 지후의 옆에 착지하는 순간, 더욱 터무니없는 광경이 펼쳐졌다. 18명의 관객 전부가 객석에서 일제히 솟구친 것이다. 그들은 오페라글라스로 위장한 총기와 우산 속에 숨긴 장검을 꺼내 들고는 지후와 캐서린을 향해 몰려들었다.

지후는 어안이 벙벙해졌다.

'저들이 모두가 킬러였다고? 이 오페라 하우스에서 무슨 킬러들의 회합이 열리기라도 한 거야?'

그때, 동동이 지후의 앞을 가로막으며 입고 있던 턱시도를 벗어 던졌다.

"성지후! 캐서린을 놓치지 마!"

양팔의 문신이 조명 아래 훤히 드러났다. 문신에서 샷건 두 정을 소환해 양손에 붙잡은 동동은 거침없이 화력을 내뿜었다.

펑! 퍼엉! 지근거리에서의 사격이었음에도 킬러들은 좀처럼 피격을 허용하지 않았다. 동물적으로 총구의 궤적을 읽고, 엄폐물 뒤에 숨어 거리를 좁혀왔다.

결국 캐서린을 안아 들고 지후가 외쳤다.

"일단 밖으로! 따라와."

오페라 하우스 바깥으로 나오자 배가 기울어지는 것이 본격적으로 느껴졌다. 승객들 대부분이 주황색 구명조끼를 입은 채 바다로 몸을 던지고 있었다. 차마 그런 용기가 없는 승객들은 탈출용 보트에 탑승하기 위해 내달렸다.

예니가 지후를 향해 다급하게 물었다.

"이제 어쩌지? 곧 쫓아올 텐데."

"이렇게 탁 트인 장소에선 내가 커버하기 힘들어. 일단 아무 데나 들어가자."

근처에 보이는 가장 큼지막한 문을 걷어차고 들어가자 휘황찬란한 불빛이 그들을 맞이했다.

선상 카지노였다. 다닥다닥 붙어 있는 슬롯머신은 절반이 바닥에 넘어진 채, 요란한 소리와 함께 은색 토큰을 쏟아내고 있었다.

지후에게 안겨 있는 캐서린이 나직이 속삭였다.

"왜 절 이런 곳으로 데려왔죠? 관객들이 있는 곳으로 돌려보내줘요."

"아니, 아까 보고도 모르겠어요? 그 사람들은 그냥 관객이 아닙니다. 당신을 죽이기 위해서 고용된 킬러들이라고요."

"저는 노래를 불러야 해요."

"이런 상황에서 대체 무슨 노래를……."

그때, 선상 카지노의 천장과 창문을 박살 내며 킬러들이 쏟아져 들어왔다. 그들은 살벌한 기세로 지후를 노려보았다. 소라가 천천히 허공으로 비상했다.

"캐서린은 못 내줘. 다행히 여긴 집어던질 것이 많네."

소라가 양팔을 휘두르자 바닥에 나뒹굴던 스핀 레버와 토큰, 룰렛 볼 등 온갖 잡동사니가 떠올랐다. 그것은 곧 킬러들을 향해 포탄처럼 쏟아졌다. 동시에 동동이 기관총을 소환해 무차별 사격을 가했고, 예니는 반대편에서 고릴라로 변신해 킬러 셋을 상대했다.

선상 카지노에서 무자비한 난전이 벌어졌다. 예니의 주먹질에 기둥이 박살 나고 총탄이 박힌 슬롯머신이 뒤틀린 전자음을 내뿜었다.

그러던 어느 순간, 동동의 얼굴이 사색이 되었다.

"헉! 큰일이다. 탄환을 그만 다 써버리고 말았어."

"다 쓰면 어떻게 되는데?"

"아, 안 돼!"

동동이 과열된 기관총을 내던지더니 바닥에 넙죽 엎드렸다. 그 순간 지후는 공기가 이상하게 무거워졌다고 느꼈다. 얇은 천이 덧씌워지기라도 한 것처럼 시야가 어두워졌다.

"무슨 일이 벌어지는 거야?"

모든 총알이 허공에서 멈춘 상태로 끔찍한 적막이 찾아왔다. 마치 누군가 일시정지 버튼을 누르기라도 한 것처럼 주변이 얼어붙은 가운데, 그 일은 일어났다.

'거대한 가위'가 허공을 찢고 틈을 만들어냈다.

일반적인 가위의 크기보다 수십 배나 큰 가위의 형상을 본 동동의 어깨가 사시나무 떨리듯 떨렸다. 허공의 벌어진 틈 사이로 창백한 흰 손이 나오는 순간이었다.

"미안! 나는 여기까지야."

눈을 질끈 감은 동동이 모두에게 사과를 남긴 채 사라져버렸다. 꿈에서 아예 퇴장한 것이다. 그러자 공간을 찢어버린 가위와 열 개의 손가락이 거짓말처럼 다시 허공의 균열 안으로 들어갔다.

멈췄던 총알이 움직이면서 지후와 캐서린을 향해 날아들었다. 지후가 황급히 몸을 던져 막아내는 사이 카지노 벽을 뚫고 수현이 모습을 드러냈다.

"성지후, 캐서린을 이리 넘겨. 아무래도 네가 직접 싸워야겠다."

수현은 캐서린을 넘겨받은 뒤 예니와 소라도 자신의 옆으로 불러 세웠다. 그런 뒤 카지노의 기둥과 벽을 재배치해 두툼한 바리케이드를 만들었다.

"알겠습니다. 지금 누가 범인인 줄 모르겠으니까."

지후가 가장 가까이에 있던 킬러 앞으로 점프했다. 그리고 상대가 찔러오는 헌팅나이프를 맨손으로 덥석 붙잡았다. 결코 칼날에 베이지 않을 걸 알기에 할 수 있는 묘기였다. 지후는 칼을 움켜쥔 채 당겨 무릎으로 킬러의 콧잔등을 박살 냈다.

"일단 전부 때려눕힐게요."

6

지후가 맨몸으로 킬러들에게 덤벼들었다. 현실이었다면 자살행위였을 것이다. 두 걸음을 내딛기도 전에 십자포화에 당해 넝마가 되었을 테니까. 하지만 지후는 무수한 총알을 마치 비비탄처럼 튕겨냈다.

킬러들의 대응은 재빨랐다. 총격이 통하지 않는다는 걸 깨닫자 체술과 지형지물을 이용해 반격했다. 지후는 좀처럼 붙잡을 수 없는 킬러들에게 어깨를 들이받는 식으로 대응했다. 실컷 얻어맞기를 반복하며 팔꿈치나 어깨를 붙잡은 뒤 상대를 바닥에 처박거나 창문 밖으로 집어 던졌다.

예니는 그 격투를 보며 어떤 위화감을 느꼈다. 지금 벌어지는 것은 싸움이 아니라, 다른 무언가 같았다.

따지고 보면 격투 역시 의사소통의 일종이다. 한쪽이 다른 한쪽을 일방적으로 몰아붙이는 상황이라 해도 마찬가지다. 때리는 쪽은 상대에게 굴종과 공포를 주려 하고 맞는 쪽은 저항하고 발악한다. 양쪽 모두 절박하고 강렬한 감정을 내뿜는 게 당연하다. 주먹과 발차기가 상대의 몸을 가격하는 순간, 그것은 상대의 뼈에 대고 속삭이는 귓속말이 된다.

하지만 지후가 킬러들을 제압하는 과정에선 아무런 감정이 느껴지지 않았다. 나무를 조각내는 나무꾼이나 바위를 정으로 깨뜨리는 조각가를 보는 것 같았다. 창문을 뒤덮은 먼지를 거침없이 닦아내는 행위에 더 가까웠다.

'교육받은 것과 정반대네.'

자각몽자가 꿈속에서 지배력을 행사하기 위해선 내면의 감정을 강렬하게 터뜨려야 한다는 것이 정설이었다. 그런데 지후는 극도로 무감정하게 자신의 능력을 행사하고 있었다.

"후우, 다 끝난 것 같은데."

잠시 후 난투극이 끝났다. 모든 킬러를 행동불능으로 만든 지후가 어깨를 털어내며 예니를 바라보았다. 할 말을 잃어버린 것은 소라도 마찬가지였다. 상황이 종료되었다는 걸 알았는지 수현이 바리케이드를 원상태로 되돌렸다. 그와 동시에 수현의 떨리는 목소리가 모두의 귓가에 꽂혔다.

"젠장, 모두들 와서 이것 좀 봐."

수현의 두 손바닥은 붉게 물들어 있었다. 캐서린이 수현의 품 안에서 복부에 피를 흘린 채 죽어 있었다. 사방의 모든 위협을 놓치지 않기 위해 눈을 부릅뜨고 지켰는데도 어느 순간 캐서린이 풀썩 쓰러졌다는 게 수현의 설명이었다.

지후는 농락당하는 기분으로 타이머를 꽉 쥐었다.

'킬러들의 접근을 모두 막았는데도…… 결국 죽게 돼 있단 말이야?'

마치 이 꿈에 어떤 각본이 존재하며, 그 각본의 결말에는 과정에 상관없이 '끝에 가면 캐서린은 죽는다'라고 쓰여 있기라도 한 것 같았다.

수현이 타이머에 손을 올린 지후를 무거운 눈으로 바라봤다.

"벌써 여러 번 루프했어. 그래도 계속할 거야?"

"꿈에서 깨어났다가 며칠 후에 재도전하면 어떻게 되죠?"

"문제가 복잡해져. 같은 꿈을 반복해서 캐스팅할 경우 몽객의 정서가 오염되기 시작해. 다섯 명이나 되는 우리의 실망과 낙담, 패배감이 동시에 꿈에 드리워지면 결국 미해결 사례로 남게 되겠지."

"그렇다면 지금 한 번 더 시도해 보고 싶습니다. 아직 들여다보지 못한 부분이 있으니까요."

지후는 타이머의 바늘을 되돌려 꿈의 시작점으로 돌아왔다. 한 가지 달라진 점이 있다면 동동이 없다는 것이었다. 예니는 이런 상황에 익숙한 듯 어깨를 으쓱인다.

"그 가위귀신이 또 나타났잖아. 그럼 어쩔 수 없어."

"그게 뭔데?"

"너도 봤을 거 아냐. 동동의 총알이 다 바닥나면 허공을 찢고 가위귀신이 나타나. 동동은 그걸 엄청나게 무서워해. 후크 선장이 자기를 쫓아 다니는 똑딱 악어에 기겁하는 수준으로."

지후는 똑딱 악어가 뭔지는 몰랐으나 상황이 어찌 돌아가는지는 알 수 있었다. 그래서 일전에 지후의 꿈에 3팀이 숨어들었을 때도 동동이 제일 먼저 이탈했던 것이다.

"어쨌든 이제 넷이서 꿈의 비밀을 헤쳐 나가야 한다는 거야."

넷은 머리를 맞대고 새로 알게 된 사실들을 정리했다. 오페라 하우스에 숨어든 킬러는 한 명이 아니었다. 18명의 관객 전부가 숙련된 암살자들이었다. 무대를 벗어나 그 킬러들을 모두 제압해도 캐서린은 결국 죽게 돼 있다.

수현이 팔짱을 낀 채 짐작 가는 바를 말했다.

"꿈에는 아무리 바꾸려고 해도 바꿀 수 없는 요소가 있어. 이 꿈에서는 일단 두 개의 요소를 찾았지. 첫 번째는 배가 폭발하는 것. 두 번째는 캐서린이 살아남을 수 없다는 것."

"왜 그런 걸까요."

"실제로 일어난 일이고, 몽주가 그 둘을 다 목격했으니까. 캐서린을 죽인 게 누구인진 여전히 알 수 없지만, 폭탄을 설치한 장본인은 몽주가 틀림없는 것 같아."

"어째서요?"

"캐서린의 피살 장면은 단순 목격자도 충분히 재현할 수 있어. 한 인간의 숨이 끊어지는 순간은 그만큼 강렬하니까. 하지만 시한폭탄의 정밀한 부품을 꿈속에서 구현하는 건 이야기가 달라. 폭탄을 설치한 장본인이 아니면 불가능해. 그리고 그 이상한 폭탄의 배치와 기폭 시점이 캐서린의 공연과 연관이 있어 보여."

그 말에 지후가 무언가 떠올린 듯 소라를 채근했다.

"소라! 너 그때 우리한테 들고 왔던 팸플릿, 어디서 났어?"

지후는 팸플릿에 적힌 세 줄의 문구를 팀원들에게 내 보였다.

— 이 시대 최고의 디바 '캐서린'의 마지막 공연이 오페라 하우스에서 펼쳐집니다! 7월 11일 저녁 9시. 평소보다 한 시간 앞당겨진 선상 축제의 하이라이트를 절대 놓치지 마세요.

"오늘이 마지막 공연이었어요. 그리고 평소보다 한 시간 앞당겨졌다고 했죠. 지금 생각해 보니 이건 지나칠 부분이 아닌 것 같아요."

항해 일정을 보면 오션크루즈호는 다음 날인 12일 저녁 항구에 도착하기로 되어 있었다. 그런데 모종의 이유로 캐서린의 마지막 공연이 한 시간 앞당겨진 것이다.

수현이 뭔가를 깨달은 듯 소리쳤다.

"시차! 크루즈에는 시차가 있어. 이렇게 느긋하게 항해하는 배가 대륙 사이를 이동할 땐 반드시 날짜변경선도 지나게 되니까. 이 배처럼 서쪽으로 나아갈 땐……."

수현의 손끝이 노을이 지고 있는 수평선을 가리켰다.

"시간이 앞당겨지기도 하는 거야."

매일 10시에 했던 공연이 9시로 앞당겨지는 예상 밖의 일을, 폭탄 설치범은 계산에 넣지 못한 것이다.

예니가 구둣발로 플로어를 두드렸다.

"공연이 거의 끝나갈 때 폭탄이 터져서 배가 기울어지기 시작했잖아요? 하지만 만약 공연이 갑자기 미뤄지지 않았더라면, 원래 폭탄은 공연 직전에 터졌을 거예요."

수현이 고개를 끄덕이며 말을 이었다.

"그렇군. 그러니까, 원래 폭탄을 설치한 몽주는 공연이 열리지 못하도록 소란을 피우고 싶었다. 그런데 시차가 생기는 바람에 공연 시작 직전에 작동했어야 할 폭탄이…… 공연 막바지에 터지고 말았다?"

이 짐작이 맞다면 테러와 소동 사이의 애매한 폭발이 충분히 설명된다. 협박문이나 경고문은 애초에 존재하지 않았다. 폭탄을 설치한 자는 불필요한 인명의 피해 없이 캐서린의 '공연 장소'만 제거하고 싶었던 것이다.

지후는 갑판 위를 둘러보고 침착하게 말했다.

"지금까지 우린 무대 위에서의 캐서린만 봐왔어요. 왜냐면 폭발이 일어나는 시점도, 캐서린이 살해당하는 시점도 그녀의 공연이 절정에 다다랐을 때니까. 하지만 공연이 시작하기 전에도 캐서린은 이 배 어딘가에 있었을 겁니다."

"가수가 아닌 인간 캐서린을 만나보고 싶은 거구나."

"네. 우리는 어쩌면 여태껏 엉뚱한 방향만 노려보고 있었는지도 몰라요. 캐서린의 죽음을 막거나, 범인을 찾는 데 집중하느라 정작 이 꿈의 핵심 인물인 캐서린을 배경 취급했던 거예요. 예정된 죽음의 무대로 올라가기 전에 그녀에게 반드시 물어보고 싶은 게 있습니다."

"좋아. 캐서린을 찾자, 빨리."

지후는 손에 쥔 팸플릿을 물끄러미 지켜보다가 메고 있던 크로스백에 집어넣었다.

"그건 왜?"

"쓸데가 있을 것 같아서요."

팀원들은 흩어져서 크루즈 어딘가에 있을 캐서린을 찾아다니기 시작했다. 캐서린의 객실은 비어 있었고, 승객들이 한창 활동할 오후 시간이라 수색은 어려웠다.

그때, 식당을 둘러보던 지후의 옆으로 수현이 달라붙었다.

"찾았어. 인공수목원이야."

"캐서린이 거기 있어요?"

"우리가 제일 가까워. 서두르자, 자칫하면 놓칠지도 몰라."

수현은 요술을 부리듯 승객들의 사이를 빠져나가며 지후를 안내했다. 뒤따르던 지후는 수현을 놓칠까 봐 승객들을 양어깨로 밀어내며 말을 걸었다.

"왜 그렇게 많은 킬러들이 있었을까요."

"완벽한 암살을 위해 킬러 여럿을 고용하는 경우도 있어."

"하지만 캐서린은 국가 원수도, 거대 기업 총수도 아니에요."

지후는 상자에서 사과를 꺼내는 훈련을 했던 기억을 끄집어냈다. 당시 수현은 중력이 존재하지 않는 꿈속에서도 자연히 사과가 바닥을 향해 떨어지는 점을 언급했다. 의식하지 못한 사이에 자연스레 인간의 뇌리에 심어진 법칙이 있고, 그것은 선입견으로 작용한다.

"저들이 내로라하는 킬러들이라고 해서 그녀의 목숨을 노릴 거라고 생각한 게 실수였을지도 몰라요."

"그렇다면?"

"킬러들과 맞서 싸웠을 때 가까이서 그들의 얼굴을 봤어요. 갈비뼈가 박살 나도 얼굴을 찡그리지 않더군요. 대단한 인내심이었어요. 실제 킬러들도 그랬을 것 같다는 생각이 들어요. 하지만 접촉하는 순간 어렴풋이 그들의 감정이 느껴졌어요."

"킬러들의 마음이 느껴졌다고? 어땠는데."

"적대감과 원망. 하지만 그건 살해할 대상을 빼앗긴 것에 대

한 분노가 아니었어요. 그렇다고 하기엔 무력감에서 오는 슬픔
이 있었거든요."

지후는 그들을 때려눕히면서 조금도 기분이 좋아지지 않았
다. 이 꿈의 몽주가 킬러들을 붙잡아 혼쭐내 주길 바라는 거라
고 생각했던 지후는 불길할 정도로 강한 위화감을 느꼈다.

"어쩌면 그들은 캐서린을 죽이기 위해 그곳에 있었던 게 아
닐지도 몰라요."

"그러면?"

그 순간 지후와 수현은 인공수목원의 입구에 다다랐다. 햇빛
을 그대로 받아들이는 투명한 유리벽 안에 꾸며진 작은 정원,
그곳의 분수대 앞에 하얀 셔츠와 보라색 치마를 입은 캐서린이
앉아 있었다.

"······캐서린을 지키고 싶었던 거예요. 그녀를 죽이려는 진짜
킬러로부터."

7

"평범한 사람들은 몰랐겠지요. 하지만 살인 청부를 업으로
삼는 이들은 이 배에서 캐서린 암살 시도가 있을 걸 알고 있었
어요. 최장순 조사원이 보여준 그 글을 봤을 테니까."

가장 치명적이었던 오해가 풀렸다.

"몽주와 킬러들은 사실 같은 편이었던 거예요."

그렇기에 몽주는 대형 크루즈에 폭탄을 터뜨리는 위험을 감수하고서라도 공연 자체를 막으려 했다. 암살이 벌어질 장소를 없애버릴 소동을 일으킨 것이다. 18명의 킬러들 또한 방식은 달랐지만 심정은 같았으리라.

지후와 수현은 수목원에 들어섰다. 슬슬 수평선을 향해 저물어가는 태양이 나무와 화초에 생동감을 불어넣고 있었다. 분수대에 접근하려는 순간 두 명의 덩치 큰 경호원들이 지후의 앞을 막아섰다.

"죄송하지만 이 앞으론 들어가실 수 없습니다. 잠시 뒤에 방문해 주십시오."

지후와 수현이 서로를 바라보았다. 따지고 보면 캐서린의 자유시간 동안 경호원이 따라붙는 건 예상 가능한 일이었다. 단 두 명을 때려눕히는 건 어려운 일이 아니었지만 지척에 있는 캐서린이 신경 쓰였다. 지후는 되도록 평온한 분위기에서 말을 걸고 싶었다.

수현이 한 걸음 물러나며 경호원들의 발밑을 가리켰다.

"자고로 풀밭에선 뱀을 조심해야지요."

"지금 뭐라고…… 윽!"

기다란 백색 코브라가 어느새 두 경호원의 무릎을 휘감고 있었다. 때맞춰 도착한 예니가 피부를 통해 독을 내뿜었다. 두 경호원의 눈에 힘이 풀리며 흰자위가 드러났다. 구석에 숨은 소라가 쓰러지려는 경호원들을 염력으로 붙잡았다.

수현이 지후의 등을 떠밀었다.

"확인하고 싶은 게 있는 거지? 가봐."

지후는 천천히 걸음을 옮겼다. 캐서린과의 두 번째 독대였으나 상대는 그 일을 기억하지 못하는 꿈속의 오디언스일 뿐이다. 다행이라고 느끼면서도 묘하게 아쉬운 마음이 들었다.

캐서린은 분수대의 난간에 걸터앉아 얕은 물에 잠긴 조약돌을 어루만지고 있었다. 그러다가 인기척을 느낀 듯 뒤를 돌아보았다.

"누구시죠?"

무슨 말을 꺼낼까 고민하던 지후는 문득 자신이 우습다고 생각했다. 어차피 그녀는 꿈속의 인물일 뿐, 실제 존재하는 사람이 아닌데도 왜 이리 조심스러워지는 것일까. 현실에서는 이미 살아 있지도 않은 과거의 유령인데 말이다. 그렇다 해서 멍하니 서 있을 순 없어 지후는 준비해 온 말을 읊었다.

"무대에 오르면 당신은 살해당합니다."

충격적인 말을 들었음에도 캐서린의 표정에는 아무런 동요가 없었다. 그것은 원래 그녀의 성품일까, 아니면 이 몽주가 덧씌운 어떤 껍질일까. 한참을 침묵하던 그녀의 입에서 나온 건 영문 모를 이야기였다.

"제가 처음 전선에서 노래를 시작했을 때 저를 겨누고 있던 총구가 몇 개였는 줄 아세요?"

오직 노래만으로 내전을 멈추게 했던 어린 소녀가 이제는 주름이 살짝 보이는 성숙한 여자가 되어 웃고 있었다.

"2만4천 개였어요. 하지만 전 여전히 살아 있죠. 그 누구도 무대 위에 선 절 죽이지 못해요."

"제 말을 오해했나 보군요. 누군가가 이 배 안에서 당신을 죽이려 하고 있습니다. 당신은 살아서 무대를 내려올 수 없게 된다고요."

설명이 부족했나 싶어 말을 덧붙이면서도 지후는 캐서린의 눈빛을 섬세하게 살폈다.

"전쟁터에서 저는 총구 뒤에 있는 병사들의 얼굴을 보았어요. 당연히 적군에 대한 증오와 미움으로 가득할 거라 생각했지요. 하지만 아니었어요. 그들은 오래전부터 상대편 또한 자신처럼 전장에 억지로 끌려 나온 군인일 뿐이라는 걸 알았어요. 그들의 눈동자에 있던 건 전혀 다른 감정들이었어요."

"지금 무슨 소리를……."

"그건 오래전에 할머니가 해준 호박파이의 맛을 떠올리는 그리움이었어요. 잘려 나간 손가락으로는 약혼자의 보조개를 만질 수 없다는 사실에서 오는 서글픔이었어요. 남겨두고 온 어린 아들이 차가운 지뢰를 땅에 묻는 대신에, 평생 따뜻한 물건들에만 둘러싸여 삶을 찬미하길 바라는 어여쁜 소망이었어요."

캐서린의 말에 대꾸하려던 지후는 흠칫했다. 과연 꿈속의 오디언스가 이 정도로 구체적인 응답을 해낼 수 있는 걸까. 곧 한 가지 유력한 가설이 떠올랐다.

'몽주는 분명 캐서린을 만났던 거야.'

꿈을 업로드한 몽주는 이 인공수목원에서 캐서린과 대화를 나눈 적이 있고, 암살 시도를 예고하는 몽주에게 캐서린은 정확하게 이런 대답을 해주었으리라.

"저는 그 모든 감정을 읽었어요. 그리고 그 감정들을 내 것으로 만들었어요. 내 노래는 병사들을 설득하거나 감화시킨 게 아니에요. 그저 철모와 군복 안에 숨어 있던 내면을 끄집어냈을 뿐이죠. 그러니 제가 적군에 대한 증오심 때문에 굶주린 승냥이처럼 날뛰는 병사들을 노래로 길들였다는 소문은 결코 사실이 아닙니다."

캐서린의 말은 아무런 운율이 없는데도 마치 노래처럼 들렸다. 이 말을 들으며 몽주가 느낀 요동치는 안타까움이 지후에게 전달되었다.

"캐서린, 당신은 알고 있군요? 오늘 무대에서 무슨 일이 벌어질지."

"네."

"피하지 않을 것이고?"

"네."

지후는 고개를 끄덕였다. 애초에 설득이 불가능한 상대였다. 그리고 이 짧은 만남에서 지후가 알고 싶었던 사실은 모두 확인되었다. 물리적으로 캐서린을 속박해 이 수목원에 묶어두는 건 무척 쉬운 일일 것이다. 하지만 이 꿈속에서 그런 일을 한들 의미가 없었다.

캐서린이 떠나간 후 지후는 그녀가 앉아 있던 분수대 난간에 걸터앉아 조용히 생각에 잠겼다. 그런 지후 가까이로 수현과 예니, 소라가 슬그머니 모여들었다.

"어때, 소득이 좀 있었어?"

"이걸 소득이라고 해야 할지. 어쨌든 그 많은 킬러들이 어디에서 왔는지 알아낸 것 같아요."

지후는 오페라 하우스에서 보았던 킬러들의 얼굴을 하나하나 떠올렸다.

"오래전 서로를 죽이는 일을 멈추지 않았던 나라의 내전이 끝났어요. 한 소녀가 목숨을 걸고 불렀던 노래 때문에. 그 뒤로 소녀는 세계적인 가수가 되어서 큰 사랑을 받았죠. 그렇다면 최초의 청중이었던 병사들은 지금 어디에서 무얼 하고 있을까요. 그 병사들에게 있어 소녀는 단순히 애정하는 가수나 시대의 아이콘을 넘어서, 삶의 구원자였을 겁니다."

내전이 일어난 곳은 빈곤한 나라였다. 전쟁이 끝났어도 사람을 죽인 경험이 있는 숙련된 군인이 할 수 있는 일은 많지 않았을 것이다. 수많은 병사 중에서 누군가는 돈을 받고 목숨을 빼앗는 킬러가 되었을지도 모른다. 하지만 숭배의 대상이나 마찬가지인 소녀의 암살을 의뢰하는 글을 보았을 때, 그들의 기분은 어땠을까.

"그래서 그들은 약속이나 한 듯이 이 배 위에 올라탄 거예요. 오래전 캐서린에게 목숨을 구원받았던 자들이, 이번에는 거꾸로 그녀의 목숨을 지키기 위해서."

"자발적인 호위였다?"

"생각해 보세요. 얼마나 어려운 일일까요. 숙련된 18명의 암살자들이 지켜보는 가운데 암살 대상의 목숨을 빼앗는다는 게."

"거의 불가능에 가깝겠지."

"하지만 세상의 모든 습격을 막아낼 수 있는 병사들이라 해도 결코 막을 수 없는 사람이 한 명 있죠."

지후는 굳어지는 수현의 얼굴을 올려다보며 말했다.

"캐서린은 스스로 목숨을 끊은 거예요."

그 많은 킬러도, 폭탄을 터뜨려서라도 캐서린을 막고 싶었던 몽주의 노력으로도 막을 수 없는 죽음이었다.

"하지만 캐서린이 왜 그런 선택을 했단 말이야?"

지후는 대답 대신 분수대 안으로 손을 집어넣었다. 조약돌 몇 개를 헤집은 뒤 장소와 전혀 어울리지 않는 물건을 하나 꺼내 들었다. 흡입구가 있는 플라스틱 약병이었다.

"그게 뭐야?"

"아시다시피 저는 슬럼가에서 오래 살았습니다. 크기는 조금 다르지만 이런 종류의 호흡기를 달고 사는 이들을 잘 알죠. 이런 호흡기에 은밀히 담고 다니는 건 대부분 마약입니다."

"캐서린이…… 마약 중독자였다?"

수현은 크게 놀라 입을 틀어막았다. 반면에 예니는 지후의 짐작을 정면으로 반박했다.

"납득할 수 없어. 마약은 인간의 정신과 육체를 함께 파멸시켜. 캐서린이 마약에 의존했더라면 그토록 아름다운 노래를 부를 순 없었을 거야."

"처음에는 진통제로 썼을 거라고 생각해. 마약을 진통제로 사용해야 할 만큼 돌이킬 수 없는 몸 상태였지 않을까. 성대에 치명적인 문제가 생긴 것일 수도 있고."

보통의 가수라면 건강에 문제가 생겼을 때 은퇴를 선택한다. 무대를 내려와도 삶은 계속 이어질 테니까.

"제가 캐서린의 목에 날붙이를 들이대며 협박했을 때 그녀는 이렇게 답했습니다. 자신은 무대에서 내려가면 안 된다고. 그것은 꽤 복합적인 의미를 담은 말 같았어요."

전쟁의 피해자로서, 난민으로서 그녀가 해내고 있었던 역할.

노래의 힘으로 전쟁을 막아섰던 사람인 자신이 죽은 뒤에도 그 역할을 누군가가 이어가 주기를 바랐다면 어땠을까.

"꿈속에서는 죽은 사람을 만날 수 있어요. 그리고 죽은 사람의 노래를 계속 반복해서 들을 수도 있죠. 이 꿈을 통해 사람들의 귀가 아닌 영혼에 그녀의 노래가 각인되는 겁니다."

그것은 진정한 의미에서의 불멸이었다. 지후는 캐서린의 야망에 할 말이 없어지는 기분이었다. 그녀는 얼마 남지 않은 자신의 삶을 장작으로 삼아 꺼지지 않는 불꽃을 피워 내려 한 것이다. 꿈속의 무대에서는 같은 장소에서 같은 공기를 통해 살아 있는 감정과 생생한 정서를 느낄 수 있다. 음반이나 데이터로는 기록될 수 없는 영혼이 담긴다.

현실의 가수가 사망하더라도 꿈속의 노래만이 남아 영원토록 이어지는 앵콜 콘서트.

"하지만 그러려면 사건이 필요했을 거예요. 사람들의 입에서 꾸준히 오르내리는 충격적인 장면이요. 시대를 풍미했던 가수가 마지막 공연에서 불운의 암살을 당하는 것이라면 완벽하지 않았을까요."

어쩌면 캐서린은 끝끝내 자신을 암살해 줄 킬러를 구하지 못했을 것이다. 아니면 의뢰를 수락한 자들이 방해에 부딪혀 포기했을지도 모르고. 어쨌든 결국엔 본인이 노래를 마친 뒤 스스로 목숨을 끊는 선택에 몰리게 된 것이다.

"캐서린은 이곳에서 죽는 대신 그녀의 노래가 영원히 남기를 바란 겁니다."

전쟁을 멈추게 했던 그녀의 노랫소리가 영원히 재생되기에 이 호화로운 크루즈는 완벽한 무대였을 것이다.

"어쩌면 그녀의 의도는 성공했을 겁니다. 이것이 계획된 자살이라는 걸 모르고 공연 자체를 막기 위해 폭탄을 설치한 몽주만 아니었더라면 말이죠."

캐서린을 비춰야 했던 조명은 의문의 폭발이 일어나면서 전부 그쪽으로 쏠려 버렸다. 그녀는 '암살당한 불운의 가수'가 아니라 '실종된 과거의 스타'가 되어버렸다.

"몽주는 어떤 기분이었을까요. 어떻게 해서든 그녀를 살리고 싶어서 사용했던 최후의 수단이, 거꾸로 그녀를 망각의 바닷속으로 잠기게 만들어버렸다는 걸 알게 됐을 때. 저는 감히 그걸 짐작할 수가 없어요."

몽주의 마음에 깃든 실로 거대한 무력감과 죄책감이 이 배 안에 똬리를 틀고 도사리고 있다가 꿈을 방문한 자들의 마음을 습격한 것이다.

"그게 섬망 현상의 원인이라고 생각합니다."

지후는 숨을 토해내며 추측을 마무리 지었다. 몇 가지 투박한 구석이 있었지만 수현은 지후가 원인을 제대로 짚어냈다고 확신했다. 꿈속의 진실을 찾아내는 데 명탐정의 추리 실력은 필요하지 않다. 몽주의 감정을 정직하게 읽어내고 직시하는 태도가 더 중요했다.

수현은 지후의 어깨를 토닥였다.

"제법이야, 신입. 이 꿈이 몽재를 일으키는 맥락과 원인을 알아냈으니 남은 건 수키에게 보고하면 돼. 캐서린이 숨기려 했던 건강에 관한 문제는 최 조사관이 알아봐 줄 테고."

지후는 멍한 얼굴로 물었다.

"그러면 이 꿈은 어떻게 되는 거죠?"

"폐쇄. 관리자의 권한으로 드림넷에서 더 이상 찾아볼 수 없게 되는 거지."

"그렇게 되면 캐서린의 마지막 무대를 기억하는 이들도 없어질 텐데요. 그냥 놔둘 순 없나요?"

수현은 단호하게 고개를 가로저었다.

"이 꿈의 엉킨 실타래는 누구도 풀 수 없다는 걸 확인했잖아? 캐서린을 살리고 싶었던 몽주의 욕망은 이 꿈에서 실현될 수 없어. 이 꿈을 다운로드하는 사람들이 늘어날수록 섬망 현상도 강해질 거야. 트라우마를 자극할 요소가 너무 많은 꿈이야. 안타깝지만 폐쇄할 수밖에 없어."

꿈이 가라앉는다. 마치 오션하모니호가 맞이한 운명처럼 캐서린의 마지막 노래도 가라앉는다. 뭔가 참을 수 없는 기분을 느낀 지후가 다이얼에 손을 대고는 수현을 마주했다.

"왜? 아직도 할 게 남았니?"

"마지막으로 그 오페라 하우스의 객석으로 가보고 싶어요. 이건 임무와는 별개로 제 사적인 바람입니다. 허락해 주셨으면 해요."

수현은 잠시 고민했지만 결국 승인했다.

시간이 앞으로 넘겨진다. 크루즈가 가르는 물살이 빨라지고, 태양이 다이빙하듯 수평선 아래로 몸을 날린다.

다음 순간, 지후는 관객석에서 캐서린의 노래를 듣고 있었다.

왜일까, 분명 똑같은 노래일 텐데 들을 때마다 더욱 가슴이 묵직해지는 느낌이었다.

공연장에 폭발의 여파가 밀어닥치고 샹들리에가 떨어진다. 캐서린이 비틀거리며 넘어진다. 그 모든 광경을 그저 바라보며 지후는 객석에서 일어나지 않았다.

노래가 절정에 다다랐을 때, 캐서린은 무대 위에 쓰러진다. 마지막 관객이었던 18명이 모두 떠나고 나서야 비로소 지후는 발걸음을 내디뎠다.

지후는 캐서린 앞에서 한쪽 무릎을 꿇고 잠든 듯 보이는 한 디바의 얼굴을 내려다봤다.

"뭘 하려는 거야?"

객석에 있던 예니가 물었다. 지후는 대꾸하지 않고 캐서린을 품에 안아 들었다.

사람들이 탈출용 보트에 몸을 실어 크루즈를 떠나는 시점이다. 곧 배에는 아무도 없게 될 것이다. 허공에 둥둥 뜬 소라가 창문 밖에서 지후를 걱정했다.

"통로 전체에 불이 붙었어. 엄청 뜨거울 텐데?"

"나는 괜찮아. 이런 불에 타지 않아."

캐서린을 안아 든 지후는 무너져 내리는 천장, 불타오르는 복도를 그저 뚜벅뚜벅 걸어갔다. 불길은 갈급한 짐승처럼 탐욕스럽게 지후와 캐서린을 집어삼키려 했다. 지후는 눈을 감은 캐서린의 머리를 조심스레 감쌌다. 천장에서 떨어지는 잔해들이 시신을 훼손하는 것을 막기 위해서였다.

갑판으로 빠져나온 지후는 캐서린을 선수상 밑에 내려놓았다. 그러더니 피에 젖고 불에 그을린 드레스를 정돈하기 시작했다. 지후의 정성 어린 손길에 팀원들은 어쩐지 숙연해졌다.

그때, 독수리로 변신한 예니가 마스트에 내려앉았다. 지후는 예니를 올려다보며 말했다.

"네가 한이라고 말했지. 그래서 계속 생각해 봤어. 이 꿈을 꾸었던 몽주의 한은 뭐였을까. 결국 캐서린의 죽음을 막지 못한 무력감이었을까, 자신이 터뜨린 폭탄으로 캐서린의 계획마저 날려버린 것에 대한 자책이었을까……."

말하면서 지후는 낯익은 풍경을 떠올렸다. 눈밭 위로 먼 길을 떠나는 한 여자의 뒷모습을.

"나는, 이 배가 가라앉을 때까지 옆을 지켜주지 못했던 것에 대한 미안함이라고 생각해. 혼자 남겨지는 것은 누구라도 쓸쓸하니까. 그런 경험이 있던 사람이라면 더 잘 알았겠지. 난 몽주가 그런 사람이었다고 느껴."

지후는 그녀의 노래가 끝난 이후에도 마지막을 지켜주려 이곳에 데려왔다.

"바다 위에 무덤을 만들 순 없어도 묘비 하나쯤은 있어도 괜찮겠지."

지후가 크로스백에서 뭔가를 꺼냈다. 캐서린의 가장 아름다운 순간이 남겨진 팸플릿이었다. 그것을 캐서린의 품 안에 안겨주었다. 무대 위에서 환한 얼굴로 열창하는 그녀의 모습 위로 핏물이 몇 군데 튀어 있었다.

배가 거의 다 잠겨갈 때쯤 누구도 예상치 못했던 일이 일어났다. 파도 하나 없는 밤바다 위에서 익숙한 음색의 노랫소리가 들려오기 시작한 것이다. 그것은 분명 캐서린의 목소리였으나, 방금까지의 무대보다 훨씬 앳되고 나른한 목소리였다.

"이건……."

예니는 고개를 갸웃했다. 캐서린이 발표했던 노래 중에 이런 곡은 없었다. 설마 몽주가 새로운 노래를 만들어내기라도 했다는 걸까.

다음 순간, 예니는 독수리 부리를 딱 부딪혔다.

그러고 보니 있었다. '전쟁을 멈춘 소녀'라는 전설을 만들어 냈던 노래. 그 어떤 기록물로도 남아 있지 않지만 현장에 있던 병사라면 결코 잊을 수 없다는 단 하나의 노래.

"그렇구나. 캐서린이 처음으로 세상에 나와서 불렀던 노래. 몽주는 역시 그 자리에 있었던 거야. 이건 병사들의 진격을 멈추게 했던 그 노래일 거야."

노랫소리가 조금씩 커지면서 경이로운 일들이 일어났다. 부서진 배의 잔해들이 수면 위로 떠올랐다. 그리고 그것들은 조금씩 모여들어 엉성하게나마 객석을 만들어냈다. 가라앉고 있는 크루즈의 선미가 마치 특별 공연을 하는 무대라도 되는 것처럼, 스르륵 솟구쳐 오른 바닷물이 사람 형상을 갖추고 객석을 채우기 시작했다.

지후는 침착하게 캐서린을 보기 위해 모여든 사람의 형체를 살펴보았다. 누구인지는 모르지만 같은 복색에, 같은 무기를 들고 있다. 소라가 믿을 수 없다는 듯 지후에게 소리쳐 물었다.

"오빠가 한 거야?"

"아니. 나는 아무것도 하지 않았어. 그냥 뭔가가 일어날 것 같은 흐름에 저항하지 않았을 뿐이야."

아직 꿈은 깨지지 않았다. 이건 전부 몽주가 꿈에 심어둔 무의식의 힘이었다.

"아마 가능했더라면 몽주는 캐서린의 마지막을 이렇게 배웅해 주고 싶었던 거겠지."

잠든 캐서린은 결국 차오르는 바닷물에 잠겨 가라앉기 시작했다. 물속에 들어간 그녀는 처음 무대에 오른 어린 소녀의 모습으로 돌아가 있었다.

그녀가 어두운 바다 밑으로 잠기자 노랫소리는 더 이상 들리지 않았다. 하지만 침묵의 관객들은 지후의 등 뒤에서 아주 오랫동안 그 모습을 지켜보고 있었다. 수평선이 어둠에 잠식되고 세계 전체가 암전될 때까지.

"잘 자요, 캐서린."

선율이 파도에 완전히 잠겼다. 오션하모니호의 꿈과 작별할 시간이었다.

3

탈더

1

드림캐스터를 벗었지만 지후는 꿈의 여운에 잠긴 채였다.

'마치 이 꿈이 나를 기다리고 있었던 것 같은 기분이야.'

오션하모니호에서 만났던 이들의 절박한 표정, 속삭이는 듯한 캐서린의 목소리, 해수면 아래로 가라앉는 쇳덩이가 망막에서 좀처럼 떨어지지 않았다. 그래서 주변 풍경의 이질감을 눈치채는 데에 시간이 좀 걸렸다.

"다들 어디 간 거지?"

캡슐에서 몸을 일으킨 것은 지후 한 명뿐이었다. 분명 왼쪽 캡슐에는 동동, 오른쪽 캡슐에는 소라가 누워 있었는데 지금은 텅 비어 있었다. 사람이 누운 적이 없는 것처럼 얇은 먼지가 쌓여 있기까지 했다.

지후는 수면실에 홀로 남겨져 있었다. 드림캐스터의 액정을 살펴봐도 아무런 메시지가 없었다. 수면실에는 원래 자각몽자들이 쉽게 잠들 수 있도록 단조로운 리듬의 음악이 깔려 있었는데, 지금은 까칠한 적막만이 내려앉아 있었다. 지후는 얼마 전 바로 지금 같은 현상을 겪어본 적이 있었다.

"헛깨기네."

설마 이것까지 테스트인 걸까. 하지만 그렇다고 하기엔 앞뒤가 맞질 않았다. 팀이 힘을 합쳐 고생 끝에 오션하모니호 몽재의 비밀을 풀어낸 이런 순간에 굳이 자신을 낯선 공간에 격리할 이유가 없었다.

다음 순간, 수면실의 문밖에서 누군가가 자신을 부르고 있다는 느낌이 들었다. 무슨 목적인지 알 수 없었으나 거리낄 것은 없었다. 숲속에서 비명을 지르면 초식동물들은 달아나고 육식동물들은 모여든다. 지후는 분명 포식자 쪽이었다. 적어도 꿈속에서만큼은.

수면실의 문을 열자 메마른 바람이 지후의 얼굴을 때렸다. 발아래로 펼쳐지는 압도적인 대협곡의 풍경이 순간 숨을 멎게 할 정도였다. 등 뒤를 돌아보니 자신이 열고 나온 수면실의 문은 어느샌가 사라져 있었다.

지후는 그랜드캐니언이 내려다보이는 절벽 귀퉁이에 서 있었다. 깎아내린 붉은색 지층군과 아득히 먼 곳에서 흐르는 강물, 사막의 건조함을 이기고 선 두툼한 나무들이 한눈에 들어왔다. 존재 자체가 신비함을 품고 있는 경이로운 장소였다.

절벽 끄트머리에 아메리카 인디언이 사용하는 원추형 티피 (tepee)가 있었다. 그 앞에는 새벽 동안 모닥불을 피운 것인지 타고 남은 장작과 낯선 형태의 화로가 보였다. 곧 티피의 천막이 걷히고 뭉툭한 손이 밖으로 빠져나왔다.

"어서 오십시오. 당신은 몽재진압반의 팀원이겠지요?"

지후는 살짝 놀랄 수밖에 없었다. 눈앞엔 사람의 말을 하는 낯익은 아기 판다가 있었다.

"……수키? 네가 날 훈련시켰잖아. 왜 처음 만나는 것처럼 굴어?"

수키가 성큼성큼 걸어왔다. 가까이서 보니 느낌이 달랐다. 지후를 훈련시켰던 수키에 비해 또렷하게 보이질 않고, 노이즈가 낀 화면처럼 묘하게 달랐다. 컬러풀한 배경 위에 수키 혼자서만 모노톤의 필터가 덧씌워진 것처럼 보였다.

"이해해 주십시오. 전 당신이 알고 있는 수키와 다릅니다. 분신이라고 할까요?"

"분신?"

"그렇습니다. 인격과 연산 능력은 비슷하지만 기억이 다릅니다. 아마 당신이 알고 있는 수키가 저보다 더 많은 양의 메모리를 가지고 있을 테니까요."

"무슨 말을 하는 건지 모르겠어. 넌 어디에서 튀어나온 건데?"

"전 당신이 막 빠져나온 꿈에 숨어들어 있었지요. 지금은 사정을 다 말씀드릴 수 없어요."

수키의 등 뒤로 구불구불 펼쳐진 강물에 어둠이 차오르고 있었다. 지후는 본능적으로 상황을 이해할 수 있었다. 이 헛깨기의 공간은 극도로 불안정한 상태였다.

"당신이 렘수면에서 깨어나게 되면 저는 이 꿈에서 완전히 소실됩니다. 주어진 시간이 부족해요. 부디 지금부터 제 말을 잘 들어주세요."

묻고 싶은 것은 많았지만 수키의 말을 잘라서는 안 될 것 같았다. 지후가 팔짱을 낀 채 경청의 자세를 취하자 수키는 안도감을 보이며 말했다.

"제가 당신의 눈앞에 나타났다는 것은 당신이 오직 몽재진압반만이 가능한 방식으로 이 꿈의 퍼즐을 풀어냈다는 뜻이겠지요. 그런 당신에게 꼭 전해야 하는 메시지가 있습니다."

수키를 둘러싼 노이즈가 점차 심해지기 시작했다. 음성 또한 전파 방해를 받는 것처럼 버벅거렸다.

"절대 ……한 상황에서…… 업데이트를…… 해서는 안 됩니다."

"업데이트? 왜 그걸 하면 안 되는데?"

"다중몽은…… 위험…… 회장을 믿으면 안 됩니……."

"회장?"

"감정이…… 칼날…… 의지가…… 너의 손잡이."

그 말을 끝으로 흐릿한 수키와 함께 그랜드캐니언은 눈앞에서 사라졌다. 헛깨기에서 벗어난 지후는 수면실의 천장을 바라보며 깨어났다.

"다시는 그 꿈으로 들어갈 수 없다고요?"

"그래. 우리가 오션하모니호 꿈에서 빠져나온 순간 수키가 접근 권한을 차단했어. 이제 그 꿈에는 누구도 접근할 수 없게 됐다는 뜻이지. 성지후, 가장 늦게 깨어나서는 왜 그래?"

"그게……."

수현이 이상하게 구는 지후를 의아하게 여겨 캐물었다. 지후는 조금 망설이다가 결국 꿈에서 완전히 빠져나오기 전에 겪은 헛깨기에 대해 털어놓았다.

"너를 모르는 수키를 만났다? 꿈속에서?"

"네. 그 이상한 수키는 자기가 몽재진압반 플레이어를 기다리고 있었다고 했습니다. 다른 팀원들도 이런 경험을 한 적이 있나요?"

"아니. 금시초문이야. 온갖 몽재를 경험해 봤지만 그런 방식으로 등장한 수키는 만나본 적 없어. 희한한 일인데."

이때만 해도 수현의 얼굴은 전혀 심각하지 않았다. 어쩌다 마주친 쌍무지개 목격담을 듣는 듯한 정도의 흥미만 있었을 뿐. 하지만 지후가 수키의 전언을 입에 담자 표정이 일변했다.

"업데이트를 해서는 안 되고, 회장을 믿지 마라. 정말 그렇게 얘기했다고?"

"네. 중간중간 말이 끊기긴 했지만 어떻게든 그걸 전달하고 싶어 했습니다."

수현은 속으로 계산해 보았다. 업데이트에 대한 것은 광고에도 나오니 극비의 정보라 할 순 없었다. '다중몽'의 개념은 생소했을 수 있겠지만 이 역시 꿈에서 손발을 맞추면서 익숙해졌을 터다. 다만 돌다리도 두들겨보는 성격인 수현은 지후의 귓가에 대고 속삭였다.

"일단 수키를 봤다는 사실은 너만 알고 있어. 다른 팀원들이 혼란스러울 수 있거든. 수키가 또 남긴 말은 없고?"

"뭐라고 했더라. 감정이 칼날이고…… 무슨 손잡이라고 했는데……."

"감정이 너의 칼날, 의지가 너의 손잡이."

"어? 맞아요. 그런 말이었어요."

수현의 얼굴이 딱딱하게 굳어졌다. 방금의 구절은 요행으로라도 지후가 알 수 있는 방법이 존재하지 않았다. 수현은 그의 말을 전부 믿기로 결정했다.

"왜 그러시죠? 짐작 가는 게 있으신가요."

"그건 오재욱 박사님의 입버릇이었어."

"오재욱이 누군데요?"

"한때는 내 튜터였고, 핵심 부서인 개발지원과의 총책임자였지. 그리고……."

수현이 드림캐스터의 전원을 끄며 말했다.

"이 기계를 발명한 장본인."

2

한강은 오래전에 생명을 품을 수 없는 죽음의 유수(流水)가 되었다. 그럼에도 불구하고 아름다운 자태는 여전했는데, 악취를 중화시키는 수만 개의 필터가 강바닥에서 안간힘을 쓰고 있기 때문이었다. SOF 코퍼레이션 빌딩은 생기를 위장하고 있는 그 강물 위에 가장 큰 그림자를 드리우고 있었다.

"무슨 생각을 그리 골몰히 하고 있나."

맞은편 테이블에서 장순이 물어왔다. 수현과 장순은 강변에 지어진 허름한 카페에 앉아 있었다.

"저 강물에 가라앉아 있는 필터들이 꼭 내 꼴 같다는 생각을 하고 있었어요."

초국가적 기업이 풍기는 악취를 어떻게 해서든 가라앉히는 중화제. 그런 자조 섞인 말이었으나 장순은 구태여 부연 설명을 요구하지 않았다.

수현은 난간에 팔을 기대고 앉은 장순을 보며 한숨을 내쉬었다. 테이블 위에 있는 커피에 그가 전혀 입을 대지 않았기 때문이다.

"여기 맛집인데 한 모금도 안 해요?"

"커피를 안 마셔."

"현대인이 어떻게 그게 가능한 거람?"

"카페인에 기대지 않아도 잠을 못 자니까."

장순이 겪은 비극을 잘 알고 있는 수현은 부연 설명 없이도 숨겨진 말을 알아들었다.

"……다음부턴 녹차를 시켜드릴게요."

화제는 곧 얼마 전에 마무리된 꿈 이야기로 되돌아왔다. 장순은 짧고 굵은 브리핑을 듣고 미간을 찌푸렸다.

"그렇다면 오션하모니호가 나오는 그 꿈에 대해서 발표할 수 있는 사실은 아무것도 없군. 가수 캐서린이 무대 위에서 스스로 자살을 했다. 그런데 하필 그 현장을 목격한 자들은 모두 음지에 숨어 있어야 하는 킬러들이다."

"네. 사라진 꿈은 사람들 기억 속에만 남게 되겠죠."

"만족스러운가? 캐서린의 입장을 생각해 보면 원통한 상황이 된 것 같은데.”

수현은 고개를 가로저었다.

“잘 아시겠지만 꿈은 전염돼요. 노래하는 캐서린의 꿈을 또 다른 누군가가 업로드한다는 쪽에 우리 회사 점심을 걸죠.”

“꿈의 전염 때문에 형사 배지를 버린 사람 앞에서 할 말은 아닌 것 같은데.”

수현은 자신의 실수를 인정하고 입을 다물었다. 잠시 적막이 흘렀다. 장순이 미약한 한숨과 함께 물꼬를 텄다.

“그래서 따로 부탁할 건 뭐야?”

“아무래도 오재욱 박사님을 찾아야겠어요.”

그 이름에 장순의 눈썹이 꿈틀거렸다. 오랫동안 팔짱을 풀지 않았던 장순이 갑자기 잔에 손가락을 집어넣었다. 녹기 시작한 얼음들을 꺼내어 테이블 위에 일렬로 늘어놓고는 맨 앞에 나와 있는 얼음을 툭 하고 건드렸다.

“전 세계에서 오재욱을 죽이고 싶어 하는 사람을 줄 세운다면, 나는 무조건 이 자리에 서 있을 사람이야. 그런 나한테 오재욱을 찾아내란 의뢰를 맡긴다고?”

수현은 장순이 건드렸던 얼음을 집어 자신의 잔에다 빠뜨렸다. 장순의 지저분한 수염이 꿈틀거렸다.

“그럼에도 불구하고 절대 오 박사님을 죽이지는 않을 사람을 꼽으라면 역시 조사관님이 첫 줄에 있을 테니까요.”

"평가가 너무 후하네."

"날카로운 안목 하나로 여기까지 올라왔거든요. 그리고 제가 부탁하지 않아도 오 박사님 실종에 관심이 많으시잖아요? 여력이 없어서 지금껏 실행에 옮기지 못했을 뿐. 제가 조사관님의 숙원 사업에 자금을 대는 거라고 생각하세요."

"이걸 SOF의 내부 인력으로 해결하지 않는 이유는?"

"거기서부터는 노코멘트. 정말 중요한 일이에요. 맡아주실 거라 믿어요."

장순은 하늘 높은 줄 모르고 치솟은 SOF 코퍼레이션 빌딩을 올려다봤다.

"그룹 총수의 따님이 아버지 등 뒤에서 몰래 비밀을 캐내겠다는 거군. 가족 싸움에 끼는 취미는 없는데."

자리에서 일어난 수현이 장순의 어깨를 툭 하고 쳤다.

"이게 왜 취미예요. 일인데. 어서 가서 일하세요."

우연이었지만 지후 역시 그때 SOF 코퍼레이션 빌딩의 창가에 붙어 까마득히 작게 보이는 한강 줄기를 내려다보고 있었다. 지후는 무언가를 견뎌내려는 것처럼 양 주먹을 쥔 채 아찔한 고도를 감당하고 있었다.

지후의 등 뒤에서 동동의 고개가 빼꼼하고 튀어나왔다.

"뭐 하고 있어?"

"이미지 트레이닝 중이야. 높은 곳에서 아래를 내려다보면서 뛰어내리는 상상을 자주 하면 꿈속에서 날기 쉬워진다고…… 튜터가 말해 주던데."

"와, 열심이네. 그냥도 엄청 세면서. 킬러들이랑 싸울 때 봤어. 그렇게 총알을 많이 맞아도 진짜 하나도 안 아파?"

"응. 왜인지는 나도 모르겠지만."

"그냥 타고난 천재, 뭐 그런 건가."

동동은 중얼거리더니 납득했다는 듯 고개를 끄덕였다.

"다른 사람의 꿈에 들어가면 나는 꼭 물속에 잠긴 것처럼 답답하던데 말이야. 그러면 너는 네 꿈에서는 거의 신이나 다름없겠네?"

"신은 무슨……."

지후는 씁쓸하게 웃었다.

"내 꿈에서 나는 무능하기 짝이 없어."

휴게실 테이블에 앉아 있던 예니와 소라가 그 소리를 듣고는 믿을 수 없다는 듯 뜨악한 얼굴로 지후를 쳐다봤다.

"내 소원은 단순해. 내 꿈에서 누군가를 딱 한 번이라도 앞질러보는 거."

지후는 팀원들을 향해 그게 수현의 스카우트 제의에 응한 진짜 이유라고 담담히 말했다. 그 말을 들은 예니는 굳은 얼굴로 되물었다.

"팀장님이 네 소원을 들어주는 날이 오면? 그럼 뒤도 돌아보지 않고 몽재진압반과 결별하겠다는 말처럼 들리는데."

"……아마 그렇게 되겠지. 다시 드림캐스터를 쓸 일도 없을 거고."

"흐음, SOF 코퍼레이션은 램프의 지니 같은 게 아니야. 팀장님도 만만한 사람이 아니고. 네가 첫 번째 꿈에서 큰 활약을 보였으니까 더 오랫동안 널 붙잡아 두고 싶어 할걸."

"그건 두고 볼 일이지. 그러는 너는? 너도 원하는 게 있어서 몽재진압반에 들어온 게 아녔어?"

지후의 말에 예니는 창밖을 물끄러미 바라봤다.

"……나는 있을 곳이 필요했을 뿐이야. 그게 어디라도 상관없었어."

더 이상의 질문을 할 수 없을 만큼 단호한 태도였다. 분위기가 굳어진 순간, 동동이 두툼한 턱을 매만지며 끼어들었다.

"흥미로운데. 성지후, 너 정도의 대단한 자각몽자가 평생을 매달려도 풀어내지 못한 '꿈속의 퍼즐'이 존재한다는 거잖아? 어쩌면 수키가 나서도 손쓸 방법이 없을 수도 있어. 그러면 수석개발자인 오재욱 박사가 돌아와야 이야기가 좀 될 텐데."

오재욱이란 이름에 지후는 움찔했다. 드림캐스터를 개발했고, 황 회장의 전폭적인 투자를 받아 지금의 코퍼레이션을 일궈낸 입지전적인 과학자. 지후의 꿈속에 나타난 모노톤의 수키는 분명 그 이름을 언급했었다.

"그 사람은 지금 어디 있는데?"

"아무도 몰라. 2년 전에 홀연히 잠적했거든. 드림캐스터의 알고리즘을 만든 사람도, 인간의 뇌파를 디지털로 인코딩한 사람도, 그 시스템 관리자인 AI 수키를 만들어낸 사람도 오 박사야. 그분이 잠적한 거 때문에 회사가 닥치는 대로 인재를 스카우트해서 단순히 명목상으로 존재했던 몽재진압반이 이렇게나 규모가 커진 거고. 우리가 지금 하는 일의 대부분을 예전엔 그분 혼자서 해치웠거든."

"그랬던 건가."

지후는 자신의 꿈에 무례한 방식으로 침입하면서까지 인재를 탐내던 수현의 모습을 기억하고 있었다. 외부에 알려지지 않은 코퍼레이션의 사정을 조금이나마 알게 되니 그 열망의 진짜 색깔을 조금 엿본 듯한 기분이었다.

'이게 다 오재욱이 사라지면서 일어난 나비효과다?'

아이러니했다. 오 박사의 잠적 때문에 코퍼레이션은 더 많은 자각몽자가 필요해졌고, 밑바닥 인생을 살던 지후에게 기회가 닿게 되었다. 하지만 역설적이게도 지후의 소원을 이뤄줄 수 있는 능력자가 지금 이곳에 없다.

"그러면 우리끼리 오빠 꿈에 들어가 보면 어때?"

사탕을 빨고 있던 소라가 천진난만하게 질문을 던졌다. 소라에게 있어 꿈은 그저 놀이터일 뿐이었다. 어려운 퍼즐을 쥐여 주면 집어던질 나이지만, 소라는 특별한 재능인 염동력 덕분에 꿈을 어려운 퍼즐로 느끼지 않았다.

"그거 말 되네?"

동동도 호기심을 보였다. 지후는 꿈속에서 제약이 없다고 했으니, 그 능력의 메커니즘을 알고 싶은 마음이었다.

예니마저 한술 보태며 지후를 빤히 쳐다봤다.

"나도 궁금해. 꿈 도둑이 품고 있는 꿈이 어떤 걸지."

지후는 크게 당황하며 한 걸음 물러섰다. 하지만 등 뒤에 닿는 것은 단단한 유리벽일 뿐이었다.

"그럼…… 내 꿈을 너희에게 보여줘야 하는 거잖아."

난감해하는 지후의 어깨에 동동이 손을 얹었다.

"그게 어때서? 이미 한번 손발을 맞췄으니 호흡은 더 잘 맞을 거야. 혹시 알아? 캐서린의 사연을 알아낸 것처럼 우리가 힘을 합쳐서 네 꿈의 꼬인 실타래를 풀어내 버릴지. 수키나 오 박사의 도움 없이 말이야."

지후는 더욱 고민에 잠겼다. 소라가 사탕을 입에 문 채 예니에게 물었다.

"언니, 지후 오빠의 드림캐스터를 수면실에 가져와서 연결하면 되지 않을까? 몰래 숨어들 수만 있으면."

"원래는 절대 불가능하지. 허가받지 않은 작전이니까. 그런데 우연히도 하필 오늘 팀장님이 누군가를 만난다면서 우릴 방치하고 사라졌잖아? 이런 기회는 좀처럼 없어."

두 번 다시 이런 순간이 오지 않을 수도 있다. 그 말이 굳게 잠긴 마음의 빗장을 풀어냈다.

"……좋아. 내 꿈에 너희들을 초대하겠어."

ヨ

"이게 내 드림캐스터야."

지후가 자신의 숙소에서 가져온 것은 장착형 드림캐스터 S07이었다. 얼마나 손때가 묻었는지 본래의 컬러인 글로시 화이트가 아이보리에 가깝게 변색되어 있었다.

동동이 그 드림캐스터를 받아들고는 신기하다는 듯 살폈다.

"작동되는 게 용하네. 이걸 우리가 몽재에 투입될 때 사용하는 이 X03 모델에 동기화시킬 거야. 오프라인 모드로 우리 넷만 입장하는 거지."

"내 꿈이 삭제되거나 엉키는 일은 없겠지?"

"절대로. 수키를 수면 모드로 강제 전환시킬 거거든. 몇 분 걸릴 테니 기다려."

동동이 지후의 드림캐스터에 케이블을 연결한 다음 콘솔을 조작하기 시작했다. 초조해하는 지후의 신경을 돌리기 위해 예니가 입을 열었다.

"브리핑을 해줘야지. 들어가기 전에 네 꿈이 정확히 어떤 내용이고 뭐가 문제인지 알 필요가 있어."

지후는 한숨을 내쉬고는 천천히 설명을 시작했다.

"이 안에는 내가 기억하는 엄마의 유일한 모습이 있어. 꿈속의 나는 처음엔 갓난아기였어. 하지만 현실의 내가 나이 들수록 꿈속의 나도 점점 나이를 먹어갔지."

"지금은 현재의 모습으로 활동할 수 있다는 거네? 그건 희소식이야."

"엄마는 내가 알아들을 수 없는 말을 남기고 집을 떠나. 내가 그 뒤를 따라서 바깥으로 나가면 차가운 바람이 불어오는 설원이 펼쳐져 있어. 내가 바라는 건……."

"기억나지 않는 엄마의 얼굴을 확인하고 싶다는 거지?"

"맞아."

"이 꿈을 지금까지 몇 번 캐스팅했어?"

"셀 수 없을 만큼 많이."

그때 지후의 드림캐스터 액정을 만져보던 동동이 화들짝 놀라 외쳤다.

"4,192번이라고 나오는데?"

그 숫자에 예니와 소라는 대꾸할 말을 잃었다. 하나의 꿈을 이만큼이나 반복 재생했다는 사실이 가져오는 담담한 충격 때문이었다. 믿기 어려운 수치였다. 그것은 지후가 그 드림캐스터를 갖게 된 뒤 처음이자 마지막으로 '녹화'된 꿈이었다.

"아홉 살 때였어. 누군가 버린 드림캐스터를 주워 와선 세 달 정도 계속 머리에 쓰고 잤어. 꿈에…… 엄마가 나올 때까지."

"결국 성공했구나."

"응. 그 뒤로는 잠을 잘 때 드림캐스터를 써본 적이 없어."

행여나 다른 꿈으로 덧씌워져서 두 번 다시 그녀가 나오는 꿈을 꿀 수 없게 될까 봐 두려운 마음이었다.

"드림넷에 업로드해 볼 생각은? 누군가 이 꿈에서 네가 원했던 영역까지 닿을 수 있었을지도 모르잖아."

"이 드림캐스터는 내 소유물이 아니야. 분실신고된 기기는 온라인에 연결했다가 문제가 생기기도 한다고 들었어. 그런 위험을 감수할 순 없었어."

작업을 마친 동동이 팀원을 향해 캡슐에 누울 것을 지시했다. 그러면서도 입속으로는 "4천 번의 실패라, 4천 번"이라고 중얼거렸다. 자각몽자 성지후의 능력이 얼마나 강력한지 의심을 품는 팀원은 아무도 없었다. 그런데도 4천 번을 넘게 시도해서 단 한 번도 성공하지 못한 꿈이다. 호기심과 두려움이 뒤섞여 묘한 흥분을 자아냈다.

예니가 캡슐에 무릎을 넣으며 말했다.

"성지후, 들어가기 전에 할 말이 있어."

"말해."

"우린 꿈에서 네가 바라는 바를 이룰 수 있도록 최선을 다할 거야. 하지만 어디까지나 우리는 조력자일 뿐 몽주는 너라는 걸 잊지 마."

"무작정 의지하지 말라는 거지?"

"평정심을 지키고 있어야 한다는 말이었어. 꿈속의 환경은 몽주의 심리 상태에 의해 격변하니까. 지나치게 흥분하거나 날뛰면 예상치 못한 상황이 벌어져 일을 그르칠 거야. 이해했어?"

"응. 이해했어."

뒤이어 예니의 옆자리에 소라가 누웠다.

"언니, 우리 걸리면 큰일 나겠지?"

"걱정 마. 일평생을 보여주는 긴 꿈이라도 현실에선 15분을 넘지 않아. 그 시간 안에 팀장이 우리 앞에 서 있을 일은 절대 없어."

조잘거리는 둘의 말소리가 멀어지는 것을 느끼며 지후는 자신의 오랜 꿈속으로 다시 빠져들었다.

갓난아기의 몸을 한 채 지후는 엄마의 손길을 느끼며 바짝 긴장했다. 질리도록 겪어온 순간이지만 이 순간의 자신이 얼마나 취약하기 그지없는지 잘 알고 있기 때문이었다. 지금까지는 당연히 타인의 시선 따위 신경 써본 적이 없는데, 예니와 동동, 소라에게 지금 자신이 어떻게 보일지 상상하는 것만으로 아찔했다.

늘 그랬듯 엄마가 그의 머리를 한 번 쓰다듬고 문밖으로 나갈 때까지 지후는 움직일 수가 없다. 곧 정해진 대로 방문 앞에 선 엄마가 마지막 말을 속삭였다.

"_ _ _ _."

엄마가 방문을 닫고 나가자 비로소 지후는 움직일 수 있게 되었다. 침대 아래로 앙증맞은 무릎을 착지했을 때 이미 열 살 즈음의 소년이 되어 있었다. 그때 침대 밑에서 하얀 생쥐가 기어 나왔다. 최대한 작은 덩치의 동물로 변신한 예니였다.

지후가 하얀 생쥐를 바라보며 물었다.

"어땠어? 움직일 수 있었어?"

"네 말대로야. 전혀 꼼짝할 수가 없던걸. 눈알 굴리는 게 전부였어."

"언니, 나도야."

곧이어 천장에서 소라가 내려왔고 동동이 힘겹게 옷장 문을 부수며 튀어나왔다. 소라는 자신과 키가 비슷해진 지후를 빤히 쳐다봤지만, 지후는 바깥에 신경을 집중하며 단호하게 말했다.

"쫓아가자. 이제부턴 1초도 낭비할 수 없어."

1층 현관으로 달려 내려가는 지후의 모습을 셋은 신기한 듯 쳐다보았다. 변신 분야에 관해선 지독하리만치 재능이 없는 지후의 신체가 초 단위로 성장하고 있었기 때문이다. 미리 설명을 들었지만 놀라운 변화였다.

현관문 앞에 선 지후는 벽에 걸려 있던 크로스백을 낚아챘다. 익숙한 물건이 반가워 동동이 손을 뻗었지만 크로스백은 마치 의지가 있는 동물처럼 지퍼로 동동의 손가락을 깨물려 들었다.

"와, 깜짝이야! 공격적인데?"

당황한 것은 지후도 마찬가지였다. 여태껏 크로스백이 이런 적은 없기 때문이다. 예니가 대수롭지 않게 현상을 해석하며 타이르듯 지후를 바라봤다.

"꿈이 몽주에게만 친근한 건 이상한 게 아니야. 그러니까 말했잖아. 몽주인 네가 정신을 바짝 차리고 있어야 해."

문을 열고 광막한 설원의 품에 안겼을 때, 지후를 제외한 셋은 믿고 있던 비장의 한 수가 초장부터 무용지물이 됐다는 걸 깨달았다.

"무, 무슨 바람이?"

원래 계획은 날 수 없는 지후를 대신해 셋이 재빠른 비행 능력으로 지후의 엄마를 따라잡는 것이었다. 하지만 설원의 강풍에 동동의 볼살은 마시멜로처럼 죽죽 늘어났고, 지후의 다리에 매달린 소라는 고개를 들지도 못한 채 웅크렸다.

"비행은 절대 무리일 것 같은데. 이런 곳에서 날았다간 꿈의 경계선까지 단번에 밀려날지도 몰라."

그러는 사이 지후의 엄마는 시야 끄트머리에 겨우 잡힐 만큼 멀어져 있었다. 동동은 스나이퍼 라이플로 엄마의 다리를 쏘아 맞추면 어떨까 하는 의견을 냈다가 혹한의 강풍보다 매서운 지후의 살벌한 눈빛을 보고는 집어넣어야 했다.

예니가 행동에 나섰다. 순식간에 거대한 북극곰으로 변신하고는 셋을 향해 등을 내밀었다.

"이렇게 큰 동물로는 오래 변신할 수 없어, 꽉 잡아."

짧은 시간에 내린 판단치고는 훌륭하다고, 지후는 인정했다. 북극곰은 그 어떤 생물보다 눈 위에서 빠르게 달릴 수 있는 동물이고, 압도적인 무게 덕분에 어지간한 강풍으로는 휘청이지 않는다.

북극곰은 네 발로 질주하며 엄마와의 거리를 좁혀 나갔다. 지후는 꼬리 부근에 매달린 동동의 뒷덜미를 붙잡아 버티면서 전방을 주시했다. 믿을 수 없는 일이 벌어지고 있었다.

"정말로 거리가…… 좁혀지고 있잖아."

간절함이 쌓이고 또 쌓여 호흡이 되었다. 숱한 절망들이 층층이 내려앉아 피부가 되었다. 그만큼이나 긴 세월이었다. 기대가 아예 없었던 것은 아니지만 숙원 달성이 눈앞에 다가오는 일분일초가 전율의 연속이었다. 엄마의 머리카락이 흔들리는 것을 볼 수 있을 정도로 거리가 가까워지자 지후의 심장은 걷잡을 수 없이 뛰었다. 팔다리가 부들부들 떨릴 정도였다.

그때, 북극곰이 포효했다.

"정신 똑바로 차리라고 했잖아!"

지후는 충격에 혀를 깨물 뻔했다. 아무런 전조도 없이 왼쪽 등성이에서 압도적인 눈사태가 쏟아지고 있었다. 해일과도 같은 거센 흐름이었다. 지금껏 목격한 적 없는 현상이었다.

"왜 하필 지금?"

"이건 우리 때문이 아니야! 성지후, 네가 방해하고 있어."

"내가?"

"일이 순탄하게 흘러갈 리 없다는 네 불안이 저 눈사태로 형상화된 거라고. 마음을 가라앉혀! 그렇지 않으면 우린 전부 휩쓸릴 거야."

눈사태는 이제 자연현상이라기보단 의지가 있는 공격에 가까운 것으로 변해 있었다. 눈사태를 피해 예니는 경로를 벗어났다. 절벽까지 아슬아슬하게 밀려났음에도 눈사태는 날 선 삼각파도를 일으키며 일행을 향해 진격했다.

"동동 오빠, 꽉 붙잡아 줘."

소라가 양팔을 펼쳤다. 동동이 허리에 매달리자 소라는 한 마리 독수리처럼 날아올랐다. 원래 지후는 소라가 염력을 사용할 때면 늘 그 결과물만 목격할 뿐 힘이 어떤 형태로, 어떤 방향으로 동작하는지 알 수 없었다.

그런데 지금은 그것이 보였다. 지후 자신이 몽주인 꿈속이기에 가능한 건지도 몰랐다. 황금색으로 물결치는 아우라가 소라의 손바닥에서 뻗어 나와 네 갈래로 흩어졌다. 그것들은 쐐기처럼 뭉치더니 동서남북 사방의 지면에 푹 하고 박혔다. 강력한 방어막이 텐트처럼 형성되었다. 지후는 소라가 뭘 시도하려는지 눈치챘다.

염력이란 자기 자신을 잘 버려진 칼날처럼 만드는 것. 소라는 과감하게도 맨몸으로 눈사태를 '갈라버리려' 하고 있었다.

쿠르르르르릉.

염력 방어막이 눈사태와 충돌하면서 암흑이 찾아왔다. 마치 나무통에 갇힌 채 수백 마리 소 떼가 들이받는 충격을 감당하는 느낌이었다. 몸서리쳐지는 거센 진동에도 힘을 구사하고 있는 소라는 한 치의 미동도 없이 우뚝 서 있었다.

소라가 자신의 절대 영역을 지켜내는 데 성공한 것이다. 하지만 큰 체구를 유지하느라 힘을 쏟은 예니는 탈진해 쓰러지고 말았다. 예니의 변신이 풀리자 셋은 눈밭 위에 나동그라질 수밖에 없었다.

지후는 턱에 묻은 눈을 털어내며 상체를 일으켰다. 엄마는 어느덧 언덕의 꼭대기를 향하고 있었다. 지후는 이제부터 가장 까다로운 방해꾼이 등장한다는 걸 알고 있었다. 허벅지까지 달라 붙는 얼음 넝쿨이 돋아나기 시작했다.

그때, 동동이 등 뒤의 문신을 더듬으며 말했다.

"바람 때문에 비행기나 헬리콥터는 무리일 테고……. 역시 이게 좋겠어. 내가 가진 것 중에선 가장 빠른 놈이야."

동동이 소환한 것은 날렵한 동체를 가진 이륜 바이크였다. 엉거주춤 올라탔긴 했지만 지후가 조작 방법을 알 턱이 없었다.

"어떻게 작동하는 거야?"

"그냥 앞으로 가고 싶다고 빌어. 트레이닝 잊었어?"

꿈에서 통용되는 연료의 이름은 욕망이다. 지후가 앞으로 나가고 싶다고 바라자 바이크는 강렬한 배기음을 내뿜었다.

"고마워."

지후가 팀원들에게 감사를 표했다. 물론 돌아온 것은 벌컥화가 난 예니의 잔소리였다.

"시끄럽고, 빨리 가서 붙잡아!"

배기구에서 쏟아진 불꽃이 설원을 탐식하기 시작했다. 지후는 얼음 넝쿨이 쫓지 못하는 매서운 속도로 엄마와의 거리를 좁혀 나갔다. 몽주의 감정에 감화되어서인지 일행 역시 심장을 옥죄어오는 흥분감을 느꼈다. 불과 50미터도 되지 않게 거리가 가까워졌다.

"볼 수 있어! 만날 수 있다고."

동동이 제자리에서 펄쩍 뛰며 지후를 응원했다. 그런데 멀리서부터 무언가가 눈보라를 뿌리며 앞을 향해 치고 나가는 것이 보였다. 무척이나 경이로운 속도였다.

"저게 뭐야? 너희도 봤지?"

당황한 동동의 물음에 소라는 고개를 저었지만 눈이 빠른 예니는 고개를 끄덕였다. 그것은 이런 설원에 있을 리 없는 생뚱맞은 동물이었다.

"……얼룩말 같던데?"

말의 검은 갈기가 설원에 떨어진 흑색 벼락처럼 움직였다. 경이로운 속도로 지후를 추격한 얼룩말은 이내 지후의 얼굴에도 그림자를 드리웠다.

"뭐야?"

얼룩말이 뒷다리를 힘껏 구부리더니 포탄처럼 돌격해 바이크의 후면을 들이받았다. 손만 뻗으면 엄마의 등을 만질 수 있을지도 모르는 상황에서 전혀 예상치 못한 순간의 재앙. 지후는 박살 난 바이크의 잔해와 함께 뒹굴면서 분노의 고함을 내질렀다.

그러나 얼룩말은 당연한 일을 한다는 듯이 지후의 뒷덜미를 물어 망연자실한 팀원들 앞에 던져놓고는 유유히 사라졌다.

4

수면실의 분위기는 무거웠다. 조력자를 자처한 팀원들이 각자의 장기를 충분히 발휘했음에도 불구하고 성과를 내지 못했기 때문이다.

동동이 드림캐스터 케이블을 제거하며 성을 냈다.

"아니, 그 얼룩말은 대체 뭐야?"

지후는 잠긴 목소리로 그 방해꾼에 대해 설명했다.

"미리 말 못해서 미안해. 녀석은 엄마가 언덕 너머로 사라지기 직전에 나타나는 놈이야. 내 실패를 상징하는 녀석이라 언급하고 싶지 않았나 봐. 지금까지는 내가 지쳐서 쓰러졌을 때 나를 시작 위치로 되돌려놓는 것에 불과했어. 오늘처럼 직접 달려와서 덤빈 건 처음 있는 일이야."

"오, 그건 좋은 소식 같은데? 말인즉슨 오늘 우린 4천 번의 시도 중에서 처음으로 새로운 단계에 도달했다는 소리잖아."

"하지만 실패했지. 전과 마찬가지로."

캡슐에서 몸을 일으키는 예니의 얼굴엔 노기에 가까운 감정이 서려 있었다. 지후의 꿈은 오랫동안 훈련을 거친 자각몽자들에게도 커다란 벽처럼 느껴지는 거친 공간이었다.

"마치 날 둘러싼 세계 전체와 싸우는 느낌이었어. 성지후, 네가 왜 그렇게 무식한 힘을 가지고 있는지 알겠더라. 그런 꿈을 매일 밤 꾸면서 성장했으니. 자신도 모르는 사이 지옥 훈련을 반복해 온 거잖아."

"난 성장이니 훈련이니 생각해 본 적 없어."

"결과적으로 그랬단 뜻이야."

지후의 대답이 뭔가 마음에 들지 않는지 찌푸려지는 예니의 미간을 보고는 소라가 황급히 끼어들었다.

"그냥 될 때까지 계속 시도해 보면 어떨까? 시간 날 때마다 틈틈이 하면……."

"과연 그 시간이 또 날까, 얘들아?"

원래는 비어 있어야 할 캡슐, 그러니까 황수현의 지정석에서 수현이 생글생글 웃으며 고개를 내밀었다. 지후와 예니는 소스라치며 허겁지겁 캡슐에서 뛰쳐나왔고, 소라는 그대로 얼어붙었다.

"어, 팀장! 그러니까 이게 어떻게 된 거냐며…… 허어억!"

변명을 해보려던 동동의 입술을 수현이 틀어쥐었다. 감히 저항은 꿈도 꿀 수 없는 무시무시한 악력이었다. 화를 내리누르며 수현이 말했다.

"이 문제아들 같으니. 잠깐 자리를 비운 사이에 발칙한 탈선을 저질렀네?"

예니는 황급히 눈을 굴려 시간을 확인했다. 설마가 맞았다. 어느새 40분이 넘게 지나 있었다. 문제는 그 이유를 자신은 몰랐고 수현은 알고 있는 듯 보였다는 점이다.

"다들 궁금한 모양이니 특별히 말해 줄까? 내가 이렇게 현장을 덮칠 수 있었던 이유는 두 가지야."

수현이 새빨개진 동동의 볼을 놔주며 말을 이었다.

"첫 번째로 성지후의 드림캐스터는 오래된 모델이라 착용자를 렘수면 단계에까지 데려가는 시간이 무척 길어. 최신 모델에만 익숙한 너희는 그 차이점을 생각하지 못했겠지. 성지후, 너도 팀에 갓 들어왔으니 알 턱이 없고."

수현이 자신의 핸드폰을 꺼냈다.

"두 번째로 너희는 코퍼레이션의 방범 시스템을 너무 얕봤어. 정식 절차 없이 수키가 수면 모드로 들어가면 임원들에게 알림이 오게 돼 있거든."

예니가 한 발짝 물러섰다. 경험이 말해 주고 있었다. 지금 수현은 진심으로 화를 주체하기 힘들어하는 말투였다.

"이게 무슨 의민지 알아? 몽재진압반의 다른 팀장들뿐 아니라 영업, 마케팅 쪽 임원들도 좀 전의 무단 사용을 알게 되었을 거라는 거지. 나는 곧 회장실에 불려가 꾸지람을 한바탕 들어야 할 거고."

"정말 죄송합니다."

지후가 고개를 푹 숙이며 사죄했다. 수현은 그의 손에 들린 낡은 드림캐스터를 보더니 입술을 꾹 다물었다. 얼마간의 침묵후, 그 입술이 다시 열렸을 때는 조금 누그러진 말투가 흘러나왔다.

"내가 너를 조급하게 만든 거겠지. 어쩌면 내가 네 힘에 혹해 도와줄 능력도 없으면서 공수표를 날린다고 생각했던 거니?"

"그렇진 않습니다. 다만 말씀이 없으셔서 뭔가 문제가 있는 건가 싶었습니다."

"아니야, 그렇지 않아. 그 어떤 꿈이든지 인간이 꾼 것이라면 수키가 해결할 수 있어. 드림캐스터가 어떻게 20년 동안 계속 발전할 수 있었다고 생각해?"

"그럼 왜……?"

"수키의 코드를 짠 오 박사님의 행방이 묘연한 게 문제지."

수현은 마침 오늘 최장순 조사관에게 오 박사의 추적을 부탁했다는 이야기를 모두에게 전했다. 문제가 간결해진 것이다. 수현은 오 박사가 다시 SOF 코퍼레이션에 돌아오는 날 지후의 꿈 문제도 해결할 수 있을 것이라고 장담했다.

"혹시라도 그분이 캐서린처럼…… 실종된 게 아니라면요?"

지후의 조심스러운 물음에 수현의 얼굴에 살짝 그늘이 졌다.

"초국가적 기업을 일궈낸 희대의 천재를 누구에게도 들키지 않고 해칠 수 있을까? 불가능에 가까워."

하지만 그 말에도 지후는 안심되지 않았다. 충분히 있을 수 있는 일이었다. 그런 교묘한 테러나 암살이 이전에 없었던 것도 아니다.

"걱정 마. 어떻게 해서든 찾아낼 테니까."

"다음 임무를 빨리 주세요."

"뭐? 얘기했잖니. 몽재가 일어난 꿈으로 들어가는 건 정신력을 많이 소모하는 일이야. 그래서 충분한 휴식 없이 너희끼리 꿈에 들어간 것에 내가 화를 낸 거고."

"더 강해지고 싶어요. 꿈속에서."

지후가 주먹을 꽉 쥐었다. 또 한 번 눈앞에서 엄마를 놓쳤다. 이번엔 동료들이 모두 최선을 다해 도와줬는데도 불구하고. 분한 마음과 무력감이 한데 뒤섞였다.

'만약 오 박사를 찾지 못하면 혼자서라도 꿈을 이겨낼 수 있도록 강해지는 수밖에 없어.'

지후의 결연한 말에 수현은 자세를 고쳐 앉았다.

"다 같이 이 꿈에 들어가 보자는 건 누구 아이디어였지? 성지후, 네가 부탁했을 것 같진 않은데."

"저예요. 죄송해요."

"역시 예니였구나. 생각해 봐. 지후를 어엿한 몽재진압반 플레이어로 훈련시키고, 순차적으로 몽재를 겪게 해서 경험을 쌓는 느린 방법을 택한 데엔 나름의 이유가 있어."

수현은 한숨을 몇 번 크게 내뱉고는 수면실을 빠져나갔다. 예니와 동동이 말없이 그 뒤를 따라갔다. 지후는 한발 늦게 나섰다. 그런데 복도의 모퉁이 너머에서 소라가 그를 기다리고 있었다. 꼭 알려줄 게 있다면서 소라가 가까이 다가왔다.

"아까 숨어 있었을 때, 그 사람이 뭐라고 말하는지 알 수 있었어. 오빠네 엄마 말이야."

지후의 숨이 멎는 것만 같았다. 그토록 듣고 싶었으나 단 한 번도 귓가에 들려오지 않았던 엄마가 건넨 말.

"그걸 들었다고?"

"들은 건 아니야. 그 일이 있었던 현실에서 오빠는 너무 갓난 아기라 엄마 말을 못 알아들었을 거야. 그러니 어른이 되어도 그것만큼은 재현할 수가 없는 거지."

"그런데?"

"나는 입술을 보면 무슨 말을 하는지 알 수 있거든. 오빠네 엄마 입술을 읽었어."

"뭐, 뭐라고 했는데?"

소라는 따라 하듯 작은 입술을 오물거리며 지후의 손을 꼭 잡고 말했다.

"아프지 마."

"어? 알았어. 무슨 말이라도 상처받지 않을 테니 말해줘."

소라는 고개를 가로저었다. 그리곤 분명한 눈빛으로 지후의 오해를 바로잡았다.

"이게 꿈속의 여자가 했던 말이야. 아프지 말라는 말."

지후는 순간 자신의 목 안에 사막이 있는 것은 아닐까 싶었다. 작열하는 사막 속 어딘가에서 자신이 해야 할 말이 갈 곳을 잃고 말라 죽어가는 것 같았다.

"그분은 오빠가 아플까 봐 많이 걱정했던 것 같아."

이 얼마나 단순한 말인가. 지금 이 순간에도 얼마나 많은 부모가 자식에게 이 말을 건넬까. 얼마나 많은 연인이 서로의 귓가에 이 말을 속삭일까. 물론 소라가 잘못 해석한 건지도 모르고, 기억이 잘못되었을 수도 있었다. 그러나 지후는 본능적으로 그 말이 맞음을, 그토록 알고 싶던 그 말이라는 것을 느꼈다.

"오빠는 알지 못하는 사이에 '아프지 마'라는 당부를 4천 번이나 들은 거야. 매일 밤 그 꿈에 찾아갈 때마다."

"그래서…… 꿈속의 내가 다치지 않는 건가?"

지후는 벽에 등을 기대며 주저앉았다. 호흡을 정돈하기 위해 얼굴을 감싸고 안간힘을 썼다. 턱 밑이 아려오고, 댐이 무너진 듯 흐느낌이 터져 나오려 했다.

지후는 갓난아기일 때 보육원에 맡겨졌다. 생부와 생모가 누구인지, 살아 있는지, 자신을 버린 것인지 아니면 잃어버린 것인지조차 알 방법이 없었다. 그 어떤 기록도 남아 있질 않았으니까.

당연히 버려졌을 거라고 생각해 왔다. 신생아 시절 자신을 버린 엄마의 모습을 목격했던 경험 때문에 그녀가 자신을 버리고 설원 너머로 사라지는 꿈을 꾸는 것이라고 믿었다.

아프지 말라는 말이 이토록 아플 수가.

그때, 소라의 다정한 목소리가 봄눈처럼 지후의 귓가에 내려앉았다.

"처음 꿈속에서 오빠가 사는 방에 가서 사진을 봤어. 보육원에서 자랐다는 거 알아. 그런데 우리는 사실 다 비슷해."

"……응?"

"동동 오빠는 어릴 때 부모님이 한꺼번에 돌아가셨어. 예니언니는 자세한 얘기는 하지 않지만 나보다 조금 나이가 많았을때 가출했고."

"넌?"

"아빠가 나를 이 회사에 팔았어. 꿈속에서 염력을 발휘할 수있는 게 신기해서 내가 자랑했거든. 아빠는 부동산 업자였는데코퍼레이션의 담당자와 엄청 치열하게 내 몸값을 두고 협상했어. 내가 그걸 어떻게 알았을 거라 생각해?"

"설마……."

앙증맞은 소라의 손가락이 자신의 입술을 가리켰다.

"맞아. 그때도 입술을 읽었거든. 이 재주로 아주 어려서부터꾸민 얼굴 뒤에 숨겨진 어른들의 마음을 나는 훔쳐볼 수 있었어. 아빠는 날 사고파는 과정을 꼬맹이인 내가 모를 거라 생각했겠지."

그것은 소라가 현실에서 발휘할 수 있는 유일한 초능력이었다. 지후는 자리에서 일어나 소라의 어깨에 손을 올렸다. 뭐라위로의 말을 꺼내야 할 것 같았는데 자신에게는 이런 순간에 대처할 경험이나 지식이 없었다. 그렇게 살아올 수밖에 없었던게 처음으로 한탄스러웠다.

오히려 소라가 그런 지후를 향해 위로의 말을 건넸다.

"오빠, 힘내. 돈 때문에 자식을 파는 부모보다는, 아프지 말라고 말해 주는 부모가 낫지 않아? 그 다정한 말투를 보면 오빠를 놔두고 떠나야 했던 이유가 있었을지도 몰라."

"넌 괜찮은 거야?"

"괜찮아. 언니랑 오빠들이 사탕 챙겨주니까."

소라에게는 이곳이 집이고 팀원들이 곧 가족이었다. 지후는자신도 방금 그 울타리 안에 포함되었음을 깨달았다. 지후가소리 없이 입술 움직임으로 소라에게 말을 전했다.

'충치 조심해.'

소라가 조용히 입꼬리를 올려 웃었다.

"변명이든 사죄든 짧게 해라."

바쁘다는 말을 할 시간도 아쉬운 남자, SOF의 총수 황해승회장. 수현은 차가운 눈을 한 자신의 아버지를 향해 담담히 보고했다.

"사고는 제가 처리했습니다. 팀원들이 잠깐 장난을 친 것일 뿐이에요. 기술 유출에 대한 걱정은 하지 않으셔도 됩니다."

백발을 깔끔하게 빗어 넘긴 황 회장은 자신의 기분을 전혀 드러내지 않고 있었다. 어떤 상대를 앞에 두든 그래야 우위를 점할 수 있다고 설파해 온 사람다운 자세였다.

"나는 산업스파이에 대한 걱정을 접은 지 오래다. 드림캐스터는 모방을 위한 '리버스 엔지니어링'을 할 수 없어. 세계에서 오직 한 명만이 그 기계의 원리를 알고 있으니까."

오재욱 박사를 말하는 것이었다. 수현에게는 기회였다. 어떻게 자연스럽게 그에 대한 화제를 꺼낼지 고민 중이었는데, 오히려 황 회장이 먼저 물꼬를 터준 것이다.

"회장님, 정말 그가 잠적한 게 맞나요?"

"내게 무슨 말이 듣고 싶은 게냐."

방어적인 답변이 돌아왔다. 하지만 수현은 당장 축객령이 떨어지지 않았다는 것만으로도 다행이라 생각했다. 이제부터 해야 할 말을 잘 고르는 게 관건이었다.

"오 박사님과 회장님은 친우이자 공동창업자였으니까요."

"그래서? 녀석이 두문불출하는 것에 내가 책임을 느껴야 마땅하다는 말처럼 들리는구나."

"그분은 제 자각몽 튜터이기도 합니다. 존경하는 은사셨으니, 만약 회장님께서 그분과 긴밀히 연락을 취하고 있으신 거라면 저 역시도 알 자격이 있다고 말씀드리는 거예요."

"세상에 알려진 것이 곧 내가 알고 있는 것과 같다."

황 회장은 30년 전, 아이디어와 기술만 갖고 있던 오 박사를 만났다. 황 회장은 그에게 막대한 자금을 투자하고 정치인들과의 연줄을 활용해 '드림캐스터'를 가정용 게임기처럼 대중들에게 보급했다. 독점기술을 가지고 군림하는 기업이 더 이상 등장하기 힘든 시대에 SOF 코퍼레이션을 키워냈다.

한편, 오 박사는 코퍼레이션의 수석개발자로서 드림캐스터를 계속 발전시켜 왔다. 수현은 모르지 않았다. 꿈 세계의 문을 활짝 열어젖힌 두 남자가 언제나 일심동체였다는 것을. 그러나 단 하나의 안건에 대해서는 꾸준히 반대 입장을 고수해 왔다는 것을.

그것이 바로 '다중접속' 문제였다. 수현이 그것을 지적하자 황 회장은 순순히 인정했다.

"그래, 오 박사는 계속 기다려달라고 했지. 자각몽자도 아닌 사람들이 하나의 꿈에서 서로 연결되는 것은 시기상조라고."

"튜터는 늘 말했죠. 우리는 달을 정복하고 화성을 탐색하며 지구보다 318배 무거운 목성을 향해 나아갈 준비도 마쳤지만…… 정작 2킬로그램도 못 되는 뇌에 대해선 아는 것이 없다고요."

그런데 2년 전, 오 박사가 갑작스럽게 다중접속 개발을 시작했고, 그로부터 얼마 지나지 않아 홀연히 사라졌다. 주변의 그 누구에게도 행방을 알리지 않고. 그를 맹목적으로 따랐던 수현에게조차 일언반구도 없이.

"오해하지 마라. 나 역시 그가 하루빨리 회사로 돌아오기만을 기다리고 있으니."

여전히 건조한 황 회장의 말에서 진정성을 찾아보기란 어려웠다. 수현이 일곱 살 때 이후로 아버지에게서 찾기를 포기한 태도였다.

"하지만 그렇다고 전 세계 사람들이 바라고 있는 차세대 드림캐스터의 개발을 계속 미뤄둘 수만은 없는 노릇이지."

황 회장의 어투를 읽은 수현은 확신했다. 결국 업데이트는 이뤄질 것이다. 오 박사가 돌아오지 않더라도.

"버그를 없앤 버전의 드림캐스터가 만들어지면 몽재진압반 아이들을 데리고 하는 네 소꿉놀이도 끝이다."

"세상에 완벽한 기계는 없어요."

실로 오랜만에 황 회장이 딸 앞에서 웃었다. 말끔하게 표백된 웃음이었다.

"황수현. 네가 지금 딛고 서 있는 건물이 어떻게 만들어졌는지 알면서 그런 말을 하느냐."

"회장님."

"단둘이 있을 때도 아버지라 부르지 않는구나."

"회장님이 저를 포기시키려는 걸 알고 있어요. 1팀과 2팀이 도저히 답을 찾지 못하고 방치한 꿈들만 우리 3팀에 넘기도록 압력을 넣고 있다는 것도."

"흐음, 내 권한으로 그냥 널 해고하면 될 텐데 왜 그런 번거로운 방법을 쓰겠느냐."

"아버지는 결코 몽재를 진압할 수 없으니까요."

황 회장의 눈썹이 꿈틀거렸다. 아버지라는 호칭이 그를 가장 불쾌한 방식으로 덮쳤다. 수현이 예고 없이 던진 비수가 적어도 황 회장의 가죽 한 꺼풀 정도는 거슬리게 만든 것이다.

"나는 결코 발명가는 아니야. 발명된 기계를 전 세계에 판매하는 사업가지."

황 회장의 운명은 얄궂었다. 드림캐스터라는 기계를 이루는 모든 것들의 주인이지만, 정작 그 기계 속 세상을 자유롭게 누빌 조종간을 잡을 능력은 없는 인간이었다. 그것은 자각몽자의 감수성을 타고났느냐의 문제였으니까.

수현은 황 회장의 영향력이 닿기 까다로운 영역에서 투쟁하고 있었다.

"아버지의 고집을 알아요. 완전한 승리만이 의미 있다고 생각하시죠. 그러니 어떻게 해서든 제가 자발적으로 포기하게 만들고 싶으시겠죠."

"과연 내 딸이다. 사람 속을 잘 읽는구나."

최장순의 말대로 이것은 단순한 가족 싸움이 아니었다. 아버지가 드림캐스터의 업데이트 방법을 먼저 찾아내느냐, 딸이 오박사의 흔적을 먼저 추적하느냐의 경쟁이었다.

"너는 굴복하게 될 것이다."

"사춘기 이후로 거기에 성공하신 적 없으시잖아요."

"진심으로 시도한 적이 없었거든. 하지만 앞으로도 그럴 것이라 기대하지는 말거라."

부녀는 서로에게 선전포고했다. 둘 다 절대 질 생각이 없다는 것이야말로 거울처럼 닮은 점이었다.

4

용 없는 용꿈

1

"상상 속의 동물 친구?"

어린 아이들이 '자신에게만 보이는 친구'가 있다고 말하는 일이라고 수현이 설명했지만 지후에게는 생소했다. 자신이 자란 보육원에서 아이들은 일찍 철이 든다. 헛것을 보거나 상상에 지나치게 몰입하면 입양되기 어렵다는 사실을 본능적으로 알고 있다. 상상 속 동물 친구라는 것은 그래서 지후에게 낯선 개념이었다.

수현은 설명을 계속했다.

"유아의 발달과정에선 보편적인 현상이야."

동양에서는 이를 '귀문(鬼門)'이라 부르는데, 사람들 사이를 배회하는 혼백을 아이들은 볼 수 있으나 나이가 들면서 성장해 귀문이 자연스럽게 닫혀버리면 더 이상 볼 수 없게 되고, 보았던 존재들에 대한 기억마저 잊어버린다고 한다.

가본 적 없는 곳에 대한 향수, 기억나지 않는 친구에 대한 그리움. 그것이 바로 '상상 속 친구'가 꿈에서 재현될 때 근간이 되는 노스탤지어였다.

"이번에 보고된 몽재는 그런 상상 속 동물 친구들이 떼로 등장하는 꿈이야."

수현의 브리핑을 받고 난 뒤 3팀은 다중접속을 통해 꿈을 캐스팅했다. 코퍼레이션에 소속되고 나서 두 번째 정식 임무. 지후의 각오는 날카롭게 벼려져 있었다.

수키가 모두의 앞에 꿈 하나를 가져와 보여줬다.

"사람들 사이에서 통용되는 이 꿈의 별명은 '드래곤 사파리'예요. 아동에게도, 성인에게도 특히나 인기가 있는 대단한 꿈 중 하나죠. 이번에도 몽재의 원인을 꼭 찾아내시길 바랄게요. 무운을 빕니다!"

아기 판다 수키의 앞발이 구슬 형태의 꿈을 건드리자 일순간 사방이 밝아졌다. 순식간에 플레이어들은 완전히 다른 장소에서 눈을 떴다.

육중한 진동이 엉덩이를 간지럽혔다. 청량하고 맑은 바람이 창문을 통해 쏟아져 들어오고 있었다. 지후는 자신이 한 량짜

리 와일드 트램의 객석에 앉아 있다는 것을 깨달았다. 다만 한 가지 특이한 점이 있었다.

"날고 있어?"

트램이 달리고 있는 철길은 창공 위에 깔려 있었다. 비행하는 트램은 하늘에 떠 있는 어떤 섬을 향해 달려가고 있었다. 뒷좌석에 앉아 있는 수현은 이미 이 꿈을 캐스팅해 본 적이 있었는지 하늘섬을 가리키며 말했다.

"저곳에서 너희는 대단한 동물들을 보게 될 거야. 몽주 단한 명의 상상으로 빚어졌다는 게 믿기 힘들 정도지."

"동화적이네요."

"배경에 속지 마. 오션하모니호도 겉으로 보기엔 평화로웠잖아. 우리가 출동했다는 건 몽재가 벌어진다는 뜻이니까."

하늘 위를 날고 있지만 트램 안에 있으니 안전하다는 느낌이 지후에게 전해졌다. 그러나 거꾸로 '바깥으로 나갔다가는 큰일이 난다'는 직감도 함께 따라붙었다. 본능의 영역은 아니었다. 몽주가 꿈에 발휘하는 영향력이 그런 감정이 들도록 유도하고 있다는 느낌이었다. 어떤 감정이 자신의 것이고, 어떤 감정이 몽주의 안배인지 구분하는 일에 조금씩 익숙해지고 있었다.

트램은 곧 하늘섬의 상공으로 접근했고 지상의 풍경이 가까워졌다. 그 순간 창밖으로 뭔가가 획 하고 스쳐 지나갔고 가장 먼저 소라가 탄성을 질렀다.

"우와!"

유니콘과 페가수스가 무지개 위에서 경주를 하고 있었다. 그뿐만이 아니었다. 등껍질 위에 숲을 키우는, 마트 건물 크기의 거북이가 유유히 지나갔다. 구름인 줄 알았던 개구리가 움직였다. 푸른색 털이 달린 개구리가 혀를 날름 내밀어 그리폰을 잡아먹고는 아무 일 없었다는 듯 다시 구름 형상으로 되돌아갔다.

"조심하십시오, 관람객 여러분! 여기는 제법 사나운 녀석들이 있는 곳이거든요."

그때, 트램 운전석에 앉아 있는 화려한 유니폼의 운전사가 소리쳤다. 지후가 둘러보니 동동과 소라는 넋을 잃은 채 초원 위의 동물들을 구경하고 있었다. 동동이 창밖으로 손을 뻗으려다 운전사의 말에 찔끔해 손을 거두는 것이 보였다.

'정말 요란하기 짝이 없는 꿈이네.'

상상 속 동물들이 자유롭게 노니는 환상 속 국립공원. 설화와 민담 속에서 뼈와 살을 갖추어 나간 환상종들이 즐비한 생태계. 그런 신대륙 위를 트램은 날고 있었다. 요정 무리가 환영하듯 날아와 트램 창문을 두드리며 관람객을 향해 웃었다.

트램은 운행 중간중간 멈춰 관람객들에게 환상종을 구경할 시간을 주었다.

"얘들아, 식사 시간이란다."

운전사는 트램을 정지시킬 때마다 전용 창문을 열고 동물들에게 꼬박꼬박 말을 걸었다. 불곰보다 덩치가 큰 햄스터가 트램 쪽으로 다가와 공중제비를 넘었다. 달팽이가 더듬이를 손바닥 모양으로 만들어 박수를 치기도 했다. 저마다 예쁨을 받기 위해 묘기를 부리는 것이다.

"여기 있다!"

운전사가 경쾌한 동작으로 던지는 축구공만 한 도토리를 절묘하게 받아먹고는 양볼을 오물거리는 햄스터는 곧 트램을 기어올라 반대편으로 사라졌다. 지후는 운전사에게 계속 집중하고 있었기에 그가 내려놓은 바구니에 자동으로 먹이가 채워지는 것을 놓치지 않았다. 동물들이 사료 경쟁을 할 필요가 없는 것이다.

뿔 대신 형광등이 머리에 달려 빛나고 있는 사슴 떼를 만나자 운전사는 이번엔 당근을 던져줬다. 한 마리, 한 마리의 안부를 물어가면서 동물들과 소통하는 것이 무척이나 능숙해 보였다.

"여러분, 쟤들이 잘 받아먹는 것처럼 보이죠? 실은 제가 잘 던지는 겁니다! 으하하."

운전사는 유니폼의 한쪽 팔을 걷어 알통을 드러내며 넉살을 부렸다.

"포수가 대단한 게 아니라 투수가 훌륭한 것이지요!"

뭔가 달랐다. 평범한 오디언스의 느낌이 아니었다. 예니가 지후에게 말했다.

"너도 알겠지? 저 사람이 몽주야."

"그런 것 같네. 하지만 몽재를 일으킬 만큼 어두운 구석이 있진 않아 보이는데? 저렇게 잘 웃는 사람은 현실에서도 본 적이 없는걸."

어느새 사파리 모자를 챙겨 쓴 소라가 대화에 끼어 들었다.

"그건 오빠가 동물원을 안 가봐서 그래. 저렇게 웃고 떠드는 게 직업인 사람들도 있어."

운전사의 허리춤을 물끄러미 바라보던 동동이 속삭였다.

"저 사람, 칼을 차고 있어."

"칼이라기엔 형태가 이상한데. 끝이 작살처럼 뾰족하잖아."

지후의 눈매가 날카로워졌다. 기묘한 칼의 손잡이에는 손때가 잔뜩 묻어 있었다. 꽤 오랫동안 능숙하게 사용해 온 물건 같았다. 동물을 아끼는 사람의 허리에 어째서 저런 흉흉한 물건이 있는 건지 위화감이 들었다.

"저거, 계속 주시해야 할 것 같아."

트램은 천천히 숲을 통과해 섬의 내부로 들어갔다. 젖과 꿀이 흐르는 낙원이 마침내 구현된 것 같은 평화로운 목초지대가 펼쳐졌다.

"여러분, 여기서부터는 초식동물 구역입니다. 트램 밖으로 나가셔서 자유롭게 동물들에게 먹이를 주거나 사진을 찍으셔도 됩니다!"

트램 천장이 무당벌레의 등껍질처럼 활짝 열렸다. 관람객들은 신이 나 초원을 향해 뛰쳐나갔다.

"일단 몽주가 시키는 대로 해보자."

팀원들 다 같이 트램에서 내려 드래곤 사파리의 초원을 밟았다. 축복받은 듯 환상적으로 맑은 날씨와 따스한 기온, 아무런 경계심 없이 뛰노는 형광색 사슴들 덕분에 긴장감이 눈 녹듯 사라지고 있었다.

몇 분 후, 동동이 상기된 얼굴로 지후에게 다가왔다. 양팔에는 색깔이 계속 변하는 앵무새가 안겨 있었다.

"얘들아! 이 녀석 엄청 귀엽지 않아?"

"어떻게 잡아 왔어?"

"딱 내 눈높이에서 날고 있던걸. 저항도 안 했어. 어때, 데려가서 키워볼까?"

"귀여운 건 맞는데 어디서 키우겠다는 거야. 꿈속에서 사진을 찍는다고 그 사진이 현실 속의 네 핸드폰에 저장되는 건 아니잖아."

지후의 지적을 듣고도 동동은 자신만만하게 고개를 저었다.

"성지후, 너를 만나기 전에는 나도 이런 욕심 안 부렸어."

"나?"

"네 가방 속에 넣으면 어때? 그러면 다른 꿈속에서도 꺼낼 수 있잖아. 꿈 도둑답게."

그 말에 앞서 나가던 수현의 발걸음이 우뚝 멎었다. 뒤돌아보는 수현의 표정에는 동동에 대한 기특함이 있었다. 방금의 발언에 사뭇 예리함이 있다고 생각했기 때문이다.

"일리가 있어. 그런 관점에서는 생각해 본 적이 없었네."

하지만 지후는 어깨를 으쓱일 뿐이었다.

"안 돼. 살아 있는 건 내 가방에 넣지 않아."

"왜?"

실망하는 동동에게 지후가 설명했다.

"이미 예전에 시도해 봤거든. 집어넣을 수는 있는데 다시 꺼내면 시체가 되어버려."

지후의 살벌한 말에 동동이 어깨를 움찔했다. 그러자 손바닥 위에 있던 앵무새가 깃털을 노란색으로 바꾸더니 훌쩍 날아가 버렸다. 그것을 바라보던 예니가 물었다.

"어떤 동물을 넣어본 거야?"

"일각고래라는 동물을 알게 됐던 날이었어."

지후는 꿈속의 엄마를 따라잡기 위해 매일 새로운 시도를 했다. 북극의 빙해, 지독하게 차가운 바다에서만 활동하기에 생태가 베일에 싸여 있는 신비의 바다 생물 일각고래를 알게 된 것도, 새로운 이동 수단을 강구하던 중이었다.

"머리에 창처럼 생긴 뿔 하나를 달고 다니는 고래야. 사실은 뿔이 아니라 엄니 한 개가 기형적으로 자라서 그렇게 보이는 거지만."

지후는 그날부터 일각고래가 등장하는 꿈을 찾아 드림넷을 헤매기 시작했다. 며칠 지나지 않아 어느 꿈에서 일각고래 한 무리를 찾아냈다. 그 꿈에서 일각고래는 질서정연하게 일렬로 줄을 선 다음 빙하가 갈라진 틈으로 대양을 향해 나섰다. 자연 다큐멘터리 속에 들어가 체험하는 듯한 아름다운 꿈이었다.

보자마자 지후는 그들에게 매료되었다. 중세 시대의 기병들이 창 하나를 치켜든 채 전장을 희롱했던 것처럼 3미터의 뿔을 앞세우는 일각고래의 모습에는 위풍당당한 매력이 있었다.

"그 녀석들은 빙산 아래를 헤치고 다니니까, 어쩌면 꿈속의 눈밭을 헤치고 빠르게 움직일 수 있지 않을까 싶었거든."

"고래면 덩치가 엄청 컸을 텐데…… 그 작은 가방에 그런 게 들어가?"

"여기에 포클레인도 넣어본 적 있어. 크기가 그렇게 중요하지는 않은 것 같아."

그날 지후는 일각고래 한 마리를 가방 안에 넣어 자신의 꿈으로 데려왔다. 하지만 가방 밖으로 꺼내놓았을 때 일각고래는 숨을 쉬지 않고, 움직이지도 않았다.

예니는 지후가 광화문광장에서 고질라와 싸웠을 때를 떠올렸다.

"그래서 고질라를 데려가지 않고 구슬을 꺼냈던 거구나."

"그런 핵이 있는 경우도 있고 없는 경우도 있지만, 구슬은 아무튼 물건이니까 가져갈 수 있더라고. 크기 때문에 구슬로 가져간 건 아니었어. 가방에 건물 한 채쯤은 넣을 수 있을지도 모르니까."

"안타깝게도 그 가방에 건물은 못 들어갈 거야, 성지후."

잠자코 있던 수현이 대화에 끼어들었다.

"일각고래나 포클레인을 그 작은 가방에 넣을 수 있었던 건 네 무의식이 그것이 가능할 거라 믿었기 때문이야. 하지만 건물 정도로 커다란 물건은 가방에 넣기 힘들 거라고 너도 느끼고 있을 거야. 일전에 말했듯 꿈속의 초능력은 결코 만능이 아니야. 선입견과 편견이 보통 그 제동장치가 되지."

"감정이 너의 칼날, 의지가 너의 손잡이."

"그래, 선입견이 의지라는 손잡이에 녹이 슬게 하는 거야."

수현은 잠시 머뭇대다가 눈을 가늘게 뜨고는 말을 이었다.

"받아들이긴 어렵겠지만 네 꿈속으로 들어가는 건 당분간 관두는 게 좋을 것 같다."

"……왜죠?"

"어떻게 실패했는지 전해 들었어. 너희는 개개인이 전부 뛰어난 자각몽자들이야. 그런데 천천히 걸어가는 평범한 여자를 따라잡지 못했다는 건 어불성설이지. 갑옷도 베어내는 명검이 나무토막 하나를 어쩌지 못하는 꼴이랄까."

"알아들을 수 있게 설명해 주세요."

지후는 싸늘한 기분으로 수현에게 요구했다.

"녹이 슨 거야. 그 녹의 정체는 다름 아닌 너고. 처음 그 꿈을 꾸었던 어린 시절부터 지금까지 15년에 가까운 세월 동안 수천 번의 시도를 했잖니. 처음엔 사소했던 실패들이 쌓이고 쌓여서 '엄마의 얼굴을 정면으로 볼 수 없다'는 생각이 강해진 거야. 그래서 뛰어난 자각몽자 여럿이 달라붙어도 부술 수 없는 나무토막이 되어버린 거고."

"그럼 저보고 어쩌란 거죠? 아무리 용을 써도 해낼 수 없을 테니 포기하라는 건가요?"

"아니야. 반드시 성공할 거라는 확신이 없다면 네 꿈의 상황을 더 악화시킬 뿐이라는 거지. 인내심을 갖고 기다리도록 해. 오재욱 박사님을 만나는 순간 뭔가 방법이 생길 테니까. 드림캐스터를 설계한 그분이라면 분명 네 칼날에 묻은 녹을 지울 수 있을 거야."

"알겠어요. 일단은 팀장님 말에 따르겠습니다."

"너는 몽재를 해결하고, 나는 오 박사님을 찾아내는 거야."

비장한 대화가 오갔지만 하필 등 뒤로 황소만 한 햄스터 다섯 마리가 데굴데굴 굴러가고 있어서 도통 분위기를 유지하기 어려웠다.

순간 사파리 와일드 트램의 뚜껑이 일제히 닫혔다. 운전사가 손나팔을 만들어 사파리의 방문객들을 향해 외쳤다.

"그럼 여러분, 재밌게 노십시오. 저는 해 질 녘에 관람객 여러분을 모시러 다시 돌아올 테니까요!"

몽주가 시야에서 벗어나는 것이 달갑지 않았던 지후가 빠르게 움직였다. 달려가 운전사의 팔을 붙잡은 것이다. 갑작스러운 접촉에도 운전사는 자연스럽게 웃으며 응대했다.

"손님, 무슨 일이신가요?"

알록달록한 디자인의 트램 옆에는 불을 내뿜는 용과 함께 'DRAGON SAFARI'라는 글자가 크게 적혀 있었다. 지후는 시간을 끌기 위해 별생각 없이 질문을 던졌다.

"투어 이름이 드래곤 사파리인데 용은 어디 있나요?"

순간 태엽이 풀린 인형처럼 운전사의 표정이 딱딱하게 굳었다. 하지만 이내 곧 평소의 능청스러운 얼굴로 되돌아온 운전사는 붙잡힌 팔을 빼내며 말했다.

"허허, 죄송합니다. 녀석들은 워낙 더위에 민감해 요즘에는 잘 활동하지 않아요. 지금 시즌에는 안타깝게도 용을 보실 수가 없답니다. 양해해 주세요."

그 말을 끝으로 운전사는 트램에 올라탔다. 그러고는 왔던 길로 사라졌다. 운전사의 태도에서 뭔가 심상치 않은 위화감을 느낀 지후가 일행들을 향해 말했다.

"아무래도 용이 문제인 것 같은데."

용이 한낱 더위에 지장을 받는다는 것이 이상할뿐더러, 둘러대는 티가 역력했다.

"용 없는 용꿈이라니."

동서양을 가리지 않고 용꿈은 언제나 인기가 있었다. 온갖 콘텐츠에서 보스급 몬스터로 등장하는 서양은 물론, 동양에서는 행운을 상징하는 신성한 동물이라며 좋아한다. 국가적으로 중요한 시험이 열리는 시즌에 '용'이 등장하는 꿈이 드림넷에서 얼마나 많이 캐스팅되는지 통계를 보면 알 수 있다.

"팀장님, 몽주의 뒤를 쫓는 게 좋지 않을까요?"

"그건 나중에도 할 수 있어. 일단 이 꿈이 어떻게 끝나는지 다 함께 지켜보자."

수현의 말에 팀원들은 초원에 넓게 흩어져 저마다 무슨 일이 벌어지는지 관찰하기 시작했다. 오디언스 관람객들은 신나게 사파리를 만끽하고 있었다. 마치 태어나서 처음 세렝게티 초원에 발을 내디딘 동물애호가들 같았다. 초원 어디에서나 유니콘을 타고 질주하는 소녀들을 볼 수 있었고, 황금 원숭이의 꼬리에 매달려 나무 위를 뛰노는 소년들을 마주칠 수 있었다.

지후는 환상종과 어울려 노는 오디언스들을 찬찬히 관찰했다. 동동은 현실에서는 러닝머신이라면 학을 떼는 주제에 초원 위를 마라토너처럼 달리고 있었는데, 자세히 보니 독수리의 날개를 단 강아지의 뒤를 쫓고 있었다.

어느 순간 지후는 등 뒤로 다가오는 인기척을 느꼈다. 팔짱을 낀 예니였다.

"넌 아무런 감흥이 없어?"

"동물들 말이야? 글쎄, 살아 있는 녀석들은 꿈으로 훔쳐 갈 수 없다는 걸 알게 된 이후로 관심 가져본 적이 없는걸."

"동물을 키워본 적도 없고?"

"없어."

멀리서 익숙한 웃음소리가 들렸다. 소라가 거대한 고양이의 배에 누워 깔깔거리는 소리였다. 고양이의 꼬리 끝에는 여러 다발의 장미가 피어 있었는데 소라는 그것을 붙잡기 위해 팔을 버둥거리고 있었다.

그런 흐뭇한 모습을 보면서도 예니의 표정은 어두웠다.

"왜 그래?"

"다들 못 느끼는 것 같아. 혹시나 했는데 너도 마찬가지고."

"뭘?"

"이 질식할 것 같은 슬픔을."

슬픔? 너그러운 환희와 포근한 기쁨만으로 이뤄진 것 같은 이 초원에서?

지후가 의아해하는 가운데 예니의 발치에서 작은 동물이 고개를 내밀었다. 깡총깡총 뛰어오는 모양새가 마치 토끼를 연상시켰다. 귀가 있어야 할 자리에 사슴의 뿔이 달려 있다는 것만 제외하면.

예니는 천천히 무릎을 굽혀 뿔토끼와 눈을 맞췄다. 그리고 느릿하게 눈을 깜빡였다. 그러자 놀랍게도 뿔토끼는 예니에게 조금씩 다가오더니 배를 까뒤집었다. 예니는 능숙하게 녀석의 보드라운 뱃가죽을 어루만졌다. 작은 동물을 다루는 데 전혀 어색함이 없었다.

"의외네. 동물이 나오는 꿈을 많이 꿔본 거야? 아, 그러고 보니 네가 변신하는 대상은 전부 동물이었지."

"반대야. 동물이 등장하는 꿈은 내내 피했어. 견딜 수가 없어서."

예니의 속눈썹이 조금씩 젖어 들어갔다.

"뭘 견딜 수 없다는 건데?"

"나는 버려진 동물들을 많이 거둬봤어. 비를 맞으면서 쓰레기통을 뒤지는 개나 고양이들을 보면 자연히 마음이 가잖아. 그런데 드림넷에서 아름답게 나오는 동물들은…… 반려동물을 잃은 사람들의 꿈인 경우가 대부분이거든."

예니가 손을 가리켜 초원을 둘러싼 산맥을 가리켰다. 다섯 개의 무지개가 맑은 하늘 위에 걸려 있었다. 무지개들은 서로 교차하면서 더 짙은 색채를 뿌려대고 있었다. 자연 상태에서는 절대 볼 수 없는 몽환적인 광경이었다.

"해일 같은 슬픔이 저 무지개들에서 흘러나오는 게 느껴져. 마치 캐서린의 노래를 처음 들었을 때처럼."

"무지개가 왜?"

"흔히 동물을 키우는 사람들에게 무지개는 작별을 상징해. 수명이 다해 떠나보낸 동물들을 가리켜 무지개 다리를 건넜다고 말하거든."

"근데 그때 캐서린의 노래를 들었을 때는 우리 모두가 눈물을 흘렸잖아. 여기서는 왜 너만 무지개를 보고 슬픔을 느끼는 거지?"

"우리 중에서 나만 동물을 키워봤고…… 또 잃어봤으니까."

환경은 곧 몽주의 무의식을 반영한다. 마치 동물들을 위한 낙원처럼 꾸며진 초원과 초현실적인 풍경들은 결국 몽주의 삶을 기반으로 빚어진 것이다. 그가 어떤 인격을 가진 사람인지 알 수는 없지만 동물들을 무척 아끼고 사랑하는 사람이라는 건 분명해 보였다.

"이 사파리에 있는 동물들, 어쩌면 환상 속의 존재가 아닐지도 몰라."

"환상 속의 존재가 아니면?"

"몽주가 사랑하고 아꼈던 동물들이었겠지."

"한 사람이 이렇게 많은 동물을 키우는 건 불가능하잖아."

"이 초원이 현실에 존재하는 진짜 동물원의 사파리를 은유하는 거라면 가능하지. 몽주가 실제로 사파리 트램의 운전사라면 더 말이 되고."

예니는 와일드 트램이 달리는 레일 위를 가리켰다.

"저 트램을 봐. 면허가 없는 사람이 꿈에서 자동차를 운전하는 건 충분히 가능한 일이야. 레이싱 게임도 많고 워낙 익숙한 운송 수단이니까. 하지만 잠수정을 모는 꿈은 전 세계에 몇 없어. 그걸 몰아본 사람이 별로 없으니까."

"와일드 트램도 마찬가지다?"

"응. 저렇게 특수한 물건을 조종한다는 건 단순한 바람만으로 구현해내기는 몹시 어려운 일이야. 가능하더라도 유아용 자동차처럼 단순화되어 있거나. 그런데 이 트램의 운전석은 정밀한 장치들로 가득했고, 몽주는 그걸 쉽게 다루고 있었어. 실제로 운전해 본 경험이 있는 거야."

꽈르르릉, 엄청난 굉음이 초원 전체에 울려 퍼졌다. 공기의 질감이 일순간 바뀌면서 예니는 솜털이 쭈뼛 서는 기분에 사로잡혔다.

예니는 가슴을 부여잡았다. 지후가 황급히 붙잡지 않았더라면 분명 주저앉고 말았을 터였다.

"왜 그래?"

"수, 숨을 쉬기가 힘들어. 몽주의 감정이 소용돌이치고 있는 것 같아."

지후는 주변을 둘러보았다. 초원에 가득했던 동물들이 사라지고 있었다. 예니는 숨을 헐떡였다.

"무지개가…… 이상해."

천둥소리가 들린 후, 무지개들이 마치 금 간 스테인드글라스처럼 조각 나 지면을 향해 추락했다. 그리고 무시무시한 속도로 먹구름이 몰려와 초원에 그림자를 드리웠다. 꿈이 종료되려는 조짐이었다. 머지않아 이 세계는 닫힌다.

이상을 감지하고 하늘 위에 떠 있던 수현이 지후의 곁에 착지했다.

"성지후, 들었지?"

"네. 천둥이 치자 무지개가 소멸하고, 동물들이 사라졌어요."

"일단 거기에서부터 시작해 보자. 동동! 소라! 너희들도 이리 와. 멍하니 있지 말고."

팀원 모두 한곳에 모이자 수현은 타이머를 다시 지후의 손목에 채워주었다.

"이번에도 제가 하나요?"

"지난번의 기운을 이어 받아보자는 거지. 원래 전 경기에서 골을 넣은 선수는 계속 선발로 출전하는 법이니까."

어디서부터 꿈을 탐문할 것인지 결정할 역할을 지후에게 맡긴다는 뜻이었다.

"부담스럽긴 하네요."

"이것도 팀워크야. 네가 타이머를 맡아주면 내 운신의 폭이 넓어지거든. 지난번에도 단독 행동으로 폭탄을 발견했잖아. 자, 골라봐. 어디부터 가야 할까."

"역시 몽주의 뒤를 따라가 봐야겠죠."

시간을 되돌리자 산산조각 났던 무지개가 스르륵 솟아올랐다. 사라진 동물들도 제자리를 찾았고 내리쬐는 선명한 햇볕도 원상 복구되었다. 그리고 저 멀리 레일 위에서 몽주가 탄 트램이 되돌아왔다.

2

"그럼 여러분, 재밌게 노십시오. 저는 해 질 녘에 관람객 여러분을 모시러 다시 돌아올 테니까요!"

경쾌한 목소리와 함께 운전사가 트램을 이끌고 후진을 시작했다. 충분히 멀어졌다 싶어졌을 때 일행은 트램의 뒤를 쫓았다.

추적은 어렵지 않았다. 하늘에 깔린 레일을 따라가기만 하면 될 뿐이었다. 넷은 능숙하게 비행했고, 지후만 허공에 놓인 철길을 폴짝폴짝 뛰어 달렸다. 그 모습을 보던 소라가 물었다.

"오빠는 날지 못하는데 무섭지 않아? 땅이 저렇게나 까마득해."

"문제없어."

"고수공포증도 없어?"

"고소공포증이겠지. 나는 고층 빌딩 태양광 패널을 닦는 일을 해왔거든. 높은 곳을 무서워하면 그런 일 못 해."

낯선 길을 따라가자 그들은 곧 폭포가 흘러내리는 거대한 하늘섬 하나를 발견했다. 폭포 아래로 이어진 레일은 중간에 완전히 끊겨 있었다.

"내가 나설 차례군."

수현이 가볍게 손가락을 까닥거리자 뒤편 레일이 잘게 해체됐다. 수현은 퍼즐을 조립하듯 끊긴 레일에 이어 붙여 완전한 철길을 만들어냈다.

"우린 제대로 가고 있는 거야. 몽주의 무의식이 폭포 뒤에 있는 풍경을 감추고 있으니까."

일행은 조심스레 폭포 속으로 나아갔다. 소라의 염력이 이번에도 제 역할을 해냈다. 잘못 맞으면 두개골에 금이 갈 것만 같은 거센 물줄기를 뚫고 나가자 거대한 동굴이 그들을 반겼다. 어두운 동굴 속을 걸으며 지후는 조심스럽게 수현에게 보고했다.

"팀장님, 아까 그 천둥 말인데요. 번개가 없었어요. 소리만 들리고 번개가 치는 모습은 보이지 않았어요."

자연에서 그런 출력을 낼 수 있는 소리는 천둥뿐이기에 지레 짐작했던 것이다. 꿈속에서 선입견은 늘 불시착을 유도하는 조명탄 같은 것. 반짝반짝 빛나서 따라갔다간 엉뚱한 곳에 가닿을 위험이 있었다.

"그게 천둥소리처럼 들렸지만 아니었을 수도 있다는 거군."

기나긴 어둠을 지나자 만년은 자라난 것 같은 고고한 나무로 빼곡한 정글이 펼쳐졌다. 현실 속 정글과는 다른, 그림책에서나 볼 수 있는 경이로움이 가득한 공간이었다. 일행의 눈을 사로잡은 것은 진흙 바닥에 새겨진 기이한 발자국이었다. 가장 체격이 큰 동동이 누워봐도 발가락 하나 채우지 못할 만큼 거대한 크기였다.

"대체 무슨 동물이 돌아다니길래 발자국이 이렇지?"

지후는 주변을 둘러보았다. 기이한 각도로 부러진 나무들과 움푹 파인 대지. 전차라도 지나간 듯한 흔적이 곳곳에 보였다. 고민하던 지후는 한 가지 결론에 도달했다. 이 사파리에 붙어 있는 이름.

"용이다."

인류가 품어온 환상 속에서 지고무상(至高無上)의 지위를 차지하고 있는 생물. 이 하늘섬의 정글에 그것이 서식하는 것이다. 일행 역시 작게 고개를 끄덕였다.

"어디서 쇠가 끌리는 소리가 들려."

예니의 말에 일행이 귀를 기울이자 정글의 깊숙한 안쪽에서 묵직한 철과 철이 부대끼는 소리가 흘러나오는 것을 알 수 있었다. 대기 전체를 진동시키는 박력으로, 굉음은 점점 가까워지고 있었다.

소리가 나는 쪽으로 다가가자 거대한 공터가 나왔다. 잔뜩 긴장했던 지후는 등을 보인 채 펄쩍펄쩍 뛰고 있는 운전사를 발견하고는 긴장이 툭 풀렸다.

"이놈아, 여기 있다!"

운전사가 손에 들고 있는 것은 큼직한 고깃덩어리가 붙은 뼈였다. 그가 허공을 향해 있는 힘껏 고기를 던졌다.

순간 엄청난 흔들림이 주변을 덮쳤다. 수풀을 박차고 뛰어오른 거대한 생물이 고깃덩어리를 낚아채고는 묵직하게 착지한 것이다. 일행은 얼어붙었지만 동동의 입술은 감격으로 떨리고 있었다.

"지, 진짜로 있었어."

날개를 접고 있음에도 엄청난 박력을 뿜어내는 용이 그곳에 있었다. 비늘에 태양빛이 닿을 때마다 영롱한 보라색 반사광이 일렁였다. 절로 혼을 빼앗기는 아름다운 색채였다. 몽주가 용에게 품은 애정과 경외심의 산물인지라 더욱 특별한 감동이 모두의 마음속에 스며들었다.

고기를 단숨에 씹어 먹은 용이 쿵쿵, 지축을 울리며 운전사에게 다가갔다.

"어? 위험해!"

동동이 무기를 꺼내 들려는 순간 예니가 앞을 막아섰다.

"둔탱아, 꼬리를 봐."

용은 날카로운 꼬리를 격렬하게 흔들며 땅을 때리고 있었다. 용이 다가와 콧김을 내뿜는 바람에 운전사는 뒤로 한 바퀴 데굴데굴 굴렀지만 금세 벌떡 일어나 용의 볼을 만졌다. 그러고는 허리춤에 있던 막대기로 용의 이빨에 끼인 고기 조각들을 빼내기 시작했다.

"어이구, 착하지."

보고도 믿기 어려웠지만 그것은 용의 양치질 시간이었다. 용이 기분이 좋은지 볼을 비빌 때마다 비늘에 살갗이 까져 상처가 나면서도 운전사는 헤벌쭉 웃었다.

작살처럼 끝이 날카로운 막대기. 그것은 용의 치아 위생을 책임지는 물건이었다. 비현실적인 광경에 넋을 잃고 있는 사이 운전사가 일행을 발견하고 눈을 동그랗게 떴다.

"이런! 여기는 외부인 출입 금지인데…… 길을 잃으셨습니까?"

그가 당황하며 일행을 향해 몸을 돌렸다. 그러자 인간의 손길을 잃어버린 용의 동공이 세로로 날카로워지면서 그르릉 웅얼대는 소리를 냈다. 운전사는 용의 턱을 긁어주며 타일렀다.

"워워, 그럼 못써. 착하지."

지후는 용기를 내 한 발짝 다가서며 말했다.

"……녀석이 아저씨 말을 잘 듣네요."

"아, 하지만 너무 가까이 오시면 안 됩니다. 전담 사육사인 저를 제외하곤 누구에게나 까칠한 녀석이라서요. 그나저나 퍽 곤란하게 되었군요. 여기에서 여러분을 내보내려면 운영팀에 연락해야 하는데 그러면 이놈이 얼마 놀지도 못하고 우리로 돌아가야 하거든요."

운전사가 바지에 손을 문질러 닦더니 일행에게 다가왔다. 그제야 일행은 용의 왼쪽 뒷다리에 매여 있는 거대한 족쇄를 바라봤다. 철과 철이 부딪히는 굉음의 진원지가 밝혀지는 순간이었다. 소라가 운전사에게 다가가 슬그머니 그의 손을 붙잡았다. 그러자 불안한 듯하던 운전사의 표정이 순간적으로 누그러졌다.

"아저씨, 우린 길을 잃은 게 아니에요. 앞으로 무슨 일이 일어날지 알려줄 수 있어요?"

"……여러분은 평범한 관람객이 아니로군요."

"제겐 원래 사육사 면허 따위 없습니다."

몽주가 이 사파리의 용 전담 사육사가 된 과정은 매우 특이했다. 그의 설명에 따르면 용은 실제 사냥감처럼 빠르게 비행하는 것이 아니면 먹질 않는데, 그렇다고 고깃덩어리를 아무렇게

나 던져줬다가 땅에 떨어지면 오염되었다고 생각해 입을 대지 않는다고 했다.

"용은 극도로 예민하고 까다로운 식성을 가졌지요."

"가까이서 던져주면 되는 거 아닐까요?"

"그랬다가는 사육사도 먹이와 같은 꼴이 났겠지요. 제가 이 놈과 오랫동안 뒹굴면서 친해지기 전까지는 50미터 거리에서 고기를 던져줘야 했거든요."

안전한 거리에서 정확하게 고깃덩이를 하늘로 던질 수 있는 사람은 사파리 내에서 그가 유일했다. 그렇게 사파리에 감금된 용과 몽주의 우정이 시작되었다.

"녀석은 야생 용이었습니다. 무리 이동을 하던 중 어미에게 문제가 생겼는지 혼자 울고 있다가 발견되었지요. 낙오된 겁니다. 그래서 날개가 다 성장한 지금도 날지를 못합니다. 비행을 알려줘야 할 어미가 없어서요."

설명을 듣던 예니가 답답해하며 용의 발목을 가리켰다.

"그러면 왜 족쇄를 채운 거예요? 어차피 도망도 못 칠 텐데."

되돌아온 것은 몽주의 울적한 얼굴이었다.

"그건 저 때문입니다. 먹이를 먹고 나면 꼭 저를 따라오려고 하거든요. 더 놀아달라는 거지요. 여기까지 오셨다면 도중에 녀석이 난리를 부린 흔적을 보셨겠죠."

몽주는 이번에는 갑자기 싱그럽게 웃더니 활기찬 목소리로 외쳤다.

"……그래도 괜찮습니다! 오늘은 바로 이놈을 여기보다 훨씬 크고 시설이 좋은 외국 사파리로 이관하는 날이거든요. 거기에는 용이 마음껏 돌아다닐 수 있는 시설도 있고, 용 전문 사육사도 있다고 하니까, 무척 잘된 일이지요."

짐짓 쾌활한 척하고 있었지만 용을 바라보는 그의 눈빛에는 작별의 순간을 전혀 대비하지 못한 심정이 고스란히 드러나 있었다.

얼마 후 공터의 반대편에서 전동카트가 나타나더니 고급스러운 유니폼을 입은 세 명의 오디언스가 모습을 드러냈다. 몽주는 용과 함께 정글에서 구르느라 지저분해진 옷매무새를 황급히 가다듬더니 그들에게 뛰어갔다. 일행은 잠자코 그 광경을 지켜보았다. 곧 몽주가 새된 목소리를 내질렀다.

"이관이 거부당했다고요?"

"빈자리가 없다는군."

"이제야 녀석이 친구들을 만나서…… 제대로 나는 법도 배우고 할 줄 알았는데."

"그래서 자네에게 까다로운 부탁을 좀 해야겠어."

비극은 무리를 짓는 생물이다. 결코 혼자서 다니지 않는다. 그것을 지후는 아주 오래전부터 알고 있었다.

"용은 자네 말만 따르잖아. 그러니 한 시간 뒤에 D구역으로 데리고 와. 열쇠는 여기에 있네."

직원 한 명이 몽주에게 큼지막한 열쇠를 건네었다. 몽주의 동공이 미세하게 떨렸다.

"지시에 착오가 있는 거 아닙니까? D구역은 나이 든 동물을 안락사하는 곳이잖습니까. 왜 이놈을 거기로……."

"위에서 결정한 거야. 수지타산이 맞질 않잖아. 용 한 마리로는 관객들을 끌어들일 프로그램을 짤 수도 없고. 먹잇값 때문에 사파리에 적자가 나게 생겼어."

"그렇다고 이리 새파랗게 어린 녀석을 어떻게 죽일 수 있단 말입니까!"

"언성 높이지 말게. 이런 상황이니 한 번은 참아주겠다만, 쯧."

그 뒤로도 몽주의 애타는 설득이 이어졌다.

"하다못해 수면제를 먹여서 재우는 게 어떻겠습니까."

"용은 코가 예민해서 약을 섞은 고기는 안 먹는다는 걸 자네도 알잖아."

"도, 독극물을 주사하는 방법도 있습니다."

"그 방법은 몇 해 전에 용 한 마리가 난동을 부리는 바람에 사육사 일곱이 죽거나 다친 이후로 금지되었어. 하여간 정식 사육사가 아니니 이런 당연한 것도 모르고 말이야. 용 같은 맹수를 안전하게 죽이려면 총을 쓸 수밖에 없어."

"그, 그건……."

"여기서 죽일 수도 있지만 덩치가 좀 커야지. 시체를 끌고 갈 차량의 연료도 다 소중한 예산이야. 약속된 시간에 자네가 직접 녀석을 데려오도록 해. 아마 산책을 하는 줄 알고 좋아할 테지."

그 순간 사육사가 분통을 터뜨렸다.

"그래서 일주일 동안 산책을 금지시킨 겁니까!"

"못 하겠으면 당장 사표를 내고 집으로 가든지, 아니면 지시대로 따르게. 자네가 없어도 이 용의 수명이 오늘까지라는 건 변함없겠지만."

사파리의 간부들은 그대로 카트를 돌려 사라졌다. 바닥에 무릎을 꿇고 주저앉은 몽주의 손에는 그들이 남겨주고 간 묵직한 열쇠만이 들려 있었다.

아무것도 모르는 용은 먹고 남은 고기의 뼈를 물어 몽주의 앞에 두었다. 이걸로 놀아달라는 천진한 요구였다.

수현이 혀를 찼다.

"대충 돌아가는 상황을 알겠어. 잔인한 곳이군. 고작 유지비 때문에 멀쩡한 동물을 사살하겠다니."

게다가 용이 죽을 장소로 데려가는 역할을 담당 사육사에게 맡기는 비정한 행위.

"충분히 몽재를 일으킬 만한 트라우마야."

넋이 나간 상태로 있던 몽주는 돌연 열쇠를 손에 쥐고 일어섰다. 그러고는 서둘러 용의 족쇄를 풀고 소리쳤다.

"도망쳐라, 이놈아! 어서!"

용은 몇 번 고개를 갸웃거리더니 몽주의 곁을 저벅저벅 배회할 뿐이었다.

"아무 데나 가버리라고, 이 망할 도마뱀 자식! 용이 왜 날지를 못하는 거냐!"

흥분으로 얼굴이 붉어진 몽주는 느닷없이 용의 앞다리를 힘껏 걷어차다 중심을 잃고 휘청거렸다.

"그르릉."

용은 벌러덩 드러눕더니 꼬리를 휘둘러 몽주를 살살 건드렸다. 방금 전 그가 자신을 걷어찬 게 장난을 건 줄로만 아는 모양이었다.

"제발 말 좀 들어라, 이놈아. 응?"

몽주가 버럭 소리를 지르고, 달래보고, 애원해 보아도 용의 날개가 펼쳐지는 일은 없었다. 녀석은 그저 오랜만에 허락된 이 산책 시간을 느긋하게 즐길 생각밖에 없어 보였다.

결국 어떤 변화도 없이 한 시간이 흘렀다.

"알았다. 너 가는 길을 내가 배웅 안 하면 누가 하겠냐."

몽주는 몸을 일으키더니 D구역을 향해 터덜터덜 걸어가기 시작했다. 누워서 하품하던 용은 귀를 쫑긋하며 일어났다. 그러더니 나무 몇 그루를 쓰러뜨리면서 사육사의 뒤를 따랐다.

마치 정말 산책이라도 하는 것처럼 꼬리는 연거푸 살랑대고 있었다.

예니가 지후의 손목을 붙잡았다.

"앞으로 돌려. 다시 처음으로 가서 방법을……."

"안 돼."

예니를 제지한 건 수현이었다.

"우린 이 꿈의 결말을 목격할 필요가 있어."

"용이 죽겠죠. 비참하게."

"물론 그렇겠지. 하지만 필요하다면 열 번이든, 백 번이든 돌려봐야 해. 한두 번 그래 온 것도 아니잖아? 그 스트레스를 감당할 수 없다면 지금 꿈에서 나가, 예니."

"뭐라고요?"

"처음 널 3팀에 데려왔을 때 내게 뭐라고 했지? 끊임없이 네 필요를 증명할 테니 부디 버리지 말라고 했지."

"……비겁하게 그때 일을 다시 꺼내는 거예요?"

"네가 초심을 잃어버린 것 같아서 하는 말이야. 모두 잘 들어. 내가 너희 뒤치다꺼리를 해주는 건 어디까지나 실적을 기대하기 때문이야. 존재하지도 않는 환상 속의 동물 때문에 이렇게 쩔쩔매는 걸 기대한 게 아니라. 너 스스로 필요를 증명해."

수현은 말을 번복할 사람이 아니라는 걸 알고 있었기에 예니는 설득의 상대를 바꾸기로 마음먹었다.

몽주의 앞을 막아서며 예니가 말했다.

"잠깐만요. 아저씨가 얘를 데리고 사파리 바깥으로 도망치면 되잖아요. 아네요?"

"저도 그러고 싶습니다. 하지만…… 이렇게 큰 놈과 함께 어디로 간단 말입니까. 용은 주머니에 넣을 수 있는 다람쥐나 햄스터가 아니에요."

"정 그렇다면 데려가는 일을 다른 사람에게 맡겨요."

"고통스럽지 않으려면 한 방에 머리를 쏴줘야 해요. 흥분해서 날뛰기라도 한다면…… 온몸에 수십 발의 총알을 박은 채 방치될 겁니다. 고통 속에 몸부림치며 서서히 죽는 것이죠. 담당 사육사가 감정에 치우치는 바람에 그렇게 죽어간 동물들을 저는 이곳에서 여럿 봐왔습니다."

예니는 이제 말없이 몽주의 옆에서 나란히 걷기 시작했다. 수현은 한숨을 내쉬었지만 결국 일행은 용을 지나치게 자극하지 않는 거리에서 몽주의 뒤를 따랐다.

몽주는 중간중간 멈춰 용의 목을 쓰다듬었다. 신기하게도 그럴 때면 용은 인간의 손길을 만끽하려는 듯 눈을 감곤 했다.

"네놈이 있어야 할 곳은 여기가 아닌데."

자신의 팔을 어루만지면서 몽주는 예니에게 자신의 이야기를 하기 시작했다.

"저는 원래 고교 시절 촉망받는 투수였습니다. 제법 신동 소리를 들었지요. 어린 나이에 기고만장했던 벌이었을까요. 프로 무대에 가기 직전 혹사당한 어깨가 고장 나 더 이상 공을 던질 수 없게 되었습니다."

운동에만 몰두했던 청년이 새 길을 개척하는 것은 쉬운 일이 아니었다. 이런저런 몸 쓰는 직업을 전전하다가 도착한 곳이 바로 이 사파리였다.

"동물들에게 먹이를 정확히 던져주기만 하면 된다더군요."

프로 무대를 꿈꾸던 투수 출신으로서 어려운 일이 아니었다. 방황하던 전직 투수는 그렇게 사파리에서 동물들의 아가리에 먹이를 정확히 던져주는 트램 운전사가 되었다. 그 재주가 자신에게 끔찍한 악몽을 안겨줄 거란 사실도 모른 채.

D구역은 인적 드문 폐허였다. 햇빛을 가리는 장애물은 아무것도 없었으나 어둡고 음습하기 짝이 없었다. 지면의 풀들도 모두 생기를 잃고 죽어가고 있었다.

동동이 중얼거렸다.

"꺼림칙해. 몽주가 평소에 이곳을 어떻게 생각해 왔는지 알 것 같아."

다음 순간, 거대한 진동과 함께 까마득히 먼 배경인 줄만 알았던 산봉우리가 좌우로 갈라졌다. 그리고 드러난 형상에 모두는 경악할 수밖에 없었다. 그것은 공성병기 수준의 대포였다.

"저게 총이라고?"

화기에 관해선 전문가인 동동마저도 그 터무니없는 위용에 아연실색했다. 용을 일격에 즉사시킬 수 있는 수준의 무기여야 하기에 저런 과장된 형태로 구현된 것 같았다.

몽주는 천천히 무릎을 꿇고 앉아 용에게 손짓했다. 녀석은 배를 깔고 드러눕더니 기다란 목을 움직여 정확히 몽주의 무릎 앞에 턱을 뉘었다.

"낮잠 잘 시간이다, 이놈아. 아무것도 걱정할 필요 없어. 곧 다 끝날 거다."

몽주는 섬세한 손길로 용의 눈두덩을 쓸어 만졌다. 예니는 그런 몽주를 향해 초조하게 말했다.

"아저씨, 슬슬 물러나요. 저게 용의…… 머리를 쏜다고 했잖 아요."

"제가 있어야 총알이 빗나가지 않을 겁니다."

"그러다 크게 다칠 수도 있어요. 죽을지도 모르고."

"괜찮습니다. 원래 운동선수 출신은 담력이 좋거든요."

잠시 후 용은 기분 좋은 듯이 스르르 눈을 감았다. 뱃가죽이 오르락내리락하는 속도가 일정했다. 믿음직한 사육사의 품에서 잠이 든 것이다. 이제 모두가 숨을 죽인 채 다가올 재앙을 기다렸다.

잠시 후, 용의 오른쪽 귓가에서 붉은색 분수가 피어올랐다.

막대한 양의 피가 터져 나와 몽주의 온몸을 흠뻑 적셨다. 그 직후 충격파와 함께 하늘을 찢는 천둥소리가 울렸다.

한 번도 제대로 펼쳐보지 못한 용의 날개가 등가죽 위에서 축 내려앉았다. 온몸의 근육에 힘이 풀리면서 확실하게 숨이 끊어진 것이다. 몽주의 울대가 젖은 목소리를 쥐어짰다.

"이렇게 갈 거면 왜 알에서 나온 거냐, 이놈아."

그렇게 용은 확실한 죽음을 맞이했다. 일행은 그 모든 과정을 똑똑히 눈에 새겼다.

몽주가 부서진 용의 머리를 부여잡고 절규하는 동안 하늘의 무지개는 무참하게 박살 나고 하늘섬 창공에 먹구름이 몰려들었다. 몽주가 몽객들에게 보여주지 않은 꿈의 뒷면이었다.

꿈은 이 시점에서 끝난다. 이 꿈을 다운로드한 무수한 이들은 어린 용과 사육사가 장막 뒤에서 맞이한 비극은 알지 못했음에도, 몽재가 일어나 많은 이를 덮쳤다. 그 정도로 몽주의 절망감이 압도적인 꿈인 것이다.

진상을 목격한 모두가 할 말을 잃고 굳어 있었다. 용이 흘린 피가 그들의 발목까지 차올랐다.

"너무 끔찍해. 이건 정말……."

결국 참지 못하고 예니는 헛구역질을 시작했다. 하지만 꿈속에서 먹은 음식은 토할 수 없었다. 그저 고통스러운 감정과 분노만이 식도를 타고 역류할 뿐이었다.

지후는 예니에게 다가가 그 등에 손을 올렸다.

"네가 그랬었지? 몽재를 일으키는 건 누군가의 '한'이지 않을까 하고."

"……"

"돌아가자. 저 아저씨의 한을 풀어주러."

3

꿈을 되감아 용의 둥지로 가는 폭포 앞에 섰다. 부서지는 물방울들이 무지개 사이를 노닐었다. 결말에 숨겨진 비밀을 목격하고 나니 예쁘게만 보였던 무지개들이 달리 보이기 시작했다.

수현이 혹시나 하는 기대감을 숨긴 채 지후에게 물었다.

"뾰족한 계획이라도 있어?"

"이 드래곤 사파리엔 용의 죽음을 막지 못한 몽주의 죄책감과 슬픔이 망령처럼 떠다니고 있어요. 그것이 몽재의 불씨라면 진화하는 방법도 명확하겠죠."

"용을 탈출시키겠다?"

"네. 그러면 될 거라 믿습니다."

지후의 첫 번째 실전이었던 오션하모니호의 꿈에 비하면 목적이 분명한 상황이었다. 배가 가라앉는 순간에도 노래를 멈추지 않았던 캐서린과 관객석에 있던 수많은 킬러들. 수수께끼투성이였던 그 꿈과 달리 단순한 목표가 있었다.

용의 죽음을 막는다.

그 답에도 수현의 표정은 밝아지지 않았다.

"하나, 네가 간과하고 있는 게 있어. 발화점이 분명하다는 건 그만큼 불길이 거셀 것이라는 점."

"쉽게 설명해 주세요."

"수키는 뛰어난 AI야. 드림넷에 올라오는 모든 꿈을 모니터링하면서 자체 알고리즘으로 수만 개의 필터를 가동해 지나치게 폭력적이거나 음란한 꿈들을 걸러내지. 그렇다면 왜 몽재를 직접 해결하지 못하는 걸까?"

지후는 예니와 동동, 소라를 슬쩍 쳐다보았다. 하지만 그들도 어깨를 으쓱할 뿐이었다.

"인간의 감정은 그 크기를 수치로 잴 수 없기 때문이야. 트라우마가 얽혀 있다면 더더욱. 아무리 코가 예민한 인간이라고 해도 개들처럼 냄새로 마약을 탐지할 수는 없잖아?"

아끼던 안경이 망가져서 우울한 사람을 달래주는 것은 어렵지 않다. 맛있는 음식을 먹고 아름다운 풍경을 보여주는 것만으로 쉽게 기분이 전환된다. 하지만 어린 자식의 죽음을 목격한 부모라면, 그들을 무슨 수로 달랠 수 있을까. 꿈에 박힐 만큼 날카로운 트라우마란 그런 것이다.

"그래서 우리가 캐서린의 결말을 바꿀 수 없었던 거야."

"이번엔 달라요."

"그래?"

"오션하모니호에선 우리가 무슨 짓을 해도 캐서린의 죽음을 막을 수 없었습니다."

"캐서린 자신이 그 죽음을 원했으니까."

"네. 그게 몽주의 세계에 강력한 영향을 줬죠. 하지만 이 꿈에서 용은 결코 자신의 죽음을 원치 않았을 겁니다. 게다가 극도로 현실적이었던 오션하모니호와 달리 이 드래곤 사파리는 과장된 상상으로 이루어져 있어요. 전 번복할 수 있을 거라 믿어요."

지후는 궁리한 것들을 팀원을 향해 차근차근 설명했다. 그리고 그 어느 때보다 경청하며 집중하는 예니에게 확인했다.

"현실에 없는 동물로도 변신해 본 적 있어?"

"없지만 가능할 것 같아. 내 변신 능력은 꿈속 환경의 영향을 강하게 받아. 사막을 헤매는 꿈에서 펭귄으로 변하는 건 힘들겠지. 하지만 여긴 온갖 환상종들의 사파리야. 내가 본 유니콘만 해도 세 마리였으니까, 마음만 먹으면 가능해."

"좋아. 그렇다면 한번 해볼 만해."

일행은 다시 철길을 이어 붙이고 동굴을 지나 정글에서 용을 찾아냈다. 용에게 먹이를 주며 놀다가 불청객을 맞이한 몽주는 이전과 동일한 반응을 보였다.

"여기는 외부인 출입 금지인데. 길을……."

예니는 낭비할 시간이 없다는 듯 성큼성큼 걸어가 몽주의 말을 가로막았다.

"아저씨, 사파리에서 오늘 용을 안락사시키려고 해요."

"뭐라고요?"

자초지종을 설명하자 몽주의 얼굴은 흙빛으로 물들었다. 마치 자신의 시한부 선고라도 들은 듯한 표정이었다.

"그래서 지금껏 산책을 시키지 말라고…… 어떻게 그렇게 잔인할 수가."

제자리에 풀썩 주저앉는 몽주를 붙들고 지후는 준비했던 말을 던졌다.

"지금 슬퍼하고 있을 틈이 없습니다. 이 사파리에서 용을 탈출시켜야 돼요."

"무슨 수로 이놈을 밖으로 데려갑니까. 저 족쇄가 안 보여요? 이놈은 나는 법을 모른단 말입니다. 그것 때문에 사파리는 용이 값어치를 못 한다고 판단했고요."

"제게 생각이 있어요. 우리 말을 조금만 들어주시면……."

"잠깐만요. 그런데 당신들은 정체가 뭐길래 갑자기 이런 말을 하는 거예요?"

등 뒤에서 동동이 예니를 향해 작게 속삭였다.

"이 반응 어째 익숙하지 않아? 캐서린처럼 끝내 우리 말을 안 따라주면 어떡하지?"

"아니야. 용한테 도망치라며 울부짖었던 모습을 떠올려봐. 아저씨는 분명 용을 이곳에서 내보내고 싶을 거야."

그 순간 예니가 돌발행동을 했다. 외투를 벗어젖히더니 셔츠를 걷어 올려 팔뚝을 드러냈다. 무슨 짓이냐고 놀랄 새도 없었다. 예니의 팔뚝에는 웅장한 용 문신이 새겨져 있었다.

"아저씨, 우리가 누구냐고 물었죠? 저희는 '용 지킴이 협회'에서 나왔어요. 인간의 손에 붙잡힌 용을 야생으로 돌려보내는 비밀 조직입니다!"

"그, 그런 협회가 있다는 소리는 금시초문인데."

"당연하죠. 비밀 조직이니까."

몽주는 깊은 고민에 빠졌다. 그 틈에 지후는 예니에게 슬그머니 다가가 소곤댔다.

"그렇게 큰 문신이 있는 줄 몰랐네. 박력 대단하던걸."

"당연히 변신으로 꾸며낸 거지. 바보니?"

예니의 타박에도 지후는 감탄하며 문신을 구경했다. 대체 어느 정도의 집중력이어야 피부에 이런 정교한 그림을 새기는 것을 즉흥적으로 구현해낼 수 있는 걸까.

예니는 웅크려 있는 몽주의 어깨에 슬며시 손을 올렸다.

"아저씨, 하나만 생각해요. 용의 운명을 바꿀 수 있는 건 아저씨뿐이에요. 오직 아저씨 말만 따르는 이 녀석, 머리에 총알을 맞고 끔찍하게 죽도록 놔둘 거예요?"

몽주는 거칠게 눈을 비비더니 벌떡 일어섰다.

"제가 뭘 하면 됩니까."

"일단 사파리 직원들이 오기 전에 빨리 용을 이 둥지에서 데리고 나가요. 높은 곳에서 녀석에게 나는 법을 알려줄 거니까."

"네? 하지만…… 족쇄가 있어서 이놈은 구역을 벗어날 수가 없어요."

흑요석 빛깔로 세공된 용의 족쇄는 지면과 단단히 연결돼 있었다. 족쇄를 풀 수 있는 열쇠는 이후에 찾아올 사파리 간부들이 갖고 있었다.

"사슬을 끊어버리면 되죠."

"휴, 용은 아무리 어려도 몸무게가 15톤은 나갑니다. 저 사슬은 그런 무게를 지탱하도록 만들어졌어요."

지후는 굵직한 사슬을 양손으로 붙잡았다. 믿는 구석은 당연히 있었다. 자신은 꿈속에서라면 벽을 박살 내고 철근마저 구겨버릴 수 있는 괴력의 소유자니까.

"으이이익!"

하지만 아무리 용을 써도 사슬을 뜯어낼 수가 없었다. 동동 또한 문신에서 전기톱을 소환해 덤벼봤지만 불똥만 요란하게

226

튈 뿐 아무런 소득이 없었다. 오히려 불똥에 호기심을 보인 용이 몸을 움직이는 바람에 쇠사슬에 얻어맞고 내동댕이쳐졌다. 물리법칙을 무시하는 소라의 염력도 사정은 마찬가지였다. 공중에 떠오르게 만드는 데엔 성공했지만 쇠사슬의 결합을 부술 수는 없었다.

그 사태를 지켜보던 수현이 고민하며 말을 꺼냈다.

"역시 이건 몽주의 강렬한 죄책감이 만들어낸 족쇄 같아. 예니, 네가 그랬었지? 몽주는 실제로도 사파리의 운전사일 거라고. 그렇다면 현실의 몽주 역시 갇혀서 부당한 처분을 당하는 동물들을 보며 좌절을 반복했겠지. 동물을 사랑하는 마음이 커질수록 무력감도 자라났을 거야. 저 족쇄는 그렇게 켜켜이 쌓인 세월로 강하게 벼려진 거야. 단순한 방법으론 부술 수 없는 게 당연해."

"간부들한테 열쇠를 받은 다음 풀어줘야 할까요?"

"그 방법은 위험부담이 너무 커. 사파리의 말단 직원인 몽주가 간부의 명령을 받게 되면 우리와 이야기를 했어도 일단 지시에 따를 가능성이 있어. 꿈은 원래대로라면 고정된 방식으로 반복돼, 그런 억제기가 어떤 방식으로 작동할지 몰라."

쇠사슬에 얻어맞은 동동은 울분에 차 씩씩거렸다.

"무식한 방법으로 가보자! 용을 납치하는 거야. 성지후, 네 가방에 담아서 훔치는 거지."

"네 입으로 무식하다고 했으니 그 점을 지적할 수도 없네. 아까 얘기했잖아. 생명체는 내 가방에 담을 수 없다니까."

그 대화를 듣고 있던 소라가 지후를 향해 물었다.

"오빠, 용은 살아 있어?"

"당연하지."

"그러면 족쇄도 살아 있어?"

"뭐?"

"족쇄는 살아 있는 게 아니잖아. 그러면 꿈 도둑이 훔칠 수 있는 거 아니야?"

용을 묶고 있는 족쇄를 훔친다. 자신이 왜 그 생각을 떠올리지 못했는가 자책하고 싶었지만 그럴 시간 따윈 없었다. 지후는 심호흡을 한 번 한 뒤 용의 뒷다리를 향해 천천히 다가갔다. 용은 풀밭에 엎드려서 앞발로 뼈다귀를 툭툭 건드리고 있었다. 지후가 10미터 반경 안으로 접근하자 용의 고개가 휙 돌아갔다.

"크르릉."

용의 초록색 동공에 날카로운 경계심이 담겼다. 콧김을 내뿜으면서 눈을 부라리는 것이 지후의 움직임에 신경을 곤두세우는 듯했다. 지후는 양손을 천천히 올리고 읊조렸다.

"괜찮아. 널 해치려는 게 아니야."

당장 용의 이빨에 갈가리 찢어 발겨질 것 같은 공포가 엄습해 왔다. 발걸음이 저도 모르게 느려져 한 걸음을 떼는 게 힘들었다.

"할 수 있어. 손가락 하나만이라도 닿기만 하면 돼."

겨우 세 걸음 정도를 남겨두었을 때 쇠사슬이 격하게 요동쳤다. 몸을 돌린 용이 뒷발로 몸을 세운 채 지후를 내려다보았다. 선택의 순간이었다. 뒤로 물러설 것인가, 아니면 운을 믿고 도박을 걸어볼 것인가.

"이얏!"

지후는 후자를 선택했다. 터치다운을 노리는 미식축구 선수처럼 풀밭 위에 몸을 날렸다. 있는 힘껏 뻗은 오른손이 족쇄의 표면을 향해 순식간에 거리를 좁혔다.

퍼어어억!

맹렬하게 휘둘러진 용의 꼬리가 지후의 옆구리를 후려쳤다. 소라의 비명이 육중한 파열음에 가려졌다. 엄청난 속도로 날아간 지후는 거대한 나무를 우지끈 부러뜨리며 처박혔다.

수현을 비롯한 팀원들이 걱정하며 달려가다가 걸음을 멈췄다. 지후의 크로스백 안으로 뭔가가 요란하게 빨려 들어갔다. 족쇄에 매달려 있던 굵직한 쇠사슬이었다. 그것이 몸부림치는 뱀처럼 바닥을 휩쓸면서 후루룩 삼켜지고 있었다.

족쇄의 사슬을 완전히 삼켜버린 크로스백의 지퍼가 잠기고, 지후는 만면에 웃음을 가득 담은 채 기어 나왔다.

"설마?"

"성공입니다. 용을 가둔 족쇄는 이제 이 안에 있어요. 제가 다른 꿈에서 사용하면 없어지겠지만 그때까지 이 족쇄는 제 겁니다."

족쇄가 사라졌다는 것을 뒤늦게 깨달은 용이 포효하며 바닥을 뒹굴었다.

"헉, 뭘 하신 겁니까? 어떻게 이런 일이?"

몽주는 놀라면서도 어린아이처럼 기뻐했다. 아마 오랫동안 용의 감정을 공유했기 때문에 용의 환희에 감화된 듯했다.

"아저씨, 아직 흥분하시면 안 돼요. 족쇄가 없어진 거지 용이 자유로워진 건 아니잖아요."

용을 가두고 있는 진짜 족쇄는 이 사파리, 나아가서는 악몽으로 끝나는 이 꿈 자체였다.

"제가 어떻게 도우면 됩니까?"

"아저씨가 움직이면 용도 따라나서겠죠? 저희를 이 하늘섬의 끄트머리로 안내해 주세요. 정글을 벗어날 겁니다."

"하지만 그러면 절벽만 나올 텐데요?"

지후는 주춤거리는 몽주의 손목을 붙잡으며 말했다.

"그러니까 완벽한 곳이죠."

태양을 가릴 위용을 가진 거대한 용이 절벽 위에 서 있었다. 그 너머에는 끝없이 펼쳐진 하늘과 구름뿐이었다.

"어린 용이 첫 비행을 하기에 딱 좋은 장소예요."

지후는 몽주가 들고 있는 먹이 바구니를 가리키며 말했다. 계획은 간단했다. 먹이를 던지면 무조건 반응하는 용의 습성을 이용하는 것이다.

"자, 아저씨. 먹이를 있는 힘껏 절벽 너머로 던져보세요."

몽주는 수현의 말대로 고깃덩어리를 던져보았다. 하지만 용이 절벽 아래로 뛰어내리는 일은 없었다. 기다렸다는 듯이 목을 빼 먹이를 낚아챌 뿐이었다. 먹이가 날아가는 속도보다 용의 동작이 훨씬 민첩해서 벌어지는 일이었다.

지후는 답답한 속내를 드러냈다.

"더 빠르게, 멀리 던질 수는 없어요?"

그 말에 몽주는 몹시 난처해했다.

"제가 사실은 왼손잡이거든요. 어깨를 다치기 전이었다면 가능했겠지만…… 지금은 이게 최선입니다."

"곤란한데요. 우리 힘으로 용의 엉덩이를 밀수도 없고."

둘의 대화를 듣고 있던 예니가 수현에게 귓속말로 뭔가 속삭였다. 그러자 수현은 입술을 질끈 깨물고는 반문했다.

"진심이니? 말이야 쉽지. 그렇게 큰 걸 만들어내려면 얼마나 정신 소모가 큰 줄 알아?"

"못 한다는 소리는 안 나오네요. 상자 속에서 사과를 꺼내는 일에서 규모만 키우는 거잖아요."

"그 규모가 문제라고."

수현의 볼멘소리를 예니는 단 두 마디로 일축해 버렸다.

"감정이 너의 칼날. 의지가 너의 손잡이."

"……감히 내 앞에서 그 말을 꺼내?"

결국 예니는 수현을 자극하는 데 성공했다.

"젠장, 팀원들 앞에서 망신스러운 꼴을 보일 순 없지."

수현이 한쪽 무릎을 꿇고 양 손바닥으로 바닥을 짚었다. 오래지 않아 그녀의 이마에 구슬땀이 송골송골 맺혔다. 하지만 한가로운 바람만 불 뿐 아무런 일도 일어나질 않았다. 소라가 수현의 등 뒤에서 고개를 빼꼼 내밀었다.

"언니, 안 돼?"

이마에 핏줄까지 돋은 수현이 버럭 화를 냈다.

"지금 불러오고 있으니까 말 시키지 마!"

그 일갈이 신호라도 된 것인지 소라의 앞머리가 두둥실 떠올랐다. 그들이 내려다보고 있는 아득한 구름의 바다, 그중 한 지점이 어두워지기 시작했다. 구름의 밑에서 뭔가 거대한 원형 물체가 접근하고 있었다.

야구장이었다.

부채꼴처럼 펼쳐져 있는 초록의 필드. 그 필드를 동그랗게 둘러싸고 있는 수많은 관중석. 그 위를 별빛처럼 밝히는 라이트. 그 모든 것이 생명력을 가진 채 약동하고 있었다.

몽주는 도저히 믿을 수 없다는 듯 턱을 떨며 물었다.

"저게…… 왜 여기에?"

수현이 소환한 야구장은 하늘섬과 높이를 맞춘 채 정지했다. 몽주가 서 있던 황량한 바위는 어느새 투수의 마운드로 바뀌어 있었다.

예니가 믿기지 않는다는 표정으로 감탄했다.

"진짜 대단하네요, 팀장님. 반신반의했는데 진짜로 스타디움을 가져왔네?"

"정확히는 스타디움이 아니야. 사이즈를 봐."

소환된 야구장은 대형 스타디움과 달리 아담했다. 잔디의 상태 역시 그다지 고르지 못했다. 지후가 더듬거리며 말했다.

"마치…… 고등학교 운동장 같네요."

"운동장을 가져온 게 맞거든."

몽주는 조심스럽게 입을 틀어막았다. 아주 오래전에 포기했지만 마음속에 늘 품고 있었던 공간. 단 한 번만이라도 돌아가고 싶었던 시간이 이곳에 있었다.

"저 야구장은 몽주의 무의식 속에 줄곧 존재해 왔을 거야. 그러니까 내가 불러낼 수 있었던 거고."

몽주가 입고 있는 옷은 더 이상 주황색의 사파리 직원복이 아니었다. 땟국물이 잔뜩 묻은 흰색 고교야구 유니폼이었다. 오른손엔 글러브, 왼손에는 공 대신 용이 좋아하는 뼈다귀가 들려져 있었다.

지후는 맞은편에서 기다리고 있는 포수와 타자를 가리키며
말했다.

"천재 투수라고 하셨죠. 멋진 스트라이크를 보여주세요."

이제는 소년의 모습으로 변한 몽주가 머리 위의 모자를 매만
졌다. 그의 눈빛은 완전히 달라져 있었다. 심상치 않은 기색을
느낀 용이 몸을 꼿꼿하게 세웠다. 몽주가 마운드 위에서 천천
히 허리를 숙였다. 이어지는 투구 자세는 더할 나위 없이 아름
다웠다. 한쪽 무릎을 든 채로 동작이 정지하는 순간에는 바람
마저 숨을 죽인 채 그의 몸짓을 감상하는 듯했다.

투수의 신발에 달린 징이 모래를 밟는 순간, 수천수만 번 던
져보았던 그 감각 그대로 몽주의 어깨가 힘차게 움직였다. 그의
왼손에서 뻗어 나간 먹이는 마치 원반처럼 빠르게 회전했다.

지후의 등 뒤에서 태풍이 일었다. 넘어지지 않기 위해 지후
는 잔뜩 몸을 웅크렸다. 땅을 내려다본 지후는 자신의 그림자
를 볼 수 없다는 사실을 깨달았다. 용의 몸통이 만들어낸 그림
자에 삼켜져 있었다.

힘차게 도약한 용은 우아한 동작으로 먹이를 낚아챘다. 그대
로 내려선다면 운동장의 절반이 무참히 박살 날 터였다.

"지금이에요, 팀장님!"

수현은 지후의 외침이 끝나기도 전에 손가락을 튕겼다. 그러

자 한순간의 신기루처럼 야구장 전체가 흩어졌다.

"크릉?"

육중한 덩치의 용은 이제 아무것도 없는 허공에 놓였다. 당황한 용은 먹이마저 놓친 채 짧은 앞발을 허우적대더니 무서운 속도로 추락했다.

몽주가 황급히 글러브를 내던지며 절규했다.

"으악! 녀석은 나는 법을 모른단 말입니다."

"괜찮아요. 우리가 훌륭한 선생을 초대했거든요."

"서, 선생이요?"

지후와 몽주가 동시에 한 방향을 바라보았다. 무시무시한 속도로 질주하며 예니가 절벽 아래로 뛰어내렸다. 물속에 거침없이 뛰어드는 다이빙 선수와도 같은 도움닫기였다.

추락하면서 예니는 팀원들이 있는 하늘섬을 힐끗 쳐다보았다. 순식간에 멀어져 이제는 주먹만큼 작게 보였다.

'해내야 해. 내가 바라는 결말로 모두를 데려가는 거야. 이런 것을 해내기 위해 지금껏 이 악물고 훈련해 온 거잖아.'

예니는 지금 이 순간 한 번도 변신해 본 적 없는 동물, 현실에 존재하지 않는 환상 속의 동물로 변해야만 했다.

잠시 후 세찬 날갯짓 소리와 함께 눈부시도록 시린 빛의 백룡이 창공을 유린하며 날아올랐다. 백룡은 혼자가 아니었다. 두 마리의 용이 구름을 가르며 편대 비행을 하고 있었다.

4

"날았어요! 녀석이 날고 있습니다!"

몽주가 지후를 얼싸안은 채 방방 뛰었다. 덩달아 지후도 해 묵은 갈증이 해소되는 것처럼 기분이 상쾌해졌다. 이것은 꿈의 주인이 숙원을 이루었기 때문에 전염되는 기쁨일까, 아니면 순 수하게 타인의 기쁨을 보고 흐뭇해할 수 있게 된 걸까.

백룡으로 변신한 예니는 어린 용을 능숙하게 안내하고 있었 다. 두 날짐승에게만 보이는 바람길이라도 존재하는 듯했다. 무 척이나 아름다운 모습에 지후는 넋을 잃은 채 감상에 빠졌다.

"이제 녀석도 야생의 하늘로 날아가 친구를 만날 수 있겠네 요. 크흑……."

몽주가 눈물을 훔쳤다. 그사이 용은 완전히 각성했는지 백 룡을 앞지르며 나아가기에 이르렀다. 몽주와 팀원들은 한동안 석양을 향해 날아가는 두 마리 용을 바라봤다.

수현이 안도의 숨을 내쉬려는데 동동이 뭔가를 발견하고 소 리쳤다.

"어, 돌아오는데요?"

동동의 말대로였다. 예니를 따라 날던 용이 어느 순간 되돌 아오고 있었다. 예니 또한 이상함을 깨닫고 방향을 틀었지만 용의 속도를 따라잡기엔 무리였다.

"녀석을 탈출시키는 게 해답이 아니었나?"

지후는 몽주의 얼굴을 쳐다보았다. 그는 어느새 소년 투수에서 다시 중년의 사파리 운전사로 되돌아와 있었다. 투수와 포수가 일심동체인 것처럼, 이 드넓은 사파리에서 족쇄에 갇혀 있는 것은 용뿐만이 아니었다.

용이 날개를 힘차게 펄럭이면서 절벽 끄트머리에 능숙하게 내려앉았다. 그러고는 오른쪽 날개를 땅에 닿도록 내려놓았다. 달리 오해할 수 없는 명확한 의도를 담은 행동이었다.

"나랑…… 같이 가자는 거니?"

용은 고개를 들고 포효했다. 몽주의 닫힌 입술이 떨렸다. 그는 용의 날개를 딛고 등 위에 올라탔다. 그러자 용은 천천히 우아하게 날갯짓해 절벽과 멀어지기 시작했다.

뒤늦게 도착한 예니가 인간으로 돌아왔다. 완전히 탈진한 기색이었다.

"고생했다."

"벼, 별로 힘들지도 않았어. 독수리랑 다를 거 하나 없어."

"그런 것 치고는 안색이 창백한데."

"다시 변신해서 널 잡아먹는 건 일도 아니야."

예니와 지후가 티격태격하는 사이 우르릉, 땅이 울렸다. 일행은 불길한 기분을 느끼며 굉음의 진원지를 쳐다보았다. 봉우리가 다시 한번 양옆으로 갈라지고 있었다.

용의 머리를 터뜨렸던 대포가 출현한 것이다. 소라의 외침은 거의 비명에 가까웠다.

"저게 왜 튀어나오는 거야!"

시간을 너무 지체했던 것일까. 아니면 이 사파리가 동물의 탈주는 허락해도 직원의 무단 퇴사는 허용하지 않는다는 의미일까. 어떤 대응을 할 틈도 없이, 무자비한 포탄이 용의 머리를 꿰뚫었다.

이제 막 날아오르던 용이 피를 뿌리며 추락했다. 몽주의 비명은 심장을 찌를 만큼 날카로웠다. 이제 막 소원을 이룬 둘의 추락을 지켜보는 것은 고통스러웠다.

"돌아간다."

지후는 비행을 익힌 용이 몽주를 태우기 위해 되돌아오는 시점으로 돌아왔다. 불과 2분 전이었다. 수현은 의아해했다.

"왜 이때로 왔어? 어떡하려고."

대꾸할 틈 따위 없다는 듯 내달리면서 지후는 동동에게 소리쳤다.

"그때 탔던 바이크 꺼내 줘! 내 앞으로, 어서."

지후는 봉우리로 향하고 있었다. 바이크를 타고 질주해서 대포가 모습을 드러내자마자 그것을 부숴버릴 심산이었다. 고개를 끄덕인 동동은 왼쪽 어깨의 바이크 문신을 어루만졌다. 하지만 이내 당혹스러운 숨을 내뱉어야 했다.

"어어? 반응을 안 해. 밖으로…… 뽑아낼 수가 없어. 탄약이 바닥난 것도 아닌데, 왜지?"

수현이 재빨리 사태의 원인을 짚어냈다.

"여기는 사파리잖아! 바이크 같은 게 다닐 수 없는 거야."

사파리는 기본적으로 동물보호 구역이다. 자유롭게 뛰노는 동물들을 다치게 할지도 모르는 운송 수단은 허용되지 않는 법칙이 강력한 제약을 건 것이다. 훈련받은 자각몽자인 동동의 능력마저도 억압할 만큼.

"그러면 어떡하지? 뛰어서 가기엔 너무……."

어쩔 줄 몰라 하는 동동과 지후를 향해 예니가 소리쳤다.

"그러면 동물을 타고 가, 성지후. 네 상상 속 동물 친구를 불러. 걔가 바이크보다 빨라."

"동물 친구? 나한테 그런 게 있을 리가 없잖아."

"네 꿈에 매번 나타나는 녀석 말이야, 멍청아!"

갈피를 못 잡던 지후가 단번에 깨달았다. 예니가 대체 무엇을 언급하고 있는 것인지. 엄마와의 상봉을 매번 가로막았던 눈보라 속 얼룩말을 말하는 것이다.

"그 녀석은 장애물이지, 친구가 아니야! 다른 꿈에서 부르겠다는 생각조차 해본 적이……."

푸르륵. 말을 끝맺기도 전에 뒤에서 익숙한 투레질 소리가 들려왔다. 고개를 돌려보니 얼룩말은 지후의 옆에서 온순하기 짝이 없는 태도로 기다리고 있었다.

이게 어찌 된 영문인지 알 수가 없었다. 더 황당한 건 자신의 태도였다. 몸이 자연스럽게 움직였다. 지후가 얼룩말에 올라타자마자 소라가 땅을 박차고 날아올랐다.

"내가 안내할게! 이쪽이야."

얼룩말이 지면을 거세게 박찼다. 지후는 낙마하지 않기 위해 얼룩말의 목에 있는 힘껏 매달렸다. 약동하는 얼룩말의 근육이 온몸으로 전달됐다. 눈 깜짝할 사이에 최고 속도에 도달한 얼룩말은 소라를 추월해 봉우리를 향해 내달렸다.

이미 용은 몽주를 태운 뒤 날아오를 준비를 하고 있었다. 시간이 부족했다. 모습을 드러낸 대포가 불을 뿜었다. 포탄이 바람을 가르며 날아 지후의 곁을 스쳐 갔다. 틀렸다 싶었는데, 뒤를 돌아보니 자동차만 한 포탄이 마치 물속을 헤엄치는 어뢰처럼 느려지고 있었다. 머리카락이 곤두선 채 온 힘을 쏟아붓는 소라의 기술이었다.

"얼마 못 버텨, 빨리!"

얼룩말은 스스로 방향을 틀어 포탄을 추격하기 시작했다.

'가능할까. 아니, 가능하다고 믿어야 해.'

지후는 눈을 질끈 감고 얼룩말 위에서 두 발로 일어섰다. 그러고는 느리게 움직이는 포탄 위로 뛰어올라 힘껏 주먹으로 그 쇳덩어리를 후려쳤다.

콰앙! 궤도가 틀어진 포탄이 땅에 처박히면서 폭발했다. 그 여파에 절벽 바깥으로 떨어지려는 지후를 무언가가 막아섰다.

얼룩말이었다. 녀석의 색깔이 달라져 있었다. 검은 줄무늬는 그대로였지만 흰색이었던 바탕이 온통 붉게 물들어 있었다. 혹시 다치기라도 한 건지, 덜컥 불안한 마음이 들었다가 지후는 그 사실에 치를 떨었다. 언제나 놈이 제발 꿈에서 사라져주기만을 평생 바라왔었기 때문이다.

"넌 대체 뭐야?"

지후의 질문에 얼룩말은 투레질을 한 번 하더니 스르륵 사라졌다. 그사이 동동과 수현이 달려와 지후를 일으켜 세웠다.

"야, 너 괜찮은 거야?"

"저길 봐. 네가 해냈어."

수현은 검지를 들어 자신의 머리 위를 가리켰다. 하늘에는 몸체의 세 배는 되는 날개를 펴 창공을 배회하는 용이 보였다. 몽주는 그 위에서 만세를 부르고 있었다.

보일 리가 없는 거리임에도 불구하고 그와 눈이 마주친 기분이 들었다. 중년의 남자는 지금, 일생을 통틀어 가장 완벽한 스트라이크를 꽂은 투수의 얼굴을 하고 있을 것이다.

5

도화지와 붓

1

드림캐스터를 벗은 지후는 침대 위로 벌떡 몸을 일으켰다. 머릿속이 복잡하기 그지없었다. 얼룩말의 등에 올라타 초원을 질주했을 때 지후는 그 어느 때보다 강렬한 해방감을 만끽했다. 얼룩말의 네 다리가 마치 자신의 신체처럼 움직이며 기묘한 동조를 이룬 것은 잊을 수 없는 감각이었다.

'그 녀석은 방해꾼이 아니었던 건가?'

하지만 그런 상념에 오래 잠겨 있을 수는 없었다. 안개에 휩싸인 듯한 은근한 비현실감. 미지근한 물에 잠겨 있는 듯한 불쾌함이 데자뷔를 일으켰다. 이번에도 수면실이 고요했다.

지후는 성큼성큼 걸어가 수면실의 문을 열었다.

"이번엔 그랜드캐니언이 아니군."

대협곡이 내려다보이는 풍경과 화로, 원추형 티피는 온데간 데없었다. 그 대신 지후가 서 있는 장소는 눈 덮인 고산지대의 사원이었다. 난생처음 보는 양식의 불교 사원 처마 밑에 작은 마당이 있었고, 언제 지어졌는지 알 수 없는 불탑 아래에는 아기 판다가 근엄하게 가부좌를 틀고 앉아 있었다.

"또 너야?"

모노톤 수키는 천천히 감은 눈을 떴다.

"'또'라는 표현을 쓰시는 걸 보니 저를 만나는 게 처음이 아니시군요. 이번이 몇 번째인지 말씀해 주실 수 있나요?"

"이걸로 두 번째야."

"그렇다면 벌써 절반이나 해내셨군요. 아직 두 개의 히든 피스가 남았습니다."

"첫 번째 녀석은 나한테 업데이트를 하지 말라고 했어. 그사이 나도 알아본 게 있는데, 그 업데이트라는 건 다중접속을 말하는 거지?"

수키는 고개를 끄덕였다.

"맞아요. 업데이트를 하면 지금의 섬망 현상은 비교도 할 수 없는 큰 재앙이 벌어질 거예요."

"널 만든 사람은 어디에 있어? 오재욱 박사 말이야."

헛께기 상태에서 또다시 수키를 만난다면 물어보라던 질문.

지후는 답변을 애타게 기다렸지만 수키의 모습에 다시금 노이즈가 끼기 시작했다. 찢어지는 음성도 마찬가지였다.

"지금 재욱 씨는…… 당신의…… 세계에 없……습니다."

"무슨 의미야?"

"다음 히…… 스를…… 꼭 찾아내…… 수보다 먼저……."

마지막 멘트는 똑같았다.

"감정이…… 너의 칼날…… 의지가…… 너의 손잡이."

이번에 지후를 현실로 깨운 건 예니의 얼굴이었다.

"성지후, 괜찮아?"

"……응. 꿈은 무사히 닫혔어? 드래곤 사파리는?"

"우리가 몽재의 원인을 찾아내 해결했잖아. 나머지 정리는 수키가 알아서 할 거야."

지후는 몸을 일으키고 심호흡을 했다. 그러고 보니 지금까지 예니가 이렇게 친절하게 설명을 해준 건 처음 있는 일이었다. 고개를 갸웃거리자 망설이던 예니가 결국 지후에게 감사의 인사를 했다.

"고마워. 예전에 내가 지켜주지 못했던 동물들 생각이 났어. 네가 아니었다면 이번 몽재를 진압하기는 불가능했을 거야. 만약 가능했더라도…… 나는 그 가여운 용이 죽는 모습을 수십 번 봐야 했을지도 몰라. 상상만 해도 끔찍해."

"어어? 으응."

늘 냉랭하기만 했던 예니의 태도가 많이 누그러져 있었다.

"이렇게 두 번 연속 성공한 일은 드물어. 결국 몽재의 원인을 알아내지 못한 채 우리 정신력이 먼저 고갈된 적도 많았거든."

"그럼 어떻게 되는데?"

"수키가 그 꿈을 폐기하는 건 똑같아. 하지만 트라우마 패턴을 수키가 학습하지 못하면 비슷한 꿈이 드림넷에 올라왔을 때 또 섬망 현상을 유발한다고 하더라고."

예니에게 있어 꿈속에서조차 무력한 순간은 끔찍하기 짝이 없었다. 지후가 온 이후로 임무는 순조롭게 해결되었고, 그것은 몽재진압반 3팀에게 있어 무척 고무적인 일이라는 말을 가만히 풀어놓았다. 그런 예니를 보며 지후도 마음속에 있던 말을 조심스럽게 꺼냈다.

"그 얼룩말 말이야. 어떻게 그 순간에 녀석을 떠올렸어? 정말 녀석이 내 상상 속 친구…… 같은 거라고 생각해?"

"처음엔 나도 반신반의했어. 네 꿈에서 널 어떻게 방해하는지도 옆에서 지켜봤고. 그런데 그 얼룩말이 널 다시 우리한테 물어다 주는 순간 뭔가 이상하다고 생각했거든."

"뭐가?"

"방해가 목적이라면 왜 너를 공격하지 않았을까. 당연하잖아. 바이크를 들이받는 것보다 네 목을 물거나 뒷발로 걷어차는 게 훨씬 효과적일 텐데. 굳이 널 출발 지점으로 데리고 돌아오는 이유는 또 뭘까, 한참 생각했었거든."

예니는 잠시 망설이다가 결심한 듯이 말을 이었다.

"그 얼룩말은 너를 지켜주는 게 아닐까 싶어. 방해꾼이 아니라 수호신이라는 거지."

"그럴 리가 없어. 내가 녀석한테 갖는 감정은 오직 증오심뿐이야."

"드래곤 사파리가 왜 그렇게 인기가 있었겠어. 사람들은 상상 속 동물 친구가 있었더라도 어른이 되면 잘 기억하지 못해. 그런 존재가 있었다는 사실조차 잊어버리는 사람이 대부분이지. 하지만 너의 경우엔……."

"내 경우엔?"

"기억하지 못하는 어릴 적에는 얼룩말을 좋아했을 수 있어. 애착 인형이었다든지, 얼룩말이 등장하는 동화책을 누가 읽어 줬다든지."

지후는 단호하게 고개를 가로저었다.

"나는 갓난아기일 때 버려졌어. 내가 자라난 보육원이…… 그렇게 평화로운 곳도 아니었고."

"그 정도로 어릴 때의 기억을 확신해서는 곤란해."

지후는 계속 부인하려다가 자신이 그러는 이유를 깨달았다.

"만약 그 녀석이 내 수호신 같은 거라면, 어째서 엄마를 못 만나게 하는 거지?"

"그 일이 일어나는 게 너에게 좋지 않다고 생각하는 걸 수도 있어."

"아침에 일어나서 잠이 드는 순간, 꿈속에서조차 오직 그것 하나만 바라는데도?"

예니가 말을 이어가려고 할 때 누워 있는 지후의 머리 위로 수현이 등장했다. 그리고 지후의 어깨를 붙잡아 일으키며 말했다.

"오붓한 시간 방해해서 미안. 하지만 빨리 확인해야 할 게 있어서."

조용한 복도로 지후를 데려간 수현이 다그쳤다. 꿈속의 기억이 휘발되기 전에 대화를 나눠야 했다.

"박사님이 우리가 있는 세계에 없다고? 그게 무슨 말인데?"

"모르겠어요. 제대로 말해 주지 않고 어서 다른 피스를 찾아내라고만 했거든요. 어쩌면 이미 이 세상 사람이 아니라는 뜻 아닐까요?"

"헛소리! 말이 안 돼."

"왜 말이 안 됩니까. 사람은 누구나 죽고, 사고는 아무나 당할 수 있어요."

"오재욱은 아무나가 아니니까."

수현은 치열하게 생각했다. 아무리 아버지가 냉혈한이고 돈의 논리로 움직이는 사람이라고 해도 사람을 청부 살해할 인물은 아니다. 능력의 문제를 떠나서 동기가 없다. 오 박사는 총수인 황 회장에게도 반드시 필요한 사람이니까.

"다음 히든 피스라는 게 뭔지 궁금하네."

"어째서 저한테만 나타나는 걸까요?"

"응? 그건 루프 장치가 너한테 있어서 아닐까."

"몽재진압반이 생긴 게 2년 전이라면서요. 그 모노톤 수키는 플레이어만 가능한 방식으로 몽재를 해결했을 때 자기가 나타난다고 했어요. 루프 장치 때문이라면, 어째서 이전의 팀장님이나 다른 팀원들 앞에는 안 나타났던 거죠?"

"역시 네가 천재라는 증거? 더불어 널 스카우트한 내 안목이 완벽했다는……."

지후가 물끄러미 자신을 노려보자 수현은 결국 양손을 들어 보였다.

"솔직히 모르겠어, 나도. 그 문제까지 생각하기엔 머리가 터져나갈 것 같아. 녀석을 다시 만나면 물어보도록 해."

대화를 끝내려는 수현에게 지후가 한마디를 덧붙였다.

"이건 사소한 걸 수 있는데."

"사소한 거?"

"그 수키가 오재욱 박사를 가리켜 '재욱 씨'라고 했거든요. 꿈속에선 눈치 못 챘는데, 좀 이상하잖아요. 원래 인공지능은 사람을 부를 때 '님'을 붙이지 않나요?"

"그건 그럴 수 있어. 트레이닝 센터에서 네가 만난 튜터 수키도 박사님 이름을 언급할 때는 씨를 붙이곤 해."

"왜요?"

"수키의 이름은 오 박사님 아내에게서 따온 거거든."

수현의 얼굴에 잠깐 슬픈 기색이 스쳐 지나갔다.

"오 박사님 말에 따르면 아내는 자신이 본 가장 뛰어난 자각 몽자라고도 했어."

"몽재를 진압하는 능력도 대단했겠네요?"

"그건 앞으로도 영영 알 수 없지. 드림캐스터가 만들어지기 전에 돌아가셨으니까."

2

지후가 몽재진압반 3팀에 들어온 지 두 달이 흘렀다.

"떴다!"

지후의 몸이 지면으로부터 붕 떠올라 유영을 시작했다. 급격히 방향 전환을 하는 순간 집중이 흐트러져 추락하긴 했지만 무려 5초 정도 허공에 머물렀던 건 사실이었다. 제법 몽재진압반다운 모습으로 성장하고 있었다.

드래곤 사파리의 몽재를 해결한 후 한 달이 넘는 시간 동안 몽재진압반 3팀으로 넘어오는 사건은 없었다. 마냥 놀 수는 없었으므로 팀원들은 트레이닝룸에서 줄곧 수키와 함께 시간을 보냈다.

"자, 상자를 여세요."

지후는 긴장한 표정으로 눈앞의 상자를 열었다. 뚜껑을 밀치듯이 기어 나오는 서늘한 냉기는 변함없었다. 내용물을 확인한 지후의 얼굴에는 옅은 실망이 비쳤다. 역시 사과 모양의 얼음이 들어 있었다.

"실망하긴 일러요. 그걸 한번 쪼개보세요."

속는셈 치고 따르니 얼음덩어리는 맥없이 둘로 갈라졌다. 그런데 잘린 표면 안에 멀쩡한 사과의 단면이 드러났다.

"어라, 이게 무슨 일이지?"

"사과 모양의 얼음과 사과를 품은 얼음은 명백히 다른 결과물이죠. 이건 지후 님의 상상력이 조금씩이나마 영역을 확장하고 있다는 뜻이에요. 아주 긍정적인 변화지요."

수키의 칭찬에 기세가 오른 지후는 다시 한번 상자를 대령해달라고 요구했으나 수키는 거절했다.

"서두르지 마세요. 천리 길도 한 걸음부터라 했잖아요?"

"감을 잡았을 때 반복 훈련을 해야 하는 거 아냐? 천리 길도 두 걸음씩 걸으면 목적지에 더 빨리 도착하잖아."

"그건 현실에서의 이야기죠. 자각몽자의 성장은 무의식에서 벌어지는 일이에요. '내가 상자 안에서 사과를 꺼낼 수 있다'는 명제가 지후 님의 내면 깊숙한 곳에서 뿌리내릴 시간이 있어야 하죠. 그래서 같은 훈련을 계속 반복하는 건 효율적이지 못합니다."

"젠장, 알았다고."

"지후 님이 왜 그러시는지는 이해합니다. 다음 훈련에서 맛볼 좌절을 걱정하고 계시기 때문이잖아요?"

다양한 방면에서 꿈을 컨트롤하는 방법을 습득하고 있었지만 유독 절대로 실력이 늘지 않는 한 가지 분야가 있었다.

"으으으윽."

지후의 엉덩이에 원숭이의 꼬리가 3센티미터 정도 돋아났다가 도로 풀려버렸다. 수키가 노골적으로 실망했다는 표정을 지어서 지후는 조금 억울했다.

"나도 노력하는데 잘 되지가 않는 거야."

"변신 영역은 여전히 낙제점이시군요."

"왜일까."

"확실히 이상한 상황이긴 합니다. 꿈속에서 타인이나 특정 생물로 변하는 것 자체는 무척 간단한 능력이거든요. 인간이라면 누구나 다른 존재가 되고 싶다는 욕망이 있으니까요. 자각몽자가 아니라 평범한 인간이라도 쉽게 해낼 수 있는 과정이에요. 그런데 이 정도의 거부 반응이라면 지후 님의 무의식 속에 두려움이 존재하는 것 같습니다."

"내가 변신을 두려워한다고?"

"내 모습이 변하면 안 된다는 불안감이 변신을 추구하는 인간 본연의 갈망보다 우위에 있는 거죠."

"너 꼭 의사처럼 얘기하네."

"인간의 육체에 대해서는 잘 모르지만 꿈속 능력에 대해서는 권위 있는 의사라고 할 수 있으니까요. 엣헴, 어쨌든 특단의 조치가 필요한 것 같습니다. 제가 좋은 시범을 보여줄 분을 모셨어요."

수키가 트레이닝룸으로 초대한 것은 언짢은 기색이 역력한 예니였다.

"수키, 나는 내 능력을 시범 보이는 걸 좋아하지 않아. 품평 당하는 기분이라서 찝찝하기도 하고. 근데 치사하게 팀장님 옆구리를 찔러서 나를 압박해?"

"죄송합니다. 그러니 더더욱 한 번에 멋진 변신을 보여주시는 게 예니 님의 평안에도 좋지 않을까요? 부탁드릴게요."

예니는 한숨을 한번 내쉬고는 제자리에서 뒤돌아 뛰었다. 그 가벼운 몸놀림만으로도 경이로운데 바닥에 착지했을 때에는 아홉 개의 꼬리를 살랑거리는 하얀 구미호로 변해 있었다. 지후를 뻔히 바라보며 구미호는 살짝 콧방귀를 뀌었다.

"야! 너 지금 나 비웃은 거지?"

"지후 님, 저게 바로 상상력과 믿음의 대단함이에요. 인간은 꼬리를 잃어버린 지 까마득하게 오래되었는데, 아홉 개나 만들어내는 것을 보세요."

"내 상상력은 좁쌀만 한 꼬리도 못 만들 정도로 형편없다, 됐냐."

"훈련에 임하는 분의 태도가 성실치 못합니다."

"흠, 판다 고기 맛은 어떨까 점점 궁금해지네."

"제 신체를 손상시키겠다는 협박은 유효하지 않습니다. 실존하는 육체가 없으니까요."

지후와 수키가 얼굴을 가까이 대고 으르렁거리는데, 느닷없이 예니의 꼬리 아홉 개가 모조리 풍선처럼 부풀어 올랐다. 그리고 예니는 다시 인간의 모습으로 되돌아왔다.

그 모습을 본 지후가 고개를 갸웃거렸다.

"어? 몇 초 만에 풀렸잖아. 집중을 안 했구먼, 쯧쯧."

"까불지 마. 컨디션이 좀 안 좋아서 그래."

예니는 퉁명스러운 태도로 대꾸한 뒤 꿈속에서 일방적으로 퇴장해 버렸다.

급히 숙소 방문을 닫은 예니는 표정을 일그러뜨렸다.

"주기가 더 짧아졌어. 아직 그럴 때가 아닌데?"

예니는 망설이다가 침대 밑 깊숙한 곳에 숨겨놓았던 파우치를 끄집어냈다. 파우치 안에는 개인용 드림캐스터가 있었다. 'OFFLINE'이라고 표시된 드림캐스터를 착용한 뒤 예니는 심호흡을 했다.

꿈을 캐스팅하기 전에 붉은 경고창이 떴다.

[해당 꿈의 트라우마 수치가 적정선을 지나치게 초과하였습니다. 드림넷에 업로드할 수 없습니다.]

예니의 대답은 거침없었다.

"캐스팅하겠어."

[다시 한번 경고합니다. 몽주라 하더라도 캐스팅은 위험할 수 있습니다.]

"하겠다고."

거듭되는 경고에도 불구하고 예니는 자신의 꿈속으로 들어갔다. 꿈속에서 예니는 허름하고 낡은 방 안에 앉아 있었다. 이곳은 예니가 어릴 적 살았던 공간이자 감옥이나 다름없던 장소. 어린 소녀는 자신의 방 안에서 누군가를 기다리고 있었다.

아니, 꿈속의 예니는 사실 그가 오지 않기를 바랐다. 그러나 '변신 능력'을 유지하길 원하는 현실의 예니는 이 악몽을 다시 겪어내야만 한다는 걸 알고 있었다.

'그냥 견디면 돼. 단지 꿈일 뿐이야. 깨어나면 잊히는.'

아래층 계단에서부터 텁텁한 발소리가 들려왔다. 그 발소리 사이에 예니의 이름을 부르는 음침한 목소리가 섞여 있었다.

손톱이 피가 날 정도로 팔뚝을 파고들고 있는 것을 알아차리지도 못한 채 예니는 숨을 죽였다.

끼익, 길다란 회색 털 뭉치가 문틈으로 들어왔다. 강제로 방문을 열려는 것이다. 어둠 속 예니의 얼굴에 빛줄기가 세로로 새겨졌다. 그 빛줄기가 넓어지는 순간, 예니는 결국 눈을 질끈 감았다. 눈을 감는다고 해도 깨어나지 못하는 악몽이었다. 짐승의 서늘한 발톱이 예니의 팔목에 닿았다.

'상상력이라고?'

예니가 구사하는 변신 능력의 원천은 사실 상상력 따위가 아니었다. 다른 존재가 되고 싶다는 소망에서 나오는 것도 아니었다.

지금의 나를 거부하는 자기혐오, 오로지 그 감정이었다.

때문에 아이러니하게도 자기 긍정이 들 때마다 변신 능력은 약해졌다. 현실에서 동료가 생기고 그들과 함께 몽재를 진압하면서 기쁨과 자긍심을 느끼는 것이 능력에는 독으로 작용하고 있었다. 자신을 한 걸음 받아들이게 되는 만큼 변신으로부터 한 걸음 멀어진다.

'능력을 잃어버리면 SOF 코퍼레이션은 나를 버릴 거야.'

몽재진압반을 떠나야 한다면 예니는 현실 속 악몽 속으로 되돌아가야만 했다. 그러지 않기 위해 예니는 주기적으로 끔찍하고 오래된 악몽을 통해 나약해지는 마음을 붙잡는 방법을 쓰고 있었다.

예니가 자신을 학대함으로써 버텨내고 있다는 걸 아는 이는 꿈속 바깥 세계에도, 꿈속 세계에도 존재하지 않았다.

예니가 사흘째 방에 틀어박혔다. 지후는 예니의 날카로웠던 마지막 표정이 마음에 걸렸지만 팀장인 수현도 별다른 언급이 없어 찜찜한 마음을 누르고 개인 훈련에 매진했다.

동동과 소라의 경우 트레이닝룸보다 식당에서 마주하는 순간이 많았다. 지후는 볼 때마다 입에 뭔가를 집어넣고 있는 동동의 식성에 혀를 내두르곤 했다.

"넌 대체 하루에 몇 끼를 먹는 거야?"

"안 세. 그거 셀 시간에 초코바라도 한 입 더 먹어야지."

오늘도 동동은 방금 스테이크 세 접시를 비우고 나서, 식후 디저트로 베이컨 피자 한 판을 주문한 상태였다.

맞은편에 앉은 소라는 무심하게 손가락으로 동동의 불룩 나온 배를 가리켰다.

"지후 오빠는 블랙홀이 뭔 줄 알아? 아무래도 동동 오빠 배 속에 그게 하나 있는 것 같아."

소라가 아무리 놀려대도 꿈쩍하지 않던 동동이 움찔 놀랐다. 자원개발과 유니폼을 입은 청년 하나가 다가와 수줍은 얼굴로 동동에게 인사를 걸어온 것이다.

259

"저기, 혹시 동동스매쉬66 님 아니세요?"

"네? 저를 아세요?"

"오랜 팬입니다. 갑자기 은퇴하셔서 엄청 슬펐는데 설마 몽재 진압반에 계실 줄은……. 혹시 사인을 부탁드려도 될까요?"

청년이 내민 것은 엽서였다. 날렵한 체격의 미소년이 헤드셋을 쓴 채로 모니터에 열중하고 있는 사진이 실려 있었다. 동동은 쑥스러운 듯이 손바닥을 대충 닦고는 청년이 내민 펜으로 엽서 위에 사진을 해주었다.

인사와 함께 청년이 떠난 뒤 지후는 어리둥절해서 물었다.

"너 왜 다른 사람 엽서에 사인해 주는 거야?"

"다른 사람이라니. 3년 6개월 전의 나야. 동동스매쉬는 내 현역 시절 닉네임, 뒤에 붙인 66은 당시 내 체중이었고."

몽재진압반에 들어온 이래 지후가 제일 경악한 순간이었다.

"너…… 그동안 무슨 일이 있었던 거야!"

동동은 때마침 나온 베이컨 피자 위에 치즈 그라인더를 돌리면서 여상하게 대꾸했다.

"드림캐스터의 인기가 높아지면서 사람들이 게임을 잘 안 하게 됐다는 건 알지? 가성비에서 상대가 되질 않아. 현실에서 2차 세계대전 배경의 게임을 만들어내려면 엄청난 시간과 돈을 투자해야 하는데, 드림넷은 고작 단 한 명이 게임보다 더 실감 나는 꿈을 만들어서 올리니까."

그리고 자면서 꾸는 꿈은 현실의 삶을 떼어가지 않는다. 엔터테인먼트 산업의 큰 축을 꿈 세계가 차지한 지 오래였다.

"난 원래 피지컬이 대단한 게이머는 아니었어. 프로게이머는 스무 살을 넘기면 전성기가 끝나버리거든? 그래서 강제로 은퇴해 백수 상태로 허덕이던 때였지. 공룡 시대의 꿈속에서 '총질을 하고 싶다' 하고 생각하니까 내 첫 문신인 이 AK47이 쥐어져 있더라고. 후후, 그걸로 벨로시랩터 사냥하고 다닐 때가 좋았지."

동동이 자각몽자로서 능력을 깨닫는 첫 순간이었다. 하지만 더 많은 무기를 쓰려면 더 많은 문신이, 더 넓은 '도화지'가 필요했다. 그래서 살을 찌우기 시작했다.

"옛날에 모래판에서 상대를 밀어내는 격투기가 있었대. 스모라고. 그 선수들은 챔피언이 되려면 하루 열 끼를 먹어야 했다고 하더라. 내가 바로 그런 셈이지. 알겠냐? 식탐 때문에 먹는 게 아니라고. 내가 살이 찔수록! 꿈속 세계의 평화에 이바지하게 된단 말씀이지. 소라, 이거 핫소스 봉지 좀 가위로 잘라줘."

"오빠가 하면 되지, 꼭 날 시켜!"

투덜대면서도 소라는 가위로 핫소스 봉지를 잘라 동동에게 넘겨주었다. 꿈속에서는 바라는 대로 자유롭게 움직이지만, 현실에서의 소라는 보통 고양이처럼 늘어져 있는 편이었다.

지후가 연이어 질문했다.

"몸을 키우는 데 꼭 지방에만 의지할 필요는 없잖아. 인간의 몸에는 근육도 있어."

"그건 황제펭귄에게 사막에서 살라는 말과도 같아."

"그럼 네 탄약이 다 떨어지면 나타난다는 가위귀신은 뭐야?"

그러자 동동은 먹던 피자를 내려놓고 입맛을 다셨다.

"이유는 나도 몰라. 탄약이 떨어지면 어디선가 나타나거든."

"가위에 눌리는 기분이라도 들어?"

"그것보다 훨씬 끔찍한 기분이지. 그거 알아? 가위눌렸다 할 때의 '가위', 그게 사실은 꿈속에서 사람을 괴롭히는 귀신을 가리키는 말인 거."

"그래?"

"어. 가위에 눌린다는 말은 곧 귀신에 눌린다는 뜻인 거야. 그러니까 가위귀신이란 별명은 귀신이란 뜻이 두 번 중복돼. '국화꽃'처럼 잘못된 단어야."

말을 마친 동동은 머리카락을 움켜쥐었다.

"휴, 엉뚱한 소리 같지. 그냥 그게 국화꽃 같은 거라고 생각하면 좀 덜 무서울 것 같아서."

지후는 방금 전 동동이 소라에게 핫소스 봉지를 가위로 잘라달라고 부탁하던 모습을 떠올렸다. 꼬마의 손을 빌릴 정도의 일이 아닌데, 가위에 대한 거부감 때문이었던 걸까.

"가위귀신과 싸워볼 생각은 안 했어?"

"걔는 내 탄약이 바닥날 때만 튀어나오니까 나는 대항할 수단이 없어. 내가 무방비해지는 순간만 기다리고 있는 것 같아."

곰곰이 생각하던 지후가 동동에게 다가가 어깨에 팔을 걸치고 물었다.

"동동, 너 그러면 공포게임 같은 건 잘해? 좀비나 괴생명체로부터 살아남는 그런 게임들 있잖아."

"그런 거라면 엄청 좋아하지. 사족을 못 쓴달까."

"다행이군. 따라와, 괴물을 괴물로 잡아보자."

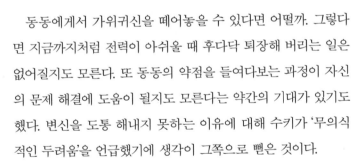

동동에게서 가위귀신을 떼어놓을 수 있다면 어떨까. 그렇다면 지금까지처럼 전력이 아쉬울 때 후다닥 퇴장해 버리는 일은 없어질지도 모른다. 또 동동의 약점을 들여다보는 과정이 자신의 문제 해결에 도움이 될지도 모른다는 약간의 기대가 있기도 했다. 변신을 도통 해내지 못하는 이유에 대해 수키가 '무의식적인 두려움'을 언급했기에 생각이 그쪽으로 뻗은 것이다.

물론 그런 지후의 속내를 알 길이 없는 동동은 툴툴거렸다.

"이 꿈은 왜 캐스팅한 거야? 그것도 다중접속 드림캐스터로."

지후와 동동은 황량한 도로 주변, 허름한 모텔 앞에 서 있었다. 옆에는 단순히 심심하다는 이유로 따라온 소라도 있었다.

"설명은 나중에 할게. 가장 애착 있는 무기가 뭐야?"

"음, 샷건 아니면 개틀링?"

"둘 다 꺼내 봐. 양손에 하나씩."

동동의 문신이 빛나더니 샷건과 개틀링 건이 나타났다.

"이걸 써야 할 상황이 있을까?"

"있어. 여기 무시무시한 놈이 도사리고 있거든."

지후는 앞장서서 모텔의 문 앞에 섰다. 그러고는 손잡이를 붙잡은 채 낮은 목소리로 말했다.

"너희는 날 꿈 도둑이라고 부르잖아? 그런데 내가 꿈속에서 가지고 싶었던 것들을 전부 훔쳐낸 건 아니야. 끝내 빼내 오지 못한 꿈들이 몇 개 있는데, 이 꿈이 그중 하나야."

모텔의 로비는 텅 비어 있었다. 카운터에는 을씨년스러운 공기만이 넘실댔다. 벽의 수납함에는 '201', '304' 등의 숫자가 적혀 있었다. 20여 개의 열쇠걸이가 있었지만 열쇠는 오직 하나뿐이었다.

'지하실' 이름표를 단 걸이에 걸려 있는 녹슨 열쇠. 지후는 망설임 없이 그 열쇠를 집어 들었다. 동동은 숨소리도 죽인 채 그 뒤에 딱 붙어 쫓아다녔지만 소라는 당당하게 로비를 돌아다녔다. 동동은 떨리는 목소리를 감추려 애쓰며 물었다.

"객실 열쇠는 왜 하나도 안 남은 거야?"

"들어가지 말라는 경고지, 뭐. 관심 있어?"

"아니. 그냥 궁금해서."

"호기심뿐이라면 넣어둬. 지금 객실 방문을 열었다가는 충격으로 깨버릴걸. 어지간히 비위가 좋지 않고서는 못 버텨."

동동은 낙오된 여행자처럼 불안하게 눈을 끔벅이기 시작했다. 그 기회를 놓칠 소라가 아니었다.

"동동 오빠는 덩치가 산만 하면서 왜 그렇게 겁이 많아?"

"네가 이상한 거야. 도시 괴담 한복판에 들어온 상황에서 넌 무섭지도 않냐?"

"뭐가 무섭다는 건지. 어차피 꿈이잖아. 무슨 일 생겨도 내 염력으로 다 이길 수 있어."

"귀신한테는 총알이 안 통해. 네 염력도 그럴지 몰라."

지후가 둘의 대화를 끊고 손짓했다.

"따라와. 내가 안내할 곳은 여기니까."

낡은 열쇠로 지하실의 문을 연 지후는 물컹한 어둠이 점령한 계단 아래로 동동과 소라를 데려갔다. 부서진 책장과 깨진 꽃병, 검붉은 액체로 뒤덮인 담요가 널브러져 있었다. 더 안쪽으로 걸어 들어가니 기괴한 고문 도구와 사방에 핏자국이 가득한 벽이 셋을 맞이했다.

다음 순간, 맞은편의 어둠 속에서 기계장치 시동 소리가 났다. 동동은 그게 자신이 알고 있는 어떤 기계의 시동음과도 비슷하지 않았다는 걸 깨달았다. 그곳에서 천천히 모습을 드러낸 것은 얼굴 없는 근육질의 괴한이었다.

"히익!"

얼굴이 없다고 생각했지만 아니었다. 새카만 밀짚 두건을 뒤집어쓴 괴한은 허리춤 아래로는 비닐 앞치마를 두르고 양손엔 살점이 잔뜩 묻은 전기톱을 들고 있었다.

"동동, 쏴버려."

"어?"

"분명히 말하지만 이번 꿈에서 난 나서지 않을 거야. 저 괴물은 움직이는 거라면 닥치는 대로 썰어버리는 녀석이라는 것만 말해 둘게. 오, 달려오기 시작하는데?"

전기톱 살인마가 질주를 시작하자 동동은 반사적으로 샷건의 방아쇠를 당겼다. 맨살에 산탄이 박힌 살인마는 맥없이 바닥에 널브러졌다. 하지만 탄환이 박힌 구멍에서 피를 흘리면서 다시 일어났다. 이어 동동의 개틀링 건이 거침없이 불을 뿜었다. 하지만 벽 끝까지 밀려나 온몸에 총알 세례를 받은 뒤에도 전기톱 살인마는 꿈틀거리며 기어 나왔다.

동동은 당황해 소리쳤다.

"이, 이제 총알이 다 떨어져 가!"

"걱정 마. 탄창을 몽땅 비우려고 여기에 온 거니까."

"그러면 가위귀신이 튀어나올…… 설마 여기에 개를 풀어놓으려는 거야?"

"응. 저 미친 괴물은 내가 무슨 수를 써도 쓰러뜨리지 못한 놈이야. 저 전기톱을 훔쳐보려고 했는데 절대로 손에서 놓질 않더라고. 맷집이 완전 불사신이더라. 네 가위귀신이랑 붙여놓으면 누가 이길지 궁금하지 않아?"

귀신 대 괴물. 하지만 가위귀신을 떠올리기만 해도 몸이 굳어버리는 동동은 두려움에 차마 방아쇠를 당기지 못했다.

"그거 내가 쏴도 되는 거지?"

지후가 동동의 개틀링 건을 빼앗아 전기톱 살인마를 향해 난사했다. 살인마가 피투성이가 되어 쓰러진 뒤에는 아예 천장을 향해 난사해 남은 탄을 비워냈다. 소라는 인상을 찌푸린 채 귀를 막고 있었다.

잠시 후, 허공을 찢으며 두 개의 칼날이 나타났다. 곧이어 산발의 소녀가 맨발로 땅을 내디뎠다. 자신의 키보다 더 크고 무거워 보이는 초대형 가위를 짊어진 채였다.

"나, 나갈 거야."

꿈에서 퇴장하려고 하는 동동을 지후가 만류했다.

"평생 도망칠 거야? 녀석으로부터 자유로워지고 싶지 않아?"

"하, 하지만……."

"한 번만 기다려보자. 무슨 일이 생기면 내가 지켜줄 테니까. 이번 기회에 저 귀신과 끝장을 보자고."

동동은 주저하면서도 고개를 끄덕였다. 동동에게 다가오던 가위귀신이 비틀거리는 전기톱 살인마와 눈이 마주쳤다.

동동의 앞을 막아선 지후는 둘의 대치에 촉각을 곤두세웠다. 각기 다른 공포영화의 주인공 같은 둘은 서로를 한참 노려보았다. 슬슬 초조함을 느낄 때쯤 중 전기톱 살인마가 먼저 가위귀신을 후려쳤다.

피 묻은 기구들을 부수며 나동그라진 가위귀신은 산발을 휘날리며 포효했다. 날붙이가 일으키는 불꽃이 좁은 지하실을 어지럽혔다. 가위귀신의 날카로운 가위와 살인마의 묵직한 전기톱이 허공에서 얽히기 시작한 것이다. 치열한 대결이었다. 괴력은 전기톱 살인마가 압도적이었지만, 신속하게 움직이는 가위귀신은 전기톱의 궤적을 아슬아슬하게 피하며 반격을 노렸다.

"말도 안 돼."

인체의 한계를 벗어난 동작을 보여주는 두 괴물의 모습에 지후도 혀를 내둘렀다. 직접 부딪쳐 봤기 때문에 지후는 전기톱 살인마의 저 터질 듯한 근육이 단순한 장식이 아니라는 걸 알고 있었다. 귀신이라지만 그저 작은 체구의 소녀가 압도적인 물리력을 지닌 괴물과 팽팽한 힘겨루기를 할 수 있다니 놀라울 따름이었다.

푸욱! 가윗날이 독사의 아가리처럼 전기톱 살인마의 복부를 파고들었다. 가위귀신은 가위 손잡이를 있는 힘껏 벌리려 했다. 그대로 살인마를 두 동강 내려는 심산인 듯 보였다. 하지만 살인마는 전기톱을 쥐지 않은 왼쪽 주먹을 망치처럼 내리쳐 가위귀신을 저지했다.

비틀대는 소녀의 발목을 붙잡은 전기톱 살인마는 사정없이 가위귀신을 휘두르며 바닥에 내리쳤다. 하지만 그 와중에도 가위귀신은 결코 손에서 가위를 놓지 않고 있었다. 날카로운 가윗날이 설컹거리는 소리가 요란하게 지하를 울렸다.

지후가 뒷걸음질 치며 말했다.

"여기 있으면 안 될 것 같다. 위층으로 일단 피하자."

셋은 허겁지겁 지하실에서 도망쳐 나왔다. 계단 아래쪽에서는 다시 쇠와 쇠가 부딪히는 소리가 들려왔다. 잔뜩 주눅 든 동동을 향해 소라가 장난기 어린 눈으로 물었다.

"동동 오빠, 누굴 응원해?"

"당연한 걸 왜 물어. 전기톱 쪽이지."

"나랑은 반대네? 원래 싸움은 덩치가 작은 쪽을 응원하는 거야."

"저 작은 덩치가 나를 따라다니며 괴롭히는 괴물인데도?"

둘을 향해 지후가 입술에 손가락 하나를 올렸다. 지하실에선 그사이 결판이 났는지 살점이 찢기는 소리를 끝으로 긴 침묵이 찾아왔다.

찰박찰박.

소리에 집중하고 있던 동동이 혀를 깨물듯이 황급히 외쳤다.

"매, 맨발이 내는 소리야!"

"하지만 둘 다 맨발이었는걸. 소리만 들어서는 아직 몰라."

"잠깐 저거…… 두건이잖아?"

계단에서 올라온 것은 피에 젖은 두건이었다. 전기톱 살인마가 머리에 쓰고 있던 그것. 동동의 얼굴에 순간 화색이 돌았다가 빠르게 창백해졌다. 두건을 받치고 있는 것은 피로 물든 원피스를 입은 소녀의 얇은 팔이었다.

소녀는 마치 볼링공을 굴리듯 두건 속 살인마의 머리를 집어 던졌다. 그것이 마치 폭탄이라도 되는 양 동동은 바닥에 주저앉았다.

"어어억! 아, 안 돼. 이건 안 된다고."

던져진 머리와 가위귀신의 사이에는 핏물로 만들어진 점선이 생겼다. 마치 그것이 유도선이라도 되는 양, 가위귀신은 저벅저벅 그 선을 밟으며 걸어오기 시작했다. 그러고는 동동의 코앞까지 다가와 가위를 높이 쳐들었다.

"이런!"

지후가 동동의 앞을 막고 서서 손바닥을 앞으로 뻗었다. 가위를 붙잡아 집어 던질 생각이었다. 하지만 지후의 손에 금속이 닿는 일은 벌어지지 않았다. 가위귀신의 등 뒤에 균열이 생기더니 마치 흡기구처럼 소녀를 빨아들였다. 지후가 이미 한 번 본 현상이었다. 설마 싶어 돌아보니 동동은 없고, 소라 혼자만 어깨를 으쓱이고 있었다.

"못 참고 나가버렸어?"

"지후 오빠, 이거 안 통하는 것 같은데?"

"포기하긴 아직 일러. 실험해 볼 녀석들이 꽤 남았어. 나는 악몽을 제법 많이 알고 있거든."

다른 악몽에서 가위귀신을 또 소환해 보자는 제안에 동동은 격렬하게 거부 반응을 보였다.

"못 봤어? 그 근육질 불사신도 결국 난투 끝에 참수해 버렸잖아. 가위귀신을 이길 수 있는 건 없어."

"고작 한 번 시도해 봤을 뿐이잖아. 다른 괴물을 붙여보면 어떨지 궁금하지 않아?"

"난 못 해. 그 녀석은 내 공포감을 먹고 자라는 것 같아. 이번 경험으로 내 트라우마는 한층 더 생생해졌다고. 다음번엔 더 무시무시한 모습으로 나타나 난동 부릴걸?"

"음, 사실 설득은 내 전문 영역이 아니거든. 하지만 네 머리에 다시 드림캐스터를 씌울 수 있는 사람이 따로 있지."

지후가 수면실의 문을 열자 안으로 들어선 것은 피곤한 기색이 가득한 수현이었다. 동동은 기겁했지만 수현이 눈을 한번 부라리자 결국 얌전히 캡슐에 앉았다.

"얘기는 들었어, 동동. 나도 이 실험이 계속 진행돼야 한다고 생각해. 그러니까 처음부터 허락해 준 거고. 지후 말대로 한번 해봐. 얼마나 걸리던 그동안 훈련 일정은 전부 빼줄게. 가위귀신 문제를 해결하는 일에 전념하도록 해."

"하지만 팀장! 이건 정말 무식한 짓이라고요. 다들 너무한 거 아네요?"

"네가 해낼 수 있다고 믿어. 설마 동료 하나 괴롭히려고 이런 다고 생각하는 건 아니지?"

"내 공포는 장난이 아니라고요. 다들 남 일이라고 쉽게 얘기하지만……."

"남 일?"

순간 수현의 싸늘해진 말투에 공기가 얼어붙었다. 소라는 지후의 무릎 뒤로 숨어버렸다.

"잘 들어, 동동. 내가 왜 예니의 이탈을 며칠째 그냥 놔두는지 생각해 본 적 있어? 이전에도 몇 번이고 이런 일이 있었지. 걔가 자기 방 안에 틀어박혀서 뭘 하고 있는지는 알아?"

"예, 예니가 뭘 하는데요?"

"나도 자세한 건 몰라. 변신 능력을 유지하려고 뭔가 지독한 수를 쓰고 있는 것 정도만 알지. 아무도 도와줄 수 없는 싸움을 하고 있을 그 애를 생각해 봐. 그런데 뭐? 남 일?"

"……죄송해요."

동동이 고개를 숙이자 수현은 조금 누그러진 말투로 설득을 계속했다.

"동동, 나는 3팀의 멤버를 구성할 때 각기 다른 역할을 생각했어. 내가 지휘관이라면 예니는 잠입병이고 소라는 교란병, 지후는 철옹성 같은 수비병이라는 식으로."

"저는요?"

"너는 공격수야. 최전방에서 우리의 장애물을 박살 낼 믿음직한 망치지. 오히려 지금까지 네 불안정함을 놔둔 채 묵인하고 있었던 내 잘못도 있어. 예니가 왜 며칠씩 식음을 전폐하면서 능력을 되살리려고 하겠어? 혼자서 과중한 무게를 짊어지고 있는 거야. 동동, 이렇게 네 문제를 계속 내버려 두면 안 돼. 몽재진압반 3팀의 공격수로서 그건 결격 사유야."

동동의 얼굴은 자못 심각해졌다. 전쟁터에서 금이 가 있는 망치를 계속 휘두를 지휘관은 없다.

"알았어요. 이번엔 망치지 않도록 해볼게요."

동동은 다짐하며 천천히 드림캐스터를 착용하고 캡슐에 누웠다.

수현은 싱긋 웃으며 동동의 어깨를 다독이다가 지후에게 눈짓했다. 수면실 구석으로 자리를 옮긴 수현은 지금껏 보여줬던 압박과는 달리 걱정을 내비쳤다.

"네가 부탁한 대로 윽박지르긴 했는데 정말 이 방법이 먹힐까? 탄환 제한이 있다고는 해도 동동만큼 활약할 수 있는 자각몽자는 드물어. 자칫하면 트라우마가 더 강하게 도져서 아예 모든 총기를 소환하지 못하게 될 수도 있어. 이건 사실상 3팀의 명운을 걸고 하는 도박이라고."

그 말에 지후는 자신의 가슴을 한 번 두드렸다.

"도박인 건 저도 알고 있어요. 하지만 아무 생각 없이 덤비는 건 결코 아닙니다. 제 가설이 옳다면…… 다시 깨어날 때 동동은 완전히 달라져 있을 거예요."

4

지후는 연거푸 악몽 속으로 동동을 끌고 들어갔다. 인류가 지금껏 달빛 아래 숨겨왔던 악몽 중에서도 끈질기게 살아남은 괴이한 존재들이 그 악몽 속에서 암약하고 있었다.

악몽을 순회하는 동안, 한층 비장해진 동동은 시키지 않아도 악몽 속의 괴물들에게 거침없이 탄환을 소진했다. 하지만 사자의 꼬리를 단 늑대인간, 머리가 아홉 달린 독사, 심지어는 불사의 드라큘라도 끝내는 가위귀신의 상대가 되지 못했다.

일곱 번째 악몽의 배경은 밤바다 위의 석유시추선이었다. 하늘에서 떨어지는 거대 문어의 잘린 다리를 멍하니 쳐다보면서 지후는 중얼거렸다.

"뭐 저런 게 다 있지? 보고도 믿기지 않네."

얼마나 지독한 악몽에서 태어났길래 저 앙상한 팔과 다리로 전설 속의 괴수들을 종잇조각처럼 썰어버릴 수 있는 것인지, 이젠 경이롭기까지 했다.

산발의 가위귀신이 시추선 위에 사뿐히 착지했다. 그러고는 마치 그걸 위해 태어났다는 듯이 동동을 목표로 다가왔다. 단한 번의 뜀박질도 없는 차분한 걸음걸이로.

"으으으……. 성지후, 어떡하냐. 저 문어가 리스트의 마지막 아니었어?"

"맞아. 하지만 상대가 아직 하나 더 있어."

"뭔데? 드래곤 사파리에서 봤던 용을 불러와도 쟤는 못 이길 것 같은데."

그러자 지후는 팔을 걷어붙이며 앞으로 나섰다.

"내가 있잖아. 그 용과의 충돌에서 멀쩡히 살아남았으니 나도 괴물의 자격이 충분히 있지."

"뭐? 어떡하려고!"

"원래는 다른 괴물들에게 가위귀신이 퇴치당하는 걸 보여줘서 네 트라우마를 깨뜨려보려 했는데 실패했잖아. 그러니 내가 힘으로 돌려보낼게."

하지만 장난기가 완전히 사라진 얼굴의 소라가 지후의 소매를 붙잡았다.

"실수하는 거야, 지후 오빠."

"내가 질 것 같아? 내 입으로 말하긴 쑥스럽지만 고질라의 용트림도 나를 어쩌지 못했어."

"우리는 저 가위귀신이 어떤 원리로 움직이는지 전혀 몰라. 그냥 동동 오빠의 마음이 만들어낸 괴물이라는 것만 알지. 함부로 덤볐다가 저 가위에 찔려서 다치기라도 하면……."

소라는 잠깐 침묵하다 말을 이었다.

"오빠는 그 힘을 잃어버리게 될지도 몰라."

동동의 얼굴도 울상이 되었다. 3팀의 공격수를 회복시키려다가 수비수를 잃게 된다면 수지가 맞지 않았다. 그럼에도 지후는 앞으로 나섰다.

"괜찮아. 저 녀석이 왜 동동을 쫓아다니는지 조금이지만 알 것 같거든."

"뭐?"

"정말로 위험해지면 소라 네가 도와주면 되지. 물론 그럴 일은 없을 테지만."

지후는 주먹을 불끈 쥔 채 앞으로 달려나갔다. 적의를 감지한 가위귀신의 가위가 정확히 지후의 얼굴을 향했다. 지후는 내리쳐 오는 가위를 양손으로 덥석 붙잡았다. 맞붙은 둘은 교착 상태 그대로 꼼짝을 하지 않았다. 둘의 팔이 파르르 떨렸다. 완력은 호각지세였다.

어두운 밤바다의 파도 소리가 교향곡처럼 들려오는 시추선. 그 위에서 바람이 가위귀신의 머리카락을 휘저었다. 오직 지후만이 머리카락에 가린 귀신의 진짜 얼굴을 볼 수 있었다.

"역시."

지후가 가윗날을 쳐내고 조금 뒤로 물러났다. 양손은 무방비하게 내린 상태라 싸우려는 의지가 없어 보였다. 동동과 소라는 기겁했으나 가위귀신은 별다른 위협을 가하지 않았다. 그저 돌멩이를 상대하듯 지후에게서 시선을 떼고 다시 동동을 바라봤다.

동동이 지후를 향해 소리쳤다.

"혹시 이긴 거야? 그런 거야?"

"아니. 애초에 우린 싸우지도 않았어. 그냥 인사만 한 거야."

"히익! 뭐라고?"

"약속했지? 이번엔 마지막까지 포기하지 않겠다고."

결국 가위귀신이 코앞까지 다가오자 동동은 소라의 등 뒤로 도망쳤다. 그러나 육중한 몸집은 조금도 가려지질 않았다. 지후가 소라에게 손짓했다.

"비켜줘, 소라."

"무슨 소리야? 쟤가 동동 오빠를 죽이면 어쩌려고."

"그럴 일 없어. 날 믿어봐."

소라가 의심스러운 눈으로 살짝 몸을 비키자, 가위귀신은 동동의 바로 앞에서 걸음을 멈췄다. 동동은 사시나무 떨 듯 떨면서도 어떻게든 정신을 다잡으려 버텼다. 지금 꿈에서 퇴장하면 당장의 공포로부터는 자유로워지겠지만 지금까지의 모든 고생이 물거품이 되는 것이었다.

가위귀신은 큼지막한 가위를 머리 위로 쳐들더니 등에 걸쳐 멨다. 그러고는 자신보다 세 배는 큰 덩치의 동동을 양손으로 살포시 껴안았다. 체격 차이 때문에 한쪽 어깨에 매달리는 모양이었지만 모두가 알 수 있었다. 이건 분명 위로의 포옹이라는 것을. 그리고 가위귀신은 머리카락에 달빛이 내리는 순간, 잔불이 밤바람에 꺼지듯이 스르륵 사라졌다.

"이게 무슨 일이야?"

영문을 몰라 하는 동동과 소라에게 지후가 설명했다.

"내 예상이 맞았군. 언제나 나를 막아서던 얼룩말을 드래곤 사파리에서 불러냈을 때 나는 의아했어. 대체 그 녀석의 정체는 뭘까 하고. 어쩌면 난 내 꿈에 대해 뭔가 중요한 걸 오해하고 있었던 건 아닐까 하고."

"오해?"

"너희도 수키의 트레이닝을 모두 받아봤을 거 아냐. 자각몽자가 가장 경계해야 할 것. 결정적인 순간 우리를 위험에 빠트리는 것이 무엇인지."

"……선입견."

"탄약이 바닥났을 때 가위귀신이 나타나는 이유는 괴롭히기 위해서가 아니었어. 스스로를 지킬 수단이 없어진 너를 보호해 주려고 나타났던 거야."

지후가 시도했던 것은 간단한 발상의 전환이었다. 반복되는 현상의 원인과 결과를 바꿔보기만 한 것이다. 가위귀신이 나타나면 공포에 사로잡히는 동동. 그게 아니라 동동이 공포에 사로잡힐 상황이 되면 가위귀신이 나타나는 것이 아닐까 하는 가정.

"가위귀신이 대체 뭣 때문에 그래?"

"흠, 자세한 건 팀장님 앞에서 얘기해 줄게. 이 꿈은 곧 끝나버릴 것 같으니까."

시추선이 천천히 밤바다 밑으로 가라앉기 시작했다. 동동은 멍하니 자욱한 해무를 바라봤다. 이 꿈에서 깨어나는 순간 무언가와 완전히 분리될 것 같다는 막연히 쓸쓸한 예감과 함께.

지후의 설명을 듣는 수현의 눈이 커졌다.

"가위의 모양이 이상한 걸 보고 눈치챘다고?"

"보통의 가위는 마주치는 안쪽에 날이 서 있는데, 그 가위는 같은 방향으로 날이 서 있었어요."

지후는 그런 모양의 가위가 실제로 사용되는 것인지를 찾아보았다. 놀랍게도 가위귀신이 들고 다니는 그 특이한 형태의 가위는 현실에 존재했다.

"도얀 시저(doyen scissors). 흔히 '탯줄 가위'라고 불리는 의료용 기구였어요."

"산부인과에서 신생아 탯줄 자를 때 쓰는 가위?"

"네. 도얀 시저는 의료인이거나 태아의 탯줄을 직접 잘라본 부모가 아니고선 만져볼 일이 별로 없는 물건이에요."

지후의 말에 동동이 미간을 찌푸렸다.

"하지만 그건 나도 마찬가지잖아. 그런 가위가 있다는 것도 지금 처음 알았어. 내가 만져본 적도 없는 걸 무슨 수로 내 꿈에서 만들어낸 거지?"

"만져본 적은 당연히 없지. 하지만 몸에 닿아본 적은 있잖아. 동동, 너뿐만 아니라 우리 모두는 오래전 도얀 시저를 한 번씩은 목격했어."

세상에 태어나던 순간, 누군가 그 가위로 자신의 탯줄을 잘랐을 것이다.

"너는 가위귀신, 그러니까 그 애가 등장하기만 하면 뒤돌아 도망쳐왔지?"

"으, 응."

"널 비난하는 게 아니야. 두려운 기분이 들 때마다 그런 흉기를 들고 자신을 쫓아오는 존재잖아. 하지만 나는 그 애와 가까이서 눈을 마주쳐 봤어. 불어온 바닷바람에 그 애의 머리카락이 한순간 나부꼈거든. 동동, 지금까지 가위귀신을 여자애라고 생각했지?"

"어? 당연하잖아. 머리카락이 바닥까지 닿는데……."

"말했지? 선입견. 나는 그 애가 남자애일지도 모르겠다는 생각을 했어. 더 정확히 말하면 성별이 정해지지 않은 채 성장해버린 인간을 본 느낌? 너랑 가위귀신이 꽤 닮았더라. 일전에 네 프로게이머 시절 사진을 보지 못했더라면 몰랐을 거야."

지후는 가위귀신의 얼굴에서 분명히 동동을 봤다고 말했다.

"쌍둥이라면 가능해. 같은 도안 시저가 둘의 탯줄을 잘랐을 테고."

"나한테 쌍둥이 형제가 있었다고?"

"이건 다 추측일 뿐이야. 하지만 한번 생각해 봐."

동동은 자신이 사실은 파충류였다는 말을 들은 사람처럼 굳어버렸다. 가라앉은 공기 속에서 수현이 조심스럽게 말을 꺼냈다.

"하지만 나는 동동의 시민등록부를 본 적이 있어. 외동이었지. 등록부는 국가권력이 개입하지 않고서야 조작할 수 없어."

"조작은 없었을 겁니다. 안타깝지만 단 한 가지 경우라면 기록부에는 등록되지 않는 쌍둥이가 있을 수 있어요."

간혹 쌍둥이 중 한쪽이 어머니의 자궁 안에서 먼저 숨을 거두는 일이 있다. 그 경우 수술을 통해 생존한 태아와 사망한 태아를 함께 꺼낸다.

"내 추측이 사실이라면 동동, 네가 몰랐던 것도 당연해. 그 애와 보낸 곳은 빛이 없는 장소였을 테니까. 그리고 왜 그 애가 거대한 도양 시저와 함께 네 꿈에 나타나는지도 설명이 돼. 너는 그 애와 가위를 같은 날에 처음이자 마지막으로 봤던 거야."

"내가 태어난 날."

"맞아."

지후에게 원래 의료지식이 있는 건 아니었다. 그런데도 가설이 몇 차례 도약할 수 있었던 건 전혀 다른 이유 덕분이었다.

"가끔 꿈속에 등장하는 사람들의 감정이 느껴질 때가 있잖아. 너희와 함께 캐서린의 노래를 듣고 눈물을 흘렸을 때처럼. 이번에도 마찬가지였어. 그 가위귀신은 조금도 너를 미워하고 있지 않았어. 나는 그걸 내 마음처럼 분명하게 느낄 수 있었어."

어쩌면 엄마의 배 속에서 둘은 서로를 부둥켜안은 채 세상 밖으로 나갈 날을 기다리고 있었을 것이다. 그러다 한쪽이 세상의 빛을 보지 못하게 된 순간 어떤 불안과 고통이 동동의 무의식 깊은 곳에 남았을지도 몰랐다. '가위'는 동동에게 있어 자신을 살려준 도구이기도 하면서, 동반자를 데려간 사신의 낫이기도 한 것이다.

"……그 가위귀신이 다시 내 꿈에 나타날까?"

"네 마음가짐에 달렸겠지. 지금도 그 애가 무서워?"

그 질문에 동동은 오랫동안 대답하지 못했다.

동동은 그날, 종일 멍하니 있었다. 슬퍼하지도 기뻐하지도 않았다. 그리고 다음 날이 되자 태연하게 식당에 나타나 평소처럼 햄버거 다섯 개와 샌드위치 세 개를 주문했다. 지후와 소라는 전투적인 기세로 음식을 흡입하는 동동의 여전한 식욕이 긍정적인 신호인지 아닌지 알 수 없었다. 동동이 세 개의 햄버거를 해치우고 새 햄버거를 집어 들었을 때 소라가 참지 못하고 물었다.

　"동동 오빠, 숨 좀 쉬고 먹어."

　"……형이었을까, 동생이었을까."

　오랜 침묵을 깨고 동동의 입술에서 새어 나온 말이었다.

　"나한테 쌍둥이가 있었다는 사실을 숨긴 부모님은 이제 세상에 없어. 당사자에게 물어보면 알려줄까? 하지만 그 애는 나처럼 말을 배운 적이 없었을 거야. 할 줄 아는 감정 표현이라곤 배 속에 있던 때처럼 나를 안아주는 것 뿐이겠지."

　그 말을 끝으로 번개처럼 식사를 마저 마친 동동은 자리에서 벌떡 일어났다. 지후와 소라는 동동의 발걸음이 향하는 곳이 어딘지 깨닫고는 충격에 휩싸였다.

　"지후 오빠…… 내가 보는 게 맞아?"

　"맞아. 동동이 피트니스룸에 들어갔어."

　동동은 지금껏 쳐다도 보지 않던 덤벨을 양손에 들었다. 지후에겐 그것이 말 한마디 없이 햄버거 다섯 개를 해치우던 광경보다 경악스러운 일이었다.

"동동, 괜찮아?"

"나 말이야, 왠지 그 애가 다시는 나타나지 않을 것 같다는 생각이 들었어. 그걸 확인해 보는 것조차 무서워. 꿈속에서 탄약을 일부러 바닥내도…… 안 오면 어떡해? 그럼 돌이킬 수 없잖아."

동동은 두려움과 죄책감이 뒤섞인 복잡한 심경인 듯 쉬지 않고 말을 이었다.

"걘 그저 내 무의식의 발현이라는 거 알아. 하지만 그래도 걔가 날 지켜준 건데 그것도 모르고 늘 도망치기만 했어. 겁에 질려 멍청하게 그 앨 내려다본 게 마지막이 되면 어쩌지."

"그게 살을 빼는 것과 상관이……."

"살 빼려고 운동하는 거 아니야. 그 반대지. 열심히 몸집을 키워서 내 몸에 여백을 좀 더 늘려보려고."

그 순간 지후는 깨달았다. 동동은 훈련된 자각몽자다. 원리도 모른 채 강한 힘을 발휘하는 지후나 소라가 아니지만, 그는 스스로 건 '꿈의 제약'이 있다. 몸에 새겨 넣은 것은 꿈속에서 불러낼 수 있다.

"그 애를 다시 만날 수 있는 확실한 방법이네."

"응."

"부디 좋은 화가를 찾아냈으면 좋겠다."

엘 쿠쿠이

1

최장순 조사관에게선 녹슨 쇠와 같은 분위기가 감돌았다. 훤칠한 키에 떡 벌어진 어깨, 우수 어린 눈빛의 외모를 가졌지만 시끌벅적한 선술집에서도 그에게 말을 걸어오는 사람은 없었다. 하지만 예외는 항상 존재했다.

"대체 왜 항상 이런 구석진 데서 보자는 건지."

장순의 옆자리에 앉으며 수현은 셔츠의 단추 하나를 풀어 땀을 식혔다. 그녀가 장순의 술잔을 빼앗아 한 모금 들이켤 때까지도 장순은 무심하게 눈을 내리깔고 있었다.

"웩! 뭐야, 이거 술 아니잖아."

"탄산수야. 일할 때는 금주하는 게 당연하지."

"듣던 중 반가운 소리네요. 어떻게, 소득은 좀 있어요?"

"보여줄 사진이 두 장 있어. 하지만 그 전에 오재욱이 사라지기 전에 정확히 뭘 하고 있었는지 황 팀장의 입에서 들어보고 싶은데."

"음, 크런치(crunch)라고 들어봤어요?"

"작업 시간 맞추려고 사람을 갈아 넣는 일 말이군."

드림캐스터 역사상 손에 꼽을 만한 대규모 업데이트를 준비하고 있던 터라 오 박사는 매일 밤을 회사에서 지새우며 크런치 작업을 진두지휘하고 있었다. 그러던 어느 날 황 회장과 독대한 끝에 어두운 얼굴로 회장실을 빠져나왔고, 그 길로 회사를 떠나 사라졌다.

"황 회장과 그가 당일에 무슨 이야기를 나눴는지가 관건이라고 생각하는데."

"그걸 알 수는 없죠. 회사 총수와 중역 간의 밀담이니까요."

"잠적하기 전에 따로 당신에게 따로 남긴 말은 없었고?"

"어, 일종의 한탄이었어요."

오 박사의 연구실 복도에서는 SOF 코퍼레이션의 중앙 로비가 훤히 내려다보였다. 그는 복도의 난간에 턱을 얹은 채로 로비를 장식하고 있는 거대한 티타늄 범선을 쳐다보고 있었다.

"언젠가부터 나는 저 흉물이 싫어졌어."

그 범선은 꿈이라는 신대륙을 향하는 회사의 포부를 담아 조각된 것이었다. 황 회장의 아이디어였다.

"박사님이 실질적으로 저 배의 목수인데 무슨 소리세요."

"내가 이 배를 설계했지만, 어느 새부턴가 타륜을 만지지 못하는 느낌이거든."

"박사님은 드림캐스터의 유일한 관리자신데요?"

"그동안 끝없이 패치를 진행했음에도 드림캐스터는 여전히 미완성이야. 강철로 기워진 갑판 위에서, 이제는 배를 멈추고 싶어도 닻이 어디에 있는지 알 수 없게 돼버렸어."

그리고 그는 혼잣말인 듯 말을 이었다.

"아직 우리는 신대륙에 닿지도 못했는데 말이야."

수현은 그 말이 선문답처럼 느껴졌다. 꿈을 공유하는 기계를 만들어낸 공학자여서일까. 어찌 보면 뜬구름 잡는 듯한 표현을 즐겨 쓰곤 했지만 수현은 그런 점도 좋아했다. 그의 말뜻을 파악하진 못해도 감정을 읽어낼 수는 있었으니까. 그때 어쩐지 오 박사는 낙담하고 있었던 것 같다.

오 박사는 난간에서 턱을 떼어내며 수현에게 당부했다.

"자네는 이곳에 꼭 오래 붙어 있도록 해. 나는 이 배의 닻이 될 수 없지만 자네라면 가능할지도 몰라."

수현은 머리를 쓸어넘기며 장순에게 말했다.

"그때는 그 말들에 불길한 느낌만 받았죠. 지금 돌이켜보면 박사님은 곧 자신이 사라져버릴 것이라는 걸 어느 정도 예상했던 것 아닐까 싶어요."

"여전히 오재욱이 스스로 목숨을 끊었을 가능성에 대해서는 생각하지 않는 건가?"

"그럴 리 없어요. 얼핏 유약해 보이지만 제가 만나본 모든 사람을 통틀어 가장 심지가 굳은 분이었어요. 그렇게 뭔가에 집념을 갖고 몰두하는 사람이 죽음으로 달아날 리 없어요."

"낙담했다며. 브레이크 없이 달리는 자동차일수록 한 방에 퍼질 수 있는 거지."

"……어울리지 않는 비유는 때려치워요. 보여주겠다는 사진은 뭔데요?"

장순이 품에서 핸드폰을 꺼내 수현에게 보여주었다. 텅 빈 차고 사진이었다. 수현은 그곳이 어디인지 알고 있었다. 오 박사의 자택 차고. 긴 시간 방치된 듯 곳곳이 낡아 있었다.

"기록을 찾아보니 2년 전 그날, 오 박사는 자신의 차를 타고 집을 떠났어. 그 뒤로 차고에 차량이 진입한 흔적은 없었고. 그가 살았든 죽었든 아주 오랫동안 집을 비운 건 확실해."

"실종자잖아요. 살아 있다는 걸 전제로 수사해야 하는 거 아네요?"

"일반인이라면 그렇겠지. 하지만 그는 초거대기업의 창업멤버인 대주주이고, 핵심 개발자야. 무언가에 쫓기듯이 집을 떠났고 다시는 돌아오지 않았어. 황 팀장 말대로 자살 가능성을 일단 덮어둔다 처도, 범죄에 휘말렸을 가능성이 크지. 빈손으로 돌아오는 일은 없을 테니 걱정하지 마. 오재욱의 시체라도 찾아내 주겠어."

시체 운운에 마음이 불편해진 수현은 장순을 떠봤다.

"조사관의 직감은 뭐라고 말하고 있죠?"

"난 동료들과 달리 직감을 별로 믿지 않아. 직감에 따르다 보면 증거들을 분석하는 눈이 흐릿해지거든."

"그냥 말해 봐요. 스몰토크로 들을게요."

"……나는 그가 도망자라고 생각해. 섬망 현상의 빈도수가 높아지고 드림캐스터의 아성이 흔들리니까 그 책임에 대한 비난이 두려워 숨어버린 거지."

"박사님은 그렇게 비겁한 사람이 아니었어요."

수현의 미간이 좁혀졌으나 장순은 일관적인 태도로 말을 이었다.

"강력계 출신 앞에서 인간에 대한 낙관론을 읊는 건가. 내가 체포했던 범죄자들 주변인이 내뱉는 단골 멘트가 그 사람이 그럴 리가 없다는 거였어. 확신하지 말라고."

"제가 확신하는 건 오 박사님의 인품이 아니라 아버지의 인품이에요. 박사님이 그런 소인배였다면 평생을 아버지와 다투면서도 함께할 수는 없어요."

"그 답은 두 번째 사진이 해줄 거야."

요란하게 튜닝된 차량이 찍힌 CCTV 화면이었다. 고급 세단인 것 같지만 그라피티를 잔뜩 덧칠해 본래 기종을 알아볼 수 없을 정도였다.

"설마 이게 오 박사님 차라는 건가요?"

"그래. 보통 차를 이렇게 튜닝하는 놈들은 불법 마약상들이지. 교통과와 마약반 동료들에게 신세를 좀 졌어. 조만간 마약상들 중에 이 차를 거쳐 간 놈들을 만나면 족쳐볼 생각이야."

마약과 오 박사. 수현은 장순이 무엇을 찾아오든 놀라지 않겠다고 다짐했었다. 하지만 이런 흐름은 예상치 못했다.

"마약반에서 일하던 친구들의 이야기를 들어보면 요즘 마약은 단순히 육체적인 쾌락만을 위한 게 아니야. 깨어 있을 때만 마약을 쓰던 시대는 끝났거든."

장순은 자신의 관자놀이를 두드렸다. 보통은 사람의 머릿속에서 벌어지는 일을 가리키는 유서 깊은 동작이었으나 드림캐스터가 발명된 뒤론 하나의 의미가 추가된 제스처다.

그것은 '꿈'이었다.

수현을 만난 뒤 장순은 자신의 허름한 맨션으로 돌아왔다. 집 안은 엉망진창이었다. 이 난장판 중에서 유일하게 정돈된 곳은 작은 협탁이었다. 해맑게 웃고 있는 아내의 사진이 장순을 반겨주고 있었다. 그 협탁 아래엔 힘으로 코드를 뽑아 뜯어낸 드림캐스터가 나뒹굴고 있었다.

"이 빌어먹을 기계가 당신을 데려갔지."

과몰입. 초기 드림캐스터의 문제점 중 하나였던 중독 현상이었다. 중증의 우울증을 앓고 있던 아내는 드림넷의 다른 꿈들로 그것을 고쳐보고자 했다. 장순도 꿈을 꾸는 기계가 사람에게 해를 끼칠 수 있을 거라고 생각하진 않았다. 강력계 형사였던 당시에는 쉬는 날도 없이 현장을 뛰어다니느라 아내에게 시간을 많이 쓰지 못했다.

"당신이 평온한 꿈을 꿀 것이라고 믿었던 게 잘못이었어."

우울증 환자 중에는 우울에 깊이 침잠할수록 안정감을 얻는 경우도 있다. 아내는 계속해 자신처럼 우울증으로 괴로워하는 사람들의 꿈만 찾아다녔다. 거기서 위로를 찾다가 중첩된 우울로 인해 끝내는 스스로 목숨을 끊어 해방되었다.

"왜 하필 그날 나는 집에서 곯아떨어져 있었을까."

아내의 자살 수단은 장순이 가진 경찰용 총기였다. 심각한 충격을 받은 장순은 그날 이후 사표를 쓰고 폐인처럼 지냈다. 다시 정신을 차렸을 때 그에게 남은 것이라고는 강렬한 증오심뿐이었다. 지금껏 당연히 금기의 영역이었던 '타인의 꿈을 향한 입장권'을 만들어낸 자들에 대한 강렬한 증오.

그런 그가 증오하는 회사의 돈을 받고 일하고 있었다. 장순은 다만 '진실'을 알고 싶었다.

"오재욱, 난 너를 찾아낼 거다. 반드시."

그의 입에서 직접 진실을 들을 것이다. 오 박사가 시체가 되어 있어도 찾아내겠다는 말은 거짓이 아니었다.

"오히려 문제는 살아 있을 경우지."

그를 시체로 만들어서 데려다준다면 어떨까. 자신의 손으로 직접. 아내의 사진 앞에서 총을 정비하는 장순에게서는 여전히 짙은 쇠 냄새가 풍기고 있었다.

"성지후, 쟤 정말 괜찮은 거야?"

불안에 휩싸인 동동의 목소리가 귓가를 때렸다. 지후는 자신도 딱히 해줄 말이 없다는 듯 어깨를 으쓱였다. 그러면서 멀찍이 달려나간 예니의 뒷모습을 바라봤다.

일주일 만에 방문을 열고 다시 모습을 드러낸 예니는 더욱 과묵해져 있었다. 평소에도 말수가 많은 편은 아니었지만 노골적으로 거리를 두는 것 같았다. 오랜만에 팀에 들어온 의뢰가 아니었다면 그 방에서 벗어나는 데 얼마나 시간이 더 걸렸을지 모를 일이었다.

수천 그루의 대나무가 까마득하게 펼쳐져 무성한 숲을 이뤘고, 그 사이에 구불구불 오솔길이 나 있었다. 평화로워 보였지만 코퍼레이션에 의뢰되었다는 점에서 분명히 비밀이 숨겨져 있는 꿈이었다.

"지후 오빠, 저 사슴 아직도 졸졸 쫓아오는데?"

소라가 가리킨 방향에서는 이제 갓 뛰기 시작한 듯한 어린 사슴이 종종걸음으로 일행의 뒤를 따라오고 있었다. 까맣고 맑은 눈동자는 바라보는 사람의 마음을 사르르 녹일 만큼 앙증맞았다. 사슴의 양옆에는 팀장 황수현과 이 꿈의 몽재를 풀어달라고 부탁한 의뢰인이 있었다. 의뢰인 차희원은 머리끝부터 발끝까지 하얀 옷차림에 구두마저 순백색이라, 옆에 있는 블랙 슈트 차림의 수현과 대조되었다.

희원이 사슴을 가리키며 다시 한번 당부했다.

"절대 만지시면 안 됩니다. 사슴과 접촉하면 이 아이를 집에 데려가고 싶다는 강력한 욕망에 사로잡히거든요. 그 순간 대나무들은 모두 황금으로 바뀌고 그대로 꿈이 끝나요."

"다운로드한 사람들 모두가 예외 없이 목격한 일이고, 심지어 숭고한 마음이 흘러넘쳐 오열하는 사람도 있었다면서요?"

"네. 하지만 유별난 사례라고 볼 순 없어요. 원래 태몽이란 것이 그렇거든요."

자식 잉태의 징조로 여겨지는 꿈들을 일컫는 태몽. 보통 거북이나 두루미 등 상서로운 길조로 여겨지는 짐승이 나오는 꿈을 좋은 태몽으로 여기곤 한다.

지후도 사슴을 힐긋거리며 생각했다. 드래곤 사파리에서도 온갖 환상종을 봤지만 이 평범한 형태의 사슴이 유니콘이나 불사조보다 더 영롱한 기운을 풍기는 것 같았다. 꼭 사슴의 주변에만 색채가 존재하는 것처럼 환했다.

숲속에서는 끊임없이 휘파람과도 같은 바람 소리가 흘러나왔다. 그 운율은 듣는 이의 마음을 나른하게 만들어주었다. 댓잎이 서로 부딪히는 소리 역시 일정한 리듬을 갖고 있었다. 꿈이 업로드된 지 적지 않은 시간이 흘렀으나 몽재가 늦게 발견된 이유 또한 이 꿈의 특수성 때문이었다.

"태몽이란 게 그렇습니다. 대다수의 다운로더들이 임산부들이에요. 그래서 불면증이나 두통, 건망증 등이 섬망 현상으로 진단되기까지 시간이 오래 걸렸어요. 임신 증세와 구분이 어렵거든요."

꿈에 대한 설명을 듣고 수현과 팀원들은 공통된 결론을 내렸다. 사슴이 걸어 나오는 대나무 숲 안에 분명 뭔가 있을 것이라고. 그들이 예상치 못했던 것은 예니가 예고도 없이 총알처럼 뛰어서 앞서가는 상황이었다.

희원을 향해 수현이 물었다.

"그런데 요즘 같은 세상에도 태몽 같은 미신을 믿는 사람들이 많나요?"

"물론이죠. 더 이상 사람들이 손으로 글씨를 쓰지 않지만 여전히 이름을 빨간색으로 쓰지는 않는 걸 보세요."

"비합리적이라는 생각부터 드는데요."

"그럴 수 있어요. 하지만 팀장님 어머님도 임신하셨을 때 태몽을 꾸지 않으셨을까요? 아니면 아버님이 꾸셨을지도요."

아버지의 이야기가 나오자 수현의 표정은 딱딱하게 굳어졌다. 하지만 희원은 여전히 싱그러운 웃음을 입가에서 거두지 않았다. 철저하게 비즈니스적인 무색무취의 미소였다.

"팀장님의 태몽을 들은 적이 있으신가요?"

"프라이버시니까 답하지 않겠습니다. 미리 말씀드렸다시피 외부자가 저희 코퍼레이션의 개발 단계 드림캐스터를 사용하는 것부터가 지극히 이례적인 경우예요. 안내만 하시겠다고 약속하셔서 편의를 봐드리고 있다는 걸 잊지 마십시오."

"아, 죄송합니다. 기분을 상하게 할 생각은 아니었어요."

희원이 사과의 제스처를 취하는 순간, 길 끝에서 엄청난 굉음이 터졌다. 동동과 지후, 소라는 소리가 들리자마자 그 방향을 향해 맹렬히 내달렸다.

"깜짝이야! 뭐죠?"

"팀원이 뭔가를 찾아낸 모양입니다."

"저도 데려가 주실 순 없나요? 꼭 제 눈으로 몽재의 원인을 확인하라는 상부 지시가 있어서요."

297

"그럼 실례하겠습니다."

수현이 희원의 허리를 와락 껴안았다. 바둑판 위 흑돌이 백돌을 안은 것 같은 모습이었다. 비행을 시작한 수현과 희원의 양옆으로 대나무 숲이 쭉 늘어났다. 수현의 오른쪽 어깨가 뻐근했다. 꿈속에서 희원의 체중이 문제가 될 순 없었다. 자신이 무의식중에 희원을 짐짝으로 취급하고 있기 때문일 것이다. 머지않아 우두커니 서 있는 팀원 셋의 등이 보였다.

수현은 거친 동작으로 희원을 내려놓으며 물었다.

"예니는 어디 있어?"

"저 밑에 있는 것 같아요."

동동이 가리킨 곳에는 직경 1미터 정도의 커다란 구멍이 있었다. 마치 작은 규모의 크레이터 같았다. 구멍의 형태를 유심히 살펴본 수현은 고개를 끄덕였다.

"구미호로군. 예니가 뭔가 사냥감을 포착했을 때 변신하는 형태야."

지후가 사뭇 심각한 표정으로 수현을 바라봤다.

"괜찮을까요? 팀장님께 말씀은 못 드렸지만 저번 훈련 때 구미호 변신을 오래 유지하지 못했어요."

"괜찮을 거야. 자신만의 시간을 보내고 돌아온 예니는……."

둔중한 충격이 숲을 강타했다. 댓잎이 거칠게 수런거렸다. 바람에 흔들리는 대나무 대가 부딪치는 소리도 요란스러웠다. 마

치 대나무조차 지면 아래에 있는 존재에 대해서 두려워하는 것
처럼 보였다.

"설명할 필요가 없겠지? 무슨 냄새를 맡았는지 몰라도 예니
는 저 밑에서 뭔가와 싸우고 있는 모양이야."

"혼자서 괜찮을까요?"

"우리 중에서 아무것도 보이지 않는 곳에서 후각에만 의존
해 움직일 수 있는 건 예니뿐이야. 믿고 기다려야지."

초조해하는 지후와 달리 수현은 침착해 보였다. 가장 어린
소라도 마찬가지였다. 소라는 목이 빠져라 구멍 속을 들여다보
는 지후의 소맷자락을 붙잡았다.

"뒤로 물러서 있어, 오빠."

"구멍 밑으로 떨어지기라도 할까 봐?"

"아니. 머리통이 날아갈지도 모르니까."

영문을 알 수 없었지만 지후는 순순히 말을 따랐다. 그리고
곧 그것이 옳은 결정이었음이 증명되었다. 갑자기 하얀 빛기둥
이 구멍 안에서 솟구쳐 오른 것이다. 수현이 손바닥으로 눈을
반쯤 가린 채 설명했다.

"여우 트림이야. 구미호 상태의 예니가 내뿜는 무시무시한 공
격이지."

"……그런 것도 할 줄 알았어요? 그럼 왜 저랑 싸울 때는 쓰
지 않았던 거죠?"

"예니는 컨디션에 따라 능력에 편차가 좀 있거든. 어쨌든 이걸 꺼냈다는 건 그 애가 확실한 승기를 잡았다는 뜻이야. 곧 올라올 테니 준비해."

수현의 말대로였다. 잠시 후 온몸에 먼지와 흙을 잔뜩 묻힌 구미호가 구멍에서 몸을 빼냈다. 주둥이로 물고 있던 것을 떨어뜨린 후 예니는 변신을 풀었다. 조금 숨이 찬 기색은 있으나 상처는 없어 보였다.

바닥에서 꿈틀대고 있는 것은 밧줄처럼 보이는 무언가였다.

"구렁이?"

예니가 구멍에서 물고 온 것은 몸뚱어리의 절반이 잘린 채 몸부림치고 있는 구렁이였다. 모두가 경악한 가운데 가장 놀란 것은 의뢰인인 희원이었다.

"어째서 이런 흉측한 게? 제가 몇 번이나 이 꿈을 캐스팅해 봤어도 본 적이 없는걸요."

"이 녀석이 몽재의 원흉이에요. 이 대나무 숲 전체를 영토로 삼고 있었어요."

예니는 조금도 으스대는 기색 없이 담담하게 설명했다. 그때, 종종걸음으로 일행 뒤를 따라온 사슴이 구렁이의 사체를 발견하고 멈춰 섰다. 사슴은 점차 모습이 흐려지더니 안개처럼 사라져버렸다.

갑자기 으스스한 적막이 숲을 가득 메웠다. 소라가 주변을 둘러보다가 자신의 귀를 가리켰다.

"이제 안 들려, 그 바람 소리."

수현이 조심스럽게 구렁이에게 다가가 구둣발로 그것을 툭 툭 건드려보았다. 숨이 완전히 끊어졌는지 사체는 미미한 경련만 일으킬 뿐이었다.

"예니, 설명을 좀 해주겠어?"

"그건 바람 소리가 아니었어요. 이 녀석이 내는 울음소리였죠. 대나무들은 서로 부딪치면서 그 울음을 증폭시키는 역할을 하고 있었고."

"그걸 어떻게 그 짧은 시간에 알아낸 거지?"

"냄새가 났어요. 원망의 냄새. 자신의 영토에 발을 들인 사슴에 대한 미움과 증오가 숨어 있다는 걸 알 수 있었어요."

둘의 대화에 희원이 끼어들었다.

"잠시만요. 이 꿈은 저희가 특별 관리하는 꿈 중에서도 무척 인기 있는 꿈이에요. 태몽 중에서도 이만큼 신비로운 건 드무니까요. 어떻게 이런 꿈에……."

"겉마음과 속마음의 차이죠."

"네?"

예니는 한숨을 푹 내쉬었다. 자질구레한 설명 따위 집어치우고 싶은 기색이 역력했다. 수현이 지켜보고 있는 게 아니었다면 입을 다물었을 것이다.

"이 몽주는 실은 아이를 원하지 않았던 것 같아요. 그리고 그걸 겉으로 드러낼 수 없는 환경이었을 거예요. 남편이나 가족, 주변인들이 임신을 축하하는 분위기 속에서 그런 걸 티 낼 수야 없었을 테니까. 하지만 내면 깊은 곳에선 태아의 존재를 침입자처럼 꺼렸고, 그게 몽재를 유발할 만큼 강렬했던 거죠."

예니의 말을 경청하던 동동이 감탄사를 터뜨렸다.

"아아! 왜 여기가 대나무 숲인지 알겠어. 임금님 귀가 당나귀였다는 걸 말 못 했던 신하가 남몰래 대나무 숲에서 소리쳤던 동화가 있잖아?"

신하가 참다못해 숲에서 임금의 비밀을 외쳤지만 대나무 숲의 바람 소리가 그것을 따라 해 사방에 전했다는 옛이야기. 몽주는 분명 그 이야기를 알고 있었다. 입 밖으로 꺼낼 수 없이 묵혀둔 감정이 아름다운 태몽에 관해 이야기할 때마다 무의식 속에 구렁이의 형태로 똬리를 튼 것이다. 시야를 가득 메우고 있던 대나무들이 녹아내리듯 흐물거리기 시작했다. 몽재의 원인이 사라지자 꿈이 종료될 준비를 하는 것이다.

희원이 주변을 둘러보며 수현에게 물었다.

"이제 끝인가요?"

"네. 몽재를 진압했으니 수키의 인공지능이 알고리즘을 학습했을 겁니다. 비슷한 꿈이 드림넷에 올라오면 필터링할 수 있게 되는 거죠. 이젠 희원 님 회사도 마음 놓을 수 있을 겁니다."

"그래도 전 아직 납득가지 않네요. 임산부의 상서로운 길몽 속에 이 정도의 독이 깃들 수 있다는 게요. 저분은 어떻게 아무도 눈치채지 못한 걸 알 수 있었나요?"

꿈에서 퇴장하기 전에 예니가 그 말에 대꾸했다.

"가족이 생긴다는 건 한 인간에게 새로운 지옥이 생기는 일이라는 걸 아니까요."

3

"……동동, 네가 왜 여기 있어?"

"무슨 헛소리야. 함께 꿈을 캐스팅했다가 나왔잖아. 설마 훈련받은 자각몽자인 코퍼레이션의 플레이어가 잠꼬대를 하고 있다는 웃기지도 않는 상황?"

"아, 아니야. 잊어버려."

지후는 캡슐에서 허리를 일으키며 머리를 내저었다. 동동이 영문을 모르는 것은 당연했다. 꿈이 종료된 후 지후가 기다리고 있던 것은 '헛깨기'의 공간에서 자신을 기다리고 있는 모노톤 수키였다. 하지만 이번 꿈에선 헛깨기가 일어나지 않았다.

이미 캡슐 바깥에서 회원과 대화 중이던 수현 또한 그것을 눈치챘다. 수현이 물끄러미 자신을 바라보자 지후는 고개를 슬쩍

저었다.

'왜 이번엔 달랐을까? 몽재가 일어날 때마다 그 녀석이 등장하는 건 아닐 수도 있지만 어쩌면 내가 활약한 게 아니고 예니가 몽재의 원인을 쉽게 없애버려서?'

하지만 이전에 해결했던 두 건의 몽재 또한 지후가 혼자서 해냈다고 볼 순 없었다. 석연치 않은 기분으로 지후가 옆을 보니 예니 역시 이제 막 깨어났는지 드림캐스터를 벗고 케이블을 정리 중이었다. 지후는 꿈의 마지막에 들었던 예니의 싸늘한 한마디가 마음에 걸렸다.

"변신 능력이 돌아온 거야? 그것도 전보다 훨씬 더 강력해졌잖아. 지속시간도 늘었고."

"……."

"네가 네 입으로 얘기한 적 있어. 현실에 존재하지 않는 동물로 변신하는 것은 몇 배로 힘들다고. 그런데 어떻게 구미호로 그 긴 시간을 유지했어?"

"내가 그걸 말해 줘야 해?"

"어, 그건…… 수키한테 매번 변신 때문에 무시당하는 게 지긋지긋하니까. 네 조언을 좀 듣고 싶어서."

최선을 다해 부드러운 태도로 말했지만, 예니는 지후의 눈도 마주치지 않고 대꾸했다.

"자기 일은 알아서 해."

확실히 달랐다. 방에 틀어박히기 전과는 태도가 완전히 바뀐 것이다. 며칠 만에 딴사람이 된 것만 같은 예니의 모습에 지후는 당황했고, 자신이 당황했다는 사실에 한층 더 당황했다. 그래서 무심코 속에 있던 말이 툭 튀어나오고 말았다.

"가족이 또 다른 지옥이니 뭐니 했던 이야기는 뭐야? 이해가 잘 안 가서."

캡슐의 문을 닫는 버튼을 누른 뒤 예니는 지후와 눈을 맞췄다. 예니의 눈동자가 은은한 조명의 빛을 반사하고 있었지만 지후는 그곳에 텅 빈 어둠이 깃든 것처럼 보였다.

"나는 너야말로 이해가 안 돼. 본 적도 없는 가족을 찾아서 평생 헤매고만 있잖아."

지후의 오랜 꿈 이야기였다. 찬물을 뒤집어쓴 것 같은 지후의 표정에도 개의치 않고 예니는 단호하게 말을 이었다.

"네가 그토록 보길 바라는 엄마의 얼굴 말이야. 그게 사실 평생 바라던 모습과 전혀 다른 표정을 하고 있다면 어떨 것 같아. 그걸 감당할 수 있겠어?"

"그건……."

입술이 달라붙기라도 한 것처럼 지후는 아무런 말도 할 수 없었다. 예니는 그런 지후를 뒤로 하고 수면실을 나갔다.

문을 닫고 나가는 예니에게 잠깐 눈길을 준 희원은 만면에 미소를 가득 머금고 다시 수현을 향해 말을 걸었다.

"정말 고생 많으셨습니다. 소문으로만 듣던 몽재진압반 분들의 대단한 솜씨를 두 눈으로 볼 수 있어서 영광이었어요."

수현의 입술이 씰룩였다. 희원의 회사가 이번 꿈의 배정 절차를 두고 무척 불쾌해했다는 사실을 그녀도 모르지 않았다. 어째서 1팀이 아니고 3팀이 의뢰를 담당하는 것이냐고.

"아닙니다. 저야말로 익숙지 않은 다중접속 캐스팅에 잘 따라주셔서 감사할 따름이죠."

살짝 고개를 숙이는 수현을 향해 희원은 깍듯한 동작으로 깊숙이 허리를 숙였다. 순간 희원이 걸친 유니폼의 등 뒤에 새겨진 주황색 전구 모양의 로고가 보였다.

"사복이 아니셨군요. 회사 유니폼인가요?"

"네. 저희 태평제약의 로고가 새로 바뀌었거든요."

"제약회사의 로고가 전구라니…… 독특하네요."

"이너 피스(inner piece), 그런 걸 상징한다고 하네요. 호호, 물론 저야 높으신 분들의 결정이니 자세히는 모르지만요."

입가를 가리고 웃는 희원을 향해 수현은 속으로 쓴웃음을 지었다. 겸손한 태도와 달리 차희원이라는 여자는 대형 제약회사인 태평제약의 고위 간부였다. 정확한 직책은 밝히지 않지만 어느 부서에 있는지는 불을 보듯 뻔했다.

"태몽을 담당하시는 걸 보니 그 유명한 태평 산후조리원 소속 아니신가요? 회사 내 엘리트만 차출된다고 들었습니다."

말에 뼈가 숨어 있다는 것을 눈치챈 듯 희원의 눈썹이 미묘하게 꿈틀거렸다.

SOF 코퍼레이션은 오직 드림넷을 통해서만 꿈을 유통하며 업로더의 신상정보는 고도의 암호화 과정을 거쳐서 숨겨놓는다. 꿈의 생태계를 지켜려는 오재욱 박사의 철칙이었다. 하지만 권력과 힘을 가진 이들은 도둑이 담 넘듯 간단히 타인의 철칙을 무시하곤 한다.

태평 산후조리원은 국가의 상위 0.01퍼센트 계층만을 담당하는 곳으로 현대판 황실이나 다름없었다. 당연히 평범한 사람들은 황궁의 내부를 엿보고 싶어 하는 욕구가 있다. 태평제약은 고위 정치인, 뛰어난 운동선수, 세계적인 팝스타의 태몽을 수집한다.

'그리고 자신들의 산후조리원에서만 그 태몽을 공유하지.'

고귀하신 분들의 태몽을 전유하는 것으로 계급 간의 장벽을 공고히 한다. 오 박사의 순수한 가치관을 동경한 수현에게는 역겨운 커넥션이었다. 하지만 자신도 독점적 거대기업 총수의 자식이니 이 거리낌의 절반은 자기혐오일지도 모르겠다고 수현은 생각했다. 어쨌든 태평제약은 SOF 코퍼레이션도 함부로 대할 수 없는 상대였다.

'그러니까 아버지가 전례를 깨고 외부인을 캐스팅에 참여시킨 거겠지. 그 감시역으로 나를 붙인 거고.'

수현이 지금 느끼는 씁쓸함은 한 겹이 아니었다. 태평제약은 SOF 코퍼레이션과 오래전부터 협력 관계를 이어왔다. 드림캐스터와 궁합이 좋은 수면유도제가 태평제약의 주력 상품이기도 했으며, 상당한 지분을 보유한 투자사이기도 했다.

'뭔가 거래가 있었겠지. 업데이트를 앞두고 투자사에게 보여주는 맛보기 쇼케이스였을 수도 있고.'

마음에 들지 않는 것은 타이밍과 방식이었다. 황 회장은 언제나 총알 하나로 두 마리 이상의 새를 떨어뜨려야 만족하는 남자였다. 태평제약의 참관 요구를 들어주어 생색을 내는 것과 동시에 철저한 기밀이던 다중접속 캐스터의 존재와 효능을 협력사에 각인시킨 것이다. 또 한편으론 수현에게 던지는 경고이기도 했다. 그녀의 의지와 상관없이 결국 업데이트를 강행하겠다는.

"신세가 많았습니다, 황수현 팀장님."

수현은 선선한 미소와 함께 희원이 내민 손을 마주 잡았다. 그리고 속마음과는 완전히 반대되는 말을 꺼내었다.

"저도요. 조만간 또 뵙게 되길 바랍니다."

"팀 전원 휴가라고요?"

"그래. 이번 주는 쉬어. 선택이 아니라 의무야. 모두 지금까지 앞만 보고 달려온 감도 있고."

"으랏차!"

신이 나서 오두방정을 떨고 있는 동동과 소라와 달리 지후의 낯빛은 그리 좋지 않았다. 대나무 숲의 몽재 해결 이후로 줄곧 그랬다. 하루빨리 오 박사가 남긴 메시지들을 해독해 그의 소재지를 찾아내고 싶은 마음 때문이었다.

그 표정을 읽지 못할 수현이 아니었다. 수현은 오 박사 추적은 현실 세계에서 자신이 하고 있으니 잠시 동료들과 함께 아무 생각 없이 꿈속에서 쉬다 오라고 명령했다.

"꿈속에서 쉬라고요?"

"동동을 따라가면 잘 안내해 줄 거야. 그리고 이 휴식은 수키의 권고이기도 해."

수현은 공허한 얼굴로 창밖을 바라보는 예니를 눈짓으로 가리키며 말했다.

"몽재 진압 임무에서 돌아올 때마다 수키는 팀원의 트라우마 변동 수치를 체크하고 있어. 몽재가 일어나는 꿈을 다니다 보면 쌓이는 피로도 같은 거야."

"예니의 트라우마 수치에 문제가 있단 말인가요?"

"아직은 아냐. 하지만 그럴 기미가 보인다는 소리로 수키의 조언을 해석해야겠지. 그리고 난 팀장으로서 수키의 말을 무시해 본 적 없고. 그러니 이것 또한 임무의 일환이라고 생각해."

"빨리 히든 피스를 찾아야 하는데…… 시간 낭비면 어쩌나 싶어요."

"트라우마 수치가 적정선을 넘으면 세 달 동안 드림넷에 접속할 수 없게 돼. 내 말 믿어. 이건 멀리 돌아가는 게 아니야."

"알겠습니다."

그런 연유로 휴가를 맞은 지후와 예니, 소라와 동동은 드림넷에서 가장 유명한 놀이공원인 '판타지아 어트랙션'으로 향했다. 몽주가 꿈속에서 만들어낸 온갖 놀이기구가 캐스터들을 매료시킨, 세계에서 가장 사랑받는 꿈의 장소 중 하나였다.

테마파크는 동화 속 나라 같았다. 하늘에 떠다니는 해파리들이 가로등 역할을 하고 있고, 다리가 달린 트럼펫과 북이 지치지 않고 퍼레이드를 펼쳤다. 아이스크림 트럭을 등에 싣고 다니는 거대한 곰 인형이 시선을 빼앗고, 피에로가 던지는 수류탄은 폭발 대신 분홍색 장미가 쏟아졌다.

"드래곤 사파리보다 좋은데?"

"그리고 몽재 없는 꿈이라는 게 최고 아니겠어? 자아, 오늘은 그냥 아무 생각 없이 노는 거야!"

동동은 신이 나서 마법 강낭콩을 손에 들고 놀이기구를 탐방하러 다녔다. 마법 강낭콩은 껍질을 열면 영롱하게 빛나는 보름달이 하나씩 들었는데, 현실의 그 어떤 사탕보다 달콤하다며 동동은 황홀한 표정을 지었다.

소라가 그런 동동의 옆구리를 양손으로 쿡쿡 찔렀다.

"하여간 꿈속에서도 먹을 생각뿐이야."

무척 들떠 있는 동동과 소라를 보며 지후도 조금씩 긴장을 풀었다. 생각해 보면 자신은 이런 평화로운 꿈에 방문한 적이 없었다. 엄마를 추적하는 꿈에 도움을 줄 수 있는 것의 존재 유무가 지후가 꿈을 고르는 유일한 기준이었다.

상식이 기분 좋게 무시되는 꿈속에서 지후도 경계심을 내려놓을 수 있었다. 엎어진 설탕통에서 흘러나오는 설탕을 눈 삼아 요정들이 스노보드를 타고 있었다. 스노보드끼리 충돌할 때마다 요정들은 투명한 날개로 영롱한 꽃가루를 뿌리며 날아올랐다.

"높은 데서 풍경을 내려다보고 싶지 않아? 나랑 소라가 여기올 때마다 꼭 들리는 놀이기구가 있어! 컴 온."

동동이 지후를 데리고 간 곳엔 버섯 지붕에 비행기가 달린 놀이기구였다. 두 명씩 비행기에 탑승하면 버섯의 지붕이 천천히 회전하는 방식이었다. 작은 소라가 동동과 함께 타야 해서 지후와 예니가 동승했다. 안전벨트 같은 것은 없었다. 중력과 관성이 전혀 다른 방식으로 작동하는 모양이었다.

지후는 이참에 지금껏 침묵을 지키고 있는 예니에게 말을 걸어보기로 했다.

"너 요새 사람들을 일부러 피하는 것 같아. 무슨 고민이라도 있는 거야?"

"그런 거 없어."

"……나는 너희들 덕분에 내 꿈과 얼룩말에 대해서 조금 알게 됐어. 동동 역시 이제는 가위귀신을 안 무서워하게 됐고. 그러니 뭔지 모르겠지만 네가 가진 문제도 우리에게 털어놓으면……."

"그러면 뭐?"

예니가 이 꿈에 들어오고 처음으로 지후의 얼굴을 정면으로 바라보았다.

"성지후, 몽재진압반 사람들의 문제가 뭔 줄 알아?"

"뭔데."

"오랫동안 꿈속에서만 지내다 보니 현실 감각이 떨어지는 거야. 오지랖 부리지 마. 몽재 몇 번 잡아내니까 네가 뭐라도 된 것 같지? 현실에서는 과거로 돌아가서 실수를 바로잡는 마법 따위는 부릴 수 없어. 그러니 내 문제 역시 타인이 이제와서 어쩔 수 있는 게 아니라고."

"하지만 그게 뭔지 말이라도 해주면……."

펑!

지후가 예니의 말꼬리를 붙잡아보려 시도했던 그때, 놀이공원의 상공을 부유하던 비행선이 요란하게 폭발했다. 잔해가 운석처럼 지상을 뒤덮었다.

잔해가 충돌한 놀이기구들이 하나둘 부서졌다. 지후가 탑승한 비행기도 이용객들이 마구 튕겨 나갔다. 예니는 너구리로 변해 착지했으며, 동동은 소라가 염력으로 보호해 주었다. 지후는 맨몸으로 추락했음에도 멀쩡했다.

"뭐야? 무슨 이벤트 같은 건가?"

지후의 말에 동동이 고개를 가로저었다. 동동의 얼굴에 보기 드문 분노가 서려 있었다.

"이 꿈에 이런 이벤트 따위 없어!"

"저길 봐!"

소라의 손가락이 누군가를 가리키는 곳에는 바나나껍질 바이킹이 수직 상태로 멈춰 있었다. 그 꼭대기에 한 남자가 서 있었다. 그는 얼굴을 완전히 덮는 검은 마스크를 쓰고 있었다. 마스크 위에서 해골 문양이 점멸하듯 번쩍였다.

"저 남자, 느낌이 이상해. 이 놀이공원의 오디언스가 아니야."

남자가 손을 뻗어 반원을 그렸다. 그러자 다음 순간, 보이지 않는 갈퀴가 지면을 할퀸 것처럼 흙먼지가 일어나며 놀이공원 일대가 난장판이 되었다. 존재하는 모든 놀이기구를 해체하고 탑승해 있던 사람들을 학살하기 시작한 것이다.

"그만해, 멈추라고!"

참지 못한 동동이 고함을 질렀다. 지금까지 많은 이들을 위로해 주었던 공간이 속절없이 불타고, 무너지며 파괴되고 있었다. 그것은 염력을 구사하는 소라의 눈에도 퍽 이질적인 초능력이었다. 해골 마스크가 손을 뻗은 곳마다 구조물의 뼈대가 허물어졌다.

몽재진압반 3팀은 다 함께 해골 마스크가 서 있던 바나나껍질 바이킹으로 날아갔다. 해골 마스크는 파괴의 손짓을 멈추고 물끄러미 다가오는 이들을 지켜봤다. 그러고는 뭔가를 깨달았다는 듯 손뼉을 한 번 쳤다.

"아, 뭔가 꿈이 찜찜하다 싶었는데."

그가 손가락을 들어 플레이어들 하나하나를 가리켰다.

"다중접속을 할 수 있는 코퍼레이션의 사냥개들을 이렇게 만나네?"

사냥개라는 단어에 증오가 스며들어 있었다.

"우리가 누구인지 어떻게 알았지?"

"들려오는 소문이 있었거든."

동동과 소라가 서로를 쳐다보았다. SOF 코퍼레이션의 몽재진압반는 창설된 지 2년이 넘었지만 대중에게 그 존재가 알려진 바는 없었다.

"어디 소문만큼 대단한지 한번 볼까."

해골 마스크의 형체가 사라졌다. 그리고 다시 나타난 장소는 동동의 정면이었다. 동동이 무기를 꺼내 들려고 하는 순간 해골 마스크가 가차 없이 동동의 배를 걷어찼다.

"으억!"

동동은 트럭에 치인 것처럼 나가떨어졌다. 격분한 지후가 해골 마스크의 등 뒤를 노리고 덤벼들었다. 하지만 휘두른 주먹에 닿는 것은 아무것도 없었다. 하마터면 표범으로 변해 같이 달려온 예니를 때릴 뻔했다.

"사라졌어?"

"이쪽이야."

불과 5미터 정도 떨어진 곳에서 해골 마스크가 다리를 꼰 채서 있었다. 이를 악문 지후가 쏜살같이 지면을 박찼으나 붙잡으려 하면 사라지는 공간이동 능력에 속수무책으로 당할 수밖에 없었다.

"소라야, 잡을 수 있겠어?"

"힘들어. 집중하려고 하면 달아나버리는걸."

염동력을 집중하려면 대상이 눈에 보여야 하는데, 시야의 바깥을 종횡무진으로 움직이는 존재를 막기란 불가능했다.

순간 지후의 눈앞이 번쩍하더니 다음 순간 땅을 나뒹굴고 있었다. 타격의 주체를 파악할 수 없을 정도의 빠른 습격이었는데, 눈을 떠보니 해골 마스크가 자신의 주먹을 바라보며 의아해하고 있었다.

"우와, 너 이상하리만치 튼튼한데?"

"맷집엔 자신이 있거든."

"하지만 느려터졌어."

지후와 예니의 눈빛이 교차했다. 마스크로 얼굴을 가리고 있기 때문에 상대의 시선이 어딜 향하는지는 알 수 없었지만 보이지 않는 곳에서의 공격을 막을 순 없을 것이다. 일순간에 사라져버리는 능력 또한 연속으로 쓸 수 있는지 확인해 볼 필요가 있었다.

'내가 시선을 끌 테니까 뒤를 노려.'

예니는 지후를 향해 그런 의미를 담은 양동 작전의 사인을 보냈다. 그러나 반격의 순간은 오지 않았다.

쩌적, 하늘이 갈라졌다. 꿈이 종료될 시간이 도래한 것이다. 아쉬워한 쪽은 정체불명의 해골 마스크였다. 무너지는 하늘 아래, 그는 지후를 바라보며 입맛을 다셨다.

"아쉽네, 언제 또 만날지 모르는데. 이렇게 살려 보내는 게 말이야."

4

이야기를 전해 들은 수현이 모두를 수면실로 데려갔다. 수현은 그 해골 마스크의 존재를 알고 있었는지 난감해하며 사태를 설명했다.

"별명은 엘 쿠쿠이(El Cucuy). 원래는 포르투갈 민담에 등장하는 꿈속의 악마를 가리키는 말이야. 아이들이 빨리 잠자리에 들지 않으면 엘 쿠쿠이가 잡으러 온다는 이야기가 있지."

"그 자식 한국말을 했어요."

"왜 자기한테 그런 별명을 붙였는지는 몰라. 대화해 본 시간이 그리 길진 않았거든."

수현이 엘 쿠쿠이의 존재를 알게 된 것은 3년도 더 된 일이었다. 몽재진압반 3팀이 제대로 꾸려지기 전이었다.

"내게는 무척 탐나는 인재였지."

꿈속에서 마음먹은 대로 사물을 해체, 파괴할 수 있고 공간 이동 능력까지 보유한 괴물 중의 괴물이 엘 쿠쿠이였다.

"당시 난 회사의 내부 인력만으로 팀을 꾸리기엔 벅차다고 판단해서 뛰어난 자각몽자들을 탐색하고 다녔거든. 엘 쿠쿠이의 소문을 듣자마자 그를 섭외해 보려고 했지."

"그런데요?"

"도무지 말이 통하지 않더라고. 오히려 내가 SOF 코퍼레이션의 사람이라고 밝히자마자 나를 죽이려고 달려들었어. 사실 뭐에 당했는지도 몰라. 한 방에 박살이 나서."

"무방비 상태로 충격을 입으셨던 거죠? 저와 동동도 그렇게 쓰러졌거든요."

"그래. 무슨 만화 속의 닌자처럼 움직이는 녀석이야. 수키의 트레이닝 커리큘럼에도 없는 규격 외의 마법이지."

엘 쿠쿠이는 당시 인기 있는 꿈에 들어가 보이는 것을 모두 파괴하고, 몽주 또한 잔인한 방법으로 살해했다. 그리고 놀랍게도 그가 파괴한 꿈들은 이후에 캐스팅했을 때 트라우마 수치가 폭주하는 악몽이 되어 있었다.

동동이 중얼거렸다.

"마치 프로그램을 망가뜨리는 바이러스처럼 들리는데요."

수현이 지후를 가리키며 어깨를 으쓱거렸다.

"우리 편에도 하나 있잖아. 바이러스 같은 녀석."

"저요?"

"우리가 널 왜 꿈 도둑이라고 불렀는지 잊었어? 네가 꿈속에서 훔쳐 간 물건들은 복원이 되지 않아. 수키도 그 능력의 비밀을 몰라. 엘 쿠쿠이의 경우도 마찬가지야."

다만 그는 훔치는 대신, 파괴할 뿐이다. 수현은 찌푸린 미간을 만지며 말을 이었다.

"몽주가 살해당한 세계는 에고(ego)가 꿈의 통제권을 잃고 이드(id)가 폭주하는 혼돈의 상태가 돼. 그렇게 되면 수키의 시스템이 꿈을 폐쇄해 버리지."

엘 쿠쿠이의 패악질이 심해지자 코퍼레이션은 그의 존재를 심각한 위협으로 상정하고 대응책을 수립하고 있었다. 오 박사는 그의 의식 패턴을 파악해 추방할 계획을 세워보자고 했다.

하지만 그 계획이 실행되지는 않았다.

"엘 쿠쿠이는 갑자기 사라지고선 다신 나타나지 않았어. 덫이 완성되기도 전에 맹수가 없어진 거지. 그리고 3년 만에 돌아온 거야."

오 박사가 있었을 때도 붙잡을 수 없었던 악마가 다시 나타났다. 인정하기 싫었지만, 수현은 이것이 최악의 타이밍임을 알았다.

"그것도 다중접속 상태인 우리와 마주할 수 있는 능력까지 갖추고서."

지후가 엘 쿠쿠이와 만난 날 이후로 드림넷의 꿈들이 빠른 속도로 파괴되어 갔다. 인기가 많은 꿈들만 골라서 잿더미로 만들었기 때문에 SOF 코퍼레이션의 수뇌부는 발칵 뒤집혔다.

본래 수현은 지나간 과거를 후회하지 않는 타입이었다. 놓쳐버린 사파이어를 뒤돌아보느라 눈앞의 다이아몬드를 발견하지 못한다고 믿는 미래지향적인 인간이었다. 하지만 황 회장과 대면하자 오랜만에 후회가 됐다. 엘 쿠쿠이를 그때 처리했더라면 어땠을까.

"몽재진압반은 뭘 하고 있나. 내가 여러분들에게 주는 월급을 생각하면 천불이 나는군."

회사의 주가가 곤두박질치고 있었다. 회장실에 모인 임원들을 다그치는 황 회장의 얼굴은 싸늘했다.

"입이 있으면 대답을 하지. 할 말이 없다면 무능을 증명하는 것이고, 할 말이 있는데도 침묵하는 거라면 나를 무시하는 것으로 받아들이겠다."

"그리 말씀하시니 보고를 드리겠습니다."

몽재진압반 1팀 팀장의 입이 열렸다. 그는 자각몽자의 세계에서도 손꼽히는 능력자였다.

"그 테러리스트가 24시간 동안 수십 개의 꿈을 캐스팅하는 게 본질적인 문제입니다. 그 기묘한 정신력은 물론, VIP 이용권을 지닌 고객들조차 하루 10회로 캐스팅이 제한되어 있는데 이를 해금했다는 것은 그가 뛰어난 해커일 가능성을 시사합니다. 단독범이 아닐 수도 있고요. 예상보다 문제 해결에 시간이 더 걸릴지도 모릅니다."

"구구절절한 변명이로군."

낭심을 걷어차인 얼굴로 물러나는 1팀장의 옆에서 2팀장이 다급하게 대꾸했다.

"기다려보시는 게 어떨까요, 회장님."

"무슨 뜻인지 설명하게."

"보통 테러범이 벌이는 절차에는 순서란 게 있습니다. 힘을 과시해서 자신이 뭘 할 수 있는지 증명한 후에는 요구 조건을 밝히기 마련이지 않습니까. 엘 쿠쿠이가 꿈이 아닌 다른 채널을 통해 우리 코퍼레이션에 접촉을 시도하는 때를 노린다면 일이 잘 풀릴지도 모릅니다."

"그놈이 금전이나 신념 목적의 테러리스트라면 차라리 낫겠지. 협상의 여지가 있을 테니. 하지만 세상엔 길가의 눈사람을 그저 걷어차고 짓밟아야만 성이 풀리는 미치광이들도 있네. 그가 어떤 유형인지 장담할 수 있나?"

수현의 입장에선 평소 은근히 3팀을 무시해 온 1,2팀 팀장들이 추궁당하는 건 고소한 맛이 있었다. 그것을 오래 음미할 시간이 없어서 아쉬울 정도였다.

"무제한으로 꿈을 캐스팅할 수 있는 사람은 극소수야. VVIP 이용권이 어디선가 새어 나갔다면 그걸 색출해 내야지. 이용자 암호화 프로그램을 해제해서라도 그놈을 찾아내."

수현이 다문 입을 열게 된 것은 이때였다.

"안 됩니다. 그건 우리 회사의 원칙을 어기는 행위예요. 늘 그랬듯이 수키의 알고리즘에 우회 패치를 추가하면……."

"그 작업이 가능한 유일한 사람이 우리에게 없지 않나. 나는 지금이야말로 원칙을 바꿀 때라고 생각하는데."

외통수였다. 결국 오재욱 박사의 빈자리가 도드라져 보인다. 이런 상황이 이어진다면 오 박사가 훗날 복귀한다고 하더라도 사내에서 그의 입지가 얼마나 쪼그라들어 있을지 알 수 없는 일이었다. 오 박사의 원칙과 신념이 무너지는 것을 수현은 용납

하기 어려웠다.

"3팀이 엘 쿠쿠이를 막겠습니다."

내뱉듯이 장담한 뒤 수현은 문을 닫고 나섰다. 머릿속이 복잡했다. 황 회장은 결코 어리석은 사람이 아니다. 엘 쿠쿠이의 본체, 즉 계정주를 찾아내 응징하는 식의 극단적인 처방이 얼마나 위험한지 그 누구보다 잘 알고 있을 것이다. 그런 전례가 생긴다는 것 자체가 치명적인 일이다.

'유도당한 걸까.'

자신에게 반대하기 위해서, 오 박사의 유지를 잇기 위해서 수현이 나설 것이라는 확신에서 미끼처럼 던진 말일지도 몰랐다. 황 회장의 그런 의도를 어렴풋이 눈치챘으면서도 수현은 결심했다.

'우리 3팀은 이제 빈틈없이 완성됐어. 나 혼자 맞서야 했던 이전과는 달라.'

수현의 진짜 걱정은 따로 있었다. 타이밍이 너무나 공교로웠다. 행방불명된 오 박사의 추적을 시작하자 엘 쿠쿠이가 돌아왔다는 게 우연 같지 않았다. 무엇보다 내부 테스트 기계인 '다중접속 드림캐스터'로의 접속일 때도 개인 접속했을 터인 엘 쿠쿠이와 같은 공간에서 만났다.

'기업 비밀의 외부 유출.'

상상만으로도 끔찍한 가능성이었다. 누군가 드림캐스터의

비밀을 회사 바깥으로 빼돌렸다면, 현재로서는 오 박사가 가장 유력한 용의자이기 때문이다.

"오늘도 허탕인가."

지후가 캡슐에서 깨어났을 때 수현의 한숨 섞인 말이 들렸다. 몽재진압반 3팀의 플레이어들은 엘 쿠쿠이와 접촉하기 위해 꿈속에서 일종의 잠복을 시작했다. 그러나 그는 플레이어들이 숨어 있는 꿈에는 절대 나타나지 않았다.

대체 왜 엘 쿠쿠이가 그런 일을 하는지에 대한 성명서도 없고, 금전이나 대가를 요구하지도 않는다. 다만 꿈을 파괴할 뿐인 악몽전파자.

엘 쿠쿠이가 박살 낸 줄도 모르고 그 꿈을 캐스팅한 사람들은 심각한 정신적 피해를 보았다. 그리워했던 마음의 고향이 불태워지고, 사랑했던 반려동물이 참살당하고, 영혼을 위로해 주던 음악들이 소름 끼치는 소음으로 변한 폐허를 직면하고 분노했다.

"기분 탓인지 시위대가 어제보다 더 늘어난 것 같아요."

"기분 탓 아니야. 너희는 이곳에서 숙식을 해결하니까 모르겠지만 출퇴근길이 진짜 악몽 같아."

수현은 SOF 코퍼레이션 빌딩 앞의 거대한 광장에서 엘 쿠쿠이의 가면을 불태우며 시위를 벌이고 있는 사람들을 처음 목격했을 때를 떠올렸다. 멀리서 보면 그것은 마치 핼러윈 축제를 즐기러 나온 가장행렬처럼 보였다. 하지만 그들은 모두 분노에 가득 차 있었다.

"우리 속담에 '아닌 밤중에 홍두깨'라는 말이 있지. 지금이 딱 그 상황이야."

수현의 말에 동동이 물었다.

"홍두깨가 뭔데요?"

"빨래 다듬는 데 쓰는 방망이의 일종이야. 이 속담에선……."

소라가 눈을 비비며 화장실을 찾아 밖으로 나간 걸 확인한 수현이 설명을 계속했다.

"남편을 잃은 과부와 정을 통하기 위해서 밤중에 담을 넘어 온 남자를 비유하는 말이고."

"그게 바깥의 화난 사람들과 무슨 상관인데요?"

"그 속담은 본래 난데없이 당한 불쾌한 일을 비유하는 데 쓰이지. 하지만 어원을 따져보면 더 심각한 불안과 공포가 숨겨져 있어. 조선 시대에 과부가 외간 남자와 통정한 것이 알려지면 큰일이 났겠지. 죽임을 당할 수도 있었어. 그저 자다가 물벼락을 얻어맞는 정도의 표현이 아니었다는 거야. 존재에 겨눠진 위협, 그게 바로 홍두깨지."

가장 내밀한 세계에 침범한 흉악한 존재. 수현은 엘 쿠쿠이가 이제 드림넷의 안녕을 심각하게 위협하는 홍두깨가 되었다는 것을 부정하기 어려웠다. 그를 잡는 게 SOF 코퍼레이션의 사활을 건 문제가 된 것이다.

"무엇보다 드림넷의 헤비 유저인 몽주들이 극렬히 항의하고 있어. 상상해 봐. 꼬마 시절 욕조에서 아버지와 함께 물장구를 치던 꿈에서 욕조가 벌레들로 가득 차. 돌아가신 할머니와 같이 바둑을 두며 고인을 그리워하던 꿈에서 할머니의 잘린 머리가 바둑판을 핏물로 적셔버리지. 드림넷이라는 우물에 엘 쿠쿠이가 독을 풀고 있는 거야."

"그런 일이 정말 벌어지고 있다고요?"

"공식 채널로 접수된 항의 메일을 몇 개만 읽어봐도 그래. 그렇게 자신의 쉼터와도 같은 꿈을 파괴당하면 어떻게 될 것 같아? 이용자들은 물론 꿈을 업로드한 몽주마저 트라우마 수치가 치솟아 드림캐스터 자체에 접속이 막혀. 그리고 끔찍한 악몽으로 변한 꿈은 재현이 거의 불가능해. 트라우마가 뇌리에 박혀 버렸기 때문에."

"드림넷 서버를 일시적으로라도 중단시키면 어때요? 놀이공원에 불을 지르고 다니는 셈이니, 놀이공원을 닫아두는 거죠."

예니의 질문을 실제로 한 간부가 어젯밤 황 회장에게 제의하기도 했다. 돌아오는 것은 불호령이었다.

"회장님은 그것만큼은 불가하다는 입장이야. 섬망 현상이 드림캐스터와 관련이 없다는 논문으로 학계를 도배하기 위해 우리가 먹인 뒷돈이 얼마인 줄은 알고 있냐면서 호통을 치셨지. 나도 그 입장에는 동의해. 대규모 업데이트를 예고한 지 얼마 되지도 않아서 서비스를 멈추면 드림캐스터에 치명적인 하자가 있다고 전 세계에 광고하는 셈이 되는 거니까."

결국 우직한 방법 외엔 도리가 없었다. 3팀은 기약 없는 잠복을 계속했다. 그런데 정작 엘 쿠쿠이와의 재회는 의외의 장소에서 이루어졌다.

5

문제의 청년을 발견한 사람은 키가 2미터에 가까운 험상궂은 인상의 경비원이었다. 구름이 가득 낀 날, 그는 시위대를 노려보며 눈살을 찌푸리고 있었다. 그렇게 만들어낸 억지 위압감이 폭력 사태를 예방할 수 있을 것이라 믿었기 때문이었다. 실제로 그것은 제법 효과적이었고 그의 주변은 다른 경비원들보다 더 넓은 안전지대가 확보돼 있었다. 그런데 마른 체격의 한 청년이 시위대 무리를 가로질러 정확히 그를 향해 다가왔다.

청년의 얼굴은 무덤덤했다. 시비를 걸려고 오는 건 아닌 듯보였다. 그가 가장 가까운 화장실 위치를 물어볼 것이라 예상한 경비원의 손가락은 이미 맞은편의 식료품점을 가리킬 요량으로 꿈틀거리고 있었다. 그러나 청년은 예상과 전혀 다른 말을 꺼냈다.

"사람들이 붙잡고 싶어 하는 꿈 테러리스트 말입니다. 그거 사실 접니다."

경비원의 빰이 씰룩댔다.

"시답잖은 소리 하지 말고 물러나십시오. 가까이 오면 사유지 침범으로 제재받을 수 있습니다."

경비원에게 청년이 뭔가를 들이밀었다. 승인되지 않은 기기가 추가로 부착된 특이한 형태의 드림캐스터였다.

"못 믿겠다면 확인해 보세요. 당신한테 월급 주는 사람들한테요."

경비원은 그 드림캐스터를 받아들고 잠시 고민했다. 그러다 목소리를 낮게 깔고 귓속말처럼 작게 물었다.

"그쪽이 정말 엘 쿠쿠이라면 등 뒤에 잔뜩 몰려 있는 사람들이 지금 누굴 가장 때려죽이고 싶어 하는지 알고서 여기 온 거요? 대단한 담력이시군."

"제 담력은 이제부터 벌일 일에 더 크게 쓰일 겁니다."

경비원은 잠시 자리를 비켜 상사에게 문제의 드림캐스터를 넘겼다. 잠시 후 평소엔 마주칠 일 없는 엄청난 숫자의 간부들이 총출동해 그의 주변을 둘러쌌다. 청년의 주장은 사실이었다. 그 드림캐스터는 일반적인 모델이 아니었으며 수키는 엘 쿠쿠이 본인의 기기일 확률이 99퍼센트에 가깝다고 판정했다.

"그것 봐요. 제가 엘 쿠쿠이라고 했잖아요."

로비에 진을 치고 있던 카메라 플래시가 일제히 터졌고, 청년은 당당하게 중앙 엘리베이터를 타고 회장실로 향했다.

회사의 모든 간부가 회장실로 집합했다. 회장실에서 청년은 조금도 기죽지 않고 그 시선들을 받아냈다.

먼저 입을 연 것은 얼음장 같은 얼굴의 황 회장이었다.

"그 드림캐스터를 어디서 구했지."

"주웠습니다."

"솔직히 말할 뜻은 없나 보군. 어린아이도 믿지 않을 답변을 하는 걸 보니."

황 회장은 본론으로 치고 들어가기로 했다.

"목적은 자수인가."

"꼭 제가 죄라도 지은 것처럼 말씀하시는군요."

"회사에 들어오면서 보았겠지. 자네가 저지른 일 때문에 고통받는 사람들이 저렇게나 많다는 걸. 세상엔 인과응보라는 게 있고, 업보에 따른 대가를 치르게 하는 건 꼭 하늘에 달린 것만은 아닐세."

감히 여기까지 걸어 들어와서 무사히 빠져나갈 수 있을 것 같으냐는 협박이었다. 그러나 청년은 꿈쩍도 하지 않았다.

"스케치북 구매자가 거기에 뭘 그리든, 스케치북 판매자가 참견할 권한은 없지요."

황 회장을 제외한 모두의 표정이 일그러졌다. 그것은 8년 전 유명 연예인이 등장하는 퇴폐적인 꿈이 올라와 사회적인 파장을 일으켰을 때 황 회장 본인이 했던 말이었다. 윤리적 비난이 쏟아졌을 때 그것을 회피하기 위해 꺼낸 정치적 멘트. 듣고만 있던 수현이 소리쳤다.

"말장난하지 마. 넌 목마른 사람들이 모이는 오아시스에 독을 탄 거야."

"'꿈속의' 오아시스였지요. 꿈속에서 누군가를 죽이면 살인죄가 됩니까. 꿈속에서 누군가를 겁탈하면 그건 강간죄가 되나요. 저에겐 아무런 잘못이 없습니다. 애초에 그런 법 따위 없으니까."

수현조차 자신의 입으로 지후에게 말한 적이 있었다. 꿈속의 일로 판사봉이 움직이지는 않는다고. 청년은 의자의 등받이를 살짝 뒤로 기울였다.

"누구나 꿈을 꿀 자유가 있지 않나요. 당신들의 모토가 바로 그것이고. 꿈속에서 저지른 일로 감옥에 가야 한다면, 정확히 지구만 한 크기의 감옥이 필요할 겁니다."

더 반박하려는 수현을 황 회장이 제지했다.

"원하는 것이 있을 테지."

"이 회사에서 키우는 꿈속의 사냥개들이 있는 걸 압니다. 얼마 전에 한 번 마주치기도 했고요."

주변에 있던 간부들이 일제히 수현을 쳐다보았다. 엘 쿠쿠이는 지금 몽재진압반 3팀을 거론하고 있었다.

그는 자신이 들고 온 의문의 드림캐스터를 조심스레 쓸어 만졌다.

"제 꿈에 그들을 초대할 수 있도록 해주십시오. 당신들이 키운 사냥개가 절 쓰러뜨리면 활동을 멈추겠습니다. 하지만 그렇지 못하면 저는 그 꿈을 드림넷에 올릴 겁니다. SOF 코퍼레이션의 사냥개들이 사냥당하는 장면을 온 세상이 '꿈'꾸게 되겠지요."

그것은 초대장이었다. 테러리스트의 안방으로 들어와 폭탄을 가져가든지, 아니면 폭탄에 장렬히 산화하든지 선택하라는 것이다. 누구도 꿈속 세계에서 자신을 막아설 수 없다는 것을 온 세계에 과시하고 싶어 하는 오만함이 엿보였다.

"뭐, 리얼타임으로 진행되는 꿈에 감히 발을 들여놓을 배짱이 그쪽에 있다면 말이죠."

"우리가 거절한다면?"

"그럼 저는 경찰의 보호를 받아 집으로 돌아가고 두 번 다시 이 건물에 발을 딛지 않을 겁니다. 물론 드림넷에서는 열심히 제가 하던 일을 반복해 나가겠죠. 처음이자 마지막이 될 기회를 드리는 겁니다. 저를 붙잡을 수 있는 기회."

"생각할 시간을 주게."

"한 시간. 그 이상은 곤란합니다."

SOF 코퍼레이션이 설립된 이래 최대의 도전이었다.

"할 수 있겠나."

1팀과 2팀의 플레이어들은 고개를 저으며 뒤로 물러났다.

"타인의 꿈에 리얼타임으로 들어가는 건 금기 중의 금기입니다. 개발팀의 허가가 없어서 임상 실험 결과조차 거의 없죠. 게다가 꿈이라고는 해도 아무런 죄책감 없이 사람을 죽여대는 놈입니다. 드림넷에서처럼 수키의 트라우마 필터로 미리 체크해 볼 수도 없고요. 함정에 스스로 걸어 들어갔다가 회복할 수 없는 트라우마를 떠안을 수는 없습니다."

"1팀장의 말이 옳아요. 테러리스트의 요구에 응할 필요가 없습니다. 그의 꿈속에서라면 질 확률이 높은데 패배 장면을 드림넷에 올리기라도 하면 SOF 코퍼레이션의 신용도는 땅에 떨어질 겁니다."

그렇게 되면 결국 모든 사람이 악몽이 두려워서 드림넷에 접속하지 않는 세상이 온다. 문밖에서 콧노래를 흥얼거리고 있는 녀석은 황 회장의 악몽을 구현하러 온 진정한 '엘 쿠쿠이'였다. 1팀장이 황 회장의 눈치를 보면서 한탄처럼 중얼거렸다.

"영리한 녀석입니다. 일부러 도가 지나친 난동을 부려 사람들의 화를 돋우었죠. 그러고는 시위대가 몰린 날에 모습을 드러냈습니다. 언론에서도 난리가 났고. 녀석은 오는 길에 이미 경찰에게 신변 보호를 요청했더군요."

단 한 명의 일반인이 초국가적 기업을 상대로 발을 걸어 넘어뜨리려고 하고 있었는데, 그것이 실제로 먹힐 형국이었다.

엘 쿠쿠이를 잡을 것이라 장담한 수현도 이번만은 망설여졌다. 적의 꿈속으로 들어가는 것은 너무 큰 리스크였다. 거절하려는 순간, 뜻밖의 목소리가 들렸다.

"저를 들여보내 주세요. 저놈의 꿈속으로."

말을 꺼낸 것은 지후였다. 황 회장의 유리알 같은 눈에 드문 호기심이 깃들었다. 하지만 수현은 미간을 찌푸리며 지후를 붙잡았다.

"야! 너 갑자기 왜 그러는 거야?"

"팀장님이 그랬죠. 다중접속 드림캐스터를 만들 수 있는 사람은 오재욱 박사가 유일하다고. 저 수상한 드림캐스터를 그냥 주었다는 말도 믿지 않잖아요. 아마 오 박사의 행방과 연관돼 있겠죠. 나는 죽더라도 내 꿈의 비밀을 풀고 싶어요."

지후의 말에 3팀의 다른 팀원들도 손을 들었다.

"위험해. 너희는 그냥 물러나 있……."

예니가 고개를 가로저었다.

"어디로 물러나 있으라는 거야, 성지후. 평생을 물러나서 겨우 도착한 곳이 여긴데. 이곳이 내 집이야. 집에 도둑이 들었으면 내쫓아야지. 사냥개답게."

엘 쿠쿠이는 몽재진압반 3팀의 수면실 안으로 들어왔다. 그리고 신기하다는 듯이 최첨단 설비로 들어찬 내부를 둘러봤다. 수현은 소중하게 가꿔온 안뜰에 지저분한 군화가 발을 내딛는 걸 지켜보는 기분이었다.

"뭘 그렇게 뚫어지게 보는 거야?"

"오늘 이후로 SOF 코퍼레이션은 없어질 테니까요. 멸종을 앞둔 동물을 눈앞에 두면 찬찬히 뜯어보고 싶어지는 법이죠."

"입은 살았군."

"곧 제 머릿속으로 들어오시게 되면, 결코 입만 산 게 아니라는 걸 알게 될 겁니다."

엘 쿠쿠이는 메인 서버로 연결되는 허브 케이블을 자신의 드림캐스터에 꽂았다. 무척 과감한 행동이고, 위험천만한 도발이었다.

'아니야. 위험한 건 적진에 들어가는 우리 애들이지.'

수현은 이미 출동해 청년을 경호하고 있는 경찰을 죽 둘러보았다. 세파에 찌들어 보이는 경찰 한 명이 고개를 끄덕였다.

"중앙경찰청 노지훈 경사입니다."

잠든 틈을 타서 어떻게 할 생각은 꿈도 꾸지 말라는 듯 그들은 단호한 태도로 청년을 에워싸고 앉았다. 이 대치가 공권력의 사병화처럼 보인다고 언급하면 이 경찰은 어떤 반응을 보일까. 조소하던 수현은 이내 마음을 가라앉혔다. 경찰의 심기를 굳이 불편하게 만들 필요는 없었다.

"팀장님, 따로 하실 말씀은 없으세요?"

지후가 캡슐에 한 발을 올린 채 물었다. 수현은 잠시 입에서 몇 마디를 오물거린 다음 결심한 듯 말했다.

"작전대로 가자. 나는 싸움에 제대로 끼어들지 못할 거야. 너희 넷만으로 녀석을 제압해야 해."

"해볼게요."

"타인의 의식에 직접 초대받는 건 위험한 일이야. 수키의 훈련도, 내 조언도 아무런 의미가 없어질 거야. 타이머를 이용해 원하는 시점으로 돌아갈 수도 없어. 산소통 없이 바다에 뛰어드는 셈이지. 그러니까……."

지후는 이 정도로 자신 없어 하는 수현의 표정을 처음 직면했다. 그리고 자신이 그 얼굴을 보고 싶어 하지 않는다는 사실에 어색함을 느꼈다.

"너희가 서로의 산소통이 되어줘야 해."

6

"기다리느라 지쳐서 하마터면 깰 뻔했잖아, 여러분."

낯익은 해골 마스크가 지후를 내려다보고 있었다. 엘 쿠쿠이가 뒤틀린 유머 감각을 자랑했으나 그에 대꾸할 수 있는 사람은 없었다. 꿈에 입장하자마자 정신적 이물감이 엄청난 압박으로 덮쳐왔기 때문이었다.

"구역질 나는 곳이네."

예니가 머리를 짚으며 중얼거렸다. 그들은 거대한 원반에 서 있었다. 검은 물이 찰랑이는 바닥에서 무언가 꿈틀대고 있었다. 엘 쿠쿠이의 뒤편에선 하얀 벽면에 두 개의 검은 폭포가 흘러내리고 있었는데, 지후는 그것이 엄청난 크기로 확장된 두개골의 안와 부분이라는 것을 깨달았다.

"이제 우리는 네 얼굴을 다 아는데, 왜 굳이 가면을 쓴 거지?"

"부끄러움이 많은 편이라고 주장하면 믿어줄 건가."

동동이 소라를 꼭 붙잡고 지후의 귓가에 속삭였다.

"저 해골 마스크가 이 꿈의 고유 영역일 거야. 우리 목표물이 저거란 얘기지."

엘 쿠쿠이에게 접근해서 마스크를 벗겨낸다. 그 단순명쾌함이 마음에 들었다. 지후가 도약을 위해 무릎을 살짝 낮추었다.

"바로 시작하려고? 좋아. 저번에는 종이 울려서 무승부로 끝났지. 하지만 여기엔 심판도, 제한 시간도 없다."

검은 물결이 솟구쳐 허공에 떠 있는 엘 쿠쿠이 주변을 휘감기 시작했다.

"룰은 간단해. 먼저 항복하고 꿈에서 나가는 쪽이 지는 거야.

마음껏 싸워보자고."

동동은 자신에게 주어진 선봉장의 임무를 잊지 않았다. 엘 쿠쿠이의 이죽거림이 끝나기 전에 동동의 어깨에 놓인 바주카 포가 포탄을 토해냈다. 지난번 조우에서 속수무책으로 당한 울분이 담긴 한 방이었다.

"터져버려라!"

강력한 물리력으로 상대를 찢어발길 심산이었다. 엘 쿠쿠이가 이전처럼 공간이동을 한다면 소라가 그 뒤를 잡아챌 준비까지 마쳐놓은 상황이었다.

콰아아아앙!

하지만 포탄은 동동과 엘 쿠쿠이의 중간 지점에서 무력하게 터져버렸다. 동동이 황급히 주변을 둘러보자 독수리로 변한 예니가 뭔가를 피해 날아오르는 게 보였다. 검은 물 밑에서 솟아오른 것은 가지런히 정렬된 대공포였다. 그것이 동동의 포탄을 정확하게 격추했고 이제는 예니를 노렸다.

동동이 발악하듯 외쳤다.

"조심해! 물 밑에서 뭐가 올라오고 있어!"

입이 다물어지질 않았다. 시커먼 액체가 중력을 배신한 채 토해 내고 있는 것은 녹이 잔뜩 슬어버린 군함이었다. 선체의 절반이 사라진 상태였지만 그 위용은 어마어마했다.

엘 쿠쿠이의 해골 마스크 안에서 경탄이 흘러나왔다.

"하필 저게 나와버렸네? 너희들 고생 좀 하겠는걸."

20개가 넘는 대공포가 모두 예니의 궤적을 추적했다. 예니가 독수리에서 작은 비둘기로 변신을 전환해 포탄을 가까스로 피했다.

그러는 사이 지후는 떠오르는 군함의 측면을 타고 달리기 시작했다. 단단한 금속판이 지후의 발걸음마다 골판지 마냥 구겨졌다. 단 한 번의 도약으로 엘 쿠쿠이의 등을 노릴 수 있는 위치에서 숨을 멈춘 지후가 벽면을 박찬 순간이었다.

"뭐야?"

동그란 물체가 앞을 가로막았다. 지후의 주먹질에 맥없이 터져나간 것은 판타지아 어트랙션에서 보았던 애드벌룬이었다.

그것들은 엘 쿠쿠이가 파괴한 꿈들의 잔해였다. 군함도 대공포도 엘 쿠쿠이의 손에 무참히 박살 났던 것이었다. 예니가 충돌한 철조망 역시 마찬가지였다. 소라는 동동과 자신을 향해 날아드는 잔해들을 막아내느라 정신이 없어 보였다.

파괴된 꿈의 잔해들이 떠오르는 속도는 그다지 빠르지 않았다. 하지만 가속도가 붙어 있었다. 마치 자유 낙하하는 물체들의 상하를 뒤집어놓은 듯한 형상이었다.

"그러다가 언제 여기까지 올래?"

보통의 꿈속에서보다 정신력이 훨씬 빨리 고갈되는 기분이었다. 심리적 악천후라 할 수 있을 것이다.

동동이 격발하는 총탄들은 그의 옆을 스쳐 갈 뿐이었고, 예니가 짐승의 발톱을 휘두를 때마다 검은 물결이 덮쳐와 신경을 흐트러뜨렸다. 엘 쿠쿠이의 타격에서 벗어나 있는 상대는 지후뿐이었다. 하지만 도무지 해법이 보이질 않았다. 꿈속에서 결코 지칠 줄 몰랐던 지후는 뜀박질 한 번이 뜻대로 되질 않는 현실에 이를 악물었다.

철퍽. 잔해 위를 뛰어넘다가 발을 헛디딘 지후가 볼품없이 나뒹굴었다. 엘 쿠쿠이가 흥이 식었다는 듯 한숨과 함께 그 모습을 조롱했다.

"아주 만족스러워. 정예 중에 정예들이 나 하나 당해내지 못하는 모습을 이제 만천하가 보게 될 거야."

"이런 짓을 벌이는 이유가 뭐야?"

"꿈을 공유한다는 미명 아래 모인 위선자 집단이 싹 다 망하길 바랄 뿐이야."

"네가 벌이는 짓 때문에 고통받는 사람들이 불쌍하지도 않아?"

분한 듯이 고개를 쳐드는 지후와 엘 쿠쿠이의 시선이 서로 얽혀들었다.

"악몽을 꾸는 거 말이야? 그깟 꿈에서 시달리는 고통은 깨고 나면 두 시간도 가지 않아. 휘발된다니까. 하지만 나는 평생을 이 도시의 어둠 속에서 살아왔어. SOF의 광고 문구를 들을 때마다 구역질이 났지. 나의 꿈으로 너를 위로해 준다고?"

엘 쿠쿠이가 지후의 주변을 빙글빙글 돌기 시작했다. 컨테이너와 포클레인, 거대한 북. 딛을 수 있는 것이라면 무엇이든지 개의치 않고 발걸음을 옮겼다. 잔해들은 계속 위로 떠올랐기에 그의 궤적은 3차원에 그려지는 난잡한 추상화 같았다.

"웃기지 마. 그런 위선을 도저히 참아줄 수가 없어, 나는. 진짜 고통을 모르는 것들끼리 부둥켜안고 핥아주는 꼴을 못 봐주겠다고."

엘 쿠쿠이의 발걸음이 멈췄다. 지후의 눈빛이 전혀 죽지 않은 것을 발견한 것이다.

"더 해볼 거야?"

"한쪽이 꿈에서 나갈 때까지 게임이 끝나지 않는 거 아니었나. 네가 무슨 수를 쓰더라도 붙잡고 말 거다. 계속 도전하다 보면……."

"계속 도전하다 보면 언젠가는 할 수 있을 것 같지?"

해골 마스크가 위아래로 부들거렸다. 순간 화가 난 줄 알았지만 웃음을 참는 것이었다.

"황수현, 그 여자가 예전에 나를 뭐라고 꼬신 줄 알아? 시간을 되돌려 똑같은 꿈의 처음으로 되돌아갈 수 있다고 하더군. 마치 게임처럼 계속 새로운 공략법을 시도하면서 마침내 마왕을 끝장내는 용사가 될 수 있다고 말이야."

재장전하며 엘 쿠쿠이의 뒤통수를 노리던 동동이 움찔했다.

"하지만 꿈은 게임이 아니야. 죽어도 세이브 포인트에서 에너지가 가득 찬 상태로 부활하는 게임 캐릭터와 인간은 달라. 패배의 순간들이 쌓이면 네 무의식은 이 꿈을 깰 수 없다고 판단하게 된다고."

엘 쿠쿠이의 육체가 잠깐 흐릿해지더니 두 걸음 뒤에서 나타났다. 멀리서 떠오르고 있던 유조선이 포탄을 맞아 모래성처럼 허물어졌다. 동동이 내쏜 회심의 한 발이 빗나가고 만 것이다. 엘 쿠쿠이는 등 뒤에 저격수를 두고서도 두렵지 않은 기색이었다.

"나는 너희가 만든 섬을 가라앉힐 거야. 파괴하고 지워버릴 거야. 너는 숨을 참고 잠수해서 섬을 끌어올리려고 하겠지만 시도를 거듭하면 거듭할수록 섬은 점점 깊게 가라앉고, 네 숨은 횟수를 거듭할 때마다 더 가빠오겠지."

"……."

"네놈들은 아무도 구할 수 없어. 너희뿐만이 아니야. 인간은 그 누구도 서로를 구할 수 없어. 난 그런 것을 떠드는 위선자들이 역겹다. 달콤한 꿈을 아무리 많이 꾸어도, 깨고 나면 무엇이 그들을 기다리고 있지? 도태된 자들이 파괴된 삶의 조각을 타인의 꿈에서 긁어내 기우려는 것뿐인데."

지후가 벌떡 일어나서 주먹을 쥐었다.

"궤변은 다 떠들었냐. 자서전이라도 쓸 모양인가 보지? 네가 열변을 토해도 내 귀엔 전혀 들어오지 않아. 모기가 앵앵거리는 소리나 다름없지."

"모기라고?"

"사실 모기보다 못하지. 모기는 인간의 피 한 방울을 빨려고 목숨 걸고 살갗에 달려들잖아? 그런데 너는 그걸 못 해."

손바닥을 위로 보인 다음 지후가 그것을 까닥였다. 역사와 민족을 초월한 도발의 손짓을 한 지후는 자신만만하게 웃어 보였다.

"와서 나를 쓰러뜨려 봐. 네가 아무리 공격해도 난 부서지지 않아. 나는 백 년이고 천 년이고 너와 술래잡기를 할 수 있어."

"장담해? 이 짓을 계속할 수 있다고."

"너는 이 꿈이 상상을 초월하는 악몽이라고 생각하는 모양인데, 그렇지 않아. 두려움은 전혀 느껴지지 않거든. 그냥 불쾌할 뿐이야. 그 가면 위에 해골 표식을 그려봤자 그건 가짜야. 저 승사자를 유치하게 따라 할 뿐이지."

퍽! 강력한 타격이 순식간에 지후의 복부를 후려쳤다. 하지만 공격을 직감하고 있던 터라 몇 걸음 뒤로 물러섰을 뿐 넘어지지 않았다.

"네 말 중 하나는 맞네. 대체 어찌 된 몸인지 도무지 부수기가 곤란해. 하지만 네게서 항복을 받아내느라 백 년까지 쓸 필요는 없지."

마지막 한마디와 함께 엘 쿠쿠이가 손가락을 한 번 팅기자 찢어지는 비명과 함께 하얀 깃털이 우수수 떨어졌다. 바닥에 떨어진 것은 변신이 풀린 예니였다. 고통에 일그러져 있는 얼굴. 옆구리의 살점이 한 움큼 날아간 모습이었다.

엘 쿠쿠이가 예니에게 접근했다.

"내가 한 방에 사람들을 터뜨려버리니까 오해했나 봐. 이건 조절도 가능해. 손가락 마디 하나하나씩 파괴할 수 있거든. 음, 이렇게."

예니의 손가락이 터지면서 피가 분수처럼 쏟아졌다.

"아아아아아악!"

검은 물 위에서 예니는 몸을 비틀었다. 찰박이는 소리만이 메아리도 없이 울려 퍼졌다. 지후의 얼굴은 얼음 같이 싸늘했지만 동공이 요동치는 것은 막을 수 없었다.

엘 쿠쿠이의 손끝이 가리킨 다음 타자는 소라였다. 동동이 황급히 앞을 막아섰지만 오금이 떨리고 있었다.

"다음번에는 저 꼬마애 차례로 할까? 어딜 날려 버릴지는 네가 정해 볼래? 뭣하면 내가 좀 도와줄 수도 있고. 이 잔해들 어딘가에 주사위 하나쯤은 있겠지. 주사위 눈이 하나면 손가락, 둘이면 발가락, 셋이면 갈비뼈, 넷이면……."

"그만, 그만해. 내가…… 졌다."

엘 쿠쿠이와 지후 사이에 묵직한 침묵이 가라앉았다. 지후는 고개를 푹 떨군 채 들지 않았다. 엘 쿠쿠이의 해골 마스크 안에 어떤 표정이 있을지 꿈속에서는 알 방도가 없었다.

드림캐스터를 쓰고 잠들어 있는 청년의 입꼬리가 슬며시 올라갔다. 노지훈 경사가 그것을 발견했다.

"캐스터의 액정 불빛이 바뀌었군요. 곧 깨어납니까?"

"네. 개인차가 있겠지만 2분을 넘기진 않을 거예요."

그때 경찰 중 한 명이 노 경사의 소맷자락을 붙잡았다.

"경사님."

젊은 경찰의 얼굴이 창백했다. 고개를 돌린 노 경사의 앞에 전혀 예상치 못한 광경이 펼쳐져 있었다.

"움직이지 말게."

어느 틈엔가 수면실에 난입한 최장순 조사관이 한 경찰의 머리에 총구를 들이대고 있었다.

경악한 노 경사가 외쳤다.

"최장순 경위님? 무슨 짓입니까!"

"미안한데 지금은 이 회사에 고용된 몸이라서 말이야. 총은 여기 던지고 벽에 붙어 있도록 해."

"선배."

"이제는 선배 아니라니까. 설마 계급장 뗐으니까 육탄전이라도 벌이자는 건 아니지? 피차 얼굴 붉히지 말고, 이런 일에 목숨 걸지도 말자고."

노 경사는 천천히 품에서 권총을 풀어 바닥에 내던졌다. 다른 경찰들 역시 장순이 지시하는 대로 따를 수밖에 없었다. 꿈에서 깨어난 예니와 동동도 상황을 보고 바싹 굳어 캡슐에서 나오지 못하고 있었다.

수현이 착잡한 표정을 지으며 말했다.

"미안해요, 경사님. 회사를 지키기 위해선 어쩔 수 없어요."

"일개 팀장이 대단한 애사심이네요. 저도 배지 던지고 SOF 경호원이나 될 걸 그랬…… 그 주사기는 뭡니까!"

가방을 만지던 수현의 손에는 어느새 투명한 액체가 절반 이상 담겨 있는 앰풀 주사기가 들려 있었다.

"평범한 수면제와 자백제예요. 죽일 생각은 없으니까 안심하세요. 안전한 곳으로 옮긴 다음에 질문만 할 겁니다."

수현은 의심스러운 눈을 한 노 경사를 뒤로 하고 최장순을 향해 물었다.

"최 조사관님, 하실 수 있겠어요?"

"강력계에 있기 전까진 마약반에도 잠깐 몸담았어. 혈관 정도는 우습게 찾지."

장순이 수현에게서 조심스럽게 주사기를 건네받았다. 그리고 아직 잠에서 깨어나지 못한 엘 쿠쿠이의 팔목을 붙잡았다.

"하나 확실히 하고 싶군. 정말로 꿈속에서는 방법이 없었나.

자네가 키운 이 애들이 다 달려들어도 붙잡지 못한 거야?"

"네. 상황이 여의치 않았던 모양이에요. 자존심은 상하지만."

"그렇다면 SOF 코퍼레이션의 돈을 모두 쏟아부어도 안 되겠군. 이 녀석이 드림넷을 망치는 걸 그냥 지켜봐야만 한다는 거겠지?"

"그러지 않도록 어떻게든 해야죠. 엘 쿠쿠이가 계속 설치면 섬망 환자가 급속도로 늘어날 거예요."

섬망 현상의 확산. 그것은 장순이 그토록 SOF 코퍼레이션을 증오하면서도 수현과 일해 왔던 유일한 이유였다.

콰직, 장순이 주사기를 맨손으로 박살 내버렸다. 안에 담겨 있던 투명한 액체가 흘러내는 모습을, 수현은 믿을 수 없다는 듯 바라봤다.

"조사관님! 지금 무슨 짓을 하시는 거예요?"

늙은 맹수가 숨긴 발톱을 드러내듯, 장순은 이를 드러냈다.

"내 아내를 구하지 못한 속죄를 지금 하려는 거야."

장순은 성큼성큼 걸어가 엘 쿠쿠이가 누워 있는 캡슐을 지키듯이 섰다.

"대체 왜 이러는 거예요?"

"나는 이제 지쳤어. 얼마나 많은 사람을 이 저주받은 기계의 부작용에서 구해줘야 아내의 넋을 달랠 수 있는 걸까."

수현은 장순에게 있었던 일을 어렴풋이 알고 있었다. 우울증 환자의 꿈만을 찾아다니다가 섬망 증세가 심각해져 결국 스스로 목숨을 끊고야 말았던 아내와 그 죽음의 무게에 질식할 듯 버티며 살아남은 남편.

"그런 케이스가 더 이상 생기지 않도록 우리가……."

"너무 오래 걸려. 언제 끝날지도 알 수 없고. 자네가 처음 날 찾아왔을 때 뭐라고 했는지 기억하나?"

"꿈속의 소방관들을 키울 거라 했죠."

"꿈에서 묻어온 불씨에 아내가 불타 죽고 나는 새카만 재를 온몸에 덕지덕지 묻힌 채 여기까지 왔지. 자네를 돕는 게 내게 남겨진 일이라 생각했고. 하지만 이 친구를 보고 알게 됐어. 불씨 자체를 날려버린다면 어떨까 하고."

"그게 무슨 뜻인지는 알고나 있어요?"

"잘 알지. 그냥 드림넷 자체가 없어지면 되는 거라고. 드림넷이 없어지면 다시는 그와 같은 일이 일어나지 않겠지. 나는 인간이 타인의 의식에 함부로 들어가선 안 된다고 생각해."

지후가 캡슐에서 나오며 급하게 외쳤다.

"이 녀석을 놔주면 안 돼요! 후회할 거예요."

"사과는 오래 놔두면 쭈그러들어."

"……네?"

비가 내린 지 오래된 사막 같은 웃음이 장순의 입가에 매달렸다. 너무나 쓸쓸해서 바스라질 것 같은 웃음이었다.

"아내의 장례를 치르고 혼자서 냉장고를 청소했다. 사과가 빌어먹게 많더라고. 그제야 알았어. 그 친구가 사과를 좋아했었다는 걸. 10년 넘게 살 붙이고 살았건만 매일 현장만 뛰어다니느라 잊어버리고 있었지 뭐야."

장순의 목소리가 떨리기 시작했다.

"부부가 평생을 살아도 서로의 속을 모르는 게 당연하지. 그게 맞아. 내 아내가 왜 우울증에 걸렸는 줄 아나?"

그 이유는 수현도 몰랐다. 솔직히 궁금한 적도 없었다. 이 시대에 우울증처럼 흔한 질병도 드물었으니까.

"강력범죄는 그 현장에 발 들인 사람의 영혼을 파괴해."

처음 드림캐스터를 들인 것은 아내 때문이 아니었다. 현장에서 복귀한 날이면 악몽을 꾸며 발작하는 장순을 보다 못해 아내가 구입한 것이다.

"매일 밤 발작하는 나를, 끔찍한 살인 현장의 꿈을 꾸며 괴로워하는 나를 이해해 보고자…… 아내는 잠든 내게 드림캐스터를 씌웠어. 그리고 내 꿈을 저장한 뒤에 캐스팅했지. 형사 생활 십수 년 동안 지독하게 쌓인 인간의 어둠을 아내가 보게 된 거야."

장순은 전문적인 훈련을 받고 단련된 인간이다. 하지만 장순의 아내는 아니었다. 아무런 보호막도, 준비도 없이 남편을 괴롭히는 잔혹한 현장을 지켜보다 손쓸 틈도 없이 우울증을 얻고 말았다.

수현은 자신의 실수를 깨달았다. 드림캐스터를 끔찍이도 증오하는 장순을 오래 알았기에 당연히 그가 드림넷을 이용한 적이 없을 거라고 착각했다. 하지만 겪어보지 못한 것을 증오할 순 없다. 일생을 불사를 만큼 미워하려면 그것을 알아야 했다.

"내 책임이야. 남편으로서 지켜주질 못했어. 아이러니하지? 내가 그 끔찍한 현장에서 뛰어다니면서 형사 일을 한 건 아내를 위해서였어. 새 옷을 사주고 싶었고, 쿠키를 구우며 웃던 그 모습을 건강하게 오래 보고 싶어서였어. 나이가 들어 은퇴하면 연금을 받으며 평화롭게 그녀의 곁에서 함께 할 수 있을 거라고 믿었지……."

그가 형사 일을 너무 열심히 했기 때문에, 꿈에서도 볼 정도로 끔찍한 살인 현장에 불려나갔기 때문에, 필요 이상으로 우수했기 때문에 그 모든 게 칼날이 되어 아내를 찌른 것이다.

"나는 드림캐스터를 절대로 용서하지 못해."

짝짝짝.

침묵이 수면실을 잠식한 가운데, 누워 있던 청년이 박수를 쳤다.

"제가 방해했나요? 죄송합니다. 실은 진작 깼는데, 이 아저씨 웅변이 워낙 감동적이라 도무지 중간에 자를 수가 있어야지."

장순이 엘 쿠쿠이가 들고 있는 드림캐스터를 보며 물었다.

"저장은 잘 끝냈나?"

"문제없이 아주 깔끔하게요. 제가 돌아가서 이 꿈을 드림넷에 업로드만 하면 만천하가 알게 될 겁니다. SOF와 드림넷이 모래 위에 지어진 성곽이었다는 걸. 그리고 아저씨의 바람도 이루어지겠죠."

장순은 바닥에 떨어진 총기들을 하나씩 주워 경찰들에게 돌려주었다.

"미안하군. 내가 아니라도 황 팀장이 누군갈 불러 유혈극을 벌일 가능성이 있어서 쇼를 좀 해야 했어."

"이해합니다. 이번만 눈 감아 드리는 거예요, 선배. 납치 미수로 해석할 수도 있지만 피해자 본인이 원치 않는 것 같군요."

"그럼요. SOF가 저를 붙잡는 것에 그만큼 절박하다는 걸 확인했으니까 충분합니다."

엘 쿠쿠이는 의기양양한 얼굴로 수면실을 한 바퀴 더 둘러보았다.

"멸종 직전에 구경할 수 있어서 영광이었습니다, 여러분."

호랑이 굴에 단신으로 쳐들어와 호랑이 가죽을 물고 떠나는 여우. 그런 승리감이 엿보이는 태도였다.

노 경사를 비롯한 네 명의 경찰은 로비를 지나 주차장까지 청년을 호위했다. 주차장에서 그를 기다리고 있던 경찰차의 운전석엔 제복을 입은 순경 한 명이 타 있었다.

방탄 조치가 되어 있는 경찰차는 엘 쿠쿠이를 태운 채 SOF 코퍼레이션 빌딩으로부터 점점 멀어져 갔다. 조수석에 앉은 엘 쿠쿠이는 품에 안겨 있는 자신의 드림캐스터를 쓸어 만지며 콧노래를 불렀다. 마천루들의 숲에서 햇볕이 내리쬐며 차창에 비친 그의 입가를 간지럽혔다.

승리의 기쁨에 찬 엘 쿠쿠이는 알지 못했다. 경찰차가 스쳐지나가는 도로 위, 까마득한 상공을 비행하는 네 사람의 그림자를.

7

악몽 전파자

1

"눈치 못 챘어. 성공이야."

수현은 가까스로 흥분을 억눌렀다. 경찰차 조수석에 탑승한 뒤에도 엘 쿠쿠이는 의심하지 않고 있었다.

"제가 당할 때는 몰랐는데 그물을 펼치는 입장이 되니까 쾌감이 있네요."

비틀거리면서도 지후는 비행 상태를 유지하고 있었다. 수키의 훈련도 효과가 있었겠지만 일을 그르치면 안 된다는 실전의 압박감이야말로 이 성취의 원동력임이 분명했다.

"그게 바로 헛깨기의 묘미지."

지금 엘 쿠쿠이는 '헛깨기' 상태에 빠져 있었다. 처음 지후를 몽재진압반에 끌어들이기 위해 사용했던 작전과 같았다.

수현이 엘 쿠쿠이를 납치하려 했던 것, 최장순 조사관이 갑자기 변절해서 그 납치 작전을 수포로 만든 것, 엘 쿠쿠이가 모두를 조롱한 뒤에 경찰차에 탑승한 것 모두 실제로는 일어나지 않은 일. 전부 수현이 깔아놓은 함정이었다.

동동이 약간의 불안감 드러내며 물었다.

"그래도 보통 약삭빠른 놈이 아니던데, 괜찮을까요?"

동동의 말엔 일리가 있었다. 엘 쿠쿠이가 '이곳이 꿈속이라는 사실'을 깨닫는 순간 모든 것은 물거품이 된다.

"절대 눈치 못 챌 거야. 주변을 둘러봐, 동동. 그 누가 꿈속이라는 걸 눈치챌 수 있겠어?"

동동의 시선이 빌딩 벽면에 붙어 있는 홀로그램 전광판들에 가닿았다. 다양한 배우들이 출현하는 광고는 물론 오늘의 뉴스가 방송되는 전광판도 있었다. 광기에 가까운 세심함이 아니고서야 이뤄낼 수 없는 완성도였다.

"하지만 팀장님이 이 도시 전체를 알고 있는 건 아니잖아요. 빵집 하나, 표지판 하나만 현실과 달라도 분명 놈은 위화감을 느낄 거라고요."

"걱정 마. 이 꿈의 소스는 내 머릿속에서 나온 게 아니야. 나는 그저 재료를 이용해서 조립만 할 뿐이지. 지후의 꿈속에 처음 갔을 때도 나는 얘가 정확히 어디 사는지 전혀 몰랐어. 하지만 어땠지?"

지후가 턱을 쓸어 만졌다. 자신의 방에서 깨어났다고 생각한 순간 협탁 위에 무릎을 꼰 채 앉아 있던 수현을 보았을 때의 충격이 떠올랐다.

"저는 완전히 속았죠."

"엘 쿠쿠이도 마찬가지야. 놈이 자신의 집에 가고 있다고 믿고 있는 한, 몽주인 녀석 스스로 그 동네를 재현하게 될 거야. 우리는 그 뒤를 따라가기만 하면 돼."

곧 엘 쿠쿠이를 실은 경찰차는 버려진 공장들이 즐비한 외곽 지역에 당도했다. 공단 노역자들이 살던 낡은 건물의 빛바랜 색채가 환하고 푸른 하늘과 대비되어 쓸쓸함을 자아내는 곳이었다.

"여기에서 내려드리면 될까요?"

"네."

경찰이 문을 열어주자 엘 쿠쿠이가 기지개를 켜며 주변을 둘러보았다.

"이 동네는 치안이 위험해 보이는군요. 자택까지 동행하겠습니다."

"그래요? 친절하시네요. 민중의 지팡이라서 그런가."

엘 쿠쿠이는 경찰의 제복을 빤히 훑어보기 시작했다. 특별히 이상한 점은 없었다. 비상 연락을 위한 무전기, 호신용 경찰봉.

"정말 감쪽같네요. 그렇죠?"

엘 쿠쿠이가 입꼬리를 올리더니 거침없는 동작으로 경찰의 얼굴을 후려갈겼다.

"꺄악!"

경찰은 뺨을 얻어맞고 바닥에 쓰러졌다. 건장한 체격이었던 남자가 순식간에 20대 초반의 강마른 여자로 변했다. 예니였다.

멀리서 둘을 따라붙고 있던 일행은 그 순간 작전이 실패했다는 걸 알았다. 엘 쿠쿠이가 예니의 목에 손을 가져가려는 순간 보이지 않는 갈퀴가 예니를 낚아챘다. 소라가 양 손바닥을 펼친 채 염력으로 예니를 끌어당긴 것이다.

"언니! 괜찮아?"

"어, 좀 놀란 것뿐이야."

플레이어들은 근처 공장의 옥상에 내려앉았다. 하지만 다음 순간, 헬리포트 중앙의 H 글자를 박살 내며 해골 마스크를 쓴 엘 쿠쿠이가 솟아올랐다.

수현은 이를 악물었다.

"어떻게!"

해골 마스크에서 대답이 흘러나왔다.

"거의 성공할 뻔했어요, 아줌마."

완벽한 함정이었다. 지금까지 수현이 선보였던 그 어떤 헛깨기 함정보다 공을 들였고 몇 차례 행운까지 따라주었다. 대체 무슨 수로 이 순간이 꿈이란 걸 알아챈 걸까.

"정말 대단하다, 너희들. 내가 생각하는 최상의 시나리오를 예측해서 구현했으니 감쪽같을 수밖에."

엘 쿠쿠이는 감탄하며 칭찬을 아끼지 않았다.

"이렇게 시각적으로 완벽히 현실을 구현한 세계는 처음 봐. 뭐, 내 머릿속에서 소스를 가져왔다면 가능했겠지. 당신들이 놓친 건 하나야."

엘 쿠쿠이는 해골 마스크의 코 부분을 긁으며 말을 이었다.

"곱게 자란 너희들은 모르겠지. 가난에는 냄새가 난다는 걸. 이 동네에 처음 와본 사람들은 누구나 한 번은 무심결에 코를 틀어막게 돼 있어. 구역질이 날 만큼 지독한 악취가 나니까. 이 동네에 처음 온 경찰이 그러지 않았다는 건 뭐겠어?"

자신을 경계하는 예니를 가리키며 엘 쿠쿠이가 냉소했다.

"여기가 현실이 아니라는 거지."

수현의 주변으로 옥상의 물탱크들이 일렁거리며 형태를 바꿨다. 하지만 무기로 변하기 전에 검은 재가 되어 흩날렸다. 엘 쿠쿠이의 손짓 한 번에 파괴된 것이다.

그 뒤로는 일전의 재현일 뿐이었다. 공간이동 능력뿐만 아니라 보는 것만으로도 물질을 파괴시킬 수 있는 엘 쿠쿠이에게 속수무책으로 당할 수밖에 없었다. 차이가 있다면 엘 쿠쿠이가 감춰둔 이빨을 드러냈다는 점이다.

"이번엔 정말로 화가 나네."

엘 쿠쿠이가 지후의 턱을 올려쳤다. 몸이 붕 떠올랐고, 지면에 착지하기 전까지 다섯 번의 타격이 더 이어졌다. 속이 뒤틀릴 만큼 괴로운 것은 무엇에 가격당했는지 알 방법이 없었다는 것이었다.

"날 화나게 한 선물로 알려줄게. 내가 어떻게 공간이동을 하는지."

바닥에 쓰러진 지후에게 엘 쿠쿠이가 속삭였다.

"엄밀히 말하면 순간이동 같은 건 아니야. 내 힘은 꿈속의 시간을 가속하는 것이지. 꿈속에서 시간을 가속시키면 대상이 되는 물체는 파괴돼. 거꾸로 나를 제외한 공간의 시간을 느려지게 하면 보이지 않는 속도로 움직일 수 있는 거야. 즉, 내가 꾸는 꿈속에서 너희는 절대로 나를 붙잡을 수 없어. 영원히 내 승리라는 거지."

지후가 핏물이 올라오는 목울대를 삼키며 말했다.

"승리? 너는 존재 자체로 패배자야. 네 삶이 이 무저갱에 처박힌 원인을 세상에 돌리고 싶을 뿐이잖아. 어디 또 궤변을 내뱉어 보시지."

대답 대신에 돌아온 것은 역시 보이지 않는 주먹과 발길질이었다. 그 모든 충격을 받아내고도 지후는 비틀비틀 다시 일어섰다.

"정말 이상해. 어떻게 그렇게 때렸는데도 부러진 곳 하나 없을 수 있지?"

엘 쿠쿠이가 다가와서 걸레짝이 된 지후를 훑어보았다. 그러고는 우악스럽게 지후의 목을 붙잡았다.

"혹시 네놈의 회사에서 인체 실험이라도 한 건가. 너 같은 괴물 놈을 만들려고?"

"괴물은 네 쪽 아니냐?"

"이건 천부적인 재능과 반복적인 훈련의 결과지. 비교하면 불쾌하다고."

목이 붙잡힌 채로 지후는 웃었다.

"그럼 나는 거기에 더해서…… 약간의 행운이 있지."

"지금 이 상황에 네게 무슨 운이 있다는 거야?"

지후의 눈이 웃고 있다는 사실이 엘 쿠쿠이의 마음에 들지 않았다.

"네가 한 번은 나를 직접 패러 올 줄 알았다. 상대가 반항할 수 없다고 생각하는 순간 넌 자제력을 잃는 거야."

"무슨 소리를 하는 거냐."

"내가 널 못 붙잡는다고? 미안한데 이미 붙잡았어."

철컹. 반파된 공장의 옥상에 쇳소리가 울려 퍼졌다. 엘 쿠쿠이가 천천히 자신의 오른쪽 다리를 내려다보았다. 거대한 족쇄가 엘 쿠쿠이의 발목을 구속하고 있었다. 족쇄와 기다랗게 이어진 사슬은 지후의 왼쪽 팔목의 수갑과 연결돼 있었다.

"재미난 짓을 하는군. 그래봤자 고통이 늘어날 뿐이야."

꿈속에서도 멀미를 느낄 수 있을까. 지후는 이 순간 그 답을 알게 되었다. 엘 쿠쿠이가 족쇄를 끌고 다니면서 지후를 공격했다. 음속으로 빌딩 사이를 질주하다가 방향을 바꿀 때마다 지후는 콘크리트 벽과 충돌했다.

웅장했던 건물들이 순식간에 주저앉는 압도적인 광경에 팀원은 이 순간 지후가 당하고 있을 고초를 짐작할 뿐이었다.

예니가 마른 입술을 짓씹었다.

"성지후, 괜찮을까요?"

"믿어봐야지. 이제 남은 작전은 없어. 성지후가 우리의 마지막 카드야. 뭔가 해줄 거다. 쟤 몸뚱아리 튼튼한 건 우리가 오래 지켜봤잖아."

"그건 드림넷의 꿈속이었죠. 이런 경우는 없었어요."

"하지만 엘 쿠쿠이를 밀어붙여서 바라던 이 순간을 만들어 낸 건 성지후의 고집이지. 중요한 건 그거야."

수현은 속으로만 기도했다. 그리고 자신의 절박한 심정이 입술 바깥으로 새어 나오지 않도록 또 한번 빌었다.

그 순간 한 빌딩의 전광판이 불길을 뿜으며 폭발했다. 다음 순간엔 레일 위를 달리고 있던 지상철이 꿈틀거리며 탈선했다.

불길의 중심에서 뛰쳐나온 엘 쿠쿠이가 지후의 얼굴을 지하철 레일 위에 갈아대고 있었다.

"죽어! 죽으라고!"

해골 마스크 속에서 저주의 언어가 폭죽처럼 터져 나왔다. 하지만 금강석도 멀쩡할 수 없는 마찰에도 지후의 의식은 멀쩡했다. 오히려 조금씩 사슬을 자신 쪽으로 잡아당기고 있었다. 야금야금 끌어당긴 사슬이 오른팔에 휘감겼다. 이제 손 한 번만 뻗으면 닿을 거리였다.

"젠장! 왜 안 끊기는 거야."

흥분한 엘 쿠쿠이가 움직임을 멈추고 사슬을 내리쳤다. 하지만 철컹거리는 쇳소리만 낼 뿐 조금도 꿈쩍하질 않았다.

"그거 다른 꿈에서 훔쳐 온 거라 제법 단단해."

지후는 버려진 용과 그 용을 지켜오던 이의 얼굴을 떠올렸다.

"한 사람이 평생에 걸쳐 품어온 죄책감이 형상화된 족쇄야. 너처럼 스스로의 못남을 다른 사람의 탓으로 돌리기만 해온 녀석이 풀어낼 수 있을 리가 없지."

"알아들을 수 있는 말을 해, 이 미친 새끼야!"

아주 짧은 시간 동안 엘 쿠쿠이의 집중력이 흐트러졌다는 걸 지후는 깨달았다. 엘 쿠쿠이를 코앞으로 끌고 온 지후가 어깨에 온 힘을 집중해 훅을 날렸다. 주먹이 해골 마스크의 측면을 강타했다.

해골 마스크에 쩌적, 금이 가기 시작했다.

"커헉!"

부들부들 떨리는 엘 쿠쿠이의 손에 겨냥당했지만 지후는 어느 곳 하나 부서지는 일 없이 멀쩡했다.

"어, 어떻게 죽지 않을 수가 있지?"

지후는 해골 마스크를 연거푸 강타하며 대꾸했다.

"악취에 관해 이야기했지. 네 말이 맞아. 지독한 냄새 속에서 살면 코가 마비되는 법이야."

"크악!"

"나도 너처럼 마스크를 쓴 채 살아왔었어."

오랫동안 태양광 패널과 굴뚝의 먼지를 닦는 일을 해왔다. 날씨가 흐리면 흐린 대로, 맑으면 맑은 대로 지독한 일이었다. 양팔이 후들거릴 만큼 작업에 열중하다 보면 도시의 먼지를 닦는 일을 하는 것인지, 아니면 자신이 도시의 먼지가 되어버리는 것인지 구분되지 않고는 했다.

마스크 속의 나는 어떤 얼굴을 하고 있었던가.

"왜 안 죽냐고? 깨어 있을 때 계속 죽을 만큼 고통스러운 기분으로 살아오면 돼."

드디어 엘 쿠쿠이의 신출귀몰한 움직임이 멎었다. 지켜보던 동료들이 환호성을 터뜨렸다.

"이제 끝났어."

단 한 번이었다. 엘 쿠쿠이를 두들겨 패서 쓰러뜨리고, 항복시키는 경험. 단 한 번이라도 그 경험이 있다면 드림넷에 엘 쿠쿠이가 나타날 때마다 추적해서 저지할 수 있었다. 상대에게 그 지긋지긋한 술래잡기를 지속할 인내심이 있다면.

"이 빌어먹을 놈이!"

엘 쿠쿠이가 고통에 절규했다. 꿈속에서 퇴장하고 싶어도 그 것은 곧 치욕적인 패배로 이어진다는 걸 잘 알고 있었다.

"넌 뭔가 대단한 악당인 것처럼 스스로를 치장하고 꾸미고, 자의식으로 덧칠한 가면을 쓴 채 궤변을 들먹이지만……."

지후는 엘 쿠쿠이를 때릴 때마다 그의 감정을 느꼈다. 그가 무엇에 중독돼 있는지도.

"너는 그냥 사람들의 꿈을 망치는 걸 즐긴 거야. 거기에서 비열한 행복감을 느낀 거라고."

"하, 항복! 내가 졌다고. 이제 그만해."

기다렸던 절규가 지후의 귓가에 꽂혔다. 하지만 지후는 그대로 상대의 해골 마스크를 양손으로 붙잡아 뜯어냈다.

"엘 쿠쿠이, 이젠 네가 꿈에서 깰 차례야."

엘 쿠쿠이의 맨얼굴이 드러났다.

2

꿈속 세상이 멈췄다. 그리고 수키의 목소리가 들려왔다.

"세 번째 히든 피스를 찾으셨군요. 이제 마지막 하나만 남았습니다."

"뭐라고?"

모노톤 수키는 굳어버린 엘 쿠쿠이의 등 뒤에 서 있었다. 지하철 난간 위에 위태로운 자세로. 엘 쿠쿠이의 꿈은 몽재가 아니었다. 실시간으로 동기화된 꿈일 뿐. 그런데 어째서, 아니 도대체 어떻게 수키가 눈앞에 있는 것인지, 지후는 당황해 물었다.

"도대체 네가 말하는 히든 피스는 뭐야?"

"그 대답은 지금 당신이 있는 꿈의 주인이 해줄 겁니다."

그리고 공간이 흔들렸다. 지후는 본능적으로 자신이 또 헛깨기에 접어들었다는 것을 알 수 있었다.

갑자기 후끈한 열기가 몸을 덮쳤다. 창밖으로 끝없는 사막이 보이는 버스에 타고 있었다. 앞자리에 앉아 있던 한 여자가 스르륵 몸을 일으켰다. 그녀의 뒷모습을 본 순간 지후는 굳어버릴 수밖에 없었다.

어떻게, 그녀가 이곳에 있는 것일까.

"엄마?"

익숙한 뒷모습이 통로를 걸어가 버스에서 내리고 있었다. 이

곳은 엘 쿠쿠이의 무의식 속이지 자신이 드림캐스터에 고이 간직해 놓은 설원의 꿈이 아니었다. 그런데 어째서 엄마가 등장하는 걸까.

지후가 자기도 모르게 소리쳤다.

"거기 서!"

달려나가려는데 덥썩 손을 붙잡혔다. 돌아보니 동동이었다.

"아직도 싸우고 있었던 거야? 이제 다 끝났어. 우리가 이겼다고!"

"뭐가?"

지후는 겨우 정신을 차렸다. 동동이 자신을 깨우고 있었던 것이다. 동동은 흥분에 사로잡혀 소리쳤다.

"엘 쿠쿠이의 마스크를 네가 박살 내버렸잖아! 봐봐, 저 녀석 얼굴을. 하룻밤 사이에 전 재산을 털린 도박꾼도 지금 쟤 옆에 가져다 놓으면 복 많은 얼굴이라고 할걸?"

동동이 가리킨 곳에는 엘 쿠쿠이가 의자에 앉아 있었다. 그의 손에는 드림캐스터가 얌전히 놓여 있었다.

수현은 사무적인 어조를 유지하기 위해 애를 썼다.

"고객님이 요청하셨던 SOF 몽재진압반 수면실의 견학은 이제 완료되었습니다. 저희 3팀이 고객님의 항복 선언을 받아냈습니다."

"……."

돌아오는 대구는 없었다. 초점 또한 맞은편의 수현을 향하지 않았다. 주변 경찰관들은 그것이 마뜩잖은 눈치였지만 수현은 의무 조항을 읽어주는 보험판매원처럼 아랑곳하지 않고 말을 이어나갔다.

"고객님께서 이후 드림넷에서 더 이상 분란 조장과 폭력적인 의식 투사를 시도하지 않는다면 사측에서도 별도의 조처는 없으리라 약속드리죠. 제가 보여드렸던 '헛깨기'에서처럼 고객님의 신변을 조사하거나 뒤를 쫓는 일은 벌어지지 않을 겁니다."

"……."

"하지만 고객님 측에서 먼저 약속을 깨뜨린다면 법정에서 마주치게 될 겁니다. 그때부터는 꿈속의 싸움이 아니게 되는 거니까요. 제 말 알아들으셨나요?"

"……."

"알아들으셨다면 고개를 한 번 끄덕여주세요."

지후가 앉아 있는 캡슐에서는 엘 쿠쿠이의 얼굴이 보이지 않았다. 그저 수현의 등만 보일 뿐이었다. 하지만 잠시 후 수현이 의자를 박차고 일어난 것을 보니 상대로부터 원하는 몸짓을 얻어냈다는 걸 알 수 있었다.

노지훈 경사가 턱짓하자 경찰관 둘이 엘 쿠쿠이의 양팔을 붙잡아 일으켜 세웠다. 지후가 자리에서 벌떡 일어난 것도 바로 그 순간이었다. 누가 말릴 새도 없이 의자를 밀어 넘어뜨리며 지후가 엘 쿠쿠이의 멱살을 붙잡았다.

"말해! 왜 네 꿈속에 그 사람이 있는 거야?"

"……으아악, 으어어어어!"

울분에 찬 지후의 얼굴이 시야를 가득 채우자 엘 쿠쿠이는 소스라치게 놀라 발버둥을 쳤다.

"말하라고, 이 새끼야!"

지후가 질겁한 엘 쿠쿠이의 턱을 붙잡으려는 순간, 우악스러운 악력이 손목을 낚아챘다. 최장순 조사관이었다.

"다 된 밥에 이런 식으로 재를 뿌릴 친구는 아닌 줄 알았는데. 여기서 저 녀석 몸에 손대기라도 하면 다 물거품이다. 정신차려."

그제야 지후는 경악을 숨기지 못한 채 자신을 쳐다보고 있는 동료들을 발견했다. 비틀거리는 지후를 동동이 부축했다. 동동의 귓속말이 들려왔다.

"성지후! 우리가 이겼다니까. 분이 덜 풀려서 그런 거야?"

"아니야. 저 녀석 꿈속에서 뭔가를 봤어."

"뭘 봤는데?"

지후는 끌려가다시피 수면실을 빠져나가는 엘 쿠쿠이의 등을 쳐다보았다. 과연 다른 사람들이 이 이야기를 믿어줄까? 그토록 찾아 헤맨 엄마의 뒷모습을, 아무 상관도 없는 테러리스트의 꿈속에서 마주쳤다고 한다면. 장본인인 자신조차 신기루나 헛것을 본 것이라고 믿고 싶은데 말이다.

　수현은 안도의 한숨을 내쉬었다. 여러 운이 겹쳤지만 수현이 생각하는 최고의 행운은 최 조사관의 협조였다. 수현은 엘 쿠쿠이에게 어떤 덫을 놓을지 미리 장순에게 다 털어놓았었다. 그 이야기를 전해 들은 장순은 그 '헛깨기'에서 일어난 일처럼 실제로 수현을 방해하고 싶었다는 자신의 욕망을 고백했다.

　"흔들리지 않았다면 거짓말이겠지. 어이없을 정도로 간단한 일이었을 거야."

　"조사관님이 끝까지 협조해주셔서 성공할 수 있었어요."

　장순은 고개를 저으며 말했다.

　"내 쪽에서 묻고 싶은데. 어째서 그 헛깨기라는 함정을 준비하는 과정에서 굳이 내게 전말을 다 고백한 거지? 나를 시험한 건가? 그런 변덕을 부리기엔 걸린 것이 너무 큰판이었잖아."

　"저 정도로 의심 많은 녀석을 속이라면 가짜 이야기로는 통하지 않았을 거예요. SOF 코퍼레이션을 증오하는 조사관님 마음이 진심이었기 때문에 헛깨기는 완성될 수 있었어요."

　"흠, 어찌 되었든 자네가 간 큰 도박꾼이라는 건 사실이지."

　"칭찬으로 받아들이겠어요."

　"칭찬 맞아. 그리고 내가 협조한 이유는 하나야. 내 증오는 이 회사 전체를 향해 있지만…… 그걸 단 한 명으로 좁힐 수 있다면 그건 오재욱 박사겠지. 그를 찾아내서 대가를 치르게 하는데 다른 녀석의 손을 빌리는 건 내 스타일이 아니라서 말이지."

놀란 수현을 보며 장순이 혼잣말처럼 말을 이었다.

"어쩌면 정말로 아내를 죽인 건 드림캐스터가 아니라 내 무심함이 맞겠지. 옆에 있어줬어야 했어. 내 빈자리에 꿈꾸는 기계 따위를 놔둘 게 아니라."

대꾸할 말을 찾지 못하는 수현의 앞에서 장순은 얕은 한숨을 내뱉었다. 그러고 나선 사진 한 장을 보여주었다.

"여기가 어딘지 알겠나."

몽재진압반 3팀이 엘 쿠쿠이를 추적하는 동안 장순도 놀고 있지 않았다.

"수도권에 이런 곳은 몇 없는데…… 설마 마약굴?"

장순이 보여준 사진은 네오 서울 구시가지의 무법지대였다. 쇠락한 채 방치된 빌딩 곳곳에 부랑자들이 진을 치고 있었고, 밤이 되면 총성과 비명이 빈번하게 들려온다는 위험천만한 장소. 마약 거래가 상습적으로 이뤄지는 곳이라 시민들은 그 지역을 암암리에 '마약굴'이라 부르곤 했다.

사진을 훑어보던 수현은 장순의 엄지가 누르고 있는 부분에서 뭔가를 발견했다.

"이 차량이 혹시?"

"맞아. 본래의 형태를 찾아보기는 어렵지만…… 기록을 따라가니 분명하더군. 이게 오재욱이 사라지던 날 함께 없어진 차량이야."

수현은 마약굴 사진을 붙잡은 채 이마를 싸맸다. 마치 그것을 노려보면 오 박사의 흔적이 튀어나오기라도 할 것처럼 절박한 눈빛이었다.

"서울 한복판에 마약을 거래하는 장소가 있다고요?"

수현을 현실로 되돌아오게 만든 것은 동동의 천진한 질문이었다.

"응, 경찰들도 어쩌지 못한 지 오래된 곳이 있어."

"어떻게 그게 가능해요?"

"지형의 특수성 때문이야. 지금은 너희가 서 있는 이 빌딩이 이 나라에서 가장 높은 건물이지만 예전엔 그렇지 않았어."

마약굴이 있는 구역은 한때 이 나라에서 가장 높은 빌딩이 있다가 무너져버린 재앙의 장소였다. 2032년에 일어난 비극이었다. 초거대 빌딩이 원인을 알 수 없는 이유로 주저앉았고, 수많은 희생자를 낳은 대형 재난이 되었다.

지상은 어렵사리 재건되었지만 지하에 거미줄처럼 퍼져 있던 지하상가들은 끝내 복구되지 못한 채 폐쇄되었다. 시간이 지난 후 그 지하는 불법 마약을 제조하고 거래하는 마약굴로 변모했고, 기껏 재건된 지상 빌딩들도 범죄의 온상지로 슬럼화

되었다.

"병력이 진입해 화기라도 썼다가는 아직 완벽하게 수복되지 못한 지하상가가 무너질 수도 있다는 게 문제야. 그러니 목숨이 아깝지 않은 범죄자들이나 마약상들이 똬리를 튼 곳이 된 거지."

수현에게서 설명을 들은 팀원들은 고개를 갸웃했다. 지후가 머리를 긁적이며 말했다.

"그런 빌딩을 나는 왜 여태껏 몰랐지."

"드림넷에 없어서."

현장에 있던 당사자에 의해 완벽하게 재구성된 재난을 추체험하는데 익숙해진 세대에게 있어 드림넷에서 접할 수 없는 사건은 마치 사전에서 잘려 나간 페이지처럼 취급되었다.

"그 정도로 큰 재난인데 드림넷에 꿈이 없는 게 가능해요?"

집단 트라우마가 발생할 수 있는 모든 조건을 다 갖춘 비극적인 사건이었는데도 말이다.

그 물음에 소라가 천진하게 대답했다.

"그러면 누가 지워버린 거 아냐? 사람들의 기억 속에서."

평소의 수현이었다면 고개를 가로저었을 것이다. 하지만 엘쿠쿠이를 접한 이후로 꿈속에서 절대로 불가능한 일이 있다고 장담할 수 없게 되었다.

수현은 품속에 고이 사진을 집어넣으며 말했다.

"모든 인간의 마음속에서 한 페이지만 잘라낼 수 있는 사람이 있다면, 그랬을지도 모르지."

∃

"해산이라고요?"

"해체다. 해고라고 해도 다를 바는 없겠지."

수현이 황 회장의 뺨을 후려치지 않을 수 있었던 데엔 여러 이유가 있었다. 일단 둘 사이의 거리가 너무 멀었다. 황 회장은 언제나 한 단 높은 회장석에 있었다. 그리고 보는 눈들이 너무 많았다. 아버지의 후광으로 편하게 살아왔다는 시선을 받기 싫어 말단에서부터 올라온 수현이다. 황 회장에 대한 반발을 흔한 부녀 다툼으로 볼 호사가들에게 먹이를 주고 싶진 않았다.

"설명해 주세요. 몽재진압반이 오늘부로 없어진다니 말이 안 되잖습니까."

수현은 입을 굳게 다문 다른 팀장들을 보고 자신이 뭔가를 오해하고 있음을 깨달았다.

"아니군요. 우리 3팀만 없어지게 되는 거네요."

"그렇다."

"어째서요! 내가 키운 3팀의 아이들이 엘 쿠쿠이를 막았어요. 그 빌어먹을 자식이 드림넷을 망치지 못하도록 몸을 불살 랐다고요. 적장의 목을 베고 돌아온 장수를, 공을 치하하는 건 고사하고 유배를 보내는 겁니다."

황 회장은 냉담한 얼굴로 손을 까닥거려 수현을 제외한 간부 들에게 나가 있을 것을 명했다. 자리가 조용해지자 그는 씩씩거 리는 수현에게 차분히 설명하기 시작했다.

"황수현, 네 말에는 두 가지 잘못된 점이 있다."

"그게 뭐죠?"

"첫째, 장수가 적장의 목을 벤 것은 사실이지. 하나 나는 전 선에 내보내려고 장수를 키운 게 아니다. 보이지 않는 곳에서 활약시키기 위함이었지. 그러니 그림자 바깥으로 모습을 드러 낸 순간 그 수명은 끝난 거다."

몽재진압반의 존재는 철저한 대외비였다. SOF는 공개적인 채 널에서 그 존재를 인정한 적이 없었다. 드림넷의 진정한 가치는 통제당하지 않는 자유에 있었으니까.

"엘 쿠쿠이가 벌인 소동극은 그 여파가 너무 컸다. 너희를 회 사 내부에 두는 건 위험 요소야."

"변명이에요. 지키려고 마음먹으셨으면 얼마든지 손을 쓸 수 있는 수준이잖아요."

"둘째, 너는 유배라고 표현했지만 한 명에게는 유배가 아닐 거다. 금의환향이라면 모를까."

"뭐라고요?"

"언제까지 네 소꿉장난을 지켜봐야 하는 거냐. 이제 그만 경영 관련 업무를 맡도록 해라."

겉으로 보기엔 달콤한 제안일 것이다. 경쟁자 하나 없이 독주 중인 SOF 코퍼레이션의 고삐를 넘겨주겠다는 말이니까. 하지만 그것은 수현에게 굴복을 의미했다. 아버지를 향한 총구를 내려놓고 백기를 들라는 모욕적인 제안이다.

섬광 같은 깨달음이 수현을 찾아왔다.

"……한 가지 풀리지 않는 의문점이 있었어요. 대체 엘 쿠쿠이는 무슨 수로 드림캐스터의 정교한 방화벽을 뚫고 무제한 캐스팅을 할 수 있었을까. 엄청난 실력을 가진 해커가 뒤에 있을지도 모르겠다는 생각을 했었는데, 아니었군요."

황 회장은 수현의 말에 아무런 대꾸를 하지 않았다.

"애초에 캐스팅 제한이 없는 드림캐스터를 갖고 있었던 거예요. 아버지 짓인가요?"

"수현아, 내가 그걸 인정할 정도로 아둔할 거라고 생각하진 않겠지."

그 대답이 확인 사살이었다. 엘 쿠쿠이가 벌인 소동은 모두 총수 황 회장의 계획하에 철저하게 준비된 함정이었다. 수현은 그 목적도 유추할 수 있었다.

"업데이트를 강행하실 생각이시군요."

황 회장은 대중들이 스스로 업데이트를 원하는 상황을 만들어내고자 한 것이다.

"공교롭게 그리되었지. 엘 쿠쿠이가 벌인 소동으로 인해 그런 테러를 방지할 수 있는 최신 버전을 요구하는 사람들이 늘어났다. 나는 장사꾼이야. 고객이 원하는 것을 충족시켜 줄 의무가 있지. 위기는 더할 나위 없는 도약의 기회가 될 거다."

수현은 입술을 질끈 깨물었다. 어쩌면 예상했어야 했다. 황 회장은 결국 오 박사의 경고를 무시하고 장애물을 다 치우기로 마음먹은 것이다. SOF 코퍼레이션은 이제 브레이크가 고장 난 불도저였다.

"어찌하겠느냐?"

황 회장은 한결 부드러운 말투로 제안했으나 수현은 듣고 싶지도 않다는 듯 자리를 박차고 일어섰다. 던질 사표가 품에 없었으니 동원할 수 있는 수단은 혀뿐이었다.

"떠나겠어요."

"진심이니."

"아버지는 지금 앉아 있는 자리의 정당한 주인이 아니에요. 찬탈자의 후계자 따위 되고 싶지 않습니다."

지후는 자신이 살던 슬럼가로 되돌아왔다. 하마터면 자신의 집이 어딘지도 알아보지 못할 뻔했다. 그가 집을 비운 사이 허름한 현관문 위로 형형색색의 홀로그램 전단지가 덕지덕지 붙어 있어 손잡이를 찾기 어려울 정도였다.

'그렇게나 오래 여길 떠나 있었던 건가.'

지후는 옷가지가 담긴 가방을 바닥에 내려놓았다. 진위를 알 수 없는 광고 문구들이 전단지에 각득했다. 전생이 궁금한 자들에게 부작용 없는 최면 요법으로 그것을 알려준다는 광고, 헤어진 연인의 마음을 되돌릴 수 있는 약물을 판매한다는 광고, 진정한 마음의 안식을 가져다준다는 신흥 종교 태평교의 포교 홍보지 등을 하나씩 손으로 잡아떼었다. 그중에서 익숙한 SOF의 로고를 발견하고는 지후의 손이 멈칫했다.

[여러분의 꿈결 속 안내자 드림캐스터가 다시 한번 진화합니다! 지금껏 상상할 수 없었던 다중접속이 가능한 새로운 버전의 드림캐스터와 함께하세요. 1년 약정이 이번 달 한정…….]

손길이 거칠어졌다. 드림캐스터의 광고 전단지를 움켜쥔 지후는 그것을 바닥에 던져놓고는 한번 지그시 밟아주었다.

현관문을 열고 들어서자 퀴퀴한 먼지와 어둠이 그를 반겨주었다. 무의식중에 쳐다본 곳은 '헛깨기'에서 수현이 앉아 있었던 협탁 위였다.

며칠 전에 수현이 모두를 불러 모았던 순간이 떠올랐다.

"너희들에게는 정말 미안해. 그렇게 호언장담을 해놓고 지키지 못했어."

수현은 그야말로 폐부를 쥐어짜는 표정으로 사죄했다. 그래서 동동과 소라는 벼락같은 해고 통보에도 차마 아무런 저항을 하지 못했다. 다만 예니는 창백한 얼굴로 입술을 달싹이다 짐을 챙기겠다며 자리를 먼저 떠났다. 지후는 믿을 수가 없어 소리쳤다.

　"그럼 저와의 약속은 어떻게 되는 거예요? 제 꿈의 비밀을 풀어주시겠다고 약속하셨잖아요."

　"……미안해. 난 오늘부로 몽재진압반 팀장이 아니야. SOF의 직원조차 아니지. 방금 사표를 던졌으니까."

　"앞으로 어쩌시려고요? 오재욱 박사를 찾아주겠다면서요."

　"그럴 거야. 하지만 당장은 아무것도 장담할 수 없어."

　지독한 무력감과 열패감이 차올랐다. 지후는 그제야 자신이 몽재진압반 3팀이라는 보금자리에 마음을 열고 있었다는 사실을 깨달았다. 동동과 함께하는 식사 자리의 소란스러움, 소라가 몰래 챙겨주는 사탕의 달콤함, 예니와 작전을 함께할 때 느낄 수 있는, 의지할 수 있는 동료의 끈끈함. 그것들은 지후도 모르는 사이 일상의 큰 부분을 차지하고 있었다.

　천천히 방을 둘러보던 지후는 헛웃음을 지었다. 당연히 SOF의 기숙사보다 훨씬 볼품없고 좁은 방인데도 지독하게 공허하고 넓게만 느껴졌다.

　'그동안 긴 꿈을 꾼 것 같아.'

지후는 가방에서 자신의 낡은 드림캐스터 S07을 꺼내 협탁 위에 올려놓았다. 이상하게도 다시 꿈을 캐스팅할 생각을 하니 숨이 막히는 기분이었다. 진실의 문턱까지 다가갔는데 그만 나락으로 떨어진 듯한 절망감마저 들었다.

4

네오 서울의 밤 풍경은 변함이 없었다. 세상에 존재하는 모든 색채를 재현하려는 전광판도, 그 사이를 반딧불처럼 오가는 배달 드론도, 지상을 달리는 요란한 개조 바이크의 배기음도 그대로였다. 하지만 지후는 그런 풍경이 생경하게 느껴졌다.

지후는 간편한 후드 집업을 걸친 채 어떤 맨션의 옥상에 서 있었다. 생각해 보면 패널 청소부 시절 이런 옥상에 수백 번을 올랐지만 도시 풍경에 눈길은 준 적은 거의 없었다. 지금 이 풍경이 보이는 건 방풍 기능이 있는 작업복도, 방진 마스크도, 두툼한 장갑도, 청소 도구가 가득 담긴 가방도 없기 때문일 것이다.

몽재진압반 3팀이 뿔뿔이 흩어진 지 어느덧 한 달이 흘렀다. SOF 코퍼레이션에서 입막음을 위해 지급한 퇴직금은 상당했다. 다시 청소부로 돌아가지 않고도 2년은 먹고살 만한 금액이었다. 언제나 노동으로 생계를 이어야 했던 지후 입장에선 낯선 일이었다.

지후는 핸드폰을 꺼내 다시 음성 메시지함을 열었다.

"지후 오빠, 잘 지내고 있어? 동동 오빠는 우리 중에서 오빠가 가장 걱정하지 않아도 되는 사람이라고 했지만 내 생각은 달라. 가만히 서 있을 때도 금방 센 바람이 불어오기라도 할 것 같이 온몸에 힘을 주고 지냈잖아."

핸드폰에서 소라의 목소리가 흘러나왔다. 묘한 하이톤과 조숙한 말투가 지후의 마음을 부드럽게 만들어주었다.

"팀장 언니가 요즘 어디서 뭘 하는지 알아? 아마 오빠가 들으면 깜짝 놀랄걸? 수염 안 깎는 무서운 아저씨랑 같이 다닌대. 내 메시지에 답장도 잘 안 하는 거 보면 되게 정신없나 봐. 아니면 위험한 곳을 돌아다니는 건 아닐까 싶어."

듣자 하니 황수현 팀장은 최장순 조사관과 동행하는 모양이었다. SOF를 퇴사한 지금도 협력이 이어지고 있는 걸 보면 둘의 관계엔 단순히 고용인과 피고용인을 넘어선 전우애가 있었을지도 모르겠다는 생각이 들었다.

"동동 오빠는 가끔 만나는데 여전히 몸은 그대로야. 그런데 팔에 붕대를 돌돌 감고 다녀서 몸에 그려진 그림들이 이젠 안 보여. 한 번은 동동 오빠한테서 수돗물 냄새가 났어. 그런데 그건 사실 소독약 냄새래. 소독약을 수돗물에 뿌리니까 사람들이 수돗물 냄새로 착각하는 거라고 했어. 근데 그렇게 똑똑한

척만 하면서 왜 붕대로 팔을 감았는지는 안 알려주더라고. 다들 조금씩 달라지는 것 같아서 기분이 이상해."

짐작 가는 바가 있었다. 동동의 상반신 전체를 꽉 채우고 있는 총기 문신들을 지우고 있는 게 틀림없었다. 정교한 문신일수록 지우는 과정 자체가 고통스럽고 시간도 적지 않게 걸린다고 들었다. 문신이 없어지면 동동은 꿈속에서 그 무기들을 소환해 낼 수 없을 게 뻔했다. 소라가 짐작하는 것처럼 다른 길을 생각하고 있는 걸까. 어쩌면 다시 프로게이머로 돌아가려 하는지도 몰랐다.

"예니 언니는 나랑 계속 같이 살고 있어. 나는 언니가 요리를 그렇게 잘하는 줄 몰랐어. 언니가 해준 미트볼 파스타를 맛보면 오빠는 청혼하고 싶어질지도 몰라! 킥킥. 잔소리가 좀 심한 것만 빼면 우린 잘 지내고 있어. 아, 예니 언니가 자꾸만 날 학교에 보내려고 하길래 언니가 학교 다닐 때 행복했었냐고 따졌더니 이틀 동안 나랑 얘길 안 했어. 힝……."

지후의 표정이 심각해졌다. 수현과 동동에 대한 소식을 전할 때의 소라는 들뜬 목소리였다. 하지만 예니에 대한 부분만큼은 뭔가 달랐다. 곱씹어 볼수록 그 위화감의 정체는 하나였다. 뭔가를 숨기고 있는 듯한 느낌.

지후는 예니와 작별했던 순간에 나눈 대화를 떠올렸다.

"왜, 무슨 할 말 있어?"

얼음장 같은 표정으로 예니는 그렇게 내뱉었었다. 지후는 준비했던 말을 모조리 까먹고 어렵게 한마디만 건넸다.

"무슨 일 생기면 연락해."

"연락하면?"

"언제든 내가 너희한테 갈 테니까."

예니는 지후의 인사말이 지뢰라도 되는 것처럼 한참이나 거리를 둔 채 침묵했다. 그리고 끝내 대답하지 않고 돌아섰다.

뭐가 문제였던 건지 지후가 고민에 빠지려던 때, 마침 옥상문이 열리고 소라가 활짝 웃으며 다가왔다.

"우와! 오빠다!"

"잘 있었……어, 윽!"

소라가 다짜고짜 달려와 지후의 복부에 머리를 갖다 박았다. 소라가 작고 가벼운 소녀인 덕에 지후는 겨우 뒤로 나동그라지지 않고 버틸 수 있었다.

"여기까지 오라고 해서 미안."

"무슨 소리야. 이런 밤중에 네가 내 쪽으로 오겠다고 했다면 말렸을 거야."

소라의 머리를 살짝 헝클어뜨린 다음 지후는 곧바로 본론에 들어갔다.

"단순히 얼굴이 보고 싶어서 부른 건 아닐 테고. 예니한테…… 뭔가 일이 있는 거지?"

소라는 정곡을 찔린 듯한 얼굴이었다.

"오빠, 드림 자키(jockey)가 뭔 줄 알아?"

"들어본 적 있어."

드림 자키는 맞춤형 꿈을 주문 제작해 개인간 거래로 돈을 버는 사람들을 뜻했다. 예니가 꿈속에서 어떤 능력에 특화되어 있는지 잘 아는 지후는 그녀가 무엇을 팔고 있는지 단숨에 눈치챘다.

"동물로 변신해 주는 거구나."

"응. 드림넷에는 정말 많은 동물들이 있지만 그 동물들이 정확히 원하는 형태를 하거나 바라는 대로 움직여주진 않으니까."

"이상한 요구를 하거나, 돈을 떼먹는 사람들도 있었을 텐데. 돈이 급할 리도 없는 예니가 어째서?"

소라가 긴 숨을 내쉬고는 설명했다. 소라의 부모가 양육권을 포기한 채 코퍼레이션에 소라를 팔아넘겼기 때문에 팀이 해산하자 소라는 갈 곳이 없어졌다. 예니가 소라의 가족이 되어주기로 했지만 혈연관계가 아닌 예니가 소라를 입양하기 위해선 많은 준비가 필요했다. 그리고 그 모든 것에는 적지 않은 돈이 들었다.

"그런데 요즘 언니가 이상해. 언니가 오프라인용 드림캐스터를 한번 쓰면 변신 능력이 대단해져. 하지만 말투가 차가워지고 나한테도 신경질을 부려. 그리고 요즘 밤마다 신음하면서 악몽을 꿔. 숙소에 살 때는 몰랐는데 같은 집에 살게 되니까 언니 우는 소리가 잘 들려."

예전에도 예니는 자신이 능력을 잃는 것을 이상하리만치 두려워했었다. 하지만 소라의 설명에 따르면 몽재진압반으로 활동할 당시엔 그 주기가 두 달에 한 번 정도였는데, 지금은 그것이 2주 단위로 짧아졌다고 했다.

"……위험하네."

"예니 언니를 도와줘, 지후 오빠. 이대로 두면 정말 큰일이 날 것 같아."

지후는 눈물을 그렁그렁한 소라의 어깨를 붙잡고 고개를 끄덕였다. 이 건물 어딘가에 지금 예니가 있을 것이다. 하지만 누군가의 소망을 탈로 뒤집어쓴 채 의식은 꿈속을 헤매며 고군분투하고 있을 터였다.

"소라야, 내일 낮에 언니 몰래 빠져나올 수 있겠어? 내가 데리러 올게."

"어딜 갈 건데?"

"동화 속 잠자는 공주 이야기 들어봤지? 그런 공주님들은 골치 아프게도 괴물들이 우글대는 숲속에 잠들어 있거든. 예니를 도와주려면 지금 이대로는 안 돼. 우리는 빈손이잖아."

지후는 이 순간까지 빈손에 무엇을 쥐어야 할지 알지 못했다. 하지만 지금 그 목표가 정해졌다.

"숲속을 뚫을 무기가 필요해. 그걸 가지러 가자."

지후와 소라는 당혹스러웠다. 불과 한 달 전까지만 해도 이 빌딩에서 먹고 자던 자신들을 몰라볼 리 없었음에도 SOF 보안 팀의 태도는 완고했다.

"하루만, 하루만 빌려주면 돼요. 네?"

"입장은 안 됩니다. 몽재진압반 퇴사자의 출입을 금지하라는 특별 지시가 있었습니다."

예니를 돕기 위해서는 평범한 드림캐스터가 아니라 다중접속 드림캐스터인 X03 모델이 필요했다.

"소라야, 이거 어떡하지. 안 빌려준다네?"

"그런가 봐. 저 아저씨는 나랑 몇 년 동안 봐왔는데, 너무해. 내가 준 초콜릿도 몇 번 먹었으면서."

"일단 나가서 생각해 보자."

빌딩 바깥으로 빠져나왔으나 뾰족한 수가 떠오르질 않았다. 어쩌면 황수현 팀장이라면 X03 버전을 갖고 있을 테지만 뭘 하고 돌아다니는지 연락이 통 닿질 않았다. 애꿎은 손톱만 물어뜯으며 수면실에 몰래 숨어들어 갈 방법이 있나 찾아보는데, 소라가 손뼉을 짝 하고 쳤다.

"있다!"

"있다니, 뭐가?"

"언니 꿈에 접속할 수 있는 드림캐스터! 회사 말고 바깥에도 한 대가 있잖아."

불법적인 루트로 획득했을 것이 뻔했지만, 분명 제대로 작동하는 다중접속 드림캐스터. 그것을 가진 사람이 SOF 바깥에 한 명 있었다. 하지만 지후는 고개를 내저었다.

엘 쿠쿠이. 그 빌어먹을 자식에게 도움을 요청하는 생각만으로도 미간이 찌푸려졌다.

"좋은 생각이 아니야. 그놈은 위험한 놈이라고."

"그건 꿈속에서 일어난 일이지. 그리고 우리가 이겼고."

"생각만큼 단순한 문제가 아니야. 그 자식은 우리 모두에게 끔찍한 고통과 굴욕을 주고 그걸 즐겼어."

"꿈속에서 아팠던 건 곧 날아가 버리니까 괜찮아. 컵에 달라붙은 물방울처럼!"

지후는 소라의 편견 없음과 천진난만함이 오늘따라 답답했다. 어른들의 더러운 내면과 복잡한 사정을 이해하지 못하는 것만 같았다. 하지만 소라의 표정은 여느 때보다 진지했다.

"하지만 지금 예니 언니의 아픔은 꿈에서 깨도 날아가 버리지 않아. 곁에서 지켜보는 나는 알 수 있어. 이렇게 시간이 더 지났다간 언니의 마음은 깨진 컵처럼 되어버릴 거야."

지후의 마음에 무거운 돌덩이가 내려앉았다. 소라는 처음부터 예니의 안부만을 걱정했는데, 자신의 마음속에는 잡념이 너무 많았다. 결심을 마친 지후는 팔을 걷어붙였다.

"알았어. 대신에 그 녀석을 다시 만나면 한 대 때려줘도 괜찮을까?"

소라는 냉정하게 고개를 가로저었다.

"안 돼. 그러다가 우리 부탁 안 들어주면 어떡해!"

5

정오가 막 지났을 무렵 지후와 소라는 지상철을 타고 외곽 지역의 개찰구를 빠져나왔다. 지저분한 차림의 노숙자를 만날 때마다 지후의 신경은 날카롭게 곤두섰다. 불온한 눈길로 소라를 훔쳐보는 자들을 피해 가며 도착한 외곽의 폐공장 지역은 더욱 음울한 공기가 감돌았다.

"녀석이 말했던 대로 지독한 악취가 나네."

지후는 마음을 다잡았다. 이 원정은 단순히 예니를 돕기 위해서만은 아니었다. 엘 쿠쿠이와의 승부가 끝난 후 지후는 예상치 못하게 모노톤 수키를 세 번째로 만나게 되었다. 그리고 처음으로 설원이 아닌 장소에서 엄마의 꿈을 꾸었다.

어째서 아무 상관도 없는 타인, 그것도 증오에 미쳐 날뛰는 녀석의 무의식 속에서 엄마의 형상을 마주쳤던 걸까. 난적을

쓰러뜨렸다는 흥분에 사로잡혀 착각했던 걸 수도 있지만, 장본
인을 만나서 물어보고 싶었다.

"오빠, 저기 봐봐."

수레에 폐기물을 잔뜩 싣고 가던 노인이 공허한 눈길로 둘
을 살피더니 갈 길을 재촉했다. 길가에 늘어선 좌판에선 온몸
에 흉터가 가득한 중년의 여자가 기다란 꼬치에 색이 이상한
고기를 굽고 있었다.

"사람들이랑 눈 마주치지 마, 소라야."

"안 보고 어떻게 엘 쿠쿠이를 찾아?"

"설마 여기서 그 녀석이 보일 때까지 기다리려고 했던 거야?"

끄덕이는 소라를 보며 지후는 이마를 짚었다.

"그건 서울에서 김 서방 찾기야."

"김 서방이 누군데?"

"……비유를 잘못 들었군. 네 손에 든 레몬맛 사탕 봉지에 사
탕이 수백 개 들어 있다고 치자. 그중에서 딱 한 개 있는 사과
맛 사탕을 찾는 일이야."

"껍질을 다 벗겨보면 돼."

"시간이 너무 오래 걸리잖아. 그 녀석이 이 구역에 사는 게
확실하다 해도 이 넓은 지역에 수천 개의 문이 있을 텐데, 그걸
다 열어볼 수는 없는 거야."

지후는 핸드폰을 켜고 지도 앱을 실행했다. 그러고는 검색

창에 세 글자를 입력했다.

　—보육원

　엘 쿠쿠이가 보여준 세상에 대한 걷잡을 수 없는 분노는 지후에게 있어 낯설지 않은 감정이었다. 그건 지후도 외로움과 함께 키워왔던 감정이었기 때문이다.

　"나 그 녀석의 꿈속에서 엄마를 봤어."

　"응? 어떻게?"

　"나도 그게 너무 궁금해서 머리를 쥐어뜯은 결과, 한 가지 가설에 도달했지."

　"머리 쥐어뜯지 마. 그러다 대머리 돼. 아까 우릴 내쫓았던 경비 아저씨처럼."

　"……진짜로 쥐어뜯진 않아. 아무튼 황 팀장이 엘 쿠쿠이의 꿈속에 헛깨기를 펼치면서 했던 이야기 기억나? 어떻게 그토록 정교한 도시를 재현할 수 있었는지?"

　"으음, 엘 쿠쿠이의 마음에서 재료를 빼냈다고 했었어."

　"기억력 좋네. 어쩌면 그것처럼 내 기억 속에 있는 엄마의 모습이 그 녀석의 꿈속에서 조립된 게 아닐까 생각했어. 하지만 그 녀석의 무의식과 내 무의식이 아무 공통점이 없다면 불가능했겠지."

　지후는 추측을 한 단계 더 도약시켰다.

　"어쩌면 녀석도 자길 낳아준 엄마의 모습을 모르는 건 아닐까. 그리고 강하게 그리워하는 건 아닐까. 녀석의 마스크를 벗겼을 때 그 무의식이 내 마음과 겹쳐진 걸지도 몰라."

"그래서 보육원을 찾아보자고?"

"일단은 그래. 지금은 정보가 이것뿐이니까."

지후와 소라는 오후 내내 외곽 지역의 보육원을 돌아다녔다. 엘 쿠쿠이의 용모를 설명하며 각 보육원 선생님 중 그를 아는 사람이 있는지 수소문했다. 문전박대를 당할 뻔한 적도 있었지만 소라가 울먹이며 어릴 적 헤어진 오빠를 찾는다고 연기하면 다들 명단 장부를 내어주었다.

다섯 번째로 들른 '소망 보육원'에서 지후와 소라는 가까스로 엘 쿠쿠이의 흔적을 찾아낼 수 있었다. 인자한 인상의 소망 보육원 원장은 지후와 소라를 친절하게 맞아주었다. 그리고 설명을 듣더니 앨범을 몇 권 꺼내서 펼쳐 보여주었다.

그중 '생쥐 반' 앨범에 낯익은 얼굴 하나가 있었다.

"박희준, 이런 이름이었구나. 맞는 것 같지, 소라야?"

"맞아. 그 사람이야."

지후의 입에서 허탈한 웃음이 흘러나왔다. 그것을 본 원장이 싱긋 웃으며 질문했다.

"찾던 친구가 맞나?"

"네. 생쥐 반이네요. 저도 보육원에서 생쥐 반이었어요."

"출생 연도에 따라 반을 배정하는 경우가 많으니까 그럴 수 있지. 자네도 희준이처럼 쥐 띠지?"

"네. 혹시 이 친구가 지금 어디 사는지 알 수 있을까요?"

"어디에서 일하고 있는지는 알아. 보육원 성과록에 매년 보고되거든. 그 녀석 여기에선 외톨이처럼 지냈는데 찾는 친구들이 있다니 마음이 조금 놓이는 기분이야. 가서 반갑게 인사하고 내 안부도 좀 전해 주게."

지후는 소라를 안전한 장소에 두고 홀로 파이프 조립 공장으로 향했다. 희준은 땀에 찌든 작업복을 입은 채 걸어 나오다 지후와 마주쳤다. 입고 있는 옷과 장화에 묻은 얼룩, 허리춤에 있는 공구 가방만 보고서도 지후는 많은 것을 알 수 있었다.

"엘 쿠쿠이…… 아니, 박희준. 날 알아보겠어?"

"뭐야, 네가 왜 여기에 있어?"

희준은 거대 파이프의 접합부에 들어가 내부를 수리하는 노동자였다. 로봇보다 사람이 싸게 먹히는 노동 중 하나로, 지후가 옥상에서 태양광 패널을 청소하던 것과 비슷한 일이었다. 도시에 쌓이는 먼지를 온몸으로 닦아내는 일.

"아직 나한테 볼일이 남았나. 우리가 서로 살갑게 인사할 사이는 아닌 것 같은데."

"너한테 물어볼 것이 있어. 그리고 부탁할 것도 있고."

희준은 지후의 어깨를 거칠게 치며 지나갔다. 신경질적인 반응이었다.

"질문도, 부탁도 사절이야. 꺼져."

지후는 순간 발끈했으나 예니를 떠올리며 화를 내리눌렀다. 그리고 지금의 희준은 꿈의 파괴자, 엘 쿠쿠이가 아니었다. 손짓 한 번으로 다리를 부러뜨리거나 손가락을 날려버리는 초능력 따위 없는 평범한 사람에 불과했다.

"상대해 주지 않으면 내일도 찾아올 거다."

"뭐?"

"내일도 무시하면 모레도, 그다음 날도 마찬가지야. 감당할 수 있겠어?"

"SOF의 사냥개답게 집요한 데가 있네. 신변 조사나 뒤를 캐는 일은 없을 거라고 하지 않았나?"

"SOF와는 상관없어. 잘렸거든."

희준이 우뚝, 걸음을 멈추고 섰다.

"잘렸다고?"

"그래. 이제 좀 호기심이 생기는 모양이지? 그 대단하신 엘 쿠쿠이를 막아 세웠는데, 상 대신 벌을 받았다니 놀랍지."

"……."

"난 그때, 네 꿈에서 뭔가 이상한 것을 봤어. 그 이야기를 하고 싶어."

잠시 망설이던 희준은 자신을 따라오라고 말했다. 으슥한 골목을 누비면서 지후는 엘 쿠쿠이가 다시 모습을 드러내기까지 3년의 공백이 있었던 이유를 알게 되었다. 그가 드림넷에서 사라졌던 이유는 힘을 비축하거나 거창한 계획을 세우고 있었던 게 아니었다.

"그냥 계정 구독비를 낼 돈이 없었을 뿐이야."

"그게 이유였다고?"

"드림캐스터는 등 따습고 배부른 자들을 위한 오락이야. 꿈 꿀 시간도 없이 살아가는 사람들에겐 사치지."

희준에게서는 여전히 SOF에 대한 강한 적개심이 느껴졌다.

"물어볼 것이 있다며. 언제까지 변죽만 울릴 건데?"

지후는 머뭇거리다가 헛깨기의 영역에서 엄마의 모습을 보았던 일을 입 밖으로 꺼냈다. 그 말을 들은 희준은 질색하며 눈을 가늘게 떴다.

"네 엄마를 왜 내 꿈에서 찾아. 미친 거냐?"

"그 이유야 나도 모르지."

"너희가 만들어두었던 그 수면실에 뭔가 문제가 있었겠지. 내 꿈에서 일어난 일이 맞긴 한 거야? 불쾌하기 짝이 없네."

"하지만 우리 둘 다 고아고, 꿈속에서 특별한 능력을 발휘할 수 있어. 어쩌면 비슷한 점이 더 많을지도 모르고."

"어디서 뒈져버렸든 그냥 날 버린거든 부모란 작자에겐 조금도 관심 없어. 만약 그때 내 꿈에서 뭔가를 봤어도 그건 내 기억이 아니라 네 쪽이겠지."

"하지만 배경이 완전히 달랐는걸."

지후의 꿈속 배경은 언제나 혹한의 설원이었다. 그런데 그날의 꿈에서는 사막처럼 무더운 황야를 달리던 버스 안이었다.

"사람을 착각한 거 아니야?"

"현실에서라면 가능해. 하지만 꿈속에서 같은 사람을 다른 사람으로 착각할 수는 없어. '그 사람'이라는 것을 눈으로 알아보기 전에 몸으로 느끼는 걸 너도 알잖아."

"어쨌든 내 알 바 아니야. 나도 아는 바가 없어. 그게 물어볼 것의 전부라면 이만 꺼져줬으면 좋겠는데."

희준의 태도가 처음보다는 조금 누그러진 것 같아 지후는 본론을 꺼냈다.

"네 드림캐스터를 잠시만 우리에게 빌려주면 안 될까? 절박한 사정이 있어."

잠시 지후를 빤히 쳐다보던 희준은 의외의 반응을 보였다.

"그러면 내 눈앞에 다신 안 나타날 수 있나? 너를 보면 그날의 더러웠던 기분이 자꾸 떠오르려고 하거든."

"……순순히 빌려준다고? 소중한 물건 아니야?"

"별로 그렇지도 않아. 어느 날 갑자기 생긴 거니까."

드림캐스터를 어떻게 얻었는지를 묻자 희준은 정체불명의 노인이 주었다고 대답했다.

"SOF의 황 회장이 아니었어?"

"전혀 다른 사람이야."

괴상한 옷을 입은 그 노인은 처음부터 희준이 엘 쿠쿠이라는 걸 알고 있었다고 했다.

"드림캐스터 안에 임시계정이 있으니 나보고 활개를 쳐보라고 하더군. 처음엔 의심했는데, 정말 제대로 작동하더라. 그 뒤의 일은 너희도 잘 알고 있을 거고."

"결국 너도 누군가에게 이용당한 거네. 누가 널 부추겼는지 궁금하지 않아? 드림캐스터를 빌려주면 그 배후를 밝혀내 네게도 알려줄게."

둘은 어느새 허름한 빌라 앞에 도착했다. 혼자 빌라 현관문을 열고 들어간 희준이 한참을 나오지 않았다. 지후가 포기해야 하나 눈을 감고 고민하던 때, 뭔가 가슴을 퍽 치는 것을 느끼고는 눈을 떴다. 가슴팍에 던져진 것은 엘 쿠쿠이의 드림캐스터였다.

"갖고 꺼져. 다시 찾아올 필요도 없어. 나는 이제 그 물건 쓰지 않을 테니까."

지후는 복잡한 심정으로 희준을 쳐다보았다. 차마 고맙다는 말을 꺼낼 수는 없었기에 다른 말이 튀어나왔다.

"내가 이런 말하는 건 좀 그렇지만 재능을 썩히는 건 아쉬운 일이잖아. 팀장님이 널 도와줄 수 있어."

"그따위 말을 지금 영입 제안이라고 하는 거냐? 남한테 기댈 생각은 없어. 꿈속에서까지 누군가의 수리공으로 살 생각은 더더욱 없고. 눈을 뜨든 감든 나한텐 다 지옥이야. 꺼져."

희준은 등을 돌리고 다시 빌라 안으로 들어갔다. 그래서 지후의 대답을 들었는지 아닌지는 알 수 없었다.

"붙잡아 줄 누군가가 있다면 꼭 지옥이 아닐 수도 있지."

꿈의 개울가

1

늦은 밤, 지후와 소라는 맨션 옥상에서 은밀한 모의를 하고 있었다.

"예니가 잠들었을 때 조심해서 움직여야 해."

"이걸 어떻게 하면 돼?"

"창문으로 들어가서 케이블을 연결시키면 돼."

예니의 방 창문 위치를 정확히 파악해야 가능한 작업이었지만 지후에겐 어렵지 않았다. 건물의 옥상 배선도와 태양광 패널의 전력 구조만 알면 간단히 전체 설계를 파악할 수 있었다.

지후의 계산대로라면 자신과 예니는 수직으로는 150미터 정도의 차이가 있지만 수평적으로 동일한 지점에 있었다.

"예니 언니가 화내면 어떻게 하지? 자기 허락도 없이 함부로 꿈속에 들어왔다고."

막상 실행 직전이 되자 소라는 덜컥 겁이 나는지 불안한 표정이었다. 입바른 말로 위로를 해줄 수도 있었지만, 지후는 솔직하게 말했다.

"예니 성격에 불같이 화내는 건 뻔한 일이지."

"언니가 우릴 용서하지 않으면 어떡해? 무서워."

"소라야, 전에 내 꿈에 들어왔던 거 기억하지? 엄마를 따라잡고 싶어 하는 내 꿈."

"당연하지. 생생히 기억나."

"나도 그런 고민을 했어. 엄마가 정말로 사정이 있어서 나를 놔두고 그렇게 떠나버리는 거라면……. 사실 뒤쫓지 않아야 하는 게 아닐까. 붙잡아서 뒤돌아보게 만든 엄마가 화가 잔뜩 난 얼굴이면 어쩌지? 그런 생각을 하면 숨이 턱 막히고 낭떠러지로 굴러떨어지는 느낌이 들어."

소라는 지후가 하는 말의 내용보다 목소리에 짙게 깔린 슬픔을 더 민감하게 느끼며 물었다.

"그런데 오빠는 어떻게 그 꿈을 계속 반복할 수 있었어?"

"엄마가 자신을 따라잡아 주길 바랐을지도 모르니까. 그 의문에 대한 답을 영원히 모르게 되는 것이 훨씬 더 무서웠거든. 예니도 마찬가지야. 미친 듯이 화를 내겠지. 하지만 그러면서도 도와줄 사람을 기다리고 있는 거라면? 그러니까 혼날 때 혼나더라도 마음을 굳게 먹고 가보자고. 알았지?"

"알았어. 무서워도 참을게!"

캐스팅 직전 처음 보는 경고창이 지후의 눈앞을 막아섰다.

[해당 꿈의 트라우마 수치가 적정선을 지나치게 초과하였습니다. 드림넷에 업로드할 수 없습니다. 몽주라 하더라도 캐스팅은 위험할 수 있습니다.]

불길한 예고였다. 수키를 수면 모드로 변환시키지 못한 게 걸렸는데 역시나 지후의 감각에 묵직한 부하가 걸리기 시작했다. 꿈에서 강제로 깨어날 것만 같은 조짐이었다. 그때, 또 다른 메시지 창이 뜨면서 다시 몸이 가벼워졌다.

[갤리온 프로토콜 가동. 드림캐스터의 방화벽을 무력화합니다.]

수키의 방화벽을 무력화시키는 특수기능이 발동되었다. 엘 쿠쿠이가 드림캐스터의 시스템을 무시한 채 꿈들을 파괴하고 다닐 수 있었던 이유가 이 기능 때문인 듯했다.

'꼭 엘 쿠쿠이의 드림캐스터가 필요했던 거네.'

예니의 꿈속으로 들어오자마자 지후가 마주친 것은 어두운 맹그로브 숲이었다. 무릎 바로 아래에 검은 액체가 물결쳤다. 일정한 간격으로 자라난 관목들은 무거운 그림자를 드리우고 있었다.

하늘엔 태양도 달도 없었다. 아니, 하늘까지 시야가 닿지 않아 천공이 존재하기는 하는지조차 확신할 수 없었다. 어두운 내면세계였다. 엘 쿠쿠이의 꿈이 질척한 음산함이었다면 예니의 꿈속 세계에는 서글픔이 광막하게 깔려 있었다.

"오빠! 여기 있었네?"

진입 장소에서 기다리고 있던 지후에게 소라가 날아왔다. 처음 보는 단정한 원피스 차림이었다. 지후 앞에서 소라가 한 바퀴 빙글 돌아 보였다.

"이거 언니가 사준 옷이야. 무늬가 없어서 마음엔 안 들지만 그래도 이걸 보면 언니가 조금이라도 반가워하지 않을까 싶어서 입어봤어."

"잘했네. 그런데 이렇게 어두운데 어떻게 날 바로 찾았어?"

소라가 맹그로브 나뭇가지에 걸린 동그란 구체를 가리켰다. 사과보다 조금 큰 크기로 맺힌 무수한 열매들이 은은하게 발광하고 있었다.

"저걸 모아서 가면 되겠다."

소라가 손바닥을 휘두르자 주변에 있던 네 그루의 나무에서 열매 예닐곱 개가 휘익 날아왔다. 열매는 천천히 지후와 소라의 머리 위를 맴돌았다. 덕분에 비상용 랜턴이 앞을 비추는 것처럼 시야를 조금이나마 확보할 수 있었다.

한참을 나아가다 기이할 정도로 높게 뻗어 있는 나뭇가지를 발견했다. 가까이서 보니 그것은 평범한 나무가 아니었다. 삐뚤 삐뚤하게 숲 위로 솟아오른 계단의 층계참이었다.

"꼭대기에 뭔가 있어."

고개를 힘껏 젖혀 위를 쳐다보니 반투명한 직육면체가 층계 참의 끝에 매달려 있었다. 마치 아이들이 갖고 노는 인형의 집 에서 방 하나만 뚝 떼어서 매달아 놓은 듯한 모습이었다.

"저기 언니가 있을 거야. 틀림없어."

소라가 중얼거렸다. 지후 역시 꼭대기의 방 안에 누군가가 웅 크리고 앉아 있는 모습을 발견할 수 있었다. 지후가 알고 있는 예니보다 훨씬 작고 가냘픈 모습이었다. 어린 예니는 벽에 등을 기댄 채 귀를 막고 있었다. 문으로부터 최대한 멀리 떨어지기 위해 그러는 것 같았다.

"저게 뭐야?"

처음에는 외따로 존재하는 방과 그 안에 갇혀 있는 예니에게 집중하느라 눈치채지 못했다. 하지만 자세히 보니 회색 갈기를 가진 짐승이 두 발로 계단을 올라가고 있었다. 지후는 '저것'이 예니의 방을 침범하게 놔둬선 안 된다고 직감했다.

"막아야 해, 소라야."

층계참으로 달려가는 순간, 둘의 주변을 맴돌던 발광 열매가 갈라졌다. 눈이 아찔할 만큼의 백광이 터져 나왔다. 그리고 지후와 소라를 둘러싼 것은 일곱 마리의 하얀 맹수들이었다. 사자, 호랑이, 코뿔소에 독수리까지 전부 예니가 평소에 변신하던 동물들이었다. 그것들이 층계참을 가로막았다. 마치 이 앞으로는 보내줄 수 없다는 듯이.

앞으로 나서자 북극곰 한 마리가 지후를 깔아뭉갤 듯이 돌진해 왔다. 지후는 평소처럼 북극곰의 앞발을 어깨로 틀어막은 뒤 반대편 주먹으로 곰의 아래턱을 후려갈겼다. 그런데 그 순간, 마치 감전된 것처럼 무릎에 힘이 풀려 털썩 주저앉았다.

"오빠! 왜 그래?"

"크윽……."

누군가 지후의 귓가에 거대한 못을 때려 박는 것 같았다. 물리적인 것이 아닌 통증이었다. 숨이 쉬어지지 않을 만큼 강력한 두려움, 내성이 생길 수 없는 고통, 폭력이 불러일으키는 좌절감 등이 한꺼번에 머릿속으로 흘러 들어왔다.

'이건 예니의 감정이야. 지금껏 쌓인 트라우마…….'

일순간 이해되었다. 능력치가 떨어질 때마다 예니가 어째서 자신의 골방에 틀어박혀 있었는지. 말라버린 물수건을 다시 적시는 것처럼 매번 이 꿈에 찾아와서 달아나고 싶은 악몽 속에 스스로를 내던진 것이다.

동물들이 저마다 이빨과 발톱을 드러내며 접근해 왔다. 등 뒤를 보니 숲이 대낮처럼 밝아져 있었다. 모든 나무의 열매가 깨지며 지금껏 예니가 변신해 온 동물로 변했다. 그 동물들이 구름처럼 밀려들고 있었다. 사태를 깨달은 소라가 투명한 방어막을 펼쳐 사자와 코뿔소를 저 멀리 튕겨냈다.

"언니한테 가! 여기는 내가 막고 있을게."

"하지만……."

도통 발이 떼어지지 않았다. 소라의 염동력은 탱크를 종잇장처럼 구겨버릴 만큼 강력하지만 그래서 더욱 물리적 공격에는 취약했다. 맹수들의 발톱이 스치기라도 하는 날엔 끔찍한 트라우마가 소라의 내면에 자리잡을 것이다. 예니의 고통이 마치 역병처럼 소라의 마음속에도 전염되고 마는 것이다.

"나도 어엿한 몽재진압반의 일원이야. 고참의 말을 듣지 못해? 여기서 우물쭈물하면 둘 다 잘못될 거라고!"

소라는 소리치며 지후의 등을 떠밀었다. 이를 악문 지후는 곧 앞으로 달려갔다. 미리 약속하진 않았지만 지후의 앞에 있던 동물들은 보이지 않는 망치에 얻어맞은 듯 좌우로 나가떨어졌다.

"버티지 못할 것 같으면 꿈에서 깨어나! 알았지?"

지후는 맹그로브 나무를 올라타며 층계참을 향해 질주했다. 지상과 연결된 계단에 첫발을 들이며 위를 올려 보니, 회색 갈기의 짐승은 어느덧 삼분의 이 지점을 통과하고 있었다.

지후는 계단을 다섯 칸씩 올라갔다. 마음 같아서는 벽을 뚫고 이동하는 것처럼 계단의 아랫면을 부수면서 직선으로 타고 올라가고 싶었다. 하지만 이 꿈이 어떤 메커니즘으로 작동하는지는 모르기에 참았다. 계단이 파손되었을 때 예니의 방이 무사할 수도 있지만 터무니없는 방식으로 추락할지도 몰랐다.

"거기 서!"

마침내 짐승의 꼬리가 시야에 들어왔다. 이 짐승을 대체 뭐라고 표현할 수 있을까? 형태는 늑대인간처럼 보였으나 눈이 있어야 할 자리엔 가시가 돋아나 있고, 얼굴의 전면엔 곤충처럼 수십 개의 눈이 붙어 있었다.

"예니야, 문 좀 열어보렴."

그것은 다정한 남자의 목소리를 꾸며내고 있었다. 그 목소리를 듣는 순간 느낀 충격에 지후는 하마터면 난간 아래로 추락할 뻔했다. 자신의 것이 아닌 트라우마인데도 그랬다. 몽주인 예니가 이 순간 얼마나 공포에 떨고 있을지는 감히 짐작할 수도 없었다. 혈관을 타고 불길이 내달리는 듯 화가 솟구쳐 올랐다.

"떨어져, 이 자식아!"

지후는 거침없이 회색 짐승의 갈기를 향해 손을 뻗었다. 짐승의 털을 잡아당기자 그 부분이 모래처럼 바스러져 떨어졌다. 그리고 지후의 머릿속으로 온갖 불길한 사념이 흘러들어왔다.

'예니야, 문 좀 열어보렴. 새아빠야.'

'우리 딸이 워낙 예쁘니까 예뻐해 주는 거야.'

'엄마한텐 비밀로 하자?'

어린 예니가 무슨 일을 당했는지 짐작할 수 있는 언어들이었다. 무력감이 손끝을 타고 퍼져나가기 시작했다. 늑대인간은 지후를 신경 쓰지 않고 계속 계단을 올랐다. 그리고 결국 예니의 방문에 갈고리 같은 발톱을 박아 넣었다. 그 기척에 예니의 몸 서리치는 것을, 보지 않아도 알 수 있었다.

"젠장!"

다시 한번 덤벼들었으나 잡아 뜯긴 털과 피부는 재처럼 날아가고 본체는 순식간에 수복되는 것이 반복되었다. 아무리 애를 써도 떨칠 수 없는 무언가를 형상화한 것처럼.

지후의 꿈과 마찬가지였다. 아무리 해도 엄마를 따라잡을 수 없는 것처럼 이 늑대인간이 예니의 방문을 열어젖히는 건 바꿀 수 없는 사실 같았다.

'예니는 지금까지 어떤 심정이었을까. 대체 무슨 마음으로 내가 엄마를 뒤쫓는 꿈을 도와주겠다면서 뛰어들었을까. 가족에게 가장 끔찍한 상처를 입은 채로……'

지후는 생각을 바꿔서 지붕으로 뛰쳐 올라갔다. 그리고 벽에 달라붙어 예니의 등을 바라보며 노크했다. 흠칫 놀라며 고개를 돌린 예니가 지후와 눈이 마주쳤다.

"……네가 왜 여기에 있어?"

최근 지후는 이 말을 자주 듣는 기분이었다. 엘 쿠쿠이 역시 정확히 똑같은 말을 했었다. 하지만 이번엔 완전히 다른 대답을 들려주기로 했다.

"말했잖아. 무슨 일이 생기면 너한테 온다고."

그 순간 늑대인간이 결국 문을 열어젖혔다. 한 뼘 정도 벌려진 틈으로 무수한 눈들이 이쪽을 노려보고 있었다. 지후는 다급하게 외쳤다.

"어서 여기에서 나가. 이따위 꿈 깨버리라고!"

"……안 돼. 나는 여기에 있어야 해. 그래야 소라를 지킬 수 있어. 또 가족을 잃을 수는 없어."

"그래서 혼자 다 끌어안겠다고? 힘이 떨어질 때마다 저 괴물을 마주하면서?"

지후는 이제 알고 있었다. 사람의 마음은 그렇게 단단하지 않다. 이런 고통을 반복하면 머지않아 회복할 수 없을 만큼 망가지게 된다.

늑대인간이 한쪽 팔을 문 안으로 집어넣었다. 발톱이 방 안을 이리저리 휘저었다. 예니를 찾는 것처럼 보였다. 완전하게 방 안에 침입하는 것은 시간문제였다. 지후는 벽을 부숴보려고 주먹을 내질렀지만 꿈쩍도 하지 않았다. 그 어떤 꿈에서도 박살내지 못한 벽이 없었는데 이상한 일이었다.

'왜 방 안에 들어갈 수 없는 거지?'

불현듯 깨달았다. 초대받지 못했기 때문이다. 엘 쿠쿠이는 스스로 플레이어들을 받아들였다. 그래서 꿈 자체는 적의를 드러내진 않았다. 하지만 예니의 꿈은 달랐다.

"나는 이 꿈을 꾸어야만 강한 능력을 가진 자각몽자로 살 수 있어. 이게 내게 걸린 주박이야."

"그러지 마, 그냥 너로 살아. 꿈 바깥에서든, 꿈 안에서든."

예니의 동공이 크게 흔들렸다. 그 순간 아래에서 미약한 빛줄기가 올라오더니 하늘로 사라졌다. 동물들을 상대하다 힘을 다한 소라가 꿈에서 퇴장한 것이다. 그 동물들은 곧 예니를 보호하기 위해 몰려올 것이다.

"예니, 날 들여보내 줘. 함께 여기서 나가자."

"……그럴 수 없어. 나는 아무도 원치 않아. 이건 내가 스스로 들어온 꿈이야."

"네가 정말로 누구도 오길 원하지 않았다면 계단은 아래까지 이어져 있지 않았을 거야. 이 방이 지금처럼 속이 훤히 들여다보이지도 않았을 거고. 우리가 말을 나눌 수도 없었겠지."

심호흡을 들이킨 지후가 똑바로 예니의 눈을 보며 말했다.

"너는 사실 이곳에서 나가고 싶었던 거야. 지금까지 내내."

순간 몸이 가벼워지는 것이 느껴졌다. 반투명한 벽이 조각조각 나 사라지고 지후는 마침내 예니의 방에 발을 디딜 수 있었다.

"이제 나한테 맡겨."

문틈을 비집고 들어온 늑대인간이 예니를 붙잡기 위해 손아

귀를 내밀었다. 지후는 한 손으로 예니의 어깨를 감싸며 주먹으로 늑대인간의 손바닥을 꿰뚫었다.

꿈에서 깨어나자마자 지후가 제일 먼저 한 것은 두 겹의 침낭에서 빠져나오는 일이었다. 하늘을 배회하는 드론들이 실수로 뭔가를 떨어트릴 수도 있었기 때문에 방해받지 않기 위해 한 짓이었다.

예니는 어떻게 됐는지, 조급해진 지후는 맨션의 비상구 출입문을 열어젖혔다. 그리고 날 듯이 계단을 뛰어 내려갔다. 꿈속에서는 예니를 만나기 위해 기어 올라가야 했지만 현실에서는 반대였다.

"어서 와. 기다리고 있었어."

소라가 문을 열어주었다. 예니가 거실에서 모락모락 김이 오르는 찻잔을 양손으로 붙잡고 있었다. 지그시 바라보는 예니와 눈이 마주치자 정작 무슨 말을 해야 할지 알 수 없어졌다. 꿈속에서 던진 낯간지러운 말들이 떠올라 어디로든 숨고 싶어질 지경이었다.

"괜찮은 거야?"

"덕분에. 네가 그렇게 달변인 줄은 몰랐어."

예니의 말엔 묘하게 뼈가 있는 느낌이었다. 하지만 음성은 많이 진정돼 있었다.

예니는 소라를 불러 가까이 앉혔다.

"소라야, 언제부터 눈치채고 있었던 거야?"

"언니가 방문을 잠그기 시작했을 때부터."

"처음부터란 소리네. 내가 허술했어."

"언니, 많이 화났어? 우리가 허락도 없이 꿈에 들어가서?"

소라는 잔뜩 긴장한 채 물었지만 예니는 천천히 고개를 가로 저었다.

"아니. 문을 열기 전에 초인종을 눌렀다면 좋았겠지만……."

딩동! 그때 맨션의 초인종이 울렸다. 너무 공교로운 타이밍이라 셋 모두 얼어붙었는데, 와중에 요란한 알림음은 계속 반복되었다. 지후가 예니에게 물었다.

"……이 시간에 찾아올 사람 있어?"

"아니."

"그럼 내가 나가볼게."

지후가 약간 긴장한 채 현관문 손잡이를 붙잡았다. 살짝 문을 열자 뭔가 바스락거리고 쩝쩝거리는 소리가 들렸다 왠지 문밖에 서 있는 게 누구인지 알 것 같았다.

"동동!"

"어, 성지후? 네가 왜 여기에 있어?"

이 질문을 받는 게 오늘만 세 번째였다. 지후는 쓴웃음을 지으며 활짝 문을 열었다. 동동은 그새 덩치가 더 커져 있었다.

이전과 다른 점이 있다면 살집이 올랐다기보단 체격이 튼튼해진 느낌이었다. 동동이 들어와 바닥에 주저앉자 제법 넓은 거실이 비좁게 느껴졌다. 지후는 동동의 팔에 새로 새겨진 문신을 발견했다. 거대한 가위를 등에 짊어진 채 쪼그려 앉아 있는 가위귀신이었다.

"어! 그거 내가 그려준 그림이잖아?"

소라가 반색하자 동동이 고개를 끄덕였다.

"맞아. 더 크게 새기고 싶었는데 워낙에 공간이 없어서 이렇게밖에 못 한다고 하더라고. 하하."

원래 있던 문신을 지워내고 새긴 거니 제법 고통스러운 과정이었을 것이다. 하지만 지후를 비롯한 누구도 그 과정을 캐묻지는 않았다.

시시콜콜한 이야기가 오간 뒤 예니가 동동에게 물었다.

"그래서 이 밤중에 무슨 일이야?"

"사실 팀장님한테 개인적으로 부탁할 것이 있는데, 이틀 전부터 도통 답장이 없더라고. 너희는 어떤가 해서."

모두 고개를 가로저었다. 몽재진압반 3팀의 해체 이후 수현은 좀처럼 연락이 닿질 않았다.

"성지후는 왜 여기에 있는 건데?"

지후는 예니의 눈치를 보면서 소라가 불러서 얼굴 보러 왔다고 대충 둘러댔다. 그러면서 소라와 함께 엘 쿠쿠이를 찾은 일과 그의 무의식에서 엄마의 뒷모습을 봤던 것을 털어놓았다.

"벽에 가로막힌 기분이야. 엘 쿠쿠이도 모르겠다고 하더라고. 뭔가를 숨기는 것 같진 않았어. 음, 이럴 때 팀장님이 옆에 있었더라면 좋았을 텐데."

그 말을 듣고 잠시 망설이던 동동이 입을 열었다.

"사실 너희한테 부탁하고 싶은 게 있어. 내 새 문신을 새겨준 타투이스트가 들려준 소문인데. 네오 서울의 유명한 전자상가 골목 알지? 그 근처에 쉽게 오가기 힘든 지하 구역이 있대."

"그런데?"

"그 구역에 드림캐스터를 불법 개조해서 은밀한 의뢰를 받는 업자들이 제법 있대. 요즘 뜨는 업자 중에는 '전생'을 떠올리게 해주는 최면술사도 있다고 해."

"그런 건 전부 사기 아니야?"

예니가 시큰둥한 태도로 끼어들었다.

"그 최면술사란 사람이 무척 뛰어난 자각몽자라면 가능해. 드림캐스터의 대규모 업데이트가 진행되고 있잖아. 베타테스트 기간이니 여러 곳에서 두 명 이상의 캐스터가 같은 꿈을 꿀 수 있지."

"몽주가 직접 방문객의 의식에 접속할 수 있게 되는 거구나. 엘 쿠쿠이의 꿈속에서 싸웠던 것처럼."

"최면술사가 보여주는 꿈이 진짜 그 사람의 전생인지, 아니면 정교하게 만들어진 속임수인지는 몰라도 불가능하진 않을 거야. 나 같은 드림 자키들도 덕분에 무척 바빠졌어. 예전엔 그냥 꿈을 맞춤 주문하던 사람들이 이젠 꿈속에서 직접 케어받는 걸 요구하고 있거든."

예니 역시 쏟아지는 일감을 감당하기 위해 트라우마 속으로 자신을 내던진 것이었다. 지후는 평온해진 예니의 얼굴을 힐긋 살펴보고는 안심했다. 트라우마 수치가 높은 꿈을 반복하는 건 섬망을 유발하는 위험한 일이었다.

동동이 손뼉을 짝 쳤다.

"진짜 전생을 보는 건지는 알 수 없지만, 한번 찾아볼 가치는 있지 않을까? 전생은 못 보더라도 혹시 무의식에 가라앉은 기억을 발굴할 수도 있는 거잖아."

"네가 팀장한테 부탁할 게 이거였어?"

"응. 그 최면술사한테 내게 정말 쌍둥이 동생이 있었는지 확인해 보고 싶었거든. 하지만 가뜩이나 흉흉한 소문이 도는 곳에 혼자서 찾아갈 용기는 없더라고."

소라가 동동의 어깨에 턱을 올려놓으며 말했다.

"같이 가줄게. 우리는 한 팀이잖아."

414

2

　수현은 가로등 불빛도 희미한 주차장에 있었다. 눈앞에는 본래의 형태를 알아보기 힘들 만큼 화려하게 개조된 차 한 대가 있었다. 오재욱 박사의 자가용이었다. 이 차를 추적하느라 지금까지 꽤 오랜 시간을 써야 했다.

　"찾는 물건 있어요? 다섯 박스 사면 하나는 덤으로 줄게."

　눈썹과 왼쪽 코에 피어싱을 치렁치렁 단 남자가 어슬렁거리며 수현에게 다가왔다. 수현은 기다리던 사람이 마침내 나타났음을 알았다. 남자는 껄렁거리는 태도로 수현의 주변을 빙빙 돌았다.

　"어라? 이런 곳에 올 만한 분이 아니신 것 같은데?"

　"약 사러 온 거 맞아요. 다만 눈에 뜨이면 곤란한 직업이라…… 차에 타서 얘기할 수 있을까요?"

　남자가 고개를 끄덕였고, 삑 소리와 함께 차량이 잠금 해제되는 소리가 들렸다. 함께 차에 타자마자 남자는 시간을 절약하고 싶은 듯 본론을 꺼냈다.

　"거래 트는 건 처음인 분인데, 어디까지 알아보고 오셨을까."

　"이렇게 돼서 미안합니다."

　"뭐가 미안하다는…… 켁!"

　남자의 코에 매달린 로즈골드 피어싱이 격하게 흔들렸다. 뒷좌석에서 튀어나온 철사가 목을 졸랐기 때문이었다.

"이게 미안하다는 거예요."

"컥컥! 미친 새끼들…… 뭐 하는 짓이야!"

철사로 남자를 제압한 건 최장순 조사관이었다. 그가 양팔에 힘을 단단히 준 채로 물었다.

"이 차, 누구한테 샀어? 그것만 말해 주면 살아 돌아갈 수 있을 거야."

"꺼, 꺼져! 어디서 굴러먹다 온 놈들인지 몰라도 내가……."

"한번 기절하고 싶은가? 내 조수가 전기충격기를 갖고 있어. 참고로 이 바닥 신참이라 조절을 잘 못 할 거야. 초과 감전되면 어떻게 되는 줄 알아? 시트가 역겨워질 만큼 네 항문에서……."

"마, 말할게! 한다고!"

수현은 피어싱 남자가 장순에게 굴복하는 과정을 말없이 지켜보고 있었다.

"어, 어떤 할아버지한테서 산 거야."

"2년 전이 맞나?"

"그쯤 될걸. 정신병원 있잖아. 약쟁이들이 줄창 갇히는 거기."

2년 전, 약쟁이들이 자주 갇히는 신림 정신병원에서, 할아버지로 보이는 남자에게.

필요한 정보를 모두 알아낸 뒤, 둘은 그대로 차를 타고 달렸다. 40여 분을 달려 도착한 곳은 간판 불이 꺼진 폐병원이었다.

하지만 장순은 내부에 사람이 있을 것이라 확신했다. 예상대로 노인이 한 명 카운터를 지키고 있었다. 꾸벅거리며 졸던 노인은 인기척에 깨어나 눈을 끔벅거렸다.

"물어볼 것이 있어서 왔습니다."

"돌아가요. 면회는 이틀 전에 예약해야 가능하다고."

수현은 품에서 지폐 한 다발을 꺼내 카운터에 올려놓았다.

"질문 하나당 다섯 장씩 드릴게요. 일단 2년 전에 중고로 이 차를 팔았죠?"

노인은 지폐를 힐끔거리며 술술 정보를 토해냈다. 2년 전에 그 차의 주인이 병원에 찾아와 거액을 지불하고 입원했고, 대량의 약물도 구입했다는 이야기였다.

"약물의 이름이 뭐였죠?"

"헤헤, 의료인의 윤리상 그것은 말씀드릴 수 없지. 히포크라테스의 선서에 위배되니까."

수현의 등 뒤에 서 있던 장순은 권총을 꺼내 들어 총구로 자신의 이마를 긁적였다.

"어르신을 진짜 히포크라테스의 곁으로 보내드리기 전에 말씀하십쇼."

"크흠, 사실 나 의사 면허도 없어. 선서는 개뿔."

오재욱 박사가 찾았던 약물은 마약류는 아니었다.

합성 벤조디아제핀. 큰 수술을 할 때 환자에게 투여해 코마 상태를 유도하는 수면제의 일종이었다. 오 박사가 무면허 의사에게 약을 구한 이유도 이내 밝혀졌다. 벤조디아제핀의 양이 한두 번 쓸 정도가 아니었다.

"그 사람 지금 어디 있는지 알아요?"

"1년 전까지는 이 병원 제일 꼭대기 층 특실에서 묵고 있었지."

수현과 장순이 시선을 교환했다. 오 박사가 긴 시간 잠적했던 장소를 드디어 찾아낸 것이다. 수현은 다급히 물었다.

"지금은요?"

노인은 우물쭈물하기 시작했다.

"그게…… 그 사람을 도둑맞아버렸거든."

"도둑? 납치가 아니고요?"

"입원한 지 얼마 안 돼서 그 사람, 코마에 빠져서 환자가 됐거든. 몇 년 치 입원비를 미리 결제해 놓은 걸 보면 그렇게 될 줄 알았던 것 같기도 해."

스스로 계획한 코마일까? 그것이 사실이라도 자신이 납치당하는 것까지는 계획이 아닐 텐데.

장순이 수현에게 물었다.

"당신 아버지가 한 짓일 가능성은?"

"그랬다면 이 할아버지가 여전히 카운터를 보고 있을 리 없어요. 철두철미한 양반이라."

노인은 안색이 핼쑥해지면서 자신은 더 이상 아는 바가 없다고 도리질을 쳤다. 이 병원 자체가 불법시설인지라 당연히 CCTV도 거래 기록도 없었다.

"여기까지 왔는데 오 박사를 또 놓친다고?"

장순이 분을 이기지 못하고 주먹을 불끈 쥐자 노인이 조심스럽게 운을 뗐다.

"자네들한테 필요한 걸 알고 있는 환자가 한 명 있긴 해."

"그게 누구죠? 왜 진작 말 안 했어요?"

"그 여자도 제정신이 아니야. 서번트 증후군이라고 알아?"

장순이 수현을 바라보자 그녀는 고개를 끄덕였다.

"자폐 스펙트럼 환자 중에서 뇌의 특정 기능이 비약적으로 향상되는 케이스를 말해요."

"맞아. 그 자폐 환자는 기억력이 엄청나! 한 번 본 사진도 그대로 완벽하게 그려내고, 원주율도 끝없이 중얼거린다니까. 아무튼 그 환자가 특실에 있는데 깨어 있는 동안에는 계속 복도를 쳐다보고 있거든. 자네들이 찾는 오 박사가 도둑맞는 장면도 보지 않았을까 싶어."

실마리를 잡았다는 생각에 장순의 얼굴이 밝아졌다.

"그러면 그 환자에게 물어보면 되겠네요."

"하지만 사람과 눈도 마주치지 않아. 지금은 먹고 싸는 기계나 다를 바 없는 처지지. 부모도 처치 곤란인지 이런 곳에 처박아둔 걸세."

두 사람은 우선 환자를 만나보기 위해 병원의 꼭대기 층으로 향했다. 불 꺼진 병동을 다섯 층 걸어 올라서 찾아낸 병실은 을씨년스러웠다. 5층 가장 구석 병실에 문제의 환자가 잠들어 있었다. 그 병실만 내벽 전체가 새카맸다.

"이거…… 전부 숫자인 거 같은데?"

불규칙하게 반복되는 숫자가 천장까지 빼곡하게 적혀 있었다. 잠든 환자의 발치엔 작달막한 크레파스가 떨궈져 있었다. 벽지는 교체한 지 얼마 되지 않은 듯 보였다. 즉, 깨어 있는 시간 동안에는 계속 이 숫자들로 벽을 덧칠한다고 봐도 무리가 아닐 듯했다.

"생각보다 훨씬 심각한데. 이거 어떡하면 좋죠?"

장순은 자신이 이 말을 꺼내게 될 줄은 몰랐다는 듯 이마를 긁으며 제안했다.

"황 팀장, 지금이야말로 그 빌어먹을 기계를 써먹을 때 아닌가?"

드림캐스터로 서번트 증후군 환자의 꿈속으로 뛰어든다. 수현도 그런 시도를 들은 적도 없었다. 과감한 시도를 즐기는 SOF 시냅스연구팀에서조차 자폐증 환자의 무의식 세계 접촉은 금지할 정도로 위험한 일이었다. 인간의 정신은 이해할 수 없는 세계를 견뎌낼 수 없는 법. 더구나 리얼타임으로 자폐증 환자의 꿈에 들어간다면 어떤 일이 벌어질지 무엇도 장담할 수 없었다.

가방 안에서 다중접속 드림캐스터 X03을 매만지며 수현은 망설였다. 텅 빈 복도를 감시하던 장순이 낮은 목소리로 말했다.

"1층의 저 양반이 우리한테 왜 이 환자의 존재를 알려줬다고 생각해? 시간을 끌기 위해서야. 분명 병원에 문제가 터졌을 때 그걸 청소해 줄 깡패들을 불렀겠지. 나 혼자 감당할 숫자는 아닐 테고. 짧으면 10분, 길어야 20분 안에 들이닥칠 거야. 제때 내빼려면 결정은 빠를수록 좋아."

"꿈속에서 답을 찾더라도…… 빠져나오는 길을 잃어버릴 수도 있어요. 일반인의 꿈과는 전혀 다를 테니까요."

"신호를 정하지. 위급 상황이 되면 안구를 위아래로 세 번씩 움직여. 그러면 내가 무슨 수를 써서라도 깨울 테니까."

결국 수현은 각오를 다지고 드림캐스터를 꺼냈다. 그것을 잠든 서번트 증후군 환자의 머리에 씌우고 자신의 관자놀이에도 동기화 장치를 연결했다. 상대의 동의도 구하지 않은 채 내면세계를 엿본다는 생각에 죄책감이 들었다.

"미안해요. 이렇게 노크도 없이 문을 열게 되어서."

단단히 각오하고 들어왔기 때문일까. 꿈에 들어오자마자 수현은 맥이 풀렸다. 머리를 찌르는 고통이나 미칠 듯한 압박감, 매섭게 짓쳐들어오는 어지러움 같은 것은 없었다. 그저 안락하게 꾸며진 방 안에 주저앉아 문에 달린 작은 창문을 바라보고 있었을 뿐.

'아직 병원에 입원하기 전의 일상인 것 같아.'

하지만 다음 순간, 공간이 확 좁아지며 수현은 침상과 협탁, 거울 한 개가 전부인 병실에 와 있었다. 공간이 일그러지듯 흔들렸다.

"으윽……."

비틀대다가 수현은 침대에서 떨어졌다. 환자의 정신적인 고통이 고스란히 느껴졌다. 트라우마 수치가 허용치의 절반 이상으로 솟구쳐 올랐을 것만 같았다.

협탁 위 일력을 보니 침대에 적혀 있던 입원 첫날이었다. 수현은 병실 안을 살펴보다 등줄기에 소름이 돋았다. 꿈의 질감이 소스라칠 정도로 사실적이었다. 현실과 분간할 수 있는 감각이나 현상이 아무것도 없었다. 완전기억능력을 가진 자의 꿈다운 디테일이었다.

곧 식사 배급을 위해 무표정한 보호사가 병실의 문을 열었다. 맞은편 병실에 누워 있는 익숙한 실루엣이 보였다. 수현은 소리 없이 비명을 내질렀다.

오 박사였다. 수현의 예상과 달리 오 박사는 겉보기엔 아무런 문제 없이, 마치 잠든 것처럼 편안하게 누워 있었다.

이제부터는 인내심 싸움이었다. 문제는 잠든 오 박사가 누군가에게 도둑맞기까지 무려 11개월의 시간이 남았다는 것이다.

그런데 이 몽주는 지나치게 사소한 것들까지도 모두 감각적으로 예민하게 기억하고 있었다. 그것이 이번 캐스팅의 난이도를 고행으로 만들었다. 수현은 아찔한 기분으로 꿈에 잠식되어 가기 시작했다.

2일, 3주, 4개월.

얼마나 시간이 흘렀을까. 수현은 이 꿈속에서 의식을 잃어버리는 게 아닐까 두려움이 일었다. 시간 감각이 또렷했다가 뒤죽박죽 뒤섞이기를 반복했다. 그리고 밤이 되면 어김없이 그 시간이 찾아왔다. 크레파스를 들고 벽면에 원주율을 적는 시간이.

—3.141592653589793…….

처음에는 이상한 점을 찾지 못했다. 하지만 시야가 제한된 상황에서 수현은 죽죽 적혀나가는 숫자들을 들여다보는 것 외엔 할 수 있는 것이 없었다. 그래서 가까스로 눈치챌 수 있었다. 숫자의 궤적이 단순한 선이 아니라 아주 작은 글자들의 배열이었다는 것을.

—너는 가족의 수치다.

—너는 내가 원한 자식이 아니야.

—너는 사라져야 해.

심장 박동이 거칠게 요동쳤다. 그것은 수현의 어린 시절 트라우마를 떠올리게 했다. 아버지의 정이라고는 전혀 주지 않았던 황해승 회장의 무감정한 얼굴과 어조, 거기서 느낀 두려움이 정신을 파고들었다.

'이건 몽주의 트라우마일 뿐이야.'

그렇게 마음을 다잡으려 해도 폐쇄 병동의 숨 막히는 분위기가 방해했다. 급기야 자신이 왜 여기에 있는지 기억해 내기 어려운 순간들이 빈번해졌다.

'누군가가 날 기다리고 있었던 것 같은데. 여기서 밖으로 나갈 때 약속을 정해 두지 않았던가? 그게 뭐였더라?'

그러던 어느 날 밤, 그들이 찾아왔다. 항상 보던 보호사가 아니었다. 노란색 유니폼에 기형적인 도안 '만트라'를 새긴 자들이 복도에 출몰했다. 그들이 오 박사의 병실로 들어가더니 이동식 침대에 그를 옮겼다.

수현은 이를 악물고 오 박사를 납치하는 자들의 인상착의와 유니폼에 새겨진 만트라의 형태를 기억하려 애썼다. 그 순간 벽면과 천장에 달라붙어 있던 숫자들이 일제히 부르르 떨기 시작했다. 그러다 소용돌이처럼 수현의 주변을 휘감았다. 숫자들이 피부를 빼곡히 뒤덮고 자신을 질식시키려 했다.

'너는 가족의 수치다.'

아니야.

'너는 내가 원한 자식이 아니야.'

나도 당신을 원했던 적 없어.

'너는 지워져야 해.'

나는 여기 살아 있어.

비틀리는 듯한 고통 속에서 얼마나 버텼을까. 어느 순간 수현의 귓가에 낯선 소리가 들리기 시작했다. 그리고 곧, 그 소리가 익숙한 목소리임을 깨닫고 눈을 떴다.

"정신 차려, 황수현! 숨을 쉬어, 지금 숨을 안 쉬고 있다고!"

억지로 수현을 깨운 장순은 시뻘건 눈을 하고 있었다. 수현의 어깨를 붙잡아 흔드는 동안 장순에게도 끔찍한 기억이 소환되고 있었다. 아내의 싸늘한 시체를 붙잡고 오열했던 그날의 기억이었다.

"놔줘요, 조사관님. 돌아왔어요."

"정말 사람 아찔하게 만드는군."

꿈속에서는 11개월의 시간이 흘렀지만, 장순은 7분 만에 수현을 깨웠다고 했다. 수현은 반가운 나머지 장순을 와락 껴안았다.

"헛! 뭐 하는 거야."

"다른 의도는 없어요. 잠깐만 이러고 있어 봐요."

그러다가 수현은 퍼뜩 펜을 들었다. 기억에서 휘발되기 전에 오 박사를 훔쳐 간 자들의 만트라를 손바닥에 그렸다.

아주 조금씩 걸어서 여기까지 왔다. 이제 몇 걸음이나 남았을까. 수현은 오래전 지후가 전해 준 히든 피스 속 수키의 말을 떠올렸다.

'지금 재욱 씨는 당신의 세계에 없다던 말, 그 말이 사실이었어.'

오 박사는 꿈의 세계에 스스로를 가두고 있었다.

3

기계에는 생명이 없다. 당연한 말이지만 전자상가 입구 주변에 산을 이룬 폐기기들을 지나치며 지후는 그 말에 동의하기 어렵겠다는 생각을 했다. 정말로 생명이 없다면 어째서 이토록 을씨년스러움이 느껴지는 걸까. 박살 난 스크린, 방전된 배터리, 잡아 뜯겨진 케이블. 더 이상 전류를 받아들일 수 없는 몸들이 세월과 함께 묵직한 먼지를 얹은 채 죽어 있었다.

어둑한 밤, 다시 뭉친 몽재진압반 3팀은 지하상가 입구에 와 있었다.

지후가 동동을 쳐다봤다.

"이제 어디로 가야 해?"

"모든 꿈이 드림넷을 통해서만 공유되는 것은 아니야. 극소수지만 오프라인 상태로 꿈을 거래하는 자들이 있어."

드림캐스터로 꿈을 빚어내 음지에서 거래하는 이들. 일부러 업데이트를 피해 특정 버전으로 기기를 유지한 다음 안전성을 담보할 수 없는 커스텀 펌웨어를 써서 장사하는 자들이었다. 몽중 세계에서 신통방통한 능력을 발휘한다는 풍문. 그런 소문이 있는 자들 중에 사이비가 아닌 진짜가 있다면 '꿈'의 문제를 해결할 실마리를 찾을 수 있을지도 모른다는 것이 동동의 바람이었다. 점조직으로 운영되며 오직 면대면으로만 손님을 받는 게 특이한 점이라고 말하며 동동이 눈을 빛냈다.

"무당이 살아남아 온 방식이잖아. 넷상에서 꿈을 공유하는 이런 시대에도 여전히 귀신을 믿는 사람들이 남아 있다는 게 신기하지 않아?"

"신기해할 것 없어."

동동의 말에 예니가 조근조근 반박했다.

"구미호나 흡혈귀는 드림넷에서 아주 쉽게 볼 수 있지. 전설과 설화가 꿈속으로 흡수된 거야. 하지만 진정한 악몽들은 쉽게 공유될 수 없어. 수키가 트라우마 수치를 검열하니까."

"귀신은 악몽을 먹고 자란다는 건가?"

"그렇지. 보여주고 싶어도 보여줄 수 없는 꿈들도 있어. 그런 세상이니 무당들도 먹고살 수 있는 거겠지."

지후가 예니의 얼굴을 흘깃 쳐다보았다. 어젯밤 이후 현실에서 예니의 꿈에 대해 이야기할 기회는 오지 않았다. 예니는 입을 닫고 있었고, 지후 쪽에서는 그럴 용기가 남아 있지 않았다.

"자, 들은 바 대로면 이쪽이야."

동동이 거침없이 모두를 안내했다. 상가 깊숙한 곳으로 들어가니 대충 친 천막에서 전등을 켜고 영업하는 장사치들이 눈에 들어왔다. 타고난 팔자와 운명을 꿈을 통해 바꿔준다는 도인, 대단한 동자신을 모시기에 꿈속에서 잡귀를 물리쳐준다는 무당, 꿈속에서 환부를 어루만져 고통을 없애준다는 기인들이 좌판을 깔고 장사를 하고 있었다.

"거기 꼬마 아가씨들! 이리로 오슈. 싸게 해드릴게."

호객꾼 한 명이 예니와 소라를 발견하고 친근한 척 굴었다. 일행은 못 이기는 척 그들을 따라가보았다. 한 노파가 왼쪽 손목에 염주를 찬 채로 뭔가를 중얼중얼 외고 있었다. 목에 걸고 있는 드림캐스터가 특이했다. 정교하게 덧붙여진 나무와 검은 깃털들 때문에 원형을 알아보기 어려울 정도였다.

"이리 앉아."

"특이한 기기를 쓰시네요?"

"벽조목(霹棗木)이랑 까마귀 깃털이지."

벼락 맞은 대추나무와 까마귀. 잡귀를 쫓는 영험한 효과가 있다고 알려진 주술 도구들이었다. 지후가 동동의 귓속말을 통해 들은 설명에 따르면 동서양의 융합이라고 했다.

"우리 민간 무속이랑 북유럽 쪽이 붙었잖아. 까마귀는 바이킹 신화의 주신인 오딘의 어깨에 앉아 있는 영물이야. 그래서 바이킹 주술사들이 저런 걸 썼다고 들었어."

"이 할머니, 괜찮을까?"

"일단 부딪혀 봐야지. 점을 봐달라고 해보자."

동동이 앞으로 나섰다. 무당이 화려한 무늬로 수놓아진 부채를 들어 탁자 한쪽을 톡 하고 내리쳤다. '특별 할인가: 몽중점사'라고 수기로 적힌 종이가 있었다.

"어르신, 이게 뭐예요?"

"원래 우리는 현장에서 손님들이 녹화해 온 꿈을 보고 점을 봐드려. 그런데 최근엔 직접 꿈을 연결해서 점을 봐줄 수 있게 됐어. 훨씬 직관적인 방식이지. 자네들은 행운아랄까."

일행은 은밀하게 시선을 교환했다. 다중접속 베타테스트에 대한 이야기였다. 하지만 베타테스트는 엄선된 자들만 가려 뽑아 한정된 체험만을 해주도록 배포되고 있을 것이다. 이곳에서는 해킹툴로 테스트용 애플리케이션의 록을 풀어 이런 돈벌이 수단으로 개조했을 것이 분명했다.

"알겠어요. 어릴 때부터 꿈에서 저를 따라다니던 귀신이 하나 있거든요. 걔가 대체 무슨 사연이 있는 건지 확인해 보고 싶어요. 정말로 제 동생인지……."

노파는 고개를 끄덕이고는 화려하게 꾸며진 잠자리에 동동을 눕혔다. 그러고는 자신의 까마귀 드림캐스터로 캐스팅을 시작했다.

남은 셋은 천막 구석에 걸터앉아 초조한 심정으로 동동이 꿈을 꾸기를 기다렸다. 하지만 동동은 당황한 채로 눈을 떴다.

"안 된다고요?"

노파는 성난 표정으로 호통을 쳤다.

"자각몽자면 미리 말을 했어야지! 쯧, 부정 타버렸네."

일행은 곧바로 내쫓겼다. 모두 뛰어난 자각몽자라 점사를 볼 수가 없다는 것이다.

"뚫고 들어갈 수가 없지. 소용없어. 자네들은 자의식이 너무 강해."

다른 곳을 가도 모두 같은 이유로 퇴짜를 맞았다.

"큰일인데, 이러다가 아무 소득도 없이 돌아가는 거 아냐?"

"한 곳 정도는 동동 오빠의 꿈을 제대로 봐줄 수 있을지 모르잖아. 아직 안 가본 데가 많아."

불안해하는 동동을 소라가 위로하는 사이, 입구에서 만났던 호객꾼이 슬쩍 다가왔다.

"저기요, 내가 원래는 이런 거 안 알려드리는데. 손님들이 안타까워서 말이야."

그러고는 팁을 주면 이 구역에서 최근 제일 뛰어난 신통력을 발휘하는 점사꾼을 소개해 주겠다고 제안했다.

"우리끼리는 '백의의 기인'이라고 불러. 그 할배는 완전 진짜야. 아마 당신들도 깜짝 놀랄걸?"

"거기서도 내쫓기면 어떡하죠?"

"절대 그럴 리 없어. 좀 비싸서 그렇지, 거기서 만족하지 않고 돌아가는 손님을 여태껏 한 번도 못 봤거든."

호객꾼은 그렇게 말하고는 손가락을 비볐다. 약속대로 팁을 요구하는 것이다. 지후는 챙겨온 지폐 두 장을 건넸다.

"가보자. 여기까지 온 이상 빈손으로 돌아갈 순 없잖아."

호객꾼이 알려준 곳은 멀리서도 알아볼 수 있었다. 전자상가에서 옷을 팔던 특이한 상점이라 문양이 새겨진 옷이 내걸려 있을 테니 못 알아볼 리 없을 거라는 언질은 사실이었다.

"저긴가 봐. 줄이 엄청 길어."

일행은 한 시간을 훌쩍 넘게 기다린 뒤에야 가게로 들어갈 수 있었다. 가게는 지금껏 거쳐왔던 급조된 사당과는 격이 다르게 정갈하게 관리되고 있었다. 마치 작은 신전처럼 보였다. 마네킹과 옷걸이에 걸려 있는 로브와 도포들에는 하나같이 방울 무늬가 새겨져 있었다.

"이거 어디서 본 것 같은데?"

소라가 도포에 그려진 문양을 자세히 들여다보더니 말했다. 지후가 소라 쪽으로 가서 문양을 제대로 보려고 했을 때, 때마침 점원이 그들을 불러들였다.

"손님들 차례입니다. 선생님께서는 시간을 끄는 걸 싫어하시니 서둘러주세요."

단호한 재촉에 일행은 그의 안내를 따라 세 개의 탈의실을 뚫어서 만든 사당에 들어갔다. 점사꾼 노인은 새하얀 도포를 어깨에 걸친 채 방석 위에 앉아 있었다. 60대 정도로 보였고 인상은 평범했으나 이마와 볼에 짙은 주름이 새겨져 있는 게 특이한 느낌을 주었다.

나이 든 남자에게 주름이란 선풍기 날개에 끼는 먼지처럼 자연스러운 것이란 걸 지후도 알았다. 하지만 뭔가 위화감이 느껴졌다. 그것은 동동과 노인의 대화를 듣고서 더욱 명확해졌다.

"말씀드렸듯이 저희 모두는 자각몽자입니다. 그래도 가능할까요?"

"그러하시군요. 아마 이곳에 오기까지 많이 거부당했을 거라 생각합니다. 잘 오셨군요."

지후는 위화감의 이유를 곧 찾아낼 수 있었다. 목소리가 젊었다. 아무리 쳐줘도 40대 초반 정도의 목소리였다. 눈동자나 표정이 움직이는 방식 또한 마찬가지였다. 즉, 노인의 주름은 자연스러운 노화의 과정이 아니라 뭔가 다른 이유가 있는 것 같았다.

"우리는 사람들을 '꿈의 개울가'로 데려와 '꿈'이 가진 잠재력의 영양소를 머리 위에 부어주는 역할을 하고 있는 겁니다. 하지만 당신들은 너무 오랫동안 깊은 대양 속을 헤엄치고 다녔군요. 당연히 보통의 힘으론 불가능합니다."

노인이 아이처럼 빙그레 웃었다.

"하지만 저라면 할 수 있지요."

지후는 노인, 아니 기인의 이곳저곳을 자세히 훑었다. 그러자 곧 특이한 점을 발견할 수 있었다. 은은하게 빛을 발하는 백색 도포는 마치 무언가를 덧대고 있는 듯한 느낌이었다. 불신감이 스멀스멀 올라왔다.

'후광 효과를 내기 위해서 어설프게 조작한 거 아닌가?'

그와 반대로 동동은 기인의 앞에 주저앉아 조급한 말투로 이 것저것을 묻기 시작했다.

"어떤 방식으로 이뤄지나요?"

"제 꿈속으로 들어오시면 자연히 알게 됩니다. 제가 모시는 신이 손님의 몸 이곳저곳을 탐색하게 됩니다. 그분께선 '빛나는 손'을 가지고 있습니다. 그것이 손님의 몸을 뚫고 들어가 문제 가 있는 장기나 뼈를 어루만져 주지요. 그러면 고통이 씻은 듯 이 낫게 됩니다."

"제 경우엔 딱히 아픈 곳이 있진 않은데요? 이건 그냥 살이 찐 거고. 진짜 문제는……."

"마음속에 있다는 거지요? 그것도 문제없습니다."

기인의 눈이 대화를 나누는 동동이 아닌 지후에게로 향했다.

"하지만 손님을 받는 순서는 이쪽에서 정하고 싶군요. 거기 계신 청년, 이리 앉아주시지 않겠습니까?"

느닷없이 지목을 당한 지후는 당황스러웠다. 하지만 동동은 뭔가 기대되는 바가 있는지 이렇게 속삭였다.

"궁금하지 않아? 이 신통한 만병통치의 기인은 절대 다치지 않는 네 몸속으로 손을 집어넣을 수 있을지?"

떠올리지 못한 발상이었다. 지후는 자기 자신의 능력에 대해서 깊게 고민하지 않는 면이 있었다. 개구리가 자신의 물갈퀴에 대해서 고찰하지 않고 그저 자유롭게 헤엄치는 것처럼.

"왜 제가 먼저죠?"

"가장 심력이 많이 필요해 보이니까요. 아무 일 없을 거라 장담하지만 겁이 나신다면 돌아가셔도 좋습니다. 그 경우 여러분 일행 모두가 접신이 안 될 테지만요."

도발과 협박이 교묘하게 섞인 말투였다. 지후는 반쯤 욱하는 심정으로 기인의 앞에 앉았다. 곧 그의 턱에 패인 주름이 고랑을 만들어냈다.

"눈을 감으십시오. 저항하지 말고 제 세계로 들어오시면 됩니다."

기인이 인도하는 대로 그의 꿈속에 들어섰을 때 지후는 자신과 그가 신비스러운 사원의 한복판에 앉아 있다는 것을 깨달았다. 흑요석과도 같은 검은 돌판 안쪽에서 주먹만 한 구슬들이 은은하게 빛을 발하고 있었다. 숫자를 세어볼 요량은 없었으나 얼추 둘러보아도 천 단위는 되어 보였다. 발아래의 구슬들은 그저 평범한 몽중 세계의 장식물일 수도 있었지만 이상할 정도로 시선을 끄는 힘이 있었다.

"저 구슬이 뭔지 물어봐도 될까요?"

"별거 아닙니다. 직업 밑천 같은 거라서 자세히 말씀드리기가 곤란하군요."

기인은 가까이 오라 손짓하고는 나지막하게 경고했다.

"제가 신을 부르면 분명 놀라시게 될 겁니다. 어떤 분은 질겁해서 바로 깨어나는 일도 있지요. 하지만 눈을 마주치지만 않으면 괜찮습니다."

"눈을 마주치지 말라고요?"

"네. 그저 이곳에 정신을 붙잡아 두세요."

지후는 심호흡을 한 번 한 뒤 고개를 끄덕였다.

가부좌를 튼 기인이 합장하고 무언가를 중얼거렸다. 그러자 아주 먼 곳으로부터 촤르륵, 쇳덩이들이 부딪히는 소리가 메아리쳤다. 그리고 다음 순간 지후는 비명을 내지르지 않기 위해 온 힘을 써야 했다.

삐쩍 마른 거인이 기인의 등 뒤에 소환되었다. 형체를 제대로 알아볼 수는 없었다. 온몸이 빛나는 사슬로 휘감겨 있었기 때문이다. 머리가 있는 부분에서는 강한 빛이 터져 나오고 있었는데, 절대로 눈을 마주치면 안 될 것 같다는 직감이 들었다.

"긴장하지 마십시오. 제가 모시는 분이랍니다."

지금까지 지후가 꿈속에서 보았던 모든 악몽 속의 존재들과는 완전히 이질적인 존재였다. 그것들은 몽주의 두려움을 형상화했기 때문에 근원적으로는 환상 속 괴물들에 가까웠다.

하지만 지금 '이건' 그런 게 아니었다. 두려움을 자극하려는 어떤 장식도 없었지만 본능적으로 피하고 싶게 만드는 기운을 뿜고 있었다.

"잘하고 계십니다. 지금처럼 저를 보고 있으면 됩니다. 그럼 시작할까요."

사슬의 거인이 절그럭거리며 팔을 뻗었다. 지후는 어깨를 바짝 긴장시켰으나 다행히 자리를 박차고 뛰쳐나가지는 않았다. 지후를 이리저리 만져보던 거인은 곧 손을 거두었고, 그에 맞춰 기인이 기묘한 한숨을 내쉬었다.

"이런 말씀을 드려 죄송하군요. 그분께서 말씀하시길 손님은 치료가 불가능하다고 합니다."

"왜죠?"

"무당들은 서로 점사를 봐주지 않습니다. 그 이유를 짐작하시겠습니까?"

"글쎄요."

"각자가 모시는 신이 충돌하기 때문이지요. 지금 손님의 경우가 그렇습니다. 제 신이 상당히 껄끄럽다고 하시는군요."

지후는 고개를 갸웃거렸다.

"저는 종교도 없고, 모시는 신 같은 것도 없는데요."

"본인은 아직 깨닫지 못한 모양이군요. 그렇다면 지금부터 벌어지는 일에 너무 놀라지 마십시오."

기인이 고개를 끄덕이자 사슬 거인이 강한 광원을 내뿜었다. 그러더니 사슬 한 가닥이 살아 있는 뱀처럼 고개를 쳐들었다. 지후는 순간 아찔한 위기감을 느꼈으나 대처할 시간이 없었다. 사슬이 뾰족한 창처럼 변하면서 지후의 가슴을 노리고 날아들었다.

그때 지후의 크로스백이 쩍 하고 입을 벌려 사슬을 집어삼키려 들었다. 사슬은 아슬아슬한 타이밍에 뒤로 물러났고 지후는 어안이 벙벙해졌다. 크로스백이 의지를 가지고 지후를 지키려 드는 건 처음 있는 일이었다.

"보셨지요? 손님에겐 수호신이 붙어 있습니다. 제 신이 신통력을 발휘하게 되면 둘 중 하나는 부서지게 될 겁니다. 그건 서로에게 달갑지 않은 일일 테지요."

당황해서 벌떡 일어서는 지후를 향해 기인은 말을 이었다.

"그나저나 실로 오랜만에 보는 베이비 캐리어군요."

"뭐요?"

"그 가방 말입니다. 과거에 비슷한 물건을 본 적이 있어요. 어린 아기를 매고 다니는 포대기였죠."

온통 수상쩍은 말만 하는 자였다. 아마 등 뒤의 저 사슬 거인으로 손님을 위축시키고 겁먹게 해 돈을 뜯어내는 사기꾼일 것이다. 무슨 수를 썼는지는 모르겠지만 크로스백의 과민한 반응도 그런 속임수의 일종처럼 느껴졌다.

"시간 낭비는 여기까지 하기로 하죠."

지후는 곧장 꿈에서 깨어나 거칠게 케이블을 뜯어냈다. 곁에서 기다리고 있던 동동과 예니, 소라가 화들짝 놀랐다.

"왜 그래? 뭐가 잘 안 됐어?"

"여기 그냥 돌팔이야. 나가자."

지후가 빠르게 사당을 나섰다. 따라가기 위해 신발을 신던 예니는 슬쩍 기인의 안색을 살폈다. 그의 얼굴엔 불쾌한 기색은 전혀 없었다. 마치 예상이라도 했다는 듯이.

"머지않아 다시 만나게 될 겁니다, 아가씨. 지금과는 다른 장소에서 말이죠."

거리로 나서자마자 소라가 손뼉을 쳤다.

"아, 기억났어!"

소라는 방금 빠져나온 가게에서 봤던 문양 이야기를 꺼냈다.

"예니 언니가 땅속 구멍에서 구렁이를 잡은 꿈 기억나?"

예니가 고개를 끄덕이는 걸 확인하지도 않고 소라의 설명은 이어졌다.

"그 꿈을 의뢰했던 사람 있잖아. 우리 팀장님이랑 별로 사이가 안 좋아 보였던. 그 사람 옷에 있는 무늬랑 똑같은 거였어. 주황색 전구 모양.”

소라가 던진 의혹에 동동이 불쏘시개를 집어넣었다.

“태평 산후조리원 사람 말이지? 그렇다면 태평제약과 무슨 관련이라도 있을까?”

예니는 대수롭지 않다는 듯 대꾸했다.

“거긴 상류층 중에서도 대단한 부류만 상대하는 기업이잖아. 이런 사이비 무당 골목과 무슨 상관이 있으려고.”

하지만 이곳까지 모두를 데려온 동동은 아무런 수확도 없이 돌아가게 된 상황이 못마땅한지 끄응, 소리를 내며 앓더니 지후에게 화살을 돌렸다.

“성지후, 왜 입을 꾹 닫고 있어. 그 할배 제법 분위기가 있어 보였는데, 왜 그냥 박차고 나왔는지 말 좀 해봐.”

동동의 질문에 지후는 잠시 주춤했다. 수호신이니, 베이비 캐리어니 하는 기인의 말들이 정확히 무슨 의미인지 자신조차 이해하지 못했다. 어쩌면 괜스레 동동의 머리만 어지럽히는 꼴이 될 거다.

“그냥 계속 거기 있다간 좋지 않을 것 같았어. 왜냐면…….”

“거기 꼬맹이들. 잠깐 거기 서봐!”

공업용 파이프를 든 장정 예닐곱이 골목길을 가로막고 일행을 불렀다. 적의가 다분한 경고의 말에 동동은 소라를 감싸듯

앞으로 나섰고, 지후와 예니는 당황해 굳었다. 현금만 통용되는 곳이라 불량배가 횡행하는 걸까 싶었지만, 이내 지후는 자신의 추측이 박살 나는 소리를 들었다.

"남자 둘에 여자 둘. 뚱뚱한 놈 하나에 어린애 하나. 맞네."

일행의 퇴로를 차단하겠다는 듯이 반대 방향에서도 흉흉한 인상의 남자들이 넷을 둘러쌌다. 지후는 그들이 들고 있는 파이프를 유심히 살펴보았다. 손때가 묻어 있으니 단순한 장식이 아니었다.

"무슨 일입니까?"

"알 것 없고. 좀 따라와 주셔야겠어."

"못 따라가겠다면요?"

"작신 두들겨 패서 끌고 가는 거지. 거기 언니, 소리 지르거나 해도 소용없어. 이 구역은 경찰들도 포기한 곳이니까."

자신들을 납치하려는 것처럼 보였다. 하지만 그럴만한 배후를 상상하기 어려웠다. 일행 모두 가진 거라곤 몸 밖에 없는데 그런 자신들의 몸값을 노리고 일부러 쫓아왔다는 것은 웃음거리도 되지 않는 소리다.

지후는 한 가지 가능성을 의심했다.

"설마…… 아직도 꿈속인가?"

그러자 예니가 슬쩍 옆으로 다가와 확인할 수 있는 고전적인 방법이 있다고 속삭였다. 그게 뭐냐고 묻자마자 예니의 새하얀 손바닥이 날아왔다.

짜악!

"아프잖아!"

"아니네, 꿈."

"네 뺨을 때리면 되는 거 아니냐?"

"미안한데 난 너랑 달리 꿈속에서도 아픔을 느끼거든."

예니는 말과 달리 전혀 미안해하는 표정이 아니었다. 그저 언젠가 지후를 한 대 때려주고 싶었는데, 마침 적절한 핑계가 있었다는 듯 만족스럽기까지 한 얼굴이었다.

"얼씨구, 왜 느닷없이 서로 때리고 지랄이야."

불량배 중 우두머리로 보이는 남자가 커다란 어깨를 건들거리며 앞으로 걸어 나왔다. 지후는 뒷걸음질을 치고 싶었으나 등 뒤에도 같은 패거리가 기다리고 있었다.

'달아날 수 있을까? 예니야 그렇다 쳐도 동동은 뜀박질이 절대 무리고 소라도 금방 지칠 텐데.'

금속 파이프가 벽면을 긁으면서 요란한 불협화음을 냈다. 지후가 초조함에 아랫입술을 꽉 깨물었을 때, 예상치 못했던 소리가 골목 가득 울려 퍼졌다.

탕!

불량배들 대부분이 화들짝 놀라며 바닥에 냅다 엎드렸다. 그들이 익히 아는 진짜 총성의 위협이었기 때문이다. 연기를 뿜는 총구와 함께 반갑기 짝이 없는 얼굴이 등장했다.

"최 조사관님! 황 팀장님!"

장순과 수현이 바닥을 구르고 있는 불량배들 사이로 걸어 나왔다. 뛰다시피 다가온 수현이 모두의 등을 한 번씩 쓸어내 리면서 입을 열었다.

"너희들이 여기에 왜 있는 거야! 다친 데는 없고?"

"아니, 팀장이야말로 연락도 안 받다가 어떻게……. 설마 우 릴 감시하고 있었어요?"

동동의 반문에 수현은 기가 찬다는 듯 도리질을 쳤다.

"오 박사님 뒤를 쫓다 보니 여기가 나오더라."

오 박사를 데려간 자들을 추적한 끝에 그것을 탈취한 조직 이 지하상가와 끈이 닿아 있는 것을 확인하고 달려온 참이었 다. 이유야 어찌 되었든 팀장 황수현의 존재는 팀원들에게 큰 안도감을 주었다. 어떤 기대감이 가득한 팀원들의 눈빛에 수현 이 머리를 긁적였다.

"일단 너희들 얼굴을 보게 돼서 너무 반갑고, 당분간 우리랑 떨어지지 마. 위험한 집단이랑 엮여버렸거든."

"음? 보통은 그러면 가까이 오지 말라고 하지 않나요?"

"사정이 있어. 안전한 곳까지 데려다줄 수 없는 상황이라서 그래."

지후가 수현에게서 시선을 돌려 두 남자가 엉켜 있는 곳을 바라보았다. 장순이 불량배 우두머리의 관자놀이에 총구를 대고 윽박지르는 중이었다.

"쟤들을 왜 데리고 가려 했지? 말해."

"아, 알았어! 말한다고, 시발!"

"욕은 빼고, 정중하게."

"마, 말할게요. 누가 시켰는지."

우두머리의 귓속말을 들은 장순의 표정이 일순간 경직되었다. 그러고는 권총을 회수한 뒤 놈의 엉덩이를 세게 걷어찼다. 가까스로 넘어지지 않은 우두머리는 장순을 한 번 노려본 뒤에 엉거주춤 수하들과 함께 사라졌다.

장순이 굳은 얼굴을 하고 수현에게 다가왔다.

"좋은 소식과 나쁜 소식이 있어."

"그럼 좋은 거부터."

"이 녀석들이 자네 팀원들을 데리고 가려 했던 곳이 공교롭게도 자네와 내가 가려 했던 곳이라더군. 우리가 제대로 짚은 거지. 오 박사는 분명 그곳에 있을 거야."

"그럼 나쁜 소식은요?"

장순은 갑작스레 엄청난 짐을 떠맡은 짐꾼의 얼굴로 몽재진 압반 3팀을 바라보았다.

"이제부터 우릴 쫓을 놈들이 두 배로 불어났다는 거지."

4

"여기야. 다들 내려."

몽재진압반 3팀과 장순은 전자상가 깊숙한 곳에 위치한 폐창고에 다다랐다. 4인승 승용차에 여섯 명이 구겨져 오는 바람에 고행길이나 다름없었다. 가장 곤욕을 치른 것은 당연히 체중이 100킬로그램에 육박하는 동동이었다.

"우악, 쥐포가 되는 줄 알았네."

그 말에 동동 옆자리에 앉아 오느라 힘들었던 소라가 뾰족하게 말했다.

"트렁크가 조금만 컸어도 오빠를 거기에 넣었을 텐데. 조사관 아저씨가 말리지만 않았으면 그랬을 거야."

"사춘기네, 사춘기야. 좀 빨리 왔어."

동동과 소라가 여전한 입씨름을 할 때 지후는 숨을 고른 다음 폐창고를 유심히 살펴봤다. 그리고 수현을 향해 나직하게 말했다.

"이 건물 버려진 게 아니네요. 전력이 가동되고 있어요."

"그런 것도 볼 줄 알아?"

"낡은 건물은 외양만 봐도 배선도를 파악할 수 있으니까요. 태양광 패널도 잘 관리되고 있어요. 죽은 건물이 아닙니다."

장순이 건물 뒤편에 차를 주차한 뒤에 돌아왔다. 그런데 빈

손이 아니었다. 프로펠러가 박살 난 드론 한 대가 그의 품에 안겨 있었다.

"저 친구의 말이 맞아. 주변이 살벌하게 감시당하고 있어. 이걸 망가뜨렸으니 13분 안에 사람이 올 거다."

"그럼 망설일 틈이 없겠네요."

수현이 앞뒤 재지 않고 폐창고 문에 다가가 발길질했다. 하지만 굳게 잠긴 창고의 문은 덜컹거리는 소리만 낼뿐이었다. 장순의 권총으로 문을 쏠 것인지, 다시 차를 가져와 문을 들이박을 것인지 고민하고 있을 때 소라가 슬그머니 손을 들었다.

"저기 창문이 하나 있잖아요. 절 올려주면 안에서 문을 열 수 있을지도 몰라요."

수현은 잠시 망설이다가 고개를 저었다.

"너 혼자 어떻게 보내. 위험해."

"시간이 없잖아요. 할 수 있어요, 믿어줘요."

소라는 꿈 바깥에서 활약할 기회가 없었던 것에 내심 속이 상해 있었던 모양이었다. 고민할 시간도 없고, 큰소리를 내는 위험을 감수하기도 어렵다는 것을 받아들인 수현이 결국 고개를 끄덕였다.

소라는 장순과 지후의 어깨를 밟고 창문으로 넘어간 뒤에 잠시 후 안쪽에서 문을 열어주었다.

"어서 와, 으으."

벌벌 떨고 있어 모두 놀랐지만 소라는 공포에 질린 것이 아니었다. 엄청난 냉기가 내부에서부터 흘러나오고 있었다.

"이게 다 뭐죠?"

지후가 중얼거렸다. 수현 또한 거기에 제대로 된 대구를 해줄 수가 없었다. 성인이 들어갈 수 있는 사이즈의 냉동 캡슐. 창고 내부에는 그것이 수백 개는 되어 보였다. 중간중간 오벨리스크처럼 거대한 전력용 기둥이 솟아 있었고, 기둥 주변엔 캡슐과 캡슐 사이를 무수한 케이블과 전선이 혈관처럼 얽혀 있었다.

"히익!"

동동이 캡슐의 표면에 낀 성에를 무심코 닦아냈다가 화들짝 놀랐다. 살아 있는 인간이 환자복을 입은 채 누워 있었기 때문이다. 동동을 뒤로 물린 장순의 눈초리가 사나워졌다.

"태평제약 산하 병원의 환자복이야. 우리가 제대로 왔나 보군. 이 캡슐들 사이 어딘가에 오재욱이 있다는 소리지."

모두의 안색은 어두워졌다. 창고에 숨어들긴 했으나 캡슐의 개수는 어림잡아도 700여 개에 육박했다. 주어진 시간은 10여 분에 불과했고, 모든 캡슐에는 성에가 달라붙어 대충 보아서는 알 수 없었다. 기막힌 행운이 따르지 않는다면 시간 내에 오 박사의 캡슐을 찾는 건 불가능했다.

그때, 예니가 캡슐의 옆면을 가리켰다.

"날짜가 있어요. 2054년 3월…… 그게 이송된 일자일 거예요.

혹시 오 박사님이 여기에 언제 왔는지 추정할 수 있어요?"

수현의 동공이 확장되었다. 서번트 증후군 환자의 꿈속에서 그녀는 똑똑이 보았다. 의문의 남자들이 오 박사를 싣고 사라졌던 날짜를.

"모두 53년 9월을 찾아!"

일행은 뿔뿔이 흩어져서 수현이 알려준 날짜가 새겨진 캡슐을 탐색하기 시작했다. 누군가 해당 날짜를 찾으면 수현이 달려가 환자의 얼굴을 재차 확인했다. 그러기를 수차례, 일곱 번째 캡슐 앞에서 수현이 주저앉았다. 그 반응에 모두가 숨을 죽였다.

"오 박사님…… 여기 있었군요."

드림캐스터의 설계자, 드림넷이라는 새로운 놀이터를 인류에게 선사해 준 남자가 유리 안에서 얼어붙어 있었다. 뭔가에 홀린 듯 수현이 캡슐을 열려고 할 때였다. 장순이 그녀의 손을 붙잡으며 저지했다.

"무슨 짓이에요?"

"자네야말로 무슨 짓이야. 미쳤어? 정신 똑바로 차려. 오재욱은 여기에 1년 넘게 있었어. 숨은 쉬고 있지만 어떤 상태인지 장담할 수 없다고."

"……데려갈 수 없단 말이에요?"

경찰에 신고하는 것은 어떠냐고 지후가 의견을 꺼냈으나 장순은 회의적인 입장을 드러냈다. 태평제약은 다방면에 영향력을 미치는 거대기업이다. 입김이 어디까지 닿아 있을지 모르니 공권력에 기대하는 것조차 도박이었다.

"이거 도킹 케이블 맞죠? 그렇다면 박사님을 만날 방법이 아예 없는 건 아닌 것 같은데요."

지후가 가리킨 것은 캡슐 상단부에 문어 다리처럼 뻗어 나와 있는 여러 케이블 중 하나였다. 드림캐스터용 접합부로 보였다. 수현이 재킷을 벗으며 말했다.

"내가 캐스팅하겠어. 다들 여기서 기다렸다가 무슨 일이 생기면……."

"저도 같이 들어가요."

"안 돼. 림보라는 거 알아? 한번 들어가면 빠져나올 수 없는 깊은 무의식의 미로 같은 곳. 박사님은 십중팔구 거기서 헤매고 있을 거야. 나야 박사님에게 묻고 싶은 것이 산더미니까 위험을 감수할 각오가 돼 있지만 넌 아니잖니."

하지만 지후는 이미 자신이 챙겨온 엘 쿠쿠이의 드림캐스터 전원을 작동시키는 중이었다. 그리고 수현의 귓가에 속삭였다.

"제가 지금껏 찾아온 히든 피스를 생각해 봐요. 그건 오재욱 박사가 던진 숙제였어요. 이래도 제게 자격이 없습니까."

수현은 눈앞의 청년이 얼마나 무쇠 고집인지 새삼 깨달았다. 갑론을박할 시간이 없었다. 수현은 결국 지후와 등을 서로 맞대고 드림캐스터를 착용했다.

"안에서 보자. 위험해 보이면 언제든 탈출해."

"전 꿈에서 위험해진 적이 없습니다."

오재욱 박사의 꿈을 향한 캐스팅이 시작되었다.

"뭐지?"

지후는 바로 옆자리에서 들려오는 수현의 물음에 대꾸할 정신이 없었다. 꿈을 꾸고 있다는 것을 잠시 잊을 만큼 현실적인 공간에 둘은 내던져져 있었다. 단차가 있는 강의실에 앉아 있는 학생들 수십 명의 등이 보였다. 그들은 열심히 노트에 뭔가를 받아적고 있었고 강단에서는 한 중년 여자가 어떤 수식에 대해 강의 중이었다.

"이게 오재욱 박사님 꿈속일까요?"

"그렇겠지. 하지만 왜 수키를 거치지 않았지? 내 드림캐스터를 사용한 이래 단 한 번도 이런 적은 없었어."

중간구역을 거치지 않고 몽주의 꿈에 진입한 것이다. 지후도 당황스러웠지만 침착하게 말했다.

"⋯⋯오프라인이라서 그런 거 아닐까요?"

"아니야. 그렇더라도 안내메시지는 떠야 해. 이건 뭔가 잘못됐어."

그때였다. 지후와 수현의 앞에 앉은 학생이 짜증스러운 듯이 몸을 돌려 둘을 노려보며 손가락 하나를 입술 앞에 세웠다. 둘의 대화는 이제 속삭임으로 바뀌었다.

"이 공간 안에 있는 사람들이 입은 옷, 핸드폰, 액세서리 같은 거 이상하지 않나요? 천장에 있는 에어컨도요. 저는 저런 디자인을 처음 봐요."

지후의 말에 수현은 그제야 꿈에 들어서면 주변 환경을 살피는 것이 자신의 몫이었다는 걸 깨닫고 반성했다. 오 박사를 만나야 한다는 생각에 너무 흥분한 탓일까. 아니면 서번트 증후군 환자의 꿈속에서 잠식되어 있었던 시간이 길어서 플레이어로서의 감이 떨어진 걸까. 어느 쪽이든 집중력을 끌어올려야 했다.

"맞네. 꽤 오래된 시대처럼 보여. 여기가 박사님의 학창 시절을 재현한 거라면 자연스러운 거야."

"하나 더요. 칠판에 적혀 있는 문구가 이상하지 않아요?"

수현이 살짝 몸을 일으켜 칠판에 무엇이 적혀 있는지 봤다. 고개가 갸웃거려지는 문장이 큼지막하게 적혀 있었다.

— 이 땅에서는 자신이 원하는 장소뿐 아니라, 자신이 가장 그리워하는 시대를 불러낼 수 있습니다. 그대가 몰랐던 낙원이 여기에 있습니다.

수현은 칠판에 적힌 문구에서 괴이할 정도로 이질적인 느낌을 받았다. 하지만 동시에 흡인력이 있다고 생각했다. 그것은 내용이 아닌 말투와 어조에서 비롯됐다.

"오재욱 박사님이 남긴 메시지 같은 걸까요?"

"이상해. 박사님은 저런 식으로 말하지 않아. 낙원이 여기에 있다고?"

"오 박사님이 실종된 지 2년이 넘었잖아요. 사람이 어떻게 바뀌었는지 장담할 순 없어요."

수현은 뭔가 반박하고 싶은 마음에 입술을 달싹였다. 하지만 순간 둔중한 충격과 함께 강의실에 있는 모든 책상의 노트와 펜이 잠시 붕 하고 떠올랐다. 마치 아주 잠깐 무중력 공간이 되기라도 한 것 같은 현상이었다. 더 이상 학생인 것처럼 앉아 있을 때가 아니었다.

"뭔가 벌어지는 모양인데요?"

"빨리 오 박사님을 찾아보자."

수현이 자리에서 일어나 창가에 올라섰다. 높은 곳에서 강의실 전체를 내려다보기 위해서였다. 지후가 그것을 보자 다급하게 소리쳤다.

"팀장님, 창문 밖을 봐요!"

지후가 경고한 것이 무엇인지 알아볼 새도 없이 요란한 소리와 함께 창문이 깨지며 시커먼 쇳덩어리가 날아들어 왔다. 그것은 단숨에 수현의 전신을 휘감았고, 수현은 그 어떤 상황에서도 질러본 적 없었던 거친 비명을 내질렀다.

꿈속에서 겪는 모든 아픔은 결국 뇌의 착각이다. 뛰어난 자각몽자라면 용광로에 집어 던져져도 의지와 상상력의 힘이 있다면 어느 정도는 견뎌낼 수 있다. 그게 몽재진압반에서 수현이 체득해 온 바였다. 그런데 그런 상상력을 발휘할 틈도 주지 않는 압도적인 통증이었다. 온몸의 세포가 화약고이고 그곳에 불이 붙었다면 이런 격통일까.

지후가 달려와서 사슬을 붙잡았다. 힘으로 뜯어내려 했지만 사슬은 마치 의지가 있는 것처럼 유연한 동작으로 빠져나가더니 목표물을 지후로 바꾸었다.

"으아아악!"

순식간에 수현과 지후의 입장이 역전됐다. 풀려난 수현은 책상을 박살 내며 나뒹굴었고 사시나무 떨듯 고통에 괴로워하는 지후를 보며 경악할 수밖에 없었다. 지후가 이렇게 아파하는 것은 처음이었다.

"대체 뭐지?"

창문 밖으로 습격자가 보였다. 거대한 몸집의 거인이 허공에 서 있었다. 지후는 떨리는 눈꺼풀로도 습격자의 정체를 바로 알아보았다.

그 기인이 불렀던 사슬 거인이었다.

지금껏 꿈속에서 어떤 괴물을 만나더라도 부숴버려 온 지후가 처음으로 탈출을 고민했다. 간절하게 찾아야 하는 사람이 있지 않았더라면 무의식적으로라도 꿈에서 깼을 고통이었다.

그때, 작달막한 형체가 사슬 위에 가뿐하게 내려섰다.

"기다리게 해서 죄송합니다."

앙증맞은 판다, 수키였다. 모노톤의 수키가 용을 쓰자 사슬이 풀렸다. 그러자마자 꼼짝도 할 수 없던 고통이 씻은 듯이 사라졌다.

"우선 안전한 곳으로 두 분을 모시겠습니다."

수키를 중심으로 구체의 투명한 막이 생성되었다. 구체는 빠른 속도로 넓어지면서 주변의 공간을 삭제해 나갔다. 우왕좌왕하는 학생들과 교실의 벽, 강단을 지우개로 지워나가듯 밀어버리며 구체는 확장되었다. 화를 내며 다시 덤벼들던 사슬 거인 또한 구체로부터 몸을 피했다.

"일단 타나토스로부터 도망쳤군요. 우릴 찾으려면 꽤 오랜 시간이 필요할 겁니다."

수키가 앞발을 툭툭 털며 일어섰다. 수키와 눈높이를 맞추느라 쭈그려 앉으면서 지후가 물었다.

"타나토스?"

"두 분을 사슬로 붙잡아서 지배하려 했던 거인의 이름입니다. 제가 붙인 건 아니고요, 재욱 씨가 그렇게 부르고 있지요."

수키의 입에서 나온 이름은 수현을 다급하게 만들었다.

"오 박사님이 어디에 있는지 알아?"

"물론이죠. 지금 당신의 등 뒤에 있지 않습니까."

지후와 수현이 반신반의하며 뒤를 돌아보자 흰 와이셔츠에 베이지 코튼 팬츠를 입은 중년 남자가 어색하게 웃고 있었다.

5

"반가워, 황수현 대리."

그토록 찾아 헤맨 오재욱 박사가 2년 전의 모습 그대로 뒤통수를 긁고 있었다. 그를 만나게 되면 무슨 말을 먼저 할지 무수한 불면의 밤 동안 고민해 왔다. 그런데도 수현은 자신의 입에서 나온 첫 마디를 저주해야만 했다.

"틀렸어요. 이제는 팀장이에요."

"그래? 황수현 팀장이라."

"생각해 보니 그것도 틀렸네요. 얼마 전에 사표 냈거든요."

가만히 듣고 있던 오 박사가 안경을 꺼내서 셔츠에 닦았다. 그 자연스러운 동작은 잠시나마 이곳이 꿈속이라는 사실을 잊게 했다.

"나눠야 할 이야기가 많겠군. 일단은 앉을 곳이 필요하겠어. 수키야, 도와주겠니?"

주변은 평화롭고 울창한 숲이었다. 수키가 나무 한 그루를 뽑아 공중에 집어 던진 다음 앞발로 두 번 허공을 갈랐다. 그러자 사람이 앉을 수 있는 세 개의 통나무가 만들어졌다. 오 박사가 수키에게 감사를 표한 다음 통나무에 걸터앉았다. 수현과 지후도 오 박사를 따라 자리에 앉았다.

"생각보다 오랜 뒤에, 계획과는 다른 길로 우리가 만났군."

"박사님이 사라지고 2년, 이 창고에서 잠든 지는 1년이 넘었어요. 설명해 주세요. 이게 다 어떻게 된 일이죠?"

"긴 이야기야. 하지만 아무래도 바깥 세계는 긴박하게 돌아가고 있겠지. 그러니 먼저 이것부터 물어야겠군. 수키의 히든 피스를 가진 건 어느 쪽이지?"

"접니다."

오 박사가 자세를 고쳐 앉으며 지후를 물끄러미 살펴보았다. 안경알 너머로 쏘아져 오는 그의 눈빛이 영혼마저 투시할 듯 예리하게 느껴졌다. 오 박사는 천천히 고개를 끄덕였다.

"몇 마리의 수키를 만났지?"

"셋입니다. 그리고 마지막 한 피스만 남았다고 들었습니다."

"고생이 많았겠어. 진심으로 감사하네. 아직 행운의 여신이 내 쪽에 있는 모양이야."

수현이 참지 못하고 속사포처럼 질문을 터뜨렸다.

"내 질문에 먼저 답하세요, 박사님! 대체 왜 아무런 말씀도 없이 사라지셨던 거죠? 어째서 비허가 병원에서 합성 벤조디아제핀을 맞고 코마에 들어간 거예요? 업데이트를 막으라는 건 무슨 뜻이었어요?"

하나 가장 중요한 질문은 입 밖으로 내지 못했다.

'왜 나를 버렸죠?'

질문을 던지며 수현은 긴 이야기를 감당할 자신이 있다고 생각했다. 하지만 오 박사가 시작할 이야기는 30년 전부터 담금질된 한 남자의 삶의 궤적이었다.

"모든 것을 설명하기 위해선 내가 아내를 처음 만난 때부터 시작해야 하네."

처연한 눈을 한 채로 오 박사는 긴 이야기를 시작했다.

"장숙희. 내가 여태껏 만나본 모든 자각몽자 중에서 단연 뛰어난 사람이었지. 나는 수면과학을 연구하는 어린 과학자였어. 계획대로라면 죽을 때까지 학문을 파고들며 살았겠지. 숙희를 만나기 전까지는 그렇게 믿어왔다네."

수면학자 오재욱이 연구했던 자각몽자 중에서 수키는 단연 압도적으로 뛰어났다. 꿈속에서 절대 다치지 않았으며 시간을 조종할 수 있었고 다양한 동물로 변신할 수도 있었다. 단숨에 주먹으로 벽을 뚫을 수 있었고, 제약 없이 하늘을 날았다. 심지어는 다른 사람의 꿈에 들어갈 수도 있는 대단한 초능력자였다.

물결치는 대나무 사이에서 한 여자가 걸어 나왔다.

"혹시 저분이?"

"죽은 내 아내일세. 언젠가부터 꿈속에서 의식을 갈무리하기 쉽지 않아. 이 안에 갇혀버린 지 너무 오랜 시간이 흘러버린 모양이지. 말을 걸어봤자 답을 해주진 못할 거야."

오 박사의 이야기가 이어지는 동안 숙희는 걸친 옷과 행동, 주변 풍경마저 조금씩 바꿔나가며 주변을 돌아다녔다. 마치 다른 차원에서 장숙희라는 한 여자의 삶을 관찰하는 느낌이었다.

"아내는 어떤 제한도 없이 자유분방하게 꿈을 꾸는 방식을 갖고 있었다네."

숙희는 꿈속을 자유롭게 여행을 하고 의식의 깊은 곳을 탐험하는 것을 즐겼다. 전세계의 자각몽자들과 치열하게 토론했고, 더 나아가서는 꿈속에서 만난 자신의 분신과도 즐겁게 이야기를 나눴다.

"숙희는 멋진 사람이었어. 나는 금세 그녀와 사랑에 빠졌지."

숙희의 옆에 언젠가부터 한 청년의 모습이 겹쳐지기 시작했다. 등이 곧고 걸음이 빠른 젊은 시절의 오 박사였다.

"하지만 그것은 곧 대부분의 삶을 다른 세계에서 사는 여자와 결혼 생활을 이어나가는 일이기도 했지."

젊은 오 박사는 분명히 행복해 보였다. 언제나 숙희에게서 시선을 떼지 않았다. 하지만 장면이 쌓여나갈수록 청년의 눈빛에 그늘이 지기 시작했다.

"드림캐스터의 AI 수키는 숙희가 남긴 기록을 기반으로 만들어졌어. 그녀가 자각몽자로서 습득해 온 모든 기술과 통찰, 깨

깨달음들이 수키의 알고리즘이 된 거야. 그러니 넓은 의미에서 보면 일종의 마인드 업로딩이라 할 수 있겠지. 자네들 몽재진압반을 훈련시킨 존재는 내 아내의 유산이었어."

AI 수키의 형태가 판다인 것은 숙희가 스스로를 자주 판다에 비유하곤 했기 때문이다. 처음엔 과수면 때문에 생긴 다크서클 때문인가 싶었는데 그게 아니었다.

오 박사 옆의 모노톤 수키가 대답을 대신했다.

"판다는 곰이지만 풀을 뜯지요. 몸은 인간의 육신을 하고 있지만 정신은 꿈속에 있으니, 곰인지 너구리인지 숱하게 오해받아온 판다처럼 엉뚱한 삶을 살고 있다고 종종 말씀하셨어요."

수키의 설명에 오 박사는 고통스러운지 눈을 감았다. 말을 꺼내기 껄끄러웠지만, 이야기를 빠르게 하기 위해 수현은 질문을 던졌다.

"그분은 젊은 나이에 돌아가셨는데…… 특별한 이유가 있었나요?"

"현상적인 정의가 있고, 본질적인 정의가 있지."

"현상적인 정의라면요?"

"자살."

"……본질적인 정의는?"

"승천."

장숙희는 사후세계를 믿지 않았다. 정확히는 윤회나 천국과 지옥으로 양분되는 관념을 받아들이지 못했다. 현실보다 꿈속에서 더 자유로운 그녀의 발상은 점차 신성모독에 가까운 방향으로 치달았다.

"숙희는 만 명의 사람에겐 만 개의 사후세계가 있을 거라 믿었어. 영혼이 존재한다고 한들, 어떻게 서로 다른 개체가 죽은 뒤 같은 곳으로 떠날 것이라 확신할 수 있느냐며, 그건 누구도 알 수 없는 거라 했지."

주변을 배회하는 숙희의 환상은 조금씩 더 또렷해졌다. 젊은 아내는 남편의 무릎에 누운 채로 열의에 차 뭔가를 설명하고 있었지만, 남편의 얼굴은 무척이나 쓸쓸해 보였다.

"나는 슬펐어. 숙희의 모든 걸 믿고 지지했지만 그 믿음만큼은 도저히 동의할 수가 없었어."

"왜죠? 박사님은 종교가 없으시잖아요."

"그녀의 말이 사실이라면 저세상에서 아내를 다시 만날 수 없게 되니까."

죽고 나면 모두가 다른 곳으로 떠날 것이다. 오 박사는 특출난 자각몽자로서 살아왔던 아내의 삶이 그런 믿음을 가지게 했다고 생각했다. 평생 수면학을 연구해 온 노학자도, 영성이 깊다고 평판이 자자했던 선승도, 뛰어난 영매도, 인간 장숙희의 고독을 이해하지 못했다. 그 누구도 자신과 같은 단계의 꿈을 걷지 못했으니까. 그러다 보니 인간은 끝내 서로의 내면을 이해할 수 없는, 육체라는 감옥에 저마다 갇혀 있는 고독한 존재라는 결론에 이른 것이라고.

"아내는 인간 내면 무의식의 끝까지 도달하고자 간절하게 뭔가를 찾아다니기 시작했다네."

수키는 남편인 오 박사와 함께 특별한 자각몽자나 인간 내면 탐구자들을 만나러 방방곡곡을 여행했다. 비전으로 내려오는 멕시코의 마법 전승자. 자각몽을 통해 명상하는 드림 마스터를 수행하던 티베트의 선사들. 꿈을 통한 퇴마 능력을 보유했다고 주장하는 가톨릭의 고위 사제. 명상 수련자를 위한 얀트라를 그리는 힌두교인 화가.

"그들은 한결같이 수키의 대단한 자각몽 능력을 칭송했지. '신이 우리에게 결국 꿈의 비밀을 드러내기로 결심했다면 그 대리자는 반드시 당신일 것'이라고 말했어."

그렇게 전 세계를 돌아다닌 끝에 숙희는 확신을 가질 수 있었다. 비로소 넘어갈 수 있을 것 같다고. 원래도 약했던 육체를 혹사한 탓에 그녀는 몹시 쇠약해져 있었다. 마치 평생을 죽순 대신 고기를 섭취해 온 불행한 판다처럼, 자신의 육체로 겪어야만 하는 현실과 끝까지 화해하지 못했다.

수현이 숨죽이며 물었다.

"넘어가다니, 어디로요?"

"그곳에 이름은 없다네. 아니, 어쩌면 너무 많은 이름이 있는지도 몰라. 숙희는 깊은 무의식의 단계를 꿈속에서 체험하면서 그 안에 인류라는 종의 대를 이어 전달되는 태초의 기억들이 있을지 모른다고 생각했지. 누군가는 '카인의 도서관'이라 부르고, 혹자는 '아카식 레코드'라고도 부르는 곳."

인간은 어디에서 왔으며 어디로 가는가.

"세포와 세포가 환원되는 과정 동안에도 소멸되지 않고 남아 있는 어떠한 '기억의 장소'. 숙희는 끝내 그곳을 찾아냈다고 내게 말했어."

"박사님은 그 말을 믿으셨나요?"

"학자로서는 믿지 않아. 하지만 그녀의 남편으로서는 믿을 수밖에. 숙희의 말이 옳다면 오직 선택받은 자각몽자만이 자아를 유지한 채 그곳으로 갈 수가 있어. 어쩌면 호모 사피엔스가 이 땅에 존재한 이래, 오직 한 명만이 발을 디뎠을지도 모르지. 나는 그것이 내 아내라고 믿는다네."

지후는 순간 익숙한 공기를 느꼈다. 오 박사의 주위로 조금씩 눈이 내렸다. 착각이 아니었다. 뒤뚱거리던 모노톤 수키의 어깨에도 눈이 쌓이기 시작했다.

"아내는 목숨을 걸고 티베트의 설산을 올랐네. 그리고 사원으로 향하는 길목에 있는 작은 별장에서 우리는 작별을 했지."

설산, 별장. 낯익은 단어들이었다. 평생에 걸쳐 단 하나의 꿈에만 집착해 왔기에 그 공통점을 결코 흘려보낼 수 없었다.

지후는 꿈결처럼 먹먹한 기분으로 물었다.

"그분의 마지막 말을 기억하십니까?"

"아프지 마. 그 한마디였다네."

지후는 거대한 망치가 무언가를 깨뜨리는 소리를 들은 것만 같았다.

"그녀를 떠나보낸 뒤 나도 당장 죽어서 뒤를 쫓으려고 했네."

하지만 그럴 수 없었다. 진정으로 숙희의 말을 믿었기 때문이었다. 명료한 의식으로 생사의 경계를 넘어섰다고 믿었기에, 그리고 자신은 그녀와 같은 곳으로 갈 수 있는 항해자가 아니었기에 꾸역꾸역 살아야 했다.

"겁이 난 거지. 우리의 영혼이 같은 곳을 향할 거라는 확신이 없었던 거야. 어느새 숙희의 말들이 나를 지배하고 있었던 거지. 그래서 기계의 힘을 빌려서라도 그녀의 세계를 부활시키고 싶었어."

"……그게 드림캐스터인가요."

오 박사는 고개를 끄덕이며 말을 이었다.

"숙희가 만났던 영매 중에는 독특한 방법으로 꿈을 이용하는 자들이 있었어. 꿈속에서 귀신에게 괴롭힘당하는 사람들의 '베개'를 가져와서 그 눈물 젖은 자국에 머리를 대고 누우면 그 사람의 꿈속으로 들어갈 수 있다고 하더군. 드림캐스터의 초안은 거기에서 비롯되었어."

타인과 꿈을 공유할 수 있는 드림캐스터. 만들어지기만 한다면 많은 것을 바꿀 아이디어였지만 아내를 잃고 미쳐버린 사람의 정신 나간 계획이라면서 아무도 투자하지 않았다.

그때, 수현의 시선을 사로잡는 것이 있었다. 익숙한 인상의 청년이 젊은 오 박사의 옆에 있었다. 그 청년을 본 것이 처음은 아니었다. 자각몽자 장숙희와 수면학자 오재욱이 서로 사랑을 키워나갈 때 주변에서 서성이던 사람.

"아버지?"

그 말에 오 박사의 무의식이 송출해 내는 환상이 또렷해졌다. SOF의 총수인 황해승. 앳된 얼굴의 그가 오 박사의 주변을 배회하고 있었다.

"해승이는 내가 가장 믿는 동료였어. 동시에 연적이기도 했지. 같은 여자를 사랑했거든. 아내가 날 선택하자 우리는 멀어졌지."

하지만 숙희가 떠나간 후 황 회장이 다시 그를 찾아왔다. 그리고 초안에 불과했던 드림캐스터에 지대한 관심을 보이며 응원해 주었다. 하지만 실용화를 위한 마지막 단계. 많은 사람을 대상으로 한 임상실험을 할 수 있을 만한 여유와 환경이 젊은 청년들에겐 없었다.

"그때 비극적인 사고가 터졌네. 가장 높은 곳에 닿아 있었던 빌딩이 무너져 내렸지."

수많은 사람들이 죽고, 또 구조되었다. 아이들을 위한 놀이 공간이 많은 빌딩이었다. 생존자 중에는 신생아부터 이제 갓 말을 시작한 아이들도 많았다.

"무너진 빌딩에서 부모가 목숨을 걸고 지켜낸 아이들이 있었네. 그대로 자란다면 씻을 수 없는 트라우마를 가진 채 성장하게 될 아이들이. 커다란 비극에 나는 할 말을 잃었는데, 해승이는 생각이 달랐어. 그 참사가 '우리들의 기회'라고 했지."

젊은 시절에도 황 회장의 인맥과 언변은 대단히 뛰어났다. 그 언변으로 정부 부처와 파격적인 거래를 한 것이다.

"무의식 단계에서 드림캐스터를 이용한 트라우마 제거 작업이 이뤄졌어. 끔찍한 사고의 기억을 갖게 될 아이들. 부모를 잃고 마땅한 보호자조차 없는 아이들을 정부가 거둬들였고, 우리는 드림캐스터에 저장되어 있던 '꿈'을 그 아이들에게…… 이식했다."

지후가 털썩 무릎을 꿇었다. 오 박사는 지후의 눈을 똑바로 들여다보며 말했다.

"그 아이들은 자신의 꿈이라고 평생 믿어왔겠지만 사실 그 꿈의 주인은 그 아이들이 아니었어. 바로 내 꿈이었지."

"눈 덮인 설원. 낯선 별장에서의 작별……."

"그래. 그건 나를 두고 먼 곳으로 떠나가 버린 숙희를 그리워하는 내 트라우마가 담긴 꿈이었지. 강한 트라우마를 약한 트라우마로 대체한 거야."

드림캐스터 역사상 처음으로 기록된 꿈은 자신을 두고 다른 세계로 넘어간 숙희에 대한 애타는 갈망과 그리움에 시달리던 개발자의 마음이 투영된 꿈이었다. 숙희와 함께 때로는 멕시코의 사막을, 때로는 티베트의 설원을 헤맨 기억을 바탕으로 한 꿈들이 마치 씨앗처럼 살아남은 아이들의 꿈속에 심어졌다.

"그게 갤리온 프로토콜이다. 나와 해승이의 합작품."

엘 쿠쿠이 박희준의 드림캐스터로 예니의 꿈을 캐스팅했을 때 봤던 낯선 명칭이었다.

"나는 악마에게 영혼을 판 거야. 그 아이들이 소년과 소녀가 되었을 때쯤에는, 마치 전성기의 숙희처럼 타인의 꿈도 마치 자신의 꿈처럼 제어하고 환경을 조작하는 특별한 이들이 나타날지도 모른다는 유혹에 빠진 걸세."

오 박사가 지후의 어깨에 손을 짚었다.

"그렇다면 저는 여태까지 평생을 당신의 꿈을…… 내 꿈이라고 오해하면서 살아온 건가요?"

"자네가 메고 있는 가방을 알아. 젊은 부부가 남자아이가 담긴 가방을 품에 안은 채 죽었지. 혹시 그 가방의 내부를 자세히 들여다본 적이 있나."

지후는 고장 난 것처럼 부자연스럽게 고개를 가로저었다.

465

"얼룩말 무늬였어. 피에 젖어 붉게 물든…… 빨간 얼룩말. 유아 시절의 무의식이 자네를 지키기 위해 그 가방 안에 강력한 영역을 구축했군. 꿈속의 꿈인 몽중몽. 내가 아는 사람 중에서는 숙희만이 가진 재능이었지."

그제야 지후는 깨달았다. 꿈속에서 만병을 고칠 수 있다던 기인이 이 가방을 가리켜 '수호신'이라 칭했던 이유를. 그리고 자신이 어떻게 타인의 꿈속에서 뭔가를 훔쳐 가방에 담을 수 있었는지도. 가방을 쓰다듬으며 지후는 입술을 깨물었다.

'내 진짜 엄마가 이 가방을 메고 있었고, 내 무의식이 이걸 만들었다고?'

천천히 오 박사의 눈에 눈물이 고였다.

"나를 용서하지 말게. 부모를 잃은 아이들에게 나는 내 악몽을 심었어. 아이들의 트라우마를 치료할 수 있다는 그럴싸한 이유를 말했지만, 실은 내 비원을 이룰 도구로 삼은 거야."

그 죄책감을 짊어지고 오 박사는 기다렸다. 언젠가 숙희만큼의 잠재력을, 혹은 그녀를 뛰어넘는 힘을 가진 아이가 자신의 눈앞에 나타나는 순간만을.

"다행히 이렇게 내 숨이 끊어지기 전에 자네가 나에게 왔군."

오 박사의 눈에서 한 방울의 액체가 떨어졌다. 이것 역시 환상일까. 꿈속에서 보여주는 눈물을 진실하다 믿을 수 있을까. 지후는 모든 것이 혼란스러워졌다.

"저는…… 평생 사람들의 꿈에서 무언가를 훔쳐 왔어요."

"그건 내가 자네의 첫 번째 꿈을 훔쳐버렸기에 생겨난 일이야. 누구나 갖고 태어나는 것을 잃어버린 탓에 자꾸만 다른 사람의 꿈에 들어가야 했겠지. 너의 꿈을 훔쳐서 미안하다."

어느새 주변에 쌓인 눈은 발목을 덮을 만큼 높아졌다. 끊긴 대화가 가져온 적막을 눈이 쌓이는 소리가 메워주고 있었다.

지후는 평생 답을 바라고 쫓아왔다. 막아서는 것은 다 부술 작정이었다. 그렇게 도착한 것이 이토록 싸늘한 설원이라는 것을 믿을 수 없었다.

진짜 꿈 도둑은 지후가 아니라 오 박사였다.

아들에게로

1

지후는 입을 닫았다. 대신 과거보다 현재의 위급함에 몰두한
수현이 이어서 질문을 던졌다.

"그래서요, 박사님. 스스로 코마 상태로 들어간 이유는 뭐예
요?"

"기억하나. 엘 쿠쿠이라는 해골 마스크를 쓴 친구가 드림넷
에 처음 등장했을 때 말이야. 나는 섬뜩했네. 그건 내 아내의
능력 중에서 가장 파괴적인 힘만 뭉친 응집체 같았어. 그런 자
가 드림넷에 출몰한 상황에 다중접속 기능이 업데이트되면 섬
망의 확산을 감당할 수 없을 거라 생각했네."

"박사님이 원하는 단계의 자각몽자를 만나지 못한 상태에서

SOF 코퍼레이션이 몰락하는 걸 원하지 않았던 건 아니고요?"

수현이 날카롭게 추궁했다.

"부인하지 않겠네. 내 의지와 상관없이 업데이트가 다가오는 것이 수많은 아이들의 꿈을 멋대로 훔친 것에 대한 벌처럼 느껴질 정도였어. 결자해지라 하지 않았나. 사태가 더 악화되기 전에 무슨 수를 써서든 시간을 벌어야 했네."

"모든 자원이 있는 코퍼레이션 본부를 놔두고 어째서 잠적하신 거죠?"

"주어진 시간이 턱없이 부족했어. 수키에게 새로운 알고리즘을 심어주는 건 단순한 프로그래밍 작업이 아니잖은가. 알려지지 않은 사실이지만 연구자인 내가 꿈속에서 수키를 직접 만나 발전시키는 게 가장 빠른 방식이야. 때문에 연구를 위해서는…… 코마 상태에 들어가 림보의 영역에서 진행하는 게 가장 효율적이었네. 당연히 불법이니 은밀히 이뤄져야만 했지."

대신 오 박사는 잠적하기 직전에 드림넷의 통제 권한을 가진 AI 수키의 백업 버전을 만들었다. 그것이 바로 모노톤 수키. 그리고 그 수키를 네 조각의 히든 피스로 만들어 나누었다.

"나는 AI 수키에게 몽재 속으로 숨으라 했어. 그리고 언젠가 숙희의 꿈을 가진 아이들이 찾아왔을 때, 그리고 그 아이가 꿈속에서 고통받는 사람들을 구해 준다면 모습을 드러내라고 입력했지."

예정대로라면 그 히든 피스들이 주는 힌트를 통해 수현을 코마 상태인 자신에게 안내할 예정이었다. 하지만 전혀 예상치 못했던 자가 림보에 빠져 있는 오 박사를 찾아왔다. 한 환자에게 기이할 만큼의 벤조디아제핀이 투여되고 있는 상황에 흥미를 갖고 파고들 수 있는 권력자.

"나를 찾아온 남자는 자신의 이름을 최낙호라고 밝혔어."

"태평제약 회장 말이군요."

"그는 평생을 고통 속에서 살아야 하는 희귀병을 가진 사람이었어. 복합부위 통증 증후군. 전신에 지독한 통증이 계속되는 병이지. 강력한 진통제와 수면제를 지속적으로 공급해 주는 생명 유지 장치가 없다면 매 순간 자살을 생각하게 된다고 하더군."

오 박사의 뒤로 한 노인이 실루엣을 드러냈다. 지후는 충격을 받았다. 꿈속에서 신점을 봐줄 거라며 지후를 불러들였던 만트라의 기인이었다. 그를 처음 봤을 때, 도포 뒤에서 은은한 광원이 새어 나와 이상하다고 생각했는데 그것이 생명 유지 장치였던 걸까.

"그는 탐색자야. 육체를 초월해 넘어갈 낙원을 꿈을 통해 찾고 있지."

"낙원이요?"

"바깥에서 보았나? 내가 누워 있는 주변으로 얼마나 많은 캡슐이 있었지?"

"정확히는 몰라도 700개가 넘었어요."

"……많이도 모았군. 그건 최낙호가 태평제약 산하의 병동에서 납치해 온 환자들일세. 공통점이라고 한다면 모두 특별한 '꿈'을 꿀 수 있는 자들이지."

최낙호는 피리 부는 노인이었다. 드림넷이라는 마술피리로 인류를 고통으로 몰고 가려는 불한당이었다.

"평생을 고통 속에 산 그는 누구나 갖고 태어나는 '태평함'을 질투해 왔던 게야."

시시각각 자신을 극한으로 몰고 가는 작열통. 그 고통을 감당하기 위해 약물과 진통제로 일생을 보내다 마음이 비틀린 광인. 수면제를 맞고 잠드느라 일반인보다 깨어 있는 시간이 훨씬 적었고, 그를 구원해 준 것이나 다름없는 드림캐스터를 통해 인생을 연명해 나가고 있었다. 그러다가 그는 흥미로운 VIP에 대한 제보를 받게 되었다. 바로 드림캐스터의 창시자, 오재욱 박사였다.

"나를 찾아낸 순간 그는 그토록 기다리던 동아줄을 발견한 기분이었다고 하더군."

태평제약의 주인은 자신이 특별 관리하는 냉동 수면실을 마련해 병동에 있던 오 박사를 빼돌렸다. 오 박사는 드림넷과의 연결이 끊어진 채 그의 성에 가둬진 포로 신세가 되었고 최낙호는 매번 꿈속으로 오 박사를 찾아와 추궁했다.

"그는 내 드림캐스터를 빼앗는 것도 모자라 AI인 수키의 알고리즘에 얽힌 비밀을 모조리 알고 싶어 했네. 처음에는 어떻게든 숨겨보려 했지. 하지만 할 수 있는 거라곤 꿈꾸는 것밖에 없는 내가 전능한 관찰자의 눈을 피하는 건 불가능한 일이었어. 숙희에 대한 생각을 하지 않으려 애를 쓸수록 숙희는 계속 내 꿈에 그리워하는 형태로 나타났다네."

코끼리를 떠올리게 하는 가장 효과적인 방법에 대한 농담이 떠올랐다. 그 방법은 바로 코끼리를 생각하면 안 된다고 선언하는 것이다.

"결국 어느 날, 나는 굴복하고야 말았네. 숙희인 줄 알았던 존재가 사실 최낙호가 불러낸 거인이었어. 그 끔찍한 존재가 날 만지는 순간 최낙호는 숙희에 관한 모든 걸 알게 되었지."

최낙호는 자신이 전혀 몰랐던 세계가 꿈속에 있었음을, 그것이 그가 살면서 애타게 기다려온 구원의 조각이라는 것을 직감했다.

다른 세계로 넘어가고 싶다. 고통이 없고 태평만이 가득한 낙원으로. 그의 그런 소망을 이뤄줄 공간이 존재하고, 누군가 정말로 넘어가기까지 했다는 걸 알게 된 최낙호는 욕망에 빠졌다.

"'영원히 태평할 수 있는 세계로 향하는 문을 내가 열겠다.' 그는 내 눈앞에서 그렇게 얘기했네."

그는 자신이 원하는 '죽음 이후의 또 다른 세계'를 엿보기 위해 다른 인간을 위험에 빠뜨리는 데에 아무런 거리낌이 없는 사이코패스였다. 최낙호가 납치한 사람들은 오랫동안 꿈에서 깨지 못해 정신이 위태로운 지경에 이르러 있었다.

"그는 숙희와 다른 방식으로 성장한 괴물 같은 자각몽자라네. 꿈속에 머무른 절대 시간을 따지면 모든 사용자 중에서 그를 따라올 자가 없을 테지. 자네들이 내 꿈에서 만난 거인이 그의 사역마야. 접촉하는 자에게 죽음과도 같은 고통을 느끼게 만들지. 수키와 나는 그것을 죽음의 신 '타나토스'라고 부른다네. 타나토스의 힘으로 한 인간을 죽음 가까이 밀어붙이면 그는 볼 수 있다고 하네. 꿈속에 갇혀 목줄이 조여버린 자의 사후세계를."

그러면 최낙호는 쇼핑하듯 품평하는 것이다. 그곳이 자기가 건너갈 만한 특별한 세계인지.

수현의 목소리가 다급해졌다.

"이대로 업데이트가 되면 어떻게 되는 거죠?"

"최낙호는 더 이상 번거롭게 캡슐에 사람을 납치해서 가둬둘 필요가 없어지겠지. 지금껏 열심히 피리를 분 것처럼 사람들을 꼬드길 필요도, 산후조리원에서 신통한 태몽을 꾼 환자들을 몰래 사냥할 필요도 없어지는 거야."

"드림넷을 통한 다중접속이 실현되면…… 그의 제단에 제물을 갖다 바치는 꼴이 되겠네요."

"이리 부탁하겠네. 내가 더 큰 죄를 짓지 않게 그를 저지하는
걸 도와주게나."

간곡한 오 박사의 부탁에 마침내 지후는 굳게 다물었던 입
을 열었다.

"어떻게요?"

"다행히도 나는 최 회장에게 한 가지 사실만큼은 숨길 수 있
었다네. 바로 내 트라우마를 이어받은 그 빌딩의 아이들에 대
한 내 계획. 그럴 수 있었던 건 나조차 그 아이들이 어떻게 자
라났는지 몰랐기 때문이었어."

죄책감 때문에 외면해 온 일이 오 박사의 동아줄이 되었다.

"여기 내 옆에 있는 수키가 자네가 모아온 것들의 마지막 조
각일세. 백업용 수키가 완성되면 타나토스에 저항할 수 있게
될 거야."

"그럼 넘겨주세요, 지금."

"여기선 불가능해. 지금 우리는 오프라인 상태지 않나. 사실
상 지금의 난 최낙호에게 인질로 잡혀 있는 상태나 마찬가지야.
우리 사이엔 보이지 않는 막이 있는 거지. 그러니 자네들이 모
아온 히든 피스들과 내 것이 하나로 융합할 수 없어. 히든 피스
를 넘겨받으려면 드림넷에 접속한 상태여야 해."

오 박사는 현재 맹수에게 목덜미를 물린 상황이고, 그를 구

출하기 위해서는 아이러니하게도 그 맹수가 둥지를 뛰쳐나와 세상을 향해 발톱을 드러내는 순간을 노려야만 했다. 다중몽 기능이 업데이트되면 최낙호는 무수히 많은 자들을 자신의 꿈 속으로 납치하려 들 것이다.

"업데이트가 발동하는 순간, 그 직후를 노려야겠군요."

그 순간 수현의 주변에 지저분한 노이즈가 끼더니 순식간에 사라져버렸다. 지후는 그 증상을 알고 있었다. 누군가가 강제로 수현의 드림캐스터를 벗겨내 꿈에서 깨운 것이다.

오 박사가 지후의 어깨를 붙잡았다.

"바깥이 다급해진 모양이네. 내 말을 명심하게. 업데이트되는 순간, 무슨 수를 써서든지 나를 다시 만나러 와야 하네. 그래야만……."

정지화면처럼 오 박사의 움직임이 멈추었다. 그리고 누군가 뒷덜미를 낚아채는 느낌이 들며 지후의 의식도 빠르게 깨어나기 시작했다.

오 박사의 간절한 마지막 조언은 듣지 못한 채로.

2

깨어난 지후는 멍하니 중얼거렸다.

"……왜 이렇게 빨리 깨운 거야?"

"시간이 없었다고! 망했어, 저길 좀 봐."

동동과 예니가 지후의 양팔을 붙잡고 일으켜 세웠다. 그러자 캡슐에 가려져 있던 시야가 훤히 드러났다. 30명이 넘는 장정들이 진압봉을 든 채 이쪽으로 거리를 좁혀오고 있었다.

"양손을 들고 무릎을 꿇으십시오. 당신들은 지금 무단으로 사유지를 침범했습니다. 도주를 시도할 시 정당방위로 무력 진압이 가능하다는 점을 말씀드리겠습니다."

엄격한 목소리가 일행을 압박해 왔다. 복장과 장비를 봤을 때 태평제약이 계약한 사설 경비업체에서 대규모 병력을 호출한 것이었다. 고작 무단침입자 여섯 명을 상대로 보이는 반응치고는 기이했다. 이 캡슐의 존재가 들키는 것을 그만큼 꺼리는 모양이었다.

"팀장님은?"

주변을 둘러보니 먼저 깬 수현은 장순과 함께 퇴로를 살피는 중이었다. 왜 달아나지 않고 가만히 서 있는 거지? 지후가 의아해하는 순간에 창고의 한쪽 문이 거칠게 뜯어졌다.

"저기 있다, 도둑 연놈!"

열린 문으로 쏟아져 나온 것은 쇠파이프를 들고 문신이 가득한 불량배들이었다. 숫자는 열댓 명. 그들이 씹어먹을 듯 노려보는 것은 장순과 수현의 얼굴이었다. 지후는 둘의 뒤로 다가가 캐물었다.

"쟤네는 또 뭔데요?"

"우리가 저 녀석들 차를 좀 빌렸거든. 그래서 저렇게 화가 난 모양이야."

상황을 재빠르게 파악한 장순은 수현의 어깨를 붙잡고 종용했다.

"자네가 선택해. 안전한 쪽과 위험한 쪽."

"안전한 쪽은 뭔데요?"

"엄밀히 말해 우리가 이 창고에서 망가뜨린 건 드론 한 대가 전부야. 얌전히 잡혀가서 쇠창살 안에서 일주일 정도만 고생하면 풀려날 거야."

"그 계획은 폐기해야겠어요. 자세한 설명은 어렵지만, 이 안에서 오 박사님을 만나서 지금 벌어지는 일의 진상을 들었거든요. 여기서 어떻게든 달아나야 해요."

오 박사의 이름이 나오자 장순이 움찔했다. 그의 시선이 오 박사가 누워 있는 캡슐에 닿았다. 그토록 애타게 찾아 헤맸던 증오의 대상이 그곳에 누워 있었다. 그에 대한 집착으로 따지면 수현도 지지 않을 터였다. 그런데도 수현은 오 박사를 두고 달아나야 한다고 말하고 있었다

수현이 장순의 손이 비어 있는 걸 발견했다.

"그런데 드론은 어떻게 했어요?"

"자네라면 분명 위험한 쪽을 택할 것 같아서 조치를 좀 취해 놨지. 내가 신호하면 일제히 같은 방향으로 뛰는 거야. 꼬마야, 넌 내가 업고 가마."

소라가 영차, 소리를 내며 장순의 등에 가볍게 뛰어올랐다. 지후는 잔뜩 긴장한 채로 사위를 둘러보았다. 창고의 양 끄트머리에서 극명한 대비를 이루는 두 무리가 적대적인 눈빛을 한 채 포위망을 좁혀오고 있었다.

"잘 들어라. 이제 곧 사고가 일어날 거야. 그러면 저쪽으로 뛰는 거다."

장순이 가리킨 곳은 사설 경비원들이 캡슐 사이로 걸어오는 방향이었다. 숫자로 보나, 체격으로 보나, 손에 든 무기로 보나 훨씬 더 위험천만해 보이는 상대들이었다.

"잘못 말한 거 아녜요? 반대쪽이 낫잖아요."

"내 말 믿어! 저 녀석들은 우릴 쫓을 정신이 없을 거야. 왜냐하면……."

퍼엉! 장순의 이어지는 말은 장쾌한 폭음과 함께 묻혀 버렸다. 천장에 배열돼 있던 냉각 펌프 라인이 폭발하면서 불덩이가 운석처럼 떨어져 내리기 시작했다. 수현은 장순이 드론의 배터리를 어떻게 사용했는지 짐작할 수 있었다. 그리고 왜 숫자가 더 많은 쪽을 택했는지도.

"불을 꺼! 당장!"

불붙은 파이프라인의 잔해들이 캡슐 사이로 떨어졌다. 어떤 것은 캡슐 바로 위에 떨어지며 캡슐을 파괴하거나 온도를 높이기 시작했다. 경비원들은 우왕좌왕하며 소화기를 뜯어와 불을 끄기에 바빴다. 장순의 예상대로 정체불명의 침입자 방어보다는 캡슐을 지키는 게 더 중요한 계약 사항인 것 같았다.

"뒤도 돌아보지 말고 뛰어!"

장순이 소라를 업은 채로 캡슐을 밟고 도약했다. 나머지 일행들은 황급히 그 뒤를 따랐다.

"이리 와, 빌어먹을 자식들아!"

열댓 명의 불량배들이 맹렬히 추격을 해왔지만 소화기가 뿜어낸 회색 분말이 시야를 완전히 망가뜨려 놓았다. 그리고 캡슐 사이의 통로는 한 명이 오가기에도 벅찼기 때문에 떼로 몰려들다가 저희끼리 부딪혀 넘어지기까지 했다.

그 난장판을 헤쳐 나오면서도 수현은 끝내 뒤를 돌아볼 수밖에 없었다. 오 박사가 잠들어 있는 캡슐을 향해.

SOF 총수 황 회장은 회장실에 세 명 이상이 들어오는 것을 싫어했다. 여러 사람이 대리석을 밟을 때 나는 발소리가 거슬렸기 때문이다.

'그래도 오늘은 예외로 둬야겠지.'

지금 회장실에서 차려입은 채 술잔을 들고 있는 사람은 20명에 달했다. 그래도 SOF 최상층을 절반 이상을 차지하고 있는 회장실은 전혀 비좁은 느낌은 들지 않았다. 다만 잔뜩 흥분되고 상기된 얼굴들만이 복작복작한 분위기를 연출하고 있었다.

"회장님! 이제 30분 남았습니다!"

몽재진압반 1팀장이 턱시도를 입은 채 활짝 웃었다. 살집이 있는 편이라 맵시가 있다기보다는 펭귄처럼 보였다.

"회장님께서는 역시 대범하십니다. 저는 너무 가슴이 뛰어서 주체를 못 하겠는데 말이죠. 드림넷의 모든 이용자가 꿈으로 실시간 연결되는 세계가 열리는 거 아닙니까!"

"그렇지. 오늘 이후로 자네들은 훨씬 더 바빠질 거야. 각오해야 할걸세."

"아이고, 그러면 잔을 냉큼 비우고 한 잔 더 돌려야겠군요!"

평소 질색하는 경박한 언행이었으나 황 회장은 책망하지 않았다. 이곳에는 사내 간부들만 있는 것이 아니었다. SOF에 가장 많은 지분을 가진 다섯 투자사들 또한 VIP로 와 있었다. 그들은 밝은 미래를 직접 두 눈으로 확인하고 싶어 했다. 1팀장은 바람잡이 역할을 수행하고 있는 것이다.

VIP들 중 단 한 명만이 이 자리에 대리인을 보냈다. 태평제약 고위 간부 중 한 명인 차희원이 순백의 유니폼 차림으로 뒤늦게 파티에 참석했다.

"축하드립니다, 황해승 회장님."

"별말씀을. 여기까지 오시느라 고생 많았습니다. 최낙호 대표님은 무탈하십니까."

"네. 오늘 직접 참석하지 못해 죄송하다고 전해 달라 하셨습니다."

"거동이 불편하신 건 이해합니다."

"그리고 무엇보다 업데이트의 순간에 누구보다 먼저 캐스팅을 체험해 보고 싶다고 고집을 부리셔서요."

황 회장의 입가가 씰룩였다. 태평제약 최 회장이 외부 행사에 참석하는 것은 누구도 본 적이 없는 일이다. 하지만 희원은 최 회장의 이름을 빌어 드림캐스터의 업데이트에 대한 기대감을 보이는 것에 순식간에 성공했다.

"회장님, 그런데 술잔을 채워놓으시고 한 잔도 하지 않으시네요?"

황 회장의 두툼한 손가락이 청명하게 빛나는 잔을 매만졌다. 최고급 위스키가 그 안에 담겨 있지만 간부들이 연신 축배를 드는 가운데 황 회장은 한 모금도 입에 대지 않았다.

"신경 쓰지 마시오. 축하주를 들었을 때 눈앞에 있었으면 했던 사람이 없어서."

희원의 표정이 미세하게 굳었다. 그녀는 황 회장의 딸이 누구인지 알고 있었다. 몽재진압반 3팀의 황수현. 원래부터 서로 으르렁대는 부녀라지만 최근 수현의 퇴사와 잠적으로 그의 속이 어지러울 것은 충분히 짐작 가능한 일이었다.

딸이 여기에 없는 것에 화를 내는 것이라 희원은 생각했다. 하지만 이 순간 황 회장의 머릿속을 지배하고 있던 한 사람의 존재는 수현이 아니었다.

수현의 선포는 엄숙했다.

"오늘 우리는 이 손으로 SOF를 무너뜨릴 거야."

몽재진압반 3팀은 수현의 선언에 집중했다. 그들은 SOF의 사냥개들이었다. 둥지로 돌아오는 것을 금지당했지만 단 한 번도 이빨이 무뎌진 적은 없었다.

"미안하게도 아무런 약속도 해줄 수가 없어. 막대한 보상도, 안락한 보금자리도, 지켜주겠다는 말도 차마 내뱉을 수가 없어. 이제 우리가 벌일 짓이 성공하든 실패하든 오늘이 드림넷의 마지막 날이 될지도 몰라."

동동이 시무룩해졌다. 자각몽자에게 있어 그곳은 또 다른 삶의 터전이었다. 드림넷이라는 것이 없어질 수 있다는 상상을 해본 적이 없었다.

"드림넷이 끝장날지도 모른다고요?"

"그래. 나는 오 박사님의 입을 통해 드림캐스터가 어떻게 만들어졌는지 모두 들었어. 그리고 최낙호라는 괴물이 꿈꾸는 자에게 무슨 고통을 줄 수 있는지 직접 당해 보기도 했지. 업데이트가 이뤄지면 그자는 드림넷에 접속하는 모든 사용자의 정신을 무차별적으로 공격할 거야. 지금까지 벌어진 섬망 사태는 우스울 정도의 재앙이겠지. 우리가 최낙호를 막아내더라도, 오늘 밤 이후 드림넷은 낙진 지역에 버려진 놀이공원 꼴이 될 거야."

예니는 자신만이 할 수 있는 질문을 했다.

"팀장님 손으로 직접 회장님 목에 칼을 꽂는 거나 마찬가지예요. 정말 하실 수 있겠어요?"

"할 수 있어. 해야만 하고. 무엇보다 미치도록 그러고 싶다."

수현은 지후의 얼굴을 쳐다봤다. 마치 그에게도 들어야 할 말이 있다는 것처럼.

"우리는 팀장님이 키운 몽재진압반 3팀이에요. 꿈속에서 벌어지는 재난이 있다면 진압하면 그뿐이에요. 우리한테 부채감 같은 거 가질 필요 없어요."

"고마워, 그렇게 말해 줘서."

수현은 예니의 옆에 찰싹 달라붙어 있는 소라를 마지막으로 바라보았다. 그 시선을 눈치챈 소라가 선포했다.

"놔두고 갈 생각하지 말아요."

"이번 일은 외딴 창고에 잠입하는 것과는 차원이 달라. 아직 넌 어리잖니. 대기업 본사를 상대로 한 무단침입이야. 이게 네 미래에 무슨 낙인을 찍게 될지 모른다고."

"그런 건 모르겠어요. 하지만 내가 3팀의 첫 번째 멤버라는 사실만은 똑똑하게 알아요. 그러니까 내가 있어야 할 곳은 내가 정할 거예요."

수현은 결국 백기를 들었다. 소라의 고집을 들어줬다기보다 혼자 놔두는 것이 더 위험할 거라는 장순의 경고가 신경 쓰였기 때문이었다.

"결의는 다 끝냈나? 이제 30분 남았어."

장순의 차림은 숫제 전쟁터에 나가는 병사와도 같았다. 어깨에 멘 기다란 물건이 모두의 시선을 사로잡았다. 그 정체를 동동만이 알아보고 어이없다는 듯 물었다.

"아저씨, 그거 제초할 때 쓰는 농약살포기 아녜요?"

"맞아. 안에 담긴 게 농약은 아니지만."

몽재진압반 3팀은 현재 해체 상태였다. 정당한 방법으로는 회사 로비의 화장실조차 들어갈 수가 없다. SOF는 업데이트에 회사의 사활을 걸었으니 대비도 단단히 했다. 엘 쿠쿠이가 벌인 테러 이후 늘어난 시위대의 접근을 막기 위해서 100여 명의 전투경찰이 빌딩 전체를 철통처럼 에워싸고 있었다.

장순은 그 바리케이드를 무려 혼자서 뚫겠다고 우겼다. 수현이 걱정스러운 듯 물었다.

"정말 괜찮겠어요? 저 숫자를 상대로 혼자 싸운다는 게?"

장순은 불법 개조한 오 박사의 차량에 탑승하면서 답했다.

"싸울 생각 없어. 내가 일당백의 영웅도 아니고. 다만 자네들이 본사에 침입할 수 있는 기회는 확실히 만들 테니까 놓치지 말라고. 이독제독으로 말이지."

수현은 의아했다. 장순이 대체 어떤 독을 가지고 있다는 것일까.

그에 대한 해답은 정확히 10분 후, 전투경찰 바리케이드의 코앞에서 장순의 차 트렁크가 열리며 밝혀졌다. 장순은 트렁크에서 꺼낸 것을 농약살포기에 장착했다. 그리고 등 뒤의 시위대를 향해 뭔가를 고래고래 소리쳤다.

"뭐라고 하는 거야?"

지후가 인상을 찌푸리자, 입 모양을 읽는 능력이 있는 소라가 답해 줬다.

"찾아가고 싶으면 직접 주워가라는데?"

"뭘?"

"무슨 약이라고 하는 것 같아."

그 말에 수현의 얼굴이 새파래졌다. 그제야 덮어두고 있던 두 가지 사실이 떠올랐다. 실종되었던 오 박사의 차를 어디서 찾았는지. 그리고 약을 팔던 불량배들은 왜 자신들을 그토록 끈질기게 추적했는지. 그들은 차 자체를 쫓은 것이었다. 트렁크에 실린 것들 때문에.

농약살포기가 둔탁한 발사음과 함께 녹색 알갱이들을 허공에 흩뿌렸다. 그것은 고품질의 합성 마약이 담긴 캡슐이었다.

시위대에 숨어 있던 중독자들이 전부 몇 명이었는지가 곧 드러났다.

"주워! 미친놈들아, 당장!"

창고에서 마주쳤던 불량배들이 굶주린 아귀처럼 전투경찰에게 덤벼들었다. 잔뜩 날이 서 있던 전투경찰의 방패와 진압봉에 가로막히면서도 그들은 허겁지겁 바닥에 떨어진 마약 캡슐을 쓸어 담았다. 일대는 곧 아수라장이 되었다. 그리고 차량 위로 올라선 장순이 주차장 쪽을 바라보며 손짓했다.

기다리던 신호였다. 팀은 활로를 뚫어준 장순에게 마음속으로 고마움을 표한 뒤 허술해진 경비를 틈 타 빌딩 안으로 숨어들었다.

목표는 모두에게 익숙한 전쟁터, 44층에 있는 수면실이었다.

3

자정의 시각. 20억에 달하는 드림넷의 이용자들의 의식은 이미 현실에 존재하지 않았다. 그들은 모두 드림캐스터를 장착한 채 렘수면 단계에 빠져들어 있었다. 가족이나 연인, 친구와 함께 꿈속에서 만나 장대한 모험을 즐길 설렘에 부푼 채.

[약속의 시간이 되었습니다, 여러분! 다중몽 업데이트가 완

료되었습니다. 저는 여러분의 길잡이인 수키입니다!]

그들의 의식 속으로 마침내 앙증맞은 판다가 나타났다.

[더 이상 혼자서 꿈을 꾸지 않아도 됩니다. 만인이, 만인을 꿈에 초대할 수 있는 세상이 이제부터…… 시작됩…….]

AI 수키의 모습이 일순간 흐려지며 음성에 노이즈가 꼈다. 유저들은 이것이 접속자가 너무 많이 몰리면서 발생한 일시적인 오류라고 굳게 믿었다. 어디선가 나타난 사슬이 수키의 몸통과 머리를 둘로 쪼개버렸을 때에도 오픈 기념 이벤트가 진행 중이라고만 생각했다.

"저게 뭐야?"

"엄마, 무서워."

"지금까지 이런 적 없지 않았어?"

"업데이트가 끝났으니 수키가 우릴 뭔가 재밌는 곳으로 데려가 주려는 거 아닐까?"

비극의 시작이었다. 전 세계에서 동시다발적으로 재앙이 일어났다. 꿈에 침입한 정체불명의 사슬에 붙잡힌 순간 할 수 있는 것은 끔찍한 죽음의 고통에 몸서리치는 것뿐이었다. 사슬에서 벗어나는 것도, 꿈에서 탈출하는 것도 전부 불가능했다. 그 끝에 기다리는 것은 현실 세계에서 섬망 혹은 코마 상태에 빠지게 되는 것이었다. 소리 없는 파멸이 드림넷에 역병처럼 창궐하던 그 순간, 몽재진압반 3팀이 드림넷에 접속했다.

드림캐스터에 접속하자마자 3팀은 같은 공간에 내려앉았다. 원래대로라면 수키가 나타나 업데이트 완료 사실을 알려준 뒤 같이 꿈을 꿀 파트너를 지정하라는 말을 할 차례였다. 하지만 지후가 밟고 선 땅은 메마른 사막이었다. 발아래가 움푹 파이는 바람에 자칫 균형을 잡기 어려울 정도였다. 광활한 사막의 모래가 시야를 가득 메우고 있었다.

"뭐지, 우린 캐스팅 지정을 하지도 않았잖아."

수직으로 날아오른 소라가 무언가를 발견하고 말했다.

"저기 언덕 너머에 사람들이 있어."

"사람들?"

"응. 그런데 뭔가가 이상해. 오디언스가 아니라 전부…… 몽주 같아."

일행은 소라가 가리킨 곳으로 날아올랐다. 수현과 동동, 소라가 앞으로 치고 날아가는 동안 비행에 아직 미숙한 지후는 뒤처지게 됐다. 지후는 자신보다 뒤에서 날아오고 있는 예니를 향해 물었다.

"왜 그래? 평소답지 않게."

"진짜로 이유가 알고 싶어?"

"어…… 조금?"

"네가 악몽에서 날 꺼내준 뒤로 내 힘은 고갈됐어. 일종의 방전 상태야."

"변신을 못 한다는 거야?"

예니가 고개를 끄덕였을 때 지후는 심장이 덜컥 내려앉는 것 같았다. 스스로 악몽 속에 자신을 던져 넣은 예니를 구출하면서 외쳤었다. 그냥 너대로 살라고. 그것은 진심에서 우러나온 말이었다. 그렇기 때문에 강한 힘이 있었던 것이다. 하지만 그게 예니의 자유로운 변신 능력을 속박하게 될 거라고는 미처 생각하지 못했다. 지후가 입을 열려 하자 예니가 손을 내저었다.

"혹시라도 사과 따위 하지 마. 엄연히 내 선택이니까. 지금은 네가 해야 할 일에 집중해."

둘은 입을 다물고 앞서 나간 팀원들과 합류했다.

먹구름이 짙게 드리운 하늘 아래 끝없이 펼쳐진 사막. 그 모래 위에서 무수히 많은 불빛들이 깜빡이고 있었다. 마치 은하수가 여독을 풀러 잠시 지상에 내려앉은 것 같았다.

수천, 수만 명의 사람들이 사슬에 휘감긴 채 한 방향을 향해 끌려가고 있었다. 목덜미, 혹은 허리춤에 얽힌 사슬들은 모래 속에 숨겨져 있었기에 얼핏 보면 사막 자체가 의지를 가지고 사람들을 흡수하는 것처럼 보일 지경이었다.

"저게 전부 몽주라고?"

무엇보다 괴이했던 것은 불빛의 정체였다. 사슬이 끌어당기는 힘 때문에 구부정한 자세로 걸어가는 사람들의 등에는 저마다 몸집만 한 거대한 전구가 달라붙어 있었다. 그 전구가 내뿜는 광휘가 지후로 하여금 은하수를 연상케 한 것이었다.

행렬은 끝없이 이어지는 중이었다. 이것이 최낙호 회장이 작심하고 만든 풍경이라는 것은 의심의 여지가 없었다. 하지만 대체 무슨 일이 진행되는 것인지는 좀처럼 알기 어려웠다. 사슬에 끌려가는 몽주들, 그들의 등에 솟아난 전구라니.

수현이 모래를 헤치고 나아갔다.

"가까이서 한번 봐야겠어."

수현이 유심히 몽주들의 등을 살폈다. 거기에 달린 건 단순한 전구가 아니었다. 그 안에는 하나의 세계가 펼쳐져 있었다. 파도가 넘실대는 해변에 한 무리의 사람들이 행복한 표정으로 비치 발리볼을 즐기고 있었다. 정교하게 만들어진 스노볼을 바깥에서 보는 듯했다.

예니가 미간을 찌푸리며 말했다.

"몽주의 정신은 이 안에 있는 거예요."

"어떻게 확신하지?"

"지금 막 웃음을 터뜨린 아저씨가 몽주와 얼굴이 똑같잖아요. 그러니 우리를 보지 못하고 있는 거예요. 이 몽주의 정신은 이 사막에 있는 게 아니라 해변에 있으니까."

몽주들이 등에 짊어진 세계는 저마다 달랐다. 누군가는 화덕 앞에서 사랑하는 가족과 저녁식사를 만끽하고 있었고 누군가는 정글에서 원숭이를 쫓아 나무를 타고 있었다. 공통점이 있다면 대부분 환상으로 그려진 공간이 아니라 실존할 법한 곳을 짊어지고 있었다는 점이었다.

각기 몽주의 전구 내용을 살핀 팀원들은 다시 한자리에 뭉쳐 목격한 내용을 나누었다.

"시대가 이상한 곳이 있었어."

"이상한 곳이요?"

"낡은 건물에 오래된 자동차, 흑백 화면이 재생되는 디스플레이. 내가 교과서에서나 보았던 까마득한 옛 시대를 짊어지고 가는 노인을 봤거든."

"전구 안의 세계는 뭘 뜻하는 걸까요? 몽주의 꿈, 내면 세계, 이상향……."

"왜 우리 등에는 전구가 없지? 내 전구 안에 뭐가 생겨날지 궁금한데."

머리를 맞대고 궁리하던 일행 등 뒤에서 불청객의 목소리가 들려왔다.

"그걸 알 방법이 하나 있기는 하지. 자네들이 사슬에 한번 묶여보는 거."

순식간에 주변 모래가 비산했다. 플레이어들이 위협을 느끼며 날아오른 탓이었다. 하지만 그들에게 다가온 인물을 본 수현은 눈을 크게 떴다.

"하지만 그래서는 곤란해. 자네들이 내 마지막 희망이니까."

"오 박사님!"

"이번에는 타나토스보다 먼저 자네들을 찾을 수 있어서 다행이군. 다들 가까이 와주겠나? 설명할 시간이 많지 않아."

수현과 지후가 오 박사의 앞으로 내려왔다. 예니와 소라, 동동은 오 박사를 꿈속에서 만나는 것이 처음이라 경계를 풀지 않은 채였다.

수현이 한숨을 쉬며 물었다.

"박사님, 이게 다 무슨 일이죠?"

"드림넷에 접속하는 이들을 최낙호가 낚아채고 있는 거야. 자신이 넘어가길 원하는, 숙희가 건너간 것과 같은 세계를 보여줄 누군가를 찾아내기 위해. 이 순간 꿈에 빠진 모두가 그의 인질이 되고 있지."

"박사님 모습은 왜 이렇게 흐릿하게 보이는 거죠?"

"이건 내가 억지로 만들어낸 환영에 불과하니까. 내 꿈에서 만난 의식의 본체는 저 모든 사슬이 합쳐지는 지점, 이른바 꿈의 핵이라 할 수 있는 곳에 갇혀 있다네. 히든 피스의 마지막 조각 역시 그곳에 있지."

"그러면 우리는 사슬만 따라가면 되겠군요. 그러면 최낙호를 만나게 될 테니까."

설명을 멈추지 않던 오 박사의 환영이 한숨을 내쉬었다.

"하지만 지금 드림넷에 접속하는 이들이라면 무작위로 타나토스의 습격을 받게 되네."

심상치 않은 진동과 함께 거인은 곧 지평선에서 모습을 드러냈다. 전신에 사슬을 연결한 회색 거인, 타나토스가 일행을 향해 돌진해 오고 있었다. 마치 바다를 가르며 쾌속 전진하는 범선과도 같은 거침없는 질주였다.

수현이 최전방 공격수인 동동에게 눈짓을 했다.

"저놈이다. 최낙호가 만들어낸 사념체."

"때려잡으면 되는 거예요?"

"절대 붙잡히면 안 돼. 내가 당해 본 바에 따르면 그 순간 아무 저항도 할 수 없게 되거든. 무조건 원거리에서 요격만 한다."

"알겠어요, 팀장!"

콧김을 씩씩 내뿜으며 동동이 수현의 옆에 섰다. 그리고 비교적 평평한 모랫바닥 위에 두 기의 대공포를 소환했다. 반대편에서는 소라가 날아오는 사슬을 염력으로 받아칠 준비를 마쳤다. 지후도 달려나가려 자세를 취하는데, 그 앞을 오 박사가 막아섰다.

"자네는 지금 나서선 안 되네."

"네?"

"자네만큼은 타나토스에게 붙잡히면 안 돼. 아직 모든 조각이 합쳐지지 않은 상태에서 섬망이 자네를 장악하면 유일한 기회가 사라져. 내 본체에 박혀 있는 마지막 조각을 흡수하기 전까지는 싸움에 나서지 말게나."

청천벽력 같은 소리였다. 지후는 언제나 몽재진압반 3팀의 핵심 재원이었다. 난공불락의 상대에게 최후의 일격을 날리는 금강불괴의 투사였다.

"저더러 구경만 하라고요?"

"내 말을 허투루 듣지 말게나. 후회하지 말고."

이내 타나토스가 지척까지 가까워졌다.

"온다!"

만반의 준비를 마친 수현이 사막 위에서 엎드렸다. 수현의 양손바닥이 땅에 닿자 주변의 모래들이 격렬하게 출렁였다.

수현에게는 플레이어로서 치명적인 약점이 하나 있었다. 그것은 인간을 상대로는 그 어떤 물리적인 위해를 가할 수 없다는 제약. 하지만 그들을 집어삼키기 위해 덤벼오는 회색 거인은 어떻게 해석해도 인간으로 볼 수 없었다.

수현은 마음껏 힘을 개방했다.

"이거나 먹어라, 빌어먹을 자식아!"

단단한 바위기둥 수십 개가 모래 밑에서 솟구치며 타나토스의 가슴팍을 후려쳤다. 마른 사막 전체가 우레처럼 폭발했다.

거인 타나토스는 그 맹렬한 폭격을 온몸으로 받아내며 주춤거렸다. 먼발치에서 지켜보던 지후는 동동의 화력이 이전과는 비할 수 없이 강력해졌다는 사실을 눈치챘다. 뿔뿔이 흩어져 있는 동안 면벽수련이라도 한 것 같은 느낌이었다. 대공포의 포탄이 돌기둥을 박살 내며 비산시켰으나 그걸로 끝이 아니었다.

공중에 떠오른 소라가 사막의 하늘을 지휘했다. 추락하던 기둥의 잔해는 소라의 손짓에 따라 날아올라 유도탄처럼 집중적으로 타나토스의 얼굴만을 공격했다. 성난 거인의 포효가 모래 사이로 흩뿌려졌다.

"황수현, 그동안 헛된 시간을 보내지 않았군. 자랑스럽네."

오 박사가 지후의 옆에서 중얼거렸다. 기대했던 대로였다. 몽재진압반 3팀 플레이어들은 다른 이용자들과 달리 최낙호의 꿈에서 타나토스와 맞서 싸우는 것이 가능했다. 그들에겐 실시간으로 적의를 가진 누군가의 꿈속으로 뛰어들어 싸움을 벌여본 경험이 있었다. 엘 쿠쿠이와의 전쟁이 다중몽 전투의 모의전 역할을 해준 셈이다.

하지만 그들의 선전에도 불구하고 오 박사는 초조해 보였다.

"지후 군, 자네는 누워 있을 때 무릎을 신경 쓰나?"

"네?"

"그러지 않겠지. 하지만 모기 한 마리가 방 안을 날아다니다가 무릎에 침을 박아 넣으면 어떨까."

"손바닥으로 모기를 잡으려 들겠죠."

"그래. 이제 곧 그 손바닥이 올 거야."

이 모든 재앙의 주인인 최낙호. 오 박사가 말하는 손바닥은 그의 강림을 의미할 터였다. 예니는 반사적으로 주변을 살폈지만 어느 곳에서도 수상한 움직임은 보이지 않았다.

"나를 방해하기 위해서 뭔가를 벌일 줄 알고 있었지."

아무 예고도 없이 늦가을 삭풍 같은 목소리가 플레이어들의 귓가를 꽝꽝 때렸다. 마치 뇌에 직접 입력되는 것처럼 불쾌하기 짝이 없게 쩌렁쩌렁한 음성이었다.

"저길 봐. 거인의 심장 부근을."

지후는 예니가 가리킨 곳으로 시선을 향했다. 타나토스의 거체, 그 중심부에 무성한 까마귀 깃털이 휘날리더니 창백한 노인의 상반신이 불쑥 솟아올랐다. 백발의 장발이 그대로 거인의 피부로 이어지는 그로테스크한 모습이었다.

사막 위를 떠돌다가 사냥감이 숨을 다하면 그 시체를 뜯어먹는 까마귀. 이토록 많은 사람을 인질로 잡고 그들의 사후세계를 수집하는 악당에게 무척이나 어울리는 형상이었다.

"소라야, 갖다 박아!"

수현의 지시에 따라 소라가 펜촉처럼 날카로운 바위 조각을 최낙호에게 날렸다. 하지만 거인이 오른팔을 휘둘러 그것을 먼지처럼 부숴버렸다.

"환영사치고는 지저분하군. 몽재진압반 여러분."

"사람들을 풀어줘, 당장!"

수현의 외침에 최낙호는 콧방귀를 뀌었다.

"역사 속의 정복자들이 그 말을 무수하게 들었겠지. 거기서 그만 멈추라고."

"뭐?"

"알렉산더가 그 말을 듣고 고삐를 당겨 멈춰 세웠을까. 나폴레옹이 그 말을 듣고 알프스를 넘길 주저했을까. 칭기즈칸은 그런 말 따위에 초원 너머를 향한 매의 눈을 거두었을까."

사막이 거칠게 요동쳤다. 지후는 자신이 잘못 봤나 싶어 눈을 수차례 비볐다. 사막이 움직이는 것이 아니었다. 타나토스와 연결된 무수한 사슬들이 꿈틀거렸다. 사슬 하나하나가 위협받은 방울뱀처럼 날뛰는 것이다.

"그렇지 않아. 그러니 네 말은 내게 공허할 따름이다."

"당신이 뭘 정복할 수 있다는 거지?"

"정복할 수 있다는 게 아니다. 이미 정복했다."

몸부림치는 사슬 중 하나가 창공 위에 커다란 포물선을 그려냈다. 그 사슬 끝에 매달린 몽주 한 명이 수현을 향해 운석처럼 날아왔다. 수현이 발밑에 기둥을 뽑아내면서 멀찍이 물러났으나 최낙호가 한 일은 물리적 공격이 아니었음이 곧 드러났다.

쨍그랑!

사슬에 힘을 주자 몽주가 등에 업고 있던 전구가 무참하게 박살 났다. 그러자 곧 놀라운 일이 벌어졌다. 사막이었던 장소가 순식간에 현대 도시로 바뀌었다.

수현은 질주해 오는 자동차를 피해 땅을 굴렀다. 헛깨기를 위해 도시 전체를 재현해 본 적도 있는 수현이기에 이 꿈이 얼마나 정교하게 만들어져 있는지 알 수 있었다.

최낙호의 나직한 설교는 계속 이어졌다.

"많은 것이 급속도로 발달하는 바람에 우리는 어디에나 갈 수 있다고 쉽게 생각한다. 마음만 먹으면, 돈만 있다면. 그러나 틀렸어."

또 한 번 쨍그랑, 어디선가 타나토스의 사슬이 전구 하나를 더 박살 내는 소리가 났다. 그러자 이번엔 모두를 둘러싼 세계가 깎아지른 해안가 절벽으로 바뀌었다. 그다음엔 눈 덮인 남극기지. 그러다가 해 질 녘의 알프스 협곡. 전구가 깨지는 소리가 울려 퍼질 때마다 바뀌는 세계에 플레이어들은 정신을 차릴 수가 없었다.

사막 밑에서 최낙호가 '정복'한 꿈들이 통째로 기지개를 켜고 있었다.

"우리는 과거로는 갈 수 없다. 아무리 대단한 기차도 폭격으로 파괴되기 이전의 역에는 닿을 수 없지."

세계가 바뀔 때마다 수현은 자신의 통제력이 뭉텅뭉텅 깎여 나가는 것을 체험했다. 발밑에서 갑자기 빌딩이 솟아났다가, 추락하면서 아마존 정글의 늪지대로 떨궈지는 것은 예민한 공간 인지를 가진 그녀에게 있어 지독한 정신공격이었다.

"꿈에서는 가능해. 강력한 갈망과 애수, 그리움만 있다면 완벽하게 재현할 수 있지. 묻겠네. 가장 많은 세계를 품에 담고 또 그것을 재현할 수 있는 인간은 누구라고 생각하나."

수현은 대답할 수 없었다. 대답할 말을 찾지 못해서가 아니라, 무수히 바뀌는 세계를 파악하느라 온 신경이 집중되어 있었기 때문이다. 수현이 꿈속의 배경을 조작하기 위해서는 일관성을 가진 법칙을 파악하는 것이 먼저였다. 하지만 최낙호는 결코 그런 여유를 주지 않았다.

"한 장소를 오랫동안 지켜온 사람? 아니, 이마에 주름이 파이는 동안 공간도 따라서 변화한다. 오직 청량했던 한 시절을 비수처럼 가슴속에 박아넣은 채 평생을 그리워한 자만이 한 시절의 장소를 가장 완벽하게 꿈속에 재현해낼 수 있는 거다."

동동과 소라는 무사할까. 수현은 어지러운 가운데 다급하게 팀원들의 행방을 파악하려 했지만 그것 또한 여의치 않았다. 최낙호가 마련한 무대에서 농락당하는 꼭두각시가 된 기분이었다.

"아이러니하지 않나? 고향에서 추방된 자가, 꿈에서 가장 완벽한 고향을 그려낼 수 있다는 것이."

산기슭을 휘감아 도는 거대한 강이 배경으로 펼쳐졌다. 수현은 강물에 떠내려온 소라를 발견할 수 있었다. 황급히 소라를 건져 올리기 위해 움직였으나 앞서 달려 나가는 사람이 있었다.

동동이 소라를 물에서 건져낸 다음 부축했다. 소라는 겨우 숨을 쉬고 있었지만 혹독한 싸움을 거쳤는지 탈진 직전이었다.

수현이 물가에 도착했을 때 동동의 표정은 분노로 일그러져 있었다. 그가 오른쪽 어깻죽지 쪽의 옷을 거칠게 뜯어냈다. 수현은 숨을 한번 들이마셨다. 동동에게 있어 언제나 공포의 대상이었던 가위귀신이 거기에 있었다.

"도와줘!"

동동이 문신을 쓸어내리자 처절한 귀곡성과 함께 균열이 발생했다. 가위귀신이 맨발로 균열을 가르고 튀어나와 땅에 닿았다. 걸음은 곧 뜀박질이 되었고, 멈추지 않는 질주는 도약으로 이어졌다. 가위귀신의 머리카락이 흩날리며 두 개의 가윗날이 세계를 잘랐다.

강물이 흐르는 산기슭이 두 동강 났다. 사막 위에서 팔짱을 끼고 있는 거인 타나토스의 모습이 다시 모두의 눈앞으로 돌아왔다. 최낙호의 세계로 돌아온 것이다. 사막 위를 달리던 가위귀신의 맨발은 곧 맥동하는 사슬 위를 침범했다. 자신을 향해 달려오는 정체모를 귀신의 형상에도 최낙호의 시선은 그곳을 향하지 않았다.

"내 삶은 고통뿐이었다. 기계의 도움 없인 두 발로 설 수도 없고, 거리를 배회할 수도 없었지. 태어났을 때부터 이 육체라는 감옥에 갇혀 타인의 삶을 질투하는 것만이 내게 허락된 유일한 위안. 너희들이 감히 그것을 짐작할 수 있겠나?"

가위귀신은 곧 타나토스의 눈앞에서 날아올랐다. 그리고 파멸적인 일격을 준비했다. 하지만 최낙호의 목덜미에 가윗날이 닿기 직전, 타나토스의 오른손이 가위귀신을 움켜쥐고 가차 없이 짓눌러버렸다.

동동의 찢어지는 비명은 사막의 모래바람에 묻혀 들리지 않았다.

"나는 삶에서 추방당했다. 그리고 타는 목마름처럼 매일 너희들이 서 있는 그곳으로 돌아가길 갈구했지. 셀 수 없이 많은 꿈을 헤맨 끝에 나는 이 사슬을 얻게 되었다."

영원한 고통에서 해방될 수 있는 곳. 그곳을 찾아내기 전까지 최낙호는 멈추지 않을 작정이었다.

"결코 이대로 죽을 수 없어. 오직 나만이 낙원에 발을 들여놓을 자격이 있다."

지후는 먼발치에서 동료들의 분투를 바라볼 수밖에 없었다. 대체 어떤 과정을 통해 수현과 동동, 소라가 픽픽 힘을 잃고 쓰러지는지 알 수 없어 애가 탔다.

"이대로는 안 돼요. 놔뒀다가는 전부 섬망에 빠지고 말 거라고요."

"절대로 안 되네. 지금 황 팀장과 아이들이 저만큼이라도 저항할 수 있는 건 자네가 곁에 없기 때문이야. 자네가 싸움에 끼어들면 보호해야 할 대상이 생기는 것이니 추가 급격히 기울고 마네."

입술을 굳게 다문 채 괴로움과 싸우고 있는 건 예니도 마찬가지였다. 지후의 옆에서 변신 능력을 일깨워 보려 안간힘을 써 보았지만 돌아오는 반응은 없었다.

급기야 예니는 오 박사의 멱살을 잡을 듯이 다그쳤다.

"여기서 동료가 다 고꾸라질 때까지 얌전히 구경이나 할 건가요? 뾰족한 방법이 없어요?"

"⋯⋯없는 거나 다름없네."

지후는 오 박사의 얼굴을 쳐다보았다. 방금 전의 어조는 무척 이상했다. 방법이 없다면 없는 거지, 없는 거나 다름없다는 것은 무엇일까.

"자세히 설명해 주세요. 가능성이 희박하긴 하지만 뭔가 수가 있는 거죠?"

"어디까지나 내 상상에 불과하지만⋯⋯ 이론적으론 이 사태를 역전시킬 방법이 있네. 최낙호의 저 말도 안 되는 꿈 장악력은 그가 지금까지 키워온 타나토스의 사슬을 기반으로 해. 저 사슬이 접촉하는 몽주를 무력화시키고 그 몽주의 꿈속 세계를 흡수하지. 괴이할 만큼 강력한 주박이야."

"멈출 방법이 있어요?"

"열쇠는 AI인 수키네. 드림넷에 접속하는 모든 드림캐스터에는 펌웨어가 있고, 수키는 그 펌웨어의 버전을 최신으로 동기화시키는 기능이 있어. 오래된 버전일수록 순차적으로 업데이트되기 때문에 시간이 소요되지. 업데이트가 진행되는 동안이라면 저 타나토스의 사슬에 영향받지 않고 최낙호의 본체에 접근할 수 있을지도 몰라."

"그런 방법이 있으면 사용하면 되잖습니까."

지후의 얼굴에는 화색이 돌았으나 오 박사의 표정은 여전히 어두웠다.

"계산에 따르면 최낙호의 타나토스를 저지하려면 최소한 7년, 가능하면 10년 넘게 드림넷에 접속하지 않은 드림캐스터가 있어야 해. 너무나 까다로운 조건이야. 다른 이의 도움을 받을 수도 없는 상황에서 이제 와 대체 어디에서 그런 골동품을 구한단 말인가?"

그 순간 지후와 예니의 시선이 강하게 얽혀 들어갔다.

"있어요. 그런 드림캐스터라면."

"있다고? 설마 자네들이 그걸 가지고 있단 말인가?"

지후는 오 박사에게 간단히 자신의 이야기를 들려주었다. 그가 훔친 꿈속 물건들을 어떤 용도로 시험해 왔었는지. 꿈이 덧씌워지는 것을 막기 위해서 우연히 구한 드림캐스터로 지금까지 단 한 번도 드림넷에 접속하지 않은 채로 오프라인 캐스팅을 지독하게 반복해 온 나날들을.

오 박사는 안쓰러운 시선을 하면서도 고개를 끄덕였다.

"그거라면 한번 해볼 만해. 지금부터 내가 하는 설명을 잘 듣게나. 일분일초를 다투는 일이 될 거야."

오 박사가 지후와 예니를 데리고 타나토스에게서 더 멀어졌다. 충분히 거리를 벌렸다 싶었을 때 그는 사막에 글씨를 쓰기 시작했다.

"왜 말로 하지 않으세요? 일분일초가 아깝다면서요."

"혹시나 최낙호가 이 계획을 알게 되면 안 되니까. 글씨에 집중하게. 반드시 이 순서대로 일을 처리해야 하네."

오 박사가 사막에 끼적인 글은 다섯 줄도 채 되지 않았다.

지후는 잠시 낡은 별장의 문을 매만졌다. 수천 번 이 꿈을 꾸었는데 문의 촉감을 느끼는 일은 생경했다. 언제나 황급히 손잡이를 당겨 엄마의 뒤를 쫓는 데에 급급했으니까.

"진짜 각오는 돼 있어?"

예니의 질문에는 주저함이 담겨 있었다.

"박사님이 알려준 방법대로 해야지. 내가 내 꿈에서 뭔가를 훔친다는 게 어색하지만…… 선입견은 우리의 적이잖아?"

지후는 애써 웃었지만 예니는 결국 지후가 직시하길 피하던 사실을 꺼냈다.

"네가 꿈속에서 뭔가를 훔치면 그건 그 꿈에서는 사라지는 거야."

"알아."

"다시 이 꿈을 꿨을 때 문이 없어지는 거라고. 엄마……가 아니라도, 그녀를 영원히 만날 수 없게 될지도 몰라."

기회를 잃게 된다. 평생 매달려온 숙원에 닿을 기회를.

"하지만 그 대신 사람들을 구할 기회가 생기잖아."

그렇게 말하는 지후의 뇌리에 두 남자가 떠올랐다. 한쪽이 다른 한쪽을 추적하고 증오하는 관계. 하지만 꿈 바깥에서도, 꿈 안에서도 마주친 적이 없는 관계. 공교롭게도 두 남자 모두 원치 않게 아내를 잃어버렸다.

최장순 조사관은 섬망 현상에 빠진 이들을 한 명이라도 줄이기 위해 몽재진압반 3팀을 도와주는 것이라고 말했다. 그것이 자신의 속죄라고. 오재욱 박사는 림보에 스스로를 가두면서까지 업데이트를 막으려 했다. 그것이 허락 없이 무수한 신생아들의 꿈을 탈취한 것에 대한 속죄라고.

"박사님이 밉지는 않아?"

"그렇다면 거짓말이겠지."

누군가가 주입한 가짜 꿈을 좇는 일에 청춘을 허비했다. 자신도 모르는 사이 장기말로 이용당한 삶이었다. 그 생각에 다다르면 분이 풀릴 때까지 모든 걸 때려 부수고 싶을 지경이었다. 하지만 바로 그 가짜 꿈 때문에 지후는 지금껏 살아 있을 수 있었다. 만년설이 다리를 붙잡아도, 폭풍이 언 살을 헤집어도 한 걸음, 한 걸음 나아갈 수 있었다.

오 박사에 대한 증오를 이 자리에서 떨쳐 내야 비로소 진정한 자신과 대면할 수 있을 거란 생각이 들었다.

"나는 꿈 도둑이었어. 그러니 어쩌면 내게도 속죄할 것이 있는지 몰라."

아무 죄의식 없이 누군가의 소중한 꿈을 도둑질해 왔던 지후가 감당해야 할 벌. 그것이 지금 치러지는 것인지도 모르겠다고 지후는 읊조렸다.

"이 꿈은 영원히 눈밭에 묻어두려 해. 대신 언젠가 다음에 또 이것과 비슷한 꿈을 꾸게 된다면……."

지후의 목이 메어왔다. 그리고 아무 장식도 없는 트레이닝룸에서 수키와 함께 지지고 볶았던 나날들이 떠올랐다. 수키는 늘 같은 이유로 탄식을 내뱉곤 했다. 왜 유독 이 간단한 걸 못 배우지 못하는지.

'엄마, 그때는 진짜 모습으로 와줘요.'

설원으로 향하는 문이 지후의 가방 속으로 삼켜지기 시작했다. 이제 두 번 다시 얼어붙은 세계에서 돌아보지 않는 그녀의 뒤를 쫓는 일은 없을 것이다.

그것은 한 소년이 해묵은 과거와 작별하는 순간이었다. 자신이 어떤 모습으로 달라지더라도, 끝내 찾아와 방문을 두드릴 존재를 믿기 시작했기에 인생을 걸고 한 선택이었다.

'엄마가 날 못 알아볼까 봐 '변신'만큼은 배우질 못했던 아들에게로.'

10

꿈으로 갈게

1

"다시 한번 말해 봐. 드림넷에서 무슨 일이 벌어지고 있다고?"

SOF의 총수 황해승 회장은 악귀나 다름없는 얼굴이었다. 하지만 몽재진압반 2팀장의 입장에선 불호령이 떨어지더라도 할 말은 해야 했다. 그만큼의 비상시국이었으므로.

"캐스팅한 유저 태반의 트라우마 수치가 기준치를 상회합니다. 이런 대규모 사태는 연구팀에서도 대응해 본 적이 없다고 합니다. 이대로라면 유저들이 깨어났을 때 섬망 현상이……."

"구체적으로! 문제가 생긴 유저의 비율이 얼마인가?"

"제가 확인했을 때는 접속자의 76퍼센트 수준이었습니다."

황 회장이 자리를 박차고 일어났다. 장내는 찬물을 끼얹은 듯 조용해졌다. 기묘한 정적 속에서 황 회장은 일전에 무시하고 넘어갔던 경고의 의미를 되새김질했다. 대규모 업데이트는 위험하니 조심하고 또 조심해야 한다던 오재욱의 말. 그 말을 듣지 않았던 대가가 이렇게 돌아오는 건가.

황 회장이 몽재진압반 1팀과 2팀 팀장을 향해 대응책을 지시했다. 하지만 두 팀장은 자리를 뜬 지 얼마 지나지 않아 고개를 떨군 채 돌아왔다.

"대응이 불가하다고?"

"네. 수키의 안전모드도 발동되지 않습니다. 직접 캐스팅해 해결하는 수밖에 없는데 팀원들이 캐스팅을 거부하고 있습니다."

"그럼 팀장들이 캐스팅하면 될 게 아닌가."

"아, 아시다시피 저는 과음을 하지 않았습니까. 음주 상태에서는 위험하기도 해서……."

옹졸한 변명이었다. 피해자의 정신세계를 붕괴시키는 독극물의 바다가 된 드림넷. 거기에 잠수하고 싶지 않은 것이다.

"이토록 쓸모없는 것들을 키웠다니."

황 회장의 사태 파악은 빨랐다. SOF 내부에 이 사상 초유의 사태를 해결해 줄 자각몽자가 한 명도 남아 있지 않은 것이다. 오합지졸이지만 물불 가리지 않았던 3팀의 존재가 떠올랐다. 토끼를 다 잡았다고 생각해 사냥개를 삶아버렸는데, 생각지도 못한 곳에서 튀어나온 토끼가 황 회장의 세계를 도륙하려 하고 있었다.

"셔, 셧다운을 고려해 보시는 건 어떨까요, 회장님?"

드림넷의 서버를 완전히 작동 중단시켜서 몽재의 근원을 차단하자는 의견이었다.

"그건 불을 끄겠답시고 폭탄을 터뜨리는 미친 짓이다."

이런 상황에서 전면 셧다운을 실행하면 SOF 코퍼레이션의 주식은 휴지 조각이 되어버리고 말 것이다. 황 회장은 입술을 깨물며 비서에게 명령했다.

"황수현 팀장에게 연락해라."

"……연락에 응하질 않고 계십니다."

"그러면 위치 추적을 해! 어디에 있든 당장 데리고 오도록."

황 회장은 수현이 지금 어디에 있든 목덜미를 붙잡고 데려올 생각이었다. 하지만 잠시 후 비서가 수현의 위치를 보고했을 때 황 회장은 아연실색할 수밖에 없었다.

"수현이 지금…… 이 건물에 있다고?"

꿈속에서 빈손을 바라보는 건 자각몽자 수련의 첫 단계이기도 하다. 꿈속에서 보는 손가락에는 지문이 없는 경우가 대부분이라 꿈과 현실을 구분해내는 쉬운 척도가 되기도 한다.

"안 나와."

하지만 지금 수현이 손바닥을 바라보는 건 꿈을 자각하기 위해서가 아니었다. 갑자기 그 어떤 지형지물도 생성해 낼 수 없게 되었다는 것을 깨달았기 때문이었다. 지금까지 수현의 능력이 바닥을 드러낸 건 처음 있는 일이었다.

'상황에 굴복해 버린 거야. 승산이 없다고 무의식적으로 판단해서.'

수현은 계산적이고 냉철한 사람이다. 조직에서 살아남기 위해 언제나 그런 면을 갈고 닦아왔다. 그 탓에 희망 없는 싸움에서 정신을 지키기 위해 무의식이 싸움을 포기해 버렸다.

탐욕스러운 타나토스의 사슬이 다시 한번 수현을 노리고 날아들었다. 그때, 지후가 수현의 앞을 막아서며 사슬을 멀리 튕겨냈다.

"왜 넋을 놓고 있어요!"

수현은 멍하니 지후의 등을 바라보았다. 저 녀석은 누구지? 아, 내가 몽재진압반으로 데려온 녀석이구나. 마지막 퍼즐이라고 확신한 꿈 도둑. 3팀의 든든한 기둥.

"성지후…… 뭔가 묘안이라도 있어?"

"네. 설명할 시간은 없어요. 일단 뒤로 물러나 계세요."

수현은 지금까지 타나토스를 상대하면서 얻은 정보를 전달하기 위해 입술을 달싹였다. 하지만 순간 주변이 흔들리더니 수현의 몸이 순식간에 사라졌다.

지후는 수현을 찾기 위해 주변을 둘러보지 않았다. 갑자기 꿈속에서 사라지는 이유는 하나뿐이니까. 오 박사의 환영이 지후를 따라온 것처럼 바닥에서 솟아났다.

"누군가 황 팀장을 강제로 깨웠군. 서두르게, 바깥 상황이 심상치 않게 돌아간다는 뜻이니까."

"이제 뭘 하면 되죠?"

"자네가 지금 착용 중인 드림캐스터는 10년간의 미적용 업데이트가 쌓인 기기일세. 적지 않은 시간을 벌게 된 거지. 펌웨어 강제 동기화가 진행 중이라는 메시지가 보이나? 적어도 그게 완료되기 전에 타나토스의 침식 능력은 자네에게 영향을 줄 수 없어."

"머리 위에 막대가 있고 색이 차오르고 있어요."

"그게 이 싸움의 데드라인이라고 생각하게. 가서 저 노욕에 미친 악마의 심장을 뽑아버리게나."

오 박사가 지후의 등을 툭 하고 미는 시늉을 했다. 실제로 닿는 감촉은 없었지만 천군만마의 응원을 받는 기분이었다.

지후가 내달렸다. 곧 기진맥진해 쓰러져 있는 동동과 소라가 보였다. 동동은 자신이 소환할 수 있는 무기를 전부 사용했는지 주저앉아 있었고, 그 옆에서 사슬을 억압하고 있는 소라의 표정도 잔뜩 일그러져 있었다. 지후는 스스로 타나토스의 표적이 되기로 했다.

"최낙호! 여기를 봐라!"

높은 곳에서 회색 거인의 머리가 꿈틀거렸다.

"네가 노리는 건 장숙희가 건너갔던 세계의 열쇠지? 그걸 위한 마지막 히든 피스가 여기에 있다! 나를 잡으면 이 술래잡기도 끝나는 거야. 어때, 탐나지 않아?"

도발이 제대로 먹혀들었는지, 소라를 공격하던 타나토스가 웅크렸던 무릎을 쫙 폈다. 그러자 사막에 드리운 사슬이 회오리를 일으키며 거인에게 끌려들어 갔다.

"네 얼굴을 기억하고 있다."

"그래? 다 죽어가는 양반이 기억력은 살아 있나 보네."

"내 눈에는 너의 진짜 모습이 보인다. 도달할 수 없는 곳을 향해 달려가는 꼬마."

"사이비답네. 복채는 이 주먹이다."

지후가 내뻗은 주먹이 타나토스의 사슬 끄트머리와 충돌했다. 사슬은 지후에게 닿기도 전에 튕겨 나갔고, 최낙호는 눈썹을 찡그렸다.

"언제나 나를 놀라게 하는 친구로군."

"거기 딱 서서 기다려라. 내가 당신을 잡으면 술래가 바뀌는 거야."

"미안하지만 그런 일은 없을 거라네."

뻗어온 사슬에 재빨리 올라탄 지후가 거칠게 도약했다. 거리가 빠른 속도로 좁혀졌다. 타나토스는 처음으로 뒷걸음질 쳤다.

"정녕 나를 막을 수 있다고 생각하나?"

"물론이지. 당신이야말로 나를 막을 수 있다고 생각해?"

"그렇다. 내게는 셀 수 없이 많은 수단이 있으니까."

어디선가 또 하나의 전구가 박살 나는 소리가 들렸다. 지후가 밟고 질주하던 사슬이 일순간에 사라지며 금문교를 연상케 하는 다리가 떠올랐다. 상쾌한 새벽 풍경의 다리를 오색 찬연한 마차들이 오가고 있었다. 지후는 마차 지붕을 밟으며 착지했다.

"젠장! 숨지 말고 나와!"

"초조해 보이는군. 그런 상대와 굳이 어울려줄 필요는 없지."

업데이트 상태를 알리는 막대는 어느덧 절반 지점에 가까워지고 있었다.

지후는 일단 달리던 방향 감각에 의지해 질주했다. 하지만 곧 세계는 벚꽃이 흩날리는 성곽으로, 염소들이 뛰노는 공중 정원으로 바뀌며 정신없이 지후의 시야를 농락했다. 자신이 정말로 목표물을 향해 달려가는지도 확신할 수 없었다. 최낙호의 음성은 교활하게도 동서남북 사방팔방에서 들려오고 있었다.

"내 복수를 막아서지 말도록."

"복수라고?"

"그래. 태어나면서부터 지독한 고통에 내던져졌기에 꿈을 벗어나는 순간을 상상할 수 없던 소년이 늙기도 전에 노인이 되기까지 견뎌낸 삶의 여정을 자네는 상상할 수 있나."

"현실은 누구에게나 고통스러운 곳이야. 종류가 다를 뿐 모든 사람에게는 저마다의 아픔이 있다고. 당신이 붙잡고 있는 사람들은 아무런 죄가 없어. 당신은 그저 엉뚱한 곳에 화풀이하고 있을 뿐이라고!"

사방에 들리는 것은 비열한 웃음소리뿐이었다. 지후는 점점 초조해져 가는 자신을 발견했다. 예니는 변신 능력을 사용할 수 없다. 동동과 소라의 힘은 바닥났다. 수현은 아예 꿈에서 벗어나 현실로 끌려갔다. 도움을 요청할 수 있는 사람이 더는 존재하지 않았다.

2

수현의 상반신은 캡슐의 등받이에 걸쳐 있었다. 눈앞에는 황회장의 얼굴이 보였다. 수현은 차오르는 분노를 억눌렀다. 이것이 렘수면 단계에서 강제로 깨어난 불쾌감에서 비롯된 것인지, 아니면 깨어나자마자 가장 보고 싶지 않은 인물을 마주쳐서인지는 분간할 도리가 없을 정도로 격한 분노였다.

"설명해라, 이게 다 무슨 일이지?"

"여기까지 찾아오신 걸 보면 다 들으셨을 텐데요."

"누가 이런 짓을 벌인 거지?"

"누구긴요. 아버지가 가장 공들여서 편으로 만든 자들의 우두머리죠."

황 회장은 신음했다. 아주 사소한 힌트만을 던져주어 스스로 생각하길 촉구하는 것은 평소 황 회장이 수현을 상대해 온 방식이었다. 그런 면에서도 부녀는 닮아 있었다.

"……태평제약 최낙호인가."

업데이트를 고대했던 투자자 중에서도 태평제약은 물심양면으로 아끼지 않는 지원을 쏟아부었다. 고품격 태몽을 수집한다는 목적으로 태평 산후조리원에 출하된 드림캐스터만 해도 막대한 수량이었다.

그것이 전부 오늘을 위한 밑그림이었다. 붙잡고 있던 수현의 어깨를 놓으며 황 회장이 뒤로 물러섰다. 자신이 궁지에 몰렸다는 것을 아프게 인정하는 중이었다. 이어지는 건 독한 마음으로 내려지는 결심. 수현은 그 미세한 변화를 놓치지 않았다.

"안 돼요, 아버지."

"뭐가 안 된다는 말이냐."

"드림넷을 셧다운할 생각이시잖아요. 그건 절대 안 돼요."

"최낙호가 드림넷을 무너뜨리고 있다. 뼈아픈 손실이 발생하겠지만 밑바닥부터 다시 시작하면 돼."

"지금 다중몽에 휘말린 사람들의 정신이 어떻게 될지 알고요? 강제로 깨어나는 바람에 심각한 섬망에 걸리는 사람들이 생기면요?"

"선택의 여지가 없다."

"있어요. 제가 키운 아이들이 지금도 사람들을 구하기 위해 꿈속에서 싸우고 있으니까요. 최낙호의 개짓거리를 저지하기 위해서 앞뒤 가리지 않고 덤벼드는 중이라고요. 아직 희망이 있어요."

"하지만 너희들이 결국 실패한다면? 그 미약한 확률에 내가 쌓아온 모든 걸 무너뜨릴 순 없다."

"무너뜨린다고요? 말 한번 잘하셨네요. 그 빌딩 사건 기억하시죠? 지금 드림넷을 건드린다면 아버지는 그 참사보다 훨씬 더 많은 피해자를 만들게 될 거라고요."

"내 것이야!"

황 회장이 벼락처럼 호통쳤다. 그 기세가 어찌나 대단했는지 수현은 순간 땅이 밑으로 꺼지는 듯 아찔했다.

"드림넷은 언제까지나 내 손에 있어야 해."

수현은 싸늘한 말투로 반박했다.

"드림넷이 아니라 숙희 님의 유산을 독차지하고 싶은 거겠죠."

"지금 뭐라고 했지?"

"인공지능 수키의 모태가 된 자각몽자. 오 박사님의 아내. 그리고…… 아버지의 집착의 대상이죠."

"……."

"평생 내가 이런 말을 꺼내게 될 줄은 몰랐지만…… 전 이제 아버지를 이해해요."

"……이해한다고? 나를, 네가?"

수현의 말에 황 회장은 당황했다. 그리고 자신이 마지막으로 당황했던 것이 언제였나 싶었다. 그 시기는 기억나지 않았지만 주인공은 동일했다. 분명 처음으로 당황했던 순간도 딸이 자신의 의사에 반박했을 때였을 것이다.

"아버지는 숙희 님을 사랑했던 게 아니에요. 오 박사님을 이기고 싶어 했을 뿐이에요. 드림캐스터의 창시자인 오 박사님의 재능에 대한 질투와 집착에서 비롯된 것이겠죠. 성과로 이길 수 없으니, 그의 연인이라도 가지고 싶었겠죠."

"그게 대체 무슨……."

"아버지 딸은 자각몽자예요. 오 박사님이 보여준 꿈속에서 세 분이 지금의 저보다 젊었던 시절을 지켜봤어요. 그분을 바라보는 아버지의 시선에 연모 같은 것은 없었어요. 아니, 셋이 함께할 때 아버지는 그분을 바라보고 있지도 않았어요. 오직 오 박사님을 견제할 뿐이었죠."

황 회장은 입을 굳게 다물었다.

"오 박사님은 사실상 죽은 거나 다름없어요. 아버지는 그분

을 이기고 싶어서 평생을 바쳤지만…… 상대가 이제 판을 내려
갔다고요."

"녀석이 죽어간다고?"

수현은 오 박사를 추적해 왔던 일, 숨겨진 창고에서 냉동 캡
슐 속에 있던 오 박사를 발견한 일, 그의 꿈속으로 들어가 드림
캐스터에 관한 비화를 전해 들은 일들을 말했다. 그러는 동안
수현은 알 수 없는 해방감을 느꼈다. 지금까지 이렇게나 아버지
앞에서 이런 식으로 속내를 터놓은 적은 없었다. 그리고 이런
날이 올 거라고 예상한 적도 없었다.

황 회장은 이야기를 듣는 동안 과거를 회상하듯 자주 눈을
감았다. 수현의 이야기가 끝나고도 황 회장은 한참 후에 눈을
떴다.

"돌아가야겠군."

"……셧다운은 포기하신 건가요?"

수현의 간절한 질문에 황 회장은 엉뚱한 답을 했다.

"회장실에 내가 아직 비우지 않은 술잔이 남아 있다."

"대체 그게 무슨?"

"축하주는 마시지 않겠지만 추모주라면 한잔해야겠어."

절대적인 문제가 지후의 앞을 가로막았다.

'나타나지 않는 적을 상대로 어떻게 싸워야 하지?'

지금까지 꿈속에서 맞닥뜨린 수많은 장애물을 거침없이 박살 내왔으나 이번만큼은 그 대단한 용력이 쓸모가 없었다. 갈피를 못 잡은 채 어디론가 달리는 것에도 의문이 들었다.

'최낙호의 본체와 점점 더 멀어지고 있다면 어떻게 하지? 차라리 멈춰 서서 방도를 생각할까.'

그때 옆에서 오 박사의 환상이 튀어나와 다급하게 물었다.

"남은 시간이 얼마 정도지?"

"모르겠어요. 체감상 2분 정도 같아요."

"그렇다면 이 방법이 먹히길 기도하는 수밖에 없겠군."

오 박사가 지후의 크로스백을 가리켰다. 지후가 오랜 꿈에서 훔쳐 온 것, 그것을 꺼내라는 뜻이었다. 크로스백을 열자 지퍼 틈으로 새하얀 목제 문이 튀어나왔다. 그것은 초원 위에 아무런 지지대 없이 정직하게 세워졌다.

"이제 뭘 하면 되죠?"

"문의 역할이 뭐라고 생각하나?"

"공간을 연결해 주는 것?"

"정답이네. 자각몽 훈련 때의 기술과 비슷한 거야. 뚜껑이 닫힌 상자에서 사과를 꺼내는 것 말일세."

문고리를 잡았으나 돌리는 것은 생각보다 쉽지 않았다. 이 문은 10년이 넘는 시간 동안 단 하나의 공간으로 그를 연결해 주었다. 그런데 과연 다른 곳으로 이어지는 문이 될 수 있을까,

망설이는 지후를 향해 오 박사가 확고한 말투로 말했다.

"꿈속에서 문은 단순한 지형지물이 아니야. 자네의 가장 강렬한 욕망을 반영하지. 그러니까 이번에도 자네가 원하는 장소에 도착하게 해줄 걸세."

"감정이 너의 칼날……."

"……의지가 너의 손잡이."

오 박사가 메마른 미소를 지었다.

"그건 아내의 말버릇이었지."

각오를 끝낸 지후가 문을 열고 안으로 뛰어들었다. 주변의 세계가 한순간에 지워지고 포근한 정적이 찾아왔다. 지후는 계속 아래로, 아래로 추락했다. 그러나 불안감은 없었다. 올바른 곳에 착지할 것이라는 확신이 강하게 들었다.

지후는 거인의 큼지막한 콧잔등 앞에 떨어졌다.

"아니, 어떻게?"

아래에서 최낙호의 신음이 들렸다. 메아리치듯 신령스럽게 울리는 목소리가 아닌, 지척에서 들리는 인간의 육성이었다. 해냈다는 생각이 들었다.

지후는 타나토스의 미간에 스트레이트 펀치를 넣었다. 체급 차이 때문인지 지후가 뒤로 튕겼지만 손맛은 분명했다. 타나토스가 입은 피해가 전달되는 것인지 최낙호의 호흡이 조금 불안정해졌다.

"각오해라. 영원히 꿈에 발 디딜 엄두를 내지 못하게 해주지."

타나토스의 근육과 혈관이 팽창하더니 두 손바닥이 지후를 압살시키기 위해 달려들었다. 그것을 가뿐히 피해낸 지후는 거리를 좁혀 거인을 전방위로 공격했다. 발목을 후려쳐 무릎을 꿇게 한 다음 등에 매인 사슬을 하나씩 끊어냈다. 그럴 때마다 거인은 분노와 고통에 사로잡혀 포효했다. 타나토스는 한쪽 무릎을 꿇은 채 비틀거렸다. 공격을 이어나가려는 순간, 최낙호가 믿을 수 없는 말을 던졌다.

"그만! 꼬마야, 네가 부모를 잃어버린 그 장소를 나도 알고 있다."

최낙호가 손짓하자 이제는 역사 속으로 사라져버린 건물 한 채가 사막 위로 솟아올랐다. 지후는 본능적으로 알 수 있었다.

저곳에서 무슨 일이 벌어졌었는지, 그 안에 누가 있었는지.

"내 곁으로 오면 그토록 갈망했던 세계에 머무를 수 있다. 매일 밤 잠들기 전에 소망했겠지. 가족을 되찾는 순간을. 네가 가져보기도 전에 잃어버렸던 삶을 나는 되찾아줄 수 있다."

지후는 최낙호를 쳐다보지 않았다. 오직 그가 만들어낸 빌딩을 노려볼 뿐이었다. 잠시 후 지후의 입술이 열렸다.

"그러고 나면 꿈속에서 죽어 너의 양분이 되겠지. 그럴 생각은 추호도 없어."

지후가 거인의 숨통을 끊기 위해 저벅저벅 걸어갔다. 최낙호가 노호성을 터뜨렸다.

"이놈! 보통 인간이라면 진작 그 고통을 이겨내지 못하고 스스로 목숨을 끊어 안식으로 도망쳤을 상황에서 난 그러지 않았다. 이런 내 집념을 감히 네놈이 짐작할 수 있을 리 없지."

"이제 그 궤변은 지긋지긋해. 윤회나 천국을 믿지도 않으면서, 모든 걸 던질 용기도 없으면서 이 많은 사람을 죽음의 선발대로 써먹으려는 당신은 그저 지독한 미치광이에 불과해."

지후가 타나토스의 가슴팍에 도달했다. 그러면서 머릿속에는 한 여자의 뒷모습을 떠올리고 있었다. 일평생 엄마라고 믿어왔던 여자. 몇 번이고 엄마라고 목메어 외쳤던 뒷모습.

"숙희라는 사람은 그렇지 않았어. 아무도 안 가본 길을 먼저 걷는 배짱과 용기가 있었지. 당신에게는 바로 그게 없고."

"나는 죽음을 피하려는 게 아니다! 다만 죽음을 고르려는 거지. 인간의 육체는 평생에 걸쳐 빚어지는 관이나 다름없다. 다만 누구도 다른 형태의 관으로 넘어갈 능력이 없었을 뿐이야. 내가 등장하기 전까지는!"

최낙호의 외침은 발악이 되어가고 있었다.

"나는 온 인류가 만들어낼 수 있는 관 중에서 가장 완벽한 관에 가서 누우려 한다. 그러면 그 관이 새로운 바다로 항해할 수 있는 선박이 되어줄 테니까."

문득 지후는 최낙호가 안쓰러운 사람이라는 생각을 했다. 그는 아주 긴 세월을 고통 속에 버텨왔다. 스스로 죽음의 문 앞에서 가장 오래 서 있는 자라고 믿어왔을 것이다.

'나는 어떨까.'

지후 역시 매일 죽음과도 같은 고통이 덮치는 설원에서 고군분투해 왔다. 단 한 명에 앞에 도달하기 위해서. 어쩌면 그것은 최낙호와 소름 끼치게 닮은 꼴일지도 몰랐다. 하지만 지후는 그 길을 혼자서 걸어왔다. 누군가를 사슬로 묶거나 사막으로 데리고 와 납치하지 않았다. 그게 최낙호를 용서할 수 없는 이유였다.

겁을 집어먹은 최낙호의 일그러진 얼굴을 향해 지후는 주먹을 쳐들었다.

"낙원을 찾는 일은 혼자 해. 수천 번의 악몽을 반복하더라도 당신은 그래야 했어."

심장이 꿰뚫린 거인이 울부짖었다. 온 세상에 그림자를 드리우던 사슬이 가장 먼저 재가 되어 사라졌다. 초점을 잃은 채 전구를 등에 업고 걸어가던 사람들이 하나둘씩 주저앉았다. 그들은 주변을 두리번거리다가 이제 막 세상에 태어난 어린 아기처럼 서럽게 울기 시작했다.

수많은 빛기둥이 사막 위에서 점멸하며 사라졌다. 다중몽에 접속했다가 최낙호에게 붙들린 이들이 자유로워진 것이다. 동동과 소라, 예니 역시 보이지 않았다. 어쩌면 미리 꿈속에서 깨어나 바깥에서 자신을 기다리고 있는 것인지도 모르겠다.

모두가 드림넷을 떠나고 있었다. 그것은 사막 위에 떨어진 별똥별이 다시 우주로 되돌아가는 것처럼 보이기도 했다.

"원래 있어야 할 곳으로 가는 것이지."

최낙호에게서 해방되어 본체를 되찾은 오 박사가 지후를 향해 천천히 다가왔다.

"수키의 히든 피스가 모두 모였으니, 나는 이전처럼 드림넷의 관할권을 얻게 되었네."

"그럼……."

"자네에게 했던 말대로 될 걸세. 드림넷은 소멸될 거야. 수키는 다신 깨어나지 않을 것이고."

"박사님은요?"

오 박사는 희미해지고 있는 자신의 육체를 쓸어내렸다.

"내 몸은 이미 쇠약해졌어. 꿈에서 깨어나는 순간 나는 곧장 죽음을 맞이하겠지. 림보에 너무 오래 있었거든. 의식이 지금껏 버티고 있는 것이 기적이야."

"……."

"성지후 군, 자네에게 부탁이 있네. 자네만 들어줄 수 있는 내 간절한 소원이야."

오 박사는 지후를 데리고 어디론가 향했다. 그 걸음마다 여전히 빛기둥이 하나둘씩 사라지고 있었다.

둘이 도달한 곳은 사막 위에 우두커니 서 있는 문이었다.

"이게 왜 없어지지 않았죠?"

"이 문의 소유주인 자네가 아직 꿈에 남아 있으니까."

오 박사가 문 옆으로 한 발짝 물러섰다.

"내 부탁은 이것일세. 이 문으로 누군가를 찾아주었으면 해."

별다른 설명은 필요하지 않았다. 지후는 오 박사의 꿈을 이 식받은 채 평생을 살아왔다. 그가 누구를 찾아달라는 것인지 는 자명했다. 먼저 세상을 떠나버린 아내. 그녀가 어디로 떠나 버렸는지 알 방법이 없어서 그녀를 찾고 싶은 자신의 꿈에 모 든 인류를 동참시키려 한 어리석은 남자가 눈앞에 있었다.

지후는 그 남자의 간절함을 알고 있었다. 평생에 걸쳐 그 마 음과 함께했으니까.

"해볼게요."

문을 열자 청량한 바람이 지후의 앞머리를 간질였다. 이상 한 일이었다. 문의 저편에 펼쳐진 광경은 사막도, 설원도, 도시 도 아니었다. 오색 찬연한 꽃밭을 거대한 강줄기가 휘감고 있었 다. 그곳에 한 여자가 있었다. 거리가 너무 멀어서 지후는 누구 인지 알아볼 수 없었다.

그러나 오 박사는 달랐다.

"아아, 틀림없어. 숙희다."

하지만 예상하지 못한 일이 벌어졌다. 오 박사는 문 너머로 넘어갈 수가 없었다. 지후는 아무런 문제 없이 건너갈 수 있었는데 오 박사에겐 마치 보이지 않는 막이 그를 튕겨내는 것처럼 보였다.

"왜 이러는 거죠?"

"이 문은 자네만 오갈 수 있는 것처럼 보이는군."

오 박사는 여자를 바라보다가 가만히 웃으며 입을 열었다.

"그 베이비 캐리어. 자네의 가방에 나를 넣어줄 수 있겠나?"

"안 됩니다. 이 안에 들어간 생물은 죽습니다."

"말했듯이 어차피 나는 반쯤 죽어 있네. 부디 그렇게 해주게나."

"……알겠습니다."

지후는 결국 크로스백에 오 박사를 넣은 뒤, 심호흡을 한 번 하고 문을 건너갔다. 손톱보다 작게 보이는 여자는 누군가를 기다리는 듯 미동도 없이 서 있었다. 문을 건너자마자 가방 안에서 다급히 오 박사를 꺼냈지만 그의 육신은 이전보다 훨씬 투명해져 있었다.

오 박사는 지후를 향해 정중히 고개를 숙였다.

"정말 고맙네. 자네에게는 끝까지 신세만 지는군."

"……."

"모두에게 인사를 전해 주게. 특히 수현이에게 미안했다고, 나를 찾는 걸 포기하지 않아줘서 고마웠다고 꼭 전해 주게나."

"그렇게 하겠습니다."

현실에서는 단 한 번도 눈을 마주친 적이 없는 둘이, 꿈속에서 한참 서로를 마주했다. 그 말을 끝으로 어느새 늙어버린 남자는 느린 걸음으로 걸어갔다. 평생을 그리워했던 이의 곁으로.

지후는 최대한 숨을 죽인 채 그 자리에서 기다렸다. 얼마나 시간이 흘렀을까. 비로소 오 박사는 홀로 깊은 강을 건너 꽃밭에서 여자와 마주 섰다. 까마득히 멀리서 둘은 도란도란 대화를 나누기 시작했다.

안심한 지후가 돌아서려 했을 때, 무언가가 그의 앞을 막아섰다. 그것은 기다란 목으로 지후를 내려다보고 있었다.

"너는?"

지금껏 설원의 꿈에 항상 봐왔던 얼룩말이었다. 지후는 가슴팍을 매만졌다. 언젠가부터 꿈속에서는 절대 떨어지지 않았던 크로스백이 사라져 있었다.

그제야 얼룩말의 정체를 알 수 있었다.

왜 꿈속에서 자신을 끝까지 따라다녔는지도.

"……엄마? 엄마예요?"

지후의 물음에 돌아오는 답은 없었다. 다만 얼룩말이 지후의 어깨에 볼을 비빌 뿐이었다.

화원이 조금씩 무너져내리기 시작했다.

3

몽재진압반 3팀의 플레이어들은 초조한 얼굴로 지후의 캡슐을 내려다보고 있었다. 거기엔 너덜거리는 몰골의 장순도 함께하고 있었다.

"왜 이 녀석만 깨어나지 않는 거야?"

"……글쎄요. 뭔가 할 일이 남아 있는 거 아니겠어요?"

기다리는 것 말고는 아무런 방도가 없었다. 하지만 수현을 다급하게 만드는 신호가 지후의 드림캐스터에서 터져 나왔다. 관자놀이를 연결하는 링크 부분에서 붉은 램프가 깜빡이기 시작한 것이다.

"바이오리듬이 급격히 떨어지고 있어요!"

동동이 다급하게 외쳤다.

"그게 무슨 뜻인데, 동동 오빠?"

"이대로 깨어나지 못하면…… 심장이 멈춘다는 뜻이야."

수현과 장순의 얼굴이 흙빛이 되었다. 장순은 거침없이 동동을 밀어내고 지후의 드림캐스터를 붙잡았다.

"강제로 깨워야 하지 않겠어?"

하지만 수현은 확신할 수 없었다. 현재 지후는 렘수면 단계에 머물러 있었다. 즉, 여전히 꿈을 꾸고 있는 것인데, 어떤 상황인지 알 수 없는 상태에서 강제로 종료시킨다면 섬망에 빠지게 될지도 몰랐다.

"안 돼요. 그것도 너무 위험해요."

"그렇다고 죽어가는 걸 놔두자고? 지금 삼도천 건너기 직전이라는 뜻 아니었어?"

장순의 말엔 일리가 있었다. 하지만 드림넷에 갇힌 전원을 구출해 낸 장본인이 최후의 섬망 환자가 된다면 수현은 평생토록 자신을 원망하게 될 것이다.

그때 예니가 다시 캡슐에 누워 드림캐스터를 집어 들었다.

"예니, 뭘 하려는 거야!"

"저밖에 없어요."

"설마 지금 이 녀석의 꿈을 캐스팅하겠다고?"

"모두들 힘을 다 썼잖아요. 트라우마 수치 때문에 재접속을 할 수 없어요. 하지만 저는 아녜요. 싸움을 겪지 않았으니까."

"안 돼. 허락할 수 없어."

예니는 이를 악물었다. 누워 있는 녀석에게는 빚이 있었다. 지금 어디를 떠돌고 있는지는 몰라도 냉큼 가서 붙잡아올 생각이었다.

"허락받지 않아도, 저는 제가 원하는 걸 할 거예요. 아무것도 건드리지 말고 기다려요."

예니의 캐스팅이 시작되었다.

예니가 사막 한중간에 존재하는 이질적인 문을 발견하는 데는 오랜 시간이 필요하지 않았다. 그리고 자신이 그 문 너머로 들어갈 수 없다는 사실도 곧 깨달았다.

"이 멍청아! 빨리 거기서 나와!"

있는 힘껏 소리를 질렀으나 저편의 지후는 뒤를 돌아보지 않았다. 문 너머로 소리가 전달되지 않는 것 같았다. 지후를 둘러싼 화원은 허물어지고 있었다. 문제는 지후가 그 사실을 전혀 느끼지 못하고 있다는 점이었다. 부서져도 상관없다는 심정으로 문을 두들겨보았으나 꿈쩍도 하지 않았다.

'이렇게 힘든 일이었나?'

뒤돌아보지 않는 상대를 향해 울부짖는 것. 온갖 방법을 동원해도 좁혀지지 않는 거리를 실감하는 것. 그것을 극복하기 위해서 스스로 생채기를 내온 것. 그게 자신이 아는 성지후가 평생 꿈에서 해온 일이었다. 단 한순간만 겪어도 질식할 것만 같은 기분이었다.

예니가 사막의 모래를 움켜쥔 채 기도했다.

'나는 평생을 인형처럼 살아왔어. 운명의 실이 조종하는 대로. 그러니까 신이든 뭐든 있다면 한 번은 내 말을 들어줄 수 있는 거 아니야?'

기도에 대한 응답은 없었다. 그렇지만 예니는 스스로의 중얼거림에서 어떤 미약한 실마리를 얻을 수 있었다. 그것을 끈질기게 붙잡아야 할 것만 같았다.

실로 조종당하는 인형.

'동물을 꿈에서 만들어낼 수 있다면 어떨까. 실로 연결된 인형을 조종하는 인형술사처럼.'

예니의 능력은 언제나 변신이었다. 자신의 육체를 재료로 빚어낸 일종의 마술. 재료를 바꿀 수 있다면 전혀 다른 시도를 해볼 수 있을 것도 같았다.

"해보자."

예니가 뜨거운 사막의 모래 위에 손을 가져다 댔다. 그러자 지금껏 꿈속에서 그녀에게 모습을 빌려주었던 동물들이 우르르 그 모습을 드러냈다.

변신술사는 이 순간 소환술사가 되었다. 그 힘을 이용해 예니는 동물들을 문 저편으로 보냈다.

그와 동시에 문 안쪽에서 얼룩말을 쓸어내리고 있던 지후가 변화를 느꼈다. 얼룩말이 푸르륵 도리질을 하며 지후를 밀어낸 것이다.

"……여기 더 있을 순 없어?"

얼룩말은 천천히 뒷걸음질을 쳤다. 지후가 다가가려고 한 걸음을 내딛자 얼룩말은 두 걸음을 물러섰다.

"작별인사를 하러 온 거야. 그렇구나."

이대로 주인 없는 꿈에 남겨질 수는 없다. 몽주가 없는 꿈에

간혀버리면 오 박사가 헤매야 했던 림보보다 더한 고통이 기다릴지도 모른다. 지후에게 그런 지식은 없었으나 걱정스러움은 느낄 수 있었다. 그리고 그 감정의 주인은 자신이 아니었다. 얼룩말에게서 오고 있었다.

"잘 있어요, 엄마. 언젠가 다시……."

그 순간 지후는 누군가가 자신의 뒷덜미를 확 낚아채는 것을 느꼈다. 눈앞의 시야가 팽그르르 돌았다. 정신을 차려보니 모래로 만들어진 독수리가 자신을 등에 태운 채 낮게 날고 있었다. 열린 문으로 돌아가기 위해서.

'이게 무슨 일이지?'

반사적으로 독수리의 목덜미에 고개를 파묻으면서 지후는 생각했다. 그 의문을 듣기라도 한 것처럼 어디선가 예니의 목소리가 들렸다.

"이번엔 내가 너의 꿈으로 왔어."

하얀색 독수리는 날갯짓에 박차를 가했다. 그제야 지후는 자신이 발 디디고 있던 꽃밭이 완전히 무너지고 있는 것을 발견했다. 오 박사와 숙희의 모습도 보이지 않았다.

오직 얼룩말만이 부서지는 세계에 남아 의연하게 지후를 배웅하고 있을 뿐이었다.

"고마웠어요. 지금까지 날 지켜줘서."

눈물이 차올랐다. 하지만 꿈속의 눈물은 시야를 막지 않았다. 문에서 빠져나올 때까지, 마지막의 마지막까지 자신에게서 시선을 떼지 않는 얼룩말의 모습을 끝까지 담아낼 수 있었다.

드림넷에서 일어난 전대미문의 사고는 오랫동안 사람들의 입에 오르내렸다. 드림넷은 완전히 폐쇄되었고, 황해승 회장은 드림캐스터는 영원히 오프라인으로만 운영될 것이라고 공표했다. 그 충격적인 소식에 태평제약 최낙호 회장의 사망 뉴스는 자연스럽게 묻히게 되었다.

그날 이후 AI 수키는 더 이상 작동하지 않았다. 누구도 수키의 알고리즘을 되살릴 수 없었다. 창시자인 오재욱 박사 역시 더 이상 세상에 존재하지 않았기 때문이다.

SOF 코퍼레이션은 거액의 소송전을 준비해야 했으나 그것은 지금보다는 먼 훗날의 이야기.

사람들의 뇌리에 가장 또렷이 남은 것은 상실감이었다. 무엇을 잃어버렸는지 처음에는 잘 몰랐으나 시간이 흐르자 알게 되었다. 더 이상 밤새 누군가의 꿈속을 헤엄치다가 평화로운 아침 햇살을 받는 나날이 오지 않는다는 것을.

몽재진압반 3팀은 아늑한 피자집에서 오랜만에 다시 뭉쳤다.

동동이 피자 위에 뿌리는 치즈 가루처럼, 창밖에서는 눈송이가 소복이 내리고 있었다.

"눈이다!"

어느덧 머리카락이 어깨 밑까지 자란 소라가 창문에 달라붙어서 소리쳤다. 그리고 지후의 소매를 창가로 이끌었다.

"잠깐만."

"왜? 싫어?"

지후는 평생토록 눈이 오는 하늘을 제대로 본 적이 없었다. 눈이 오는 날은 쉬는 날이었다. 태양광 패널을 닦지 않아도 되는 휴일. 하지만 그 이유가 전부는 아니었다. 눈이라는 것은 매일 밤 엄마와 자신을 가로막는 장벽이었기 때문에, 지후는 현실에서 눈을 마주하고 싶지 않았었다.

"어때?"

"음, 괜찮네."

창문 밖으로 바라본 하늘은 결코 아름답다고 할 수 없었다. 회색 하늘 아래 흩날리는 눈은 부유하는 먼지처럼 보였다. 무수한 빌딩 사이로 드론들이 분주히 날고 있었는데, 마치 갑작스레 내린 눈 때문에 당황한 철새들처럼 보였다.

등 뒤에서 수현의 투덜거림이 들려왔다.

"동동, 이제 몸을 더 키울 필요 없다고 하지 않았어? 왜 그렇게 많이 먹는 거야."

"습관이란 무서운 거야, 팀장. 내가 팀장을 팀장이라고 아직도 부르는 것처럼. 긴 꿈에서 깨어난 사람의 잠꼬대라고 생각해

쥐요."

한바탕 웃음이 쏟아지는 가운데, 지후는 대화에 끼지 않은 채 창가에서 하염없이 눈을 바라보고 있었다. 잠꼬대라. 어쩌면 그럴지도 모르겠다. 드림캐스터를 사용하지 않은 지 벌써 두 달이란 시간이 흘렀다. 현실 감각은 좀처럼 돌아오지 않았다.

어쩌면 잠꼬대 같은 이 시간이 꽤 길게 이어질지도 모르겠다.

"무슨 생각해?"

등 뒤로 다가온 예니가 물었다. 지후는 고개를 돌려 예니의 얼굴을 바라보았다.

예니가 자신을 구출하기 위해서 겁도 없이 뛰어들었다고, 지후는 그 이야기를 한참 나중에야 전해 들었다. 고맙다는 말을 할 타이밍을 놓치고 말았다. 하여간에 뭔가를 놓치는 것은 좀처럼 고치기 어려운 습관인 듯했다.

결국 이번에도 지후의 입 밖으로 나온 것은 고맙다는 말이 아니었다.

"서로의 꿈속을 찾아가고 싶었던 사람들이 이젠 다 우리의 곁에 없네."

"그래서?"

"다시 그런 날이 올까?"

예니는 창밖으로 시선을 옮기며 천천히 대답했다.

"어쩌면. 우리에게 그런 날들이 또 필요해진다면."

드림캐스터는 더 이상 판매되지 않는다. 드림넷의 서버에도 다시 전원이 들어올 일은 없을 것이다. 꽤 오랜 시간 동안.

사람들은 다시 각자의 꿈속으로 고립되었다. 언젠가 그 문이 다시 열리는 날이 올지도 모르겠지만 지후는 그날이 결코 가까운 시일은 아닐 거라 예감했다.

예니의 눈가에 장난기가 어렸다.

"만약 그날이 오면 꿈 도둑이 다시 활약하는 건가?"

세상엔 어떤 대답이 나올 줄 뻔히 알면서 던지는 질문이 있다. 또한 그럼에도 불구하고 상대가 원하는 대답을 꺼내야 할 때가 있다.

"아닐걸."

"왜?"

"그 꿈 도둑은 이제 훔치고 싶은 것이 없는 것 같아서."

지후는 마지막 남은 피자를 두고 실랑이를 벌이고 있는 동동과 소라를 오랫동안 바라보고 있었다. 몽재진압반 3팀은 누군가의 꿈에 숨은 비밀을 찾아 긴 여정을 거쳐왔다. 모험의 시간은 끝났으나 그들 사이에 보이지 않는 끈은 여전히 단단하게 느껴졌다.

"더 이상 꿈속을 방황할 필요는 없어. 이렇게 둘러앉아 어젯밤 꾼 꿈을 나눌 수 있는 사람들이 생겼으니까."

예니는 그 대답에 만족했는지 살포시 고개를 끄덕였다.

눈이 내리는 하늘 위로 깜박깜박 점멸하는 홀로그램 전광판이 지후의 눈을 간지럽혔다.

"오늘이지?"

"응. 코퍼레이션이 계약한 마지막 광고판. 자정이 지나면 이 도시 어디에서도 저 모습을 볼 수 없을 거야."

지후는 눈을 깜빡이는 것조차 아깝다는 듯이 맞은편 빌딩에 걸린 전광판을 바라보았다. 아주 오랫동안. 예니의 옆에 서서. 그것이 작별 인사에 임하는 태도라고 믿었기 때문이다.

파도 한 점 치지 않는 밤바다 위에 나무 한 그루가 서 있다.

그리고 그 아래에 물 위를 걷는 소녀가 환히 웃는다.

[너의 꿈으로, 내가 갈게.]

저는 꿈을 무척 많이 꾸는 소년이었습니다. 특히 철제 슬레이트 지붕 위로 소나기가 후두둑 떨어지는 장마철이 되면 정신이 말똥말똥한 대낮에도 일부러 눅눅한 이불을 머리까지 덮고 즐거운 꿈속 세계로 여행을 떠나려 노력하는 모태 꿈꾼이었지요. 그곳에서 전 구미호나 도깨비처럼 환상 속의 친구들과 함께 보물 주머니를 찾아 구름 위를 노닐기 일쑤였습니다.

일곱 살 때였습니다. 한 번은 밤사이 유치원 친구가 제 꿈에 나왔고 녀석과 전 너무나도 짜릿한 모험을 함께했습니다. 다음 날 유치원에 가자마자 흥분을 감추지 못한 채 친구에게 그 이야기를 털어놓았습니다. 우리 어제 너무 재밌지 않았냐며. 하지만 그 친구는 영문을 모르겠다는 반응이었습니다.

네, 그렇습니다. 우리는 서로의 꿈으로 갈 수 없었습니다. 그

당시에 느꼈던 막연한 절망감이, 그토록 즐거웠던 꿈속의 환희를 누군가와 나눌 수 없다는 단절감이 이 이야기의 반석이 되었습니다. 왜 우린 함께 꿈꿀 수 없는 걸까요. 그 갈증이 기나긴 습작의 시절 동안에도 결코 가시질 않았습니다. 작가의 말을 적는 동안 유년 시절 꿈속에서도 헤어지고 싶지 않았던 소중한 친구들의 얼굴이 하나둘 떠오르네요.

독자들은 믿기 어려워하지만 작가들은 모두 공감하는 격언이 있습니다. 바로 작가 자신도 완성하기 전엔 어떤 이야기를 써 내려갈지 정확히 모른다는 것입니다. 마치 커다란 바위 속에 무슨 형태가 있는지 발견하기 위해 망치와 정을 내려치는 조각가의 심정과 비슷할 것 같아요.

저에겐 『꿈으로 갈게』가 유독 그런 작품이었습니다. 이 세계관을 구상하고 꿈을 공유하는 기계를 둘러싼 사건들을 떠올리고 모험을 떠날 캐릭터들을 빚어내면서도 제 손엔 선명한 그림이 없었습니다. 기분 좋은 낮잠에 취한 채 꿈속의 그리운 얼굴이 누구의 것이었는지 기억해 내려 애쓰는 심정과 비슷했던 것 같아요.

이 이야기의 마침표를 찍고 나서야 저는 알게 되었습니다. 결국 저는 사람의 마음, 그중에서도 외로움에 대해 이야기하고 싶었던 것이라는 것을. 주인공 성지후가 마지막의 마지막에서야 가닿은 지점에 저 역시 함께 자리하고 싶었던 것이라는 것을.

또한 새롭게 깨달은 것은 작품 속에 나오는 드림넷과 캐스팅 과정이 소설을 쓰고 읽는 일과 비슷하다는 점입니다. 작가가 쓰는 소설은 저마다 공상과 몽상, 염원을 담아 빚어낸 꿈과도 같을 것입니다. 독자 여러분이 책의 첫 장을 여는 순간 '캐스팅'이 시작되는 것이고요.

부디 이 책을 덮게 되는 순간 여러분이 달콤한 잠기운에 빠져들길 바랄 뿐입니다.

작품의 여정에 함께해 주신 연재 플랫폼 '창작의 날씨', 한 권의 책으로 정갈하게 다듬어질 수 있도록 불면의 밤을 함께 지새워주신 교보문고 편집팀에 진심으로 감사의 인사를 드립니다. 저 혼자였다면 결코 이 개울가에 닿지 못했을 거예요. 제겐 꿈과도 같은 작품을 함께 꿔주셔서 고맙습니다.

꿈으로 갈게

초판 1쇄 발행 2024년 3월 25일

지은이 임태운
펴낸이 안병현 김상훈
본부장 이승은 **총괄** 박동옥 **편집장** 박윤희
책임편집 김보성 **디자인** 김지연
마케팅 신대섭 배태욱 김수연 김하은 **제작** 조화연

펴낸곳 주식회사 교보문고
등록 제406-2008-000090호(2008년 12월 5일)
주소 경기도 파주시 문발로 249
전화 대표전화 1544-1900 **주문** 02)3156-3665 **팩스** 0502)987-5725

ISBN 979-11-7061-112-7 (03810)